得之我幸
失之我命

妾心如宅

姵璃 著

壹

中国华侨出版社

图书在版编目（CIP）数据

妾心如宅：得之我幸，失之我命 / 姵璃著. — 北京：中国华侨出版社，2014.7
ISBN 978-7-5113-4758-9

Ⅰ. ①妾… Ⅱ. ①姵… Ⅲ. ①长篇小说—中国—当代 Ⅳ. ①I247.5

中国版本图书馆CIP数据核字（2014）第143985号

妾心如宅：得之我幸，失之我命

著　　者：姵　璃
出 版 人：方　鸣
责任编辑：沛　芊
封面设计：所以设计馆
排版制作：刘珍珍
经　　销：新华书店
开　　本：700mm×980mm　1/16　印张：20　字数：370千字
印　　刷：北京慧美印刷有限公司
版　　次：2015年1月第1版　2015年1月第1次印刷
书　　号：ISBN 978-7-5113-4758-9
定　　价：25.00元

中国华侨出版社 北京市朝阳区静安里26号通成达大厦3层　邮编：100028
法律顾问：陈鹰律师事务所
发 行 部：（010）82068999 传真：（010）82069000
网　　址：www.oveaschin.com
E-mail：oveaschin@sina.com

目录

第一章 多情却似总无情

南熙，皇城京州，妓院醉花楼。

夏风轻轻吹起床榻的帷幔，露出一截玉臂皓腕。肤如凝脂，冰肌玉骨，可以想象出这女子是如何丽质天成。

可大煞风景的是，那本该无瑕的手臂之上，竟然布满了深深浅浅的伤痕，好似簪子所划，有的已然脱了痂，有的尚且猩红刺目。

小丫鬟琴儿坐在床畔，一边垂泪，一边给主子上药，抽抽噎噎地说着话：“小姐，您何苦这样折磨自己？赫连公子今晚便要成婚了，倘若他真心顾念您半分，又怎会任由您被那妒妇欺凌？”

玉臂上伤痕累累的女子闺名“晗初”，年华十五，是醉花楼的头牌花魁，素有“南熙第一美人”之称。

此刻这位美人正躺在床榻之上，神色憔悴、面色如纸。但那美而不妖、艳而不俗的含烟之态如此出众，便如一朵濯清的白芍，精致得藏也藏不住。

听闻丫鬟琴儿的劝解，晗初并没有回话，只是双眸无神地看着帐顶，了无生机。

晗初想不明白，缘何一个月之前还与她鸳鸯交颈的赫连公子，竟会忽然弃她而去，甚至连半句解释都没有，只派了小厮来通传一声，说他要成婚了。

他是她的第一个入幕之宾，也是唯一的一个。原以为缠绵欢情永无休止之日，可如今，那些山盟海誓终成了过眼云烟。

曾经在小楼前等了足足一个月，风雨无阻只求一睹芳容的，是赫连齐。

曾经一掷千金，寻来稀世珍宝博她一笑的，是赫连齐。

而如今，任由她被他的未婚妻子肆意欺凌的，还是赫连齐。

那个她满心满意放在眼里的儒雅男子，时至今日所留给她的，唯有这满臂的簪痕，和他未婚妻子的恶毒凌辱。

晗初曾以为自己逃脱了青楼女子的悲惨宿命，可事实摆在眼前，她仍旧没能逃得开那八字魔咒——逢场作戏、负心薄幸。

黑暗渐渐吞没了最后一抹斜阳，也带来了一室黯淡。

今夜的醉花楼格外清静，只因是簪缨世家赫连氏与当朝后族明氏的联姻之日，皇城内的侯爵公卿、达官显宦皆去参加了这场隆重的婚宴，一睹两大家族的联姻。

赫连公子、明家大小姐，从此夫妻一体、休戚相关。而她晗初，不过是供人婚前消遣的一个贱妓，甚至连下堂妾都算不上。

婚仪，此刻应该开始了吧！当隐忍已久的湿意划过眼帘，晗初终是累了、倦了，便也缓缓合上了双眸……

“啪嗒！”一声脆响传来，琴儿手中的药瓶不慎跌落在地。她睁大双眼看着榻上的晗初，惊恐地大叫：“小姐！小姐！您醒醒！您别吓我！”

许是这叫声太过刺耳，晗初的长睫闪了闪。她极力想要睁开双眼，可到底没能抵得过昏沉的意识。

“吱呀”的开门声便在此时响起，一位年约三十岁的妩媚妇人匆匆入内。琴儿看见来人，犹如遇上救星一般迎了上去，开口问候：“风妈妈。”

这被唤作“风妈妈”的妇人乃醉花楼的鸨母，十年前也是南熙风月场上的翘楚，奈何红颜衰落，又不愿委身做妾，只得改行做了老鸨的营生。

此刻风妈妈已箭步走到晗初榻前，伸手探了探她的额头，立时蹙眉质问琴儿：“怎么这样烫手？你是如何照顾她的？”

琴儿颇有几分委屈，语带哭腔地开口回道：“是小姐不让请大夫……”

“胡闹！”风妈妈呵斥琴儿，眼风又瞥见晗初手臂上的伤口，“谁弄的？”

至此琴儿终究不敢再隐瞒下去，唯有战战兢兢地回话：“是……赫连公子的未婚妻子，明家大小姐。”

闻言，风妈妈面上闪过一丝心疼，又问：“她折磨了晗初几次？”

“前后三次。”琴儿语中的愤恨之意再难隐忍。

三次！这傻丫头竟被明璎那妒妇欺辱了三次！风妈妈顿觉怒意横生，好似一只护犊的母兽。然而只是一瞬间，她已很好地控制了情绪，沉声对琴儿命道：“沈公子眼下正在花堂里喝酒，你去将他请过来。”

琴儿立刻领命而去。

风妈妈这才看向榻上昏睡的晗初，不禁轻叹：“当初你执意要选赫连齐，我便劝过你。赫连世家百年书香，最重名声，他又是嫡子嫡孙，如何能迎你过门？怕是做妾都不够身份……”

说到此处，风妈妈语气微黯：“你若当初听了我的话，选了九皇子做入幕之宾，必定不会落得如此伤心。”风妈妈正兀自对着床榻感叹，忽听身后开门声再次响起。

她转过身去，恰好瞧见一袭湖蓝衣袍步入屋内——沈公子面如冠玉，器宇轩昂，却偏偏带着一副吊儿郎当的神色，没个正经。

风妈妈扫见他衣襟处的嫣红口脂，故作暧昧地笑了笑，才低低央求道：“公子行行好，为我这宝贝疙瘩诊一诊脉吧。”

沈姓公子英挺的眉峰轻挑，潋滟的目光散发着几分漫不经心。他显然知晓榻上的女子是谁，却好似打定主意要置身事外，调侃地笑拒：“怎么，她为情所伤，要死要活？”

“都什么时候了，公子还说风凉话！”风妈妈有些着急地道，“晗初被明大小姐三番五次欺凌，人已去了半条命。我哪里还有工夫再去请大夫呢！劳烦公子给瞧一瞧吧。”

风妈妈边说边观察沈公子的神色，果见他眉头一蹙，流露出几分关切之意。她不禁微微自得，到底没有看走眼，这人对晗初是有心思的，也不枉自己特意请他过来。

如此想着，风妈妈便主动撩起床榻的帷幔，将那一张绝美的、惨白的容颜露出来，又对沈公子劝道：“救人一命胜造七级浮屠，晗初再也耽搁不得了！”

沈公子盯着榻上那天姿国色的憔悴容颜，终是没有再拒绝：“风妈妈出去吧，容我安心诊治。”

风妈妈连忙笑着应承，示意琴儿与她一同退下。两人守着晗初的屋门，等待沈公子的诊治结果。

屋内静得听不见一丝声响，有些令人遐想的诡异。

不过须臾，沈公子已推门而出，劈头盖脸对风妈妈道：“她若再这般作践自己，大罗神仙也救不了她！”说着又将一个瓷瓶递了过去，嘱咐道，“涂在她手臂上的患处，一日两次。”

风妈妈接过药瓶，有些担心地看了一眼屋内，试探着询问：“晗初如何了？”

“她已经醒了。”沈公子的面色越发不好看，沉着脸斥责，“赫连齐还算是男人吗？”他最后撂下这句话，冷哼一声拂袖而去。

风妈妈一直看着沈公子的背影消失在楼道拐角，才带着琴儿返回屋内。她一眼瞧见晗初正靠坐在床榻上，虽然仍旧精神不济，但好歹人是清醒了。

风妈妈正打算呵斥晗初几句，岂知对方已先行开了口，声若蚊蚋，无比细腻温婉：“妈妈息怒，我知错了。今夜过后，绝不再为赫连齐落一滴眼泪。”

“你记得便好。”风妈妈的声音冷起来，全然不复方才的心疼与嗟叹，“青楼女子要将情爱看得淡一些，你风华正茂、艳名在外，以后还会遇上更好的。”

她停顿片刻，又硬起心肠去戳晗初的痛楚：“不是清倌儿也没什么，只要没怀过孩子，总还有出路。”

听闻此言，晗初的脸色更是煞白两分。

风妈妈看在眼中，疼在心里，语气也随之软了下来：“你的琴技声名远播、颇受赞誉，可别为一个赫连齐坏了手艺。”她边说边站起身来，朝门外走去，“好生将养身子，总得把‘南熙第一美人’的头衔给保住了。半月之后，你重新挂牌接客。”

自沈公子诊治过后，晗初果然渐渐好转起来，日日按时吃饭、上药，再也没落过一滴眼泪。

醉花楼又渐渐热闹起来，每日入夜之后，公卿显贵络绎不绝，谈笑间的话题尽是赫连氏与明家的盛大联姻。

传闻，当朝帝后亲自驾临赫连府，为一双新人主婚；

传闻，明家足足置备了两百抬嫁妆，十里红妆彰显贵重；

传闻，满朝文武尽往恭贺，赫连府宴开三百席远远不够，最后增席至四百……

传闻有许多，无一不是对这次婚仪的艳羡与赞叹。即便晗初足不出户，这些事还是或多或少地传入了她的耳中。

犹记得半年前，赫连齐夺得晗初芳心之事，也曾轰动一时。可笑的是，前后不过半年光景，情郎始终如一，倩女却已换了人选。当初的风月情事有多轰轰烈烈，如今的盛大联姻便有多讽刺。

可叹世人说起赫连齐，都会赞一句“艳福不浅”；但说起晗初，大多嗤笑她“残花败柳”。

男尊女卑，娼妓之贱，如是可见。

自然，这其中也不乏添油加醋的花客，带着金银钱物欲与晗初共度春宵，想要尝一尝“南熙第一美人”的滋味究竟如何。

所幸风妈妈早已料到这个局面，对外一概声称晗初患病，待病愈之后将重新挂牌。此话一出，那些饥色之人虽急不可耐，倒也没有过多为难醉花楼。

晗初便在这样的境况里度过了十四个日夜，而对于明日重新挂牌接客，她并未表露出过多情绪，这令风妈妈想起了一个词——心如死灰。

只是这个坎儿，须得晗初自己跨过去，风妈妈纵横欢场二十年，这样的事情见得太多，便也没了力气再劝。

“小姐别担心，您这样才貌双全的美人，明日定能重新觅得良人。”丫鬟琴儿在旁怯怯地安慰着。

晗初依然沉默，半晌才道：“琴儿，我想出去走走。”

“小姐……”琴儿很是担心，“你明日便要接客了，风妈妈不会让你出去的。”

晗初垂眸沉吟片刻，淡淡续道：“我要去个地方，至多一个时辰便回来。今日我若不去，明日挂牌也不甘心。”她看向跟了自己三年的丫鬟，眸中尽是祈求之意，“琴儿，别告诉风妈妈。”

琴儿深知晗初执拗的性子，便也只得叹气妥协：“小姐快去快回，我躺在你的榻上，只装作睡熟了。”

“多谢你。”晗初破天荒地露出一抹微笑。

再次来到千雅阁，往事如潮水一般涌上晗初的心头。八个月前，她应邀来此登台献艺，一曲弹罢，便在后院遇到了醒酒吹风的赫连齐。

晗初清楚地记得，初遇那日，两人皆在彼此眼中看到了惊艳之色。是的，是惊艳。往日她卖艺不卖身，前来听曲的花客大都醉翁之意不在酒，令她心生厌弃。

而唯有赫连齐，两人初初相逢时对彼此一无所知，便也如同戏文里的才子佳人一般，矜持着互相问候。

当赫连齐听到她是醉花楼的晗初时，目光澄清没有丝毫鄙夷，反倒低低赞了句：“虽是古曲，却有新意，姑娘好琴技。”

晗初登时惊喜。她特意挑选了一首生僻的曲子来弹，却没料到有人听过。也许是从那一刻起，她便对赫连齐有了好感吧。往日里见惯了大腹便便的花客，才会对这般英俊、懂音律的男子另眼相看起来。

谁又说她不是看中了皮相呢？倘若当日换作一个老态龙钟的长者，她必定不会倾慕于他。

那是平生第一次，晗初有了怦然心动之感。因而在两月后她竞拍初夜时，便也下意识地在人堆儿里寻找赫连齐的身影。他果然没教她失望，越过了重重难关，击溃了其他花客，顺利摘下了她的牌子。

如此，才成就了一段风月佳话。

如今，却沦落为一场风月笑话。

十五岁的少女情窦初开，恋情却凋零在了苦涩的夏风之中。那若有似无的风声似在提醒着晗初，纵然美貌出众，她也逃不开青楼女子的悲惨宿命——一双玉臂千人枕，一点朱唇万人尝。

往事历历在目，晗初怅然地望了望“千雅阁”三字匾额，不禁失笑。旧地重游，只是平添伤心罢了。她紧了紧戴在头顶的纱帽，迎着夜风匆匆往醉花楼返回。

从明日起，她将迎接第二位恩客，然后是第三位、第四位……

如此自嘲地想着，晗初心神俱伤，眼看天色不早，便急匆匆赶回醉花楼。

然而快到醉花楼前时，她却发现有许多男女正往与她相反的方向跑去，更甚者还有人衣衫不整。晗初见状有些诧异，此时本该是醉花楼最热闹的时候，为何众人却好似遇到洪水猛兽，急匆匆跑开？

她正暗自疑惑，忽听有人大喊：“走水啦！”伴随着这一声喊叫，晗初隐约闻见了浓呛的味道。她心中一惊，不自觉地加快脚步，想回醉花楼一探究竟。

人流越发拥挤，晗初极力想要穿过喧闹的人群，谁知她刚跑了两步，便被人死死拽住手臂，阻挡了去路。

晗初停下脚步撩起面纱，看向罪魁祸首：“是你？”

“跟我走！”沈公子沉声命道，狠狠拽紧她顺着人流方向快步而走。

“沈公子！”晗初臂上吃痛，拼命挣扎起来，“醉花楼着火了！让我回去！”

“回去做什么，回去送死？！”沈公子怒喝一声，手上力道又狠了三分，将她拽入一处僻静的胡同里。

借着微薄的月光，晗初仔细打量起沈公子。只见他英挺的面庞尽是冷冽，衣衫不整、前襟微开，怕也是被打扰了好事，匆匆从温柔乡里跑出来的。

对于眼前这个男人，晗初了解得并不多。她只知道沈公子是醉花楼的常客，略懂医术，身份不明。但因为风流无匹，豪掷千金，再加上外表英俊，他很受醉花楼的姑娘们喜欢。

晗初自问与沈公子不大相熟，他出现在醉花楼时，恰好是她与赫连齐定情之后。沈公子从没点过她抚琴，她也只是听其他姐妹们提过他的风流之事：诸如出手大方、酒量甚好之类……

但醉花楼里流传最多的，还是他的床上功夫如何销魂。每每想起有人说他“同时夜驭三女”，晗初便难掩作呕之意。

而此刻，这位令她作呕的救命恩人，正阻止着她的去路，一张俊颜阴沉可怕，气质骇人。

“沈公子请放手。”晗初对这种风流公子并无好感，即便他曾经救过她。

而与此同时，沈公子却目不转睛地盯着晗初，半晌，好似长舒一口气般，低声询问：“躺在你屋里的是谁？”

晗初先是一愣，才明白过来他所指何事，遂如实回道：“是我的丫鬟琴儿。”

沈公子闻言再次沉默。晗初见他不再说话，心里反倒更加着急：“公子怎会这么问？是不是琴儿……”

“跟我去见风妈妈。”沈公子忽然打断她的话，低低道，“不要出声，蒙好脸面。”

“这到底是怎么回事？”晗初霎时生出一阵不祥之感，固执地追问，“好端端的，醉花楼怎会走水？还请公子如实相告。”

“不是醉花楼走水，是你的房间走水。”沈公子双目无波地看着她，道出事实，“有人想要你的命。”

此话一出，晗初立时面露惊恐之色。但她的疑问还未及出口，便感到脖颈一阵生疼，随之双眼一黑，就此昏了过去。

沈公子顺势揽过晗初的娇躯，看她安静地倒在自己怀中，这才面露几分爱怜之色，低低叹道：“幸好你没死，幸好……”

仿若情人之间的呢喃长叹，回荡在僻静的胡同里。沈公子打横将晗初抱起，迅速消失在夜色之中……

当晗初恢复意识之时，她已身在一间屋内的榻上。

不是醉花楼！这是她醒来之后的第一反应。颈后的痛感仍未消除，隐隐提醒她是遭了谁的暗算——沈公子吗？

正想着，人便来了。轻轻的推门声，伴随一句明知故问：“醒了？”

晗初抚着后颈，有些恼怒地问道：“风妈妈呢？”

话音刚落，只见一个人影闪入屋内，身上还披着一件黑色斗篷，正是醉花楼的鸨母风妈妈。

“妈妈！”晗初语中掩藏不住惊喜，连忙从榻上坐起来。

风妈妈摘下斗篷，露出一张妩媚容颜，叹道：“晗初，你真是命大！”

晗初闻言一惊，想起了方才在胡同里，沈公子对她说过的话。她秀眉微蹙地看向风妈妈，无声询问内情。

“醉花楼走水了，从你的房间开始，幸而及时控制了火势，损失不大。”风妈妈沉声解释，“不是意外，是有人刻意纵火。”

有人刻意纵火？晗初又惊又疑。可她得罪过谁呢？她区区一个青楼女子，值得谁大费周章要她性命？她自认从不与人结怨……

只除了得罪过一个人……

晗初脑海中倏尔闪过一个名字，但她不愿相信，也不敢相信，当今皇后的亲侄女，堂堂公卿嫡女，竟会如此恶毒。那些诗书礼仪都白学了吗？

还是说，幕后主使另有其人？会是他吗？欢情过后，为了前程与名声，竟要置她于死地？

许是天意吧，她今夜恰好去了千雅阁，才能逃脱这可怕的厄运。只是，屋内顶替她的琴儿……晗初的心思沉了一沉，不敢开口相问琴儿的下落。

风妈妈将晗初的心思看在眼中，便主动道："琴儿死了，烧死在你的屋子里。"

晗初死死揪着身上的被褥，眼泪霎时夺眶而出，她哽咽着想说话，却不知该说些什么。

"沈公子闯入你屋里时，琴儿已然烧死了。"风妈妈话语一顿，面上看不出一丝悲伤，"她的双手被绑在床梁上，用的是冰蚕绫丝，水火不侵，绝不可能挣脱开。"

竟有人动用冰蚕绫丝？晗初脑中"轰"的一声炸了开来！是谁与自己有如此深仇大恨？可惜了琴儿，她才只有十二岁！

"冰蚕绫丝，水火不侵，千金难买。"沈公子在风妈妈身后幽幽说道，"或许幕后主使并不指望你被烧死，但至少要你毁了容貌。"

毁了容貌？晗初唯有苦笑——家底充实，可动用千金；权势滔天，敢公然纵火；想要毁她容貌，取她性命之人……还做第二人想吗？

此时此刻，好似有一双冰冷狠戾的手，死死掐住了晗初的玉颈。她想要大声怒斥，她想要恨声诅咒，然而一腔怨愤却卡在咽喉之中，无论如何也发泄不出来！

"明璎！"

千言万语，只化作这凄厉的两个字，用尽了她全身的力气，饱含了无尽的恨意！晗初的胸口传来一阵剧痛，继而迅速扩散到她的咽喉，扼着她，让她再难出声！

她张开朱唇，极力想要说话，然而只能发出喑哑的声音，往日里的细腻莺声消失无踪！她竟然说不出话来——失声了！

意识到这种情况，晗初只能深深喘着气。她暗中告诫自己莫怕，不消一时片刻便能出声了。如此想着，失声的惊恐反倒令她冷静下来，稍稍缓解了一腔怨愤。

也许是夜色晦暗，屋内其余两人都未发现晗初的异样。风妈妈见她凄厉地喊出"明璎"二字便沉默起来，心里还感到些许安慰。

"晗初。"风妈妈低声问道，"你可知道我为何给你起这个名字？"

"'晗而欲明，初而始之'。身为青楼女子，我希望你从一开始便摆正自己的位置……但你被一张容颜和一手好琴给毁了。"

风妈妈有些唏嘘，到底是自己教养多年的宝贝疙瘩，不是亲生胜似亲生……如今走到这一步，她实在不忍："你不能再回醉花楼了。无论是明氏还是赫连氏，我一间青楼都得罪不起。所幸纵火之人尚且不知你还活着……"

说到此处，风妈妈终于哽咽："不要想着为琴儿报仇，那是以卵击石。咱们母女一场，我也算为你安排了后路……从此以后，你便跟着沈公子吧。"

晗初听见这话，倒也无甚反应，她已猜到了风妈妈的选择。明氏是后族，明璎是皇后的亲侄女，醉花楼的确开罪不起。说来风妈妈已算待她不薄，否则也不必瞒着明氏，对外宣称她死了。

往后要跟着沈公子吗？晗初忽然想不起来他的模样，只依稀记得那一袭湖蓝色的衣袍，还有他身上隐隐的药香。

罢了，跟着沈公子也没什么不好。从此服侍他一人，总好过在床笫之间迎来送往。

晗初兀自沉浸在思绪之中，没有发觉此刻沈公子的异样。她缓缓从榻上起身，跪在风妈妈面前重重磕了一个头，算是感谢多年的教养之恩。

平日里晗初本就温婉寡言，这许久没有开口说话，风妈妈只当她是认命了。见她对自己磕头，便扶她起来，再道："你好生歇着吧。"语毕，风妈妈和沈公子一道出了房门。

直至两人走得远了，沈公子才开口笑问："妈妈好会自作主张，我何时说过要收下晗初？"

"醉花楼起火时，您不顾火势跑去救她，那担忧之情难道有假？"风妈妈低声笑道，"我纵横欢场二十年，如今虽然老了，眼神倒还清明。"

沈公子只是冷冷一笑："即便我对晗初有意，风妈妈又如何得知，我会为了她去得罪明璎？一介残花败柳而已，我凭什么？"

"就凭您是文昌侯的嫡幼子，当今圣上的螟蛉之子，屈神医的关门弟子！"风妈妈不卑不亢、掷地有声，"大名鼎鼎的'风流小侯爷'沈予，我猜得可对？"

风妈妈边说边注意观察沈予的反应，见他没有恼怒之意，才暗自松了口气。对方毕竟是侯爵之子，又特意隐瞒身份，自己就此戳穿，未尝不是冒了风险。

"风妈妈果然名不虚传。"沈予被识破了身份，也不否认。

"小侯爷过奖了，放眼整个京州城，仪表堂堂的沈姓公子屈指可数，要猜到您的身份不算难事。"风妈妈坦诚笑回。

沈予仍旧噙着冷笑，只淡淡道："你既然猜到我的身份，也该知道，我对晗初未必真心。"

"孰是真心、孰是假意，我看得一清二楚。"风妈妈毫不客气地揭穿沈予，"半年前晗初挂牌时，您原是存了摘牌之意，奈何九皇子与赫连公子志在必得，您顾虑太多便放弃了。其他的，还需要我再戳破吗？"

此话甫毕，风妈妈如愿看到沈予眉峰一蹙，好似吃了酸醋。

这半年里，沈予时常光顾醉花楼，每每都是挑了赫连齐不在之时，甚至故意在晗初眼前佯作风流，想要引起她的注意。遗憾的是，晗初眼中只有赫连齐，没有发觉他这份心思。

或许是沈予的自尊心作祟，他见晗初反应冷淡，便不曾主动亲近她，甚至没有点过她抚琴。可他对晗初的默默关注，还是被风妈妈看在了眼里。

早在数年前，风妈妈就曾听过一则传言：文昌侯年轻之时风流成性、姬妾成群，常常自诩“风流不下流”。其幼子沈予在情事上仿他甚深，曾被文昌侯调侃为“深肖父躬”。

也正因如此，沈予虽不是世子，却被京州的子弟们起了个绰号叫作“风流小侯爷”，意指他深得其父欢心。

风妈妈暗自思忖，沈予不是世子也好，权势虽小，却更自由一些。若是像赫连齐那般的嫡长子，担负着传承家业的重任，恐怕晗初会重蹈情路覆辙。

想到此处，风妈妈便也再无迟疑，低低道：“我只求小侯爷一件事，来日您若厌弃了晗初，请为她安排好余生。”

说着她已从袖中取过一张薄纸，递给沈予：“这是晗初的卖身契，从今往后，她与醉花楼再无干系。”

第二章 最难消受美人恩

翌日。

马车辚辚而驰，向着城郊行去。晗初与沈予同乘一车，彼此皆是一言不发。晗初是失了声，说不出话来；沈予则沉着脸，等待晗初先开口。

他不过是想要她一个“谢”字，来满足他的男人尊严。或者他再贪心一点，还想听她说一句“从此相随”。然而等了一路，没有她的只言片语。

待马车停在自己的私邸时，沈予已然面色不豫，率先拂袖下车。

晗初紧随其后。她抬首望向这座私邸，但见朱漆正门之上，写就笔走龙蛇的三个大字“追虹苑”。她跟着沈予跨过正门，却没看到管家前来迎接，园子里空空荡荡不见仆从，更显得面前景致开阔。

入眼处先是一座假山。说是假山，倒也不亚于京郊的小丘，洞壑深邃，奇石嶙峋。待转过假山之后，迎面一条潺潺流水泻出石涧，其上还有落花漂浮。

山水之上还建了复廊，沿池蜿蜒曲折，与池上的亭榭连成一片，直通东西两个方向。而东侧与西侧的抄手游廊更不必说，单是那百余扇漏窗的花纹图案各异，已足够令人眼花缭乱。

直到此时晗初才发现，这园子竟是建在水上，抑或是引了活泉入内。她跟着沈予步入其中，竟无端生出一种凌波之感，宛如走在水面之上。

不过是瞧了正门处的景观，便已如此目不暇接，晗初几乎能够想象得出，那些被抄手游廊阻挡了全貌的东西两苑，是如何雕梁画栋。这种犹抱琵琶半遮面的别出心裁，当真教她大开眼界。

饶是晗初已知晓了沈予的真实身份，但此时此刻，她还是为这座别院的精致咋舌。一座私邸都有如此奢华的规模，遑论文昌侯府。

此时沈予也刻意慢下脚步，在一旁暗中观察晗初的反应。见她时而欣赏时而惊赞的模样，他心中也软了一些，遂轻咳一声，道："你先住在这里，等风头过了再仔细安顿。"

沈予自问说得极为明白，这里只是给她暂住，以后他会光明正大地安顿她。

然而同一句话听在晗初耳中，却变了味道。

这算是……金屋藏娇吗？她很想开口询问，却自知没有这个资格。她被风妈妈卖给沈予，从此无论是宽衣解带，还是洒扫庭院，都得由他做主摆弄。

沈予见晗初半晌没有回话，又有些恼了，火气噌地一下蹿了上来："风妈妈没教过你规矩吗？这么久也不会说句话？"

晗初这才抬眸看了沈予一眼，抿唇指了指自己的咽喉。

"喉咙痛？"

晗初摇了摇头。

"不想说话？"

晗初仍旧摇头。

"难不成你哑巴了？"沈予的耐性终于耗尽，冷冷嘲讽道。

这一次，晗初轻轻点头。

沈予立刻脸色一变，伸手便要去触碰她的玉颈。晗初下意识地后退一步，让他的右手晾在了半空之中。

"让我瞧瞧。"沈予已顾不得许多，连忙将晗初拽到身前，"张开口让我瞧瞧。"

晗初抿着朱唇，倔强而又羞赧地拒绝。

"小爷我没那么多耐性！"沈予见她如此抗拒，沉下脸色再次重复，"张开口！"

晗初到底不敢惹恼他，只得勉强微启朱唇。沈予顺势就着光亮探向她的咽喉，所见之处并无任何异常。

便在此时，晗初的身子轻微颤了颤，一股气息就此蹿到沈予脸上。眼前的美人樱口皓齿、呵气如兰，不禁使他心猿意马，遂情不自禁地俯身吻上她的娇唇。

柔软、甜腻，一如他想象之中那般美好，不，比他想象得更加美好！只可惜，他不是她第一个男人，更不是第一个吻她的男人，他被赫连齐抢了先。

想到此处，沈予忽然有些嫉妒了，心底的醋意猛然涌起。他发现晗初在挣扎，便收紧手臂让彼此更加贴近，唇舌也越发凶猛起来。

对方如此轻薄，令晗初更加惊恐，而沈予身为罪魁祸首却是心中舒畅。他死死将晗初禁锢在怀中，逼着两人一道唇舌共舞，仿佛唯有用这种方式，才能引起她的注意。

"咝"的一声，沈予冷不防地松开怀抱，修长手指抚上唇边的血迹："你敢咬我？”

晗初连忙大口喘气，踉跄着后退三步。她仍旧说不出话来，此刻也不知该说些什么。

沈予看着她小鹿一般的不安神色，无声地笑了。他的唇边还沾着血迹，反而为他平添了几分诡魅英俊：“过来！我不碰你了。”偷腥成功，沈予也知道见好就收，便朝她低声命道。

晗初仍旧站在原地，眸中尽是指责之意，羞愤异常。

“当真不能说话了？”沈予笑着再问。

晗初点头。

“何时的事？”他想了想，“昨夜之后一直如此？”

晗初默认。

沈予终是蹙起眉峰。他自小体弱多病，后来因缘际会拜在神医门下，也算得了八分真传。他一直自诩医术比得上太医院，可咽喉一科却并不擅长。

这倒有些棘手了，晗初好端端的怎会失声？嗓子瞧着倒是无碍，难道会是心理作用？改日得去东苑找那人商量商量。

如是一想，沈予唯有叹道：“听不见你说话，还真是着急啊。你放心，小爷我医术盖世，定能治好你的喉疾。”

晗初这才收敛恼羞之意，抿唇勉强一笑，表示道谢。

沈予甚少看见她笑，只觉得有如清风拂面，方才的恼怒、醋意全部消失，取而代之的是无尽怜惜。他再次抚了抚被晗初咬伤的唇角，郑重警告她：“不要背着我去找明瓔寻仇。”

晗初先是一愣，随之哂笑，好似在自我嘲讽。

沈予这才放下心来，正待再说些什么，却瞧见追虹苑里一个管事的婢女小跑过来。

这座追虹苑是沈予的私产，虽精美别致，却一直无人打理。为了让晗初住得舒坦，沈予便将自己身边一名颇受器重的婢女临时调来，打理琐碎事务，照顾晗初。

虽说是婢女，但这名唤“茶茶”的姑娘实则已被沈予收入房中，偶尔侍奉枕席。

“小侯爷！”人未到，声先至，婢女茶茶笑得娇俏，“姑娘的院子已收拾妥当。”言罢又转而看向晗初，目露几分惊艳之色，半是揶揄半是正经地道：“这位想必就是咱们小侯爷心尖尖儿上的姑娘吧？真个美如天仙！”

晗初听了这声称赞，却无心应付，只低低俯身回了一礼，算作回应。

沈予听见茶茶的话，倒是面色如常，又想起晗初的失声，也不再多言，只嘱咐道：“失声的事不要着急，先让茶茶带你安顿好。”

他想了想，又低声补充一句：“你只能在西苑活动，不要去东苑，那里住着贵客。”

晗初点点头，便随着茶茶一道往西苑行去。

“姑娘真有福分，咱们家小侯爷可是个多情种呢！我伺候他这么多年，还没见他对哪家姑娘如此上心，特意将追虹苑拾掇出来。”茶茶引着晗初往西苑里走，路上暧昧地道。

晗初指了指自己的咽喉，抱歉地笑了笑。

“不能说话了？”茶茶秀眉微蹙，只一瞬间已恢复了媚笑，“无妨，小侯爷的医术很高超呢！”

晗初却不甚在意茶茶对沈予的夸赞，她此时的注意力全部放在了西苑的亭台楼阁之上，越看越惊诧于这座园子的巧夺天工。

“承蒙小侯爷看得起，命我来打理追虹苑，不过我只管着西苑，东苑那厢却不曾去过。”茶茶引着晗初来到一座独立的院落门口，道，“姑娘先在此处安置吧。”

晗初回过神来，微笑颔首以表谢意。

茶茶显然看懂了，摆手道：“说来我还得谢谢姑娘你。文昌侯府地方大，规矩多，我虽是小侯爷身边儿的人，却也难免受气，哪里比得上这里自在。”她爽朗地笑着，很有英气，与在沈予面前的娇俏模样判若两人。

“你好生歇着，我就住在你对面的院落里，有事记得来找我。这里没什么丫鬟奴仆，凡事都得咱们自己动手，你若有不便之处，千万别与我客气。”茶茶说完便笑着离开，径直回了自己的院子。

不出茶茶所料，沈予此时已坐在屋里等着她。茶茶立时媚眼如丝地迎了上去，俯身见礼道：“小侯爷，姑娘已安顿好了。”

沈予“嗯”了一声：“你是个有分寸的，不该问的别问，不该说的别说。”

茶茶瞥见沈予唇边的伤口，心知是被女人咬的。她最擅察言观色，于是乖顺地笑回：“您放心好了，单看您待那姑娘的态度，奴婢也晓得一二。”

“怎么一股子酸味？”沈予打趣了茶茶一句，又道，“去将我收藏的那把琴拿出来，你替我给她送去。”

沈予曾高价买下一把琴，原本就是打算送给晗初的，怎奈晗初与赫连齐情意绵绵，没有将他放在眼里。如今搁置了半年，到底还是要送给她了。

显然，茶茶晓得那具琴在沈予心中的地位。此刻见沈予要把琴送给这绝美的哑女，她心中颇不是滋味儿，但又不敢表现出来，唯有脆声应下，心中却是另有计较。

她粉拳微捶沈予的肩头，盈盈娇媚地趁机邀宠：“您可别有了新人就忘了旧人，今晚让奴婢服侍您？”

听闻此言，沈予有片刻迟疑，他以为当务之急是要去东苑一趟，商量治疗晗初失声的法子。可转念一想，以后还要靠茶茶照顾晗初，不能让她生气，于是便没有拒绝："好。我尚且有事在身，晚上你等我。"说着便起身离开，径直往东苑而去……

半个时辰后。

"啪啪啪"的叩门声传来，伴随着茶茶一声爽朗的呼唤："姑娘在吗？"

晗初辨出访客是谁，连忙起身前去开门，见茶茶怀中抱着一物，连忙伸手去接。

"不必劳烦姑娘，我说两句话就走。"茶茶边说边进屋，又将怀中的琴具放下，缓缓揭开覆盖其上的大红绫布，"小侯爷怕你独自寂寞，便命我将这把琴转赠于你，好让你打发时日。"

沈予赠的琴吗？晗初有些意外，不禁伸手抚上琴弦。但听泠泠之声传入耳中，音色倒不错，也算一把好琴。

茶茶见晗初并不抗拒收琴，又道："今日我便沾着小侯爷的光，借花献佛了！"

既然茶茶都这样说了，晗初也不好再拒绝，只得无声地表达了谢意。她是有好些日子没抚琴了啊！自从赫连齐绝迹醉花楼，传出要与明璎成婚的消息之后，她便再也没有碰过琴了。

虽然醉花楼失火迄今只有一夜工夫，但晗初已经想得透彻。赫连氏与明氏联姻，绝不是一蹴而就的，凭着两家显赫的家世，少说也要置备一年之久。

可赫连齐自与她相识以来，却对婚事闭口不谈，哄着她一心一意待他，厌倦过后又不告而别。这样薄情的男子，如何值得她为之伤心？

若当真论起来，醉花楼失火固然是受了明璎主使，但归根结底，琴儿的无辜惨死，自己的无故失声，都是因为赫连齐。既然那人负心薄幸，身子给他便也罢了，她要把遗失的心收回来。

想到此处，晗初已不自觉地开始撩拨起琴弦。

沈予是她的救命恩人，也是她如今的主子，无论他对她有什么心思，都无可厚非。但他不给她承诺，甚至连一句情爱的话都没有。

晗初忽然很感谢沈予，感谢他这样待她。没有山盟海誓，没有柔情蜜意，如此便也不会有辜负，不会有失望。这也算是一种变相的风流君子作为吧。

想着想着，晗初的嘴角不禁噙了笑。她这副模样落在茶茶眼中，无异于少女怀春惹人遐想。

茶茶心中冷笑不止，面上却装作暧昧调笑："赠之以琴，即赠之以情呢！可见姑娘在小侯爷心中的分量不轻啊！"

晗初犹自沉浸在自己的思绪当中，根本没有听清茶茶的话。

茶茶看晗初越发心不在焉，以为她是欢喜过了头，见此次目的已然达成，便也不再逗留，起身告辞道："姑娘今日刚来追虹苑，好生歇息吧，我就不打扰了。"说着不待晗初反应，已兀自起身走出门外。

茶茶走后，晗初便耐心地抚起琴来。琴技是她在风月场上一鸣惊人的法宝，也是她平生最为自傲的一桩事。在这京州城内，不知有多少公卿子弟都是先闻其琴，再见其人。他们为她的琴声所倾倒，便也对她的艳名更为仰慕。

晗初是喜欢抚琴的，对此也极具天赋。她自五岁进入醉花楼起便专心练琴，迄今已整整十年。到了最后，南熙境内已寻不出一个琴师敢再教她。

沈予托茶茶送来的这把琴，并不是晗初见过最好的，只能勉强排个中上等而已。可不知为何，她竟有些爱不释手。

自从"南熙第一美人"的艳名远播之后，晗初曾收到过无数好琴，这其中大多是花客所赠。他们赠琴给她，并不是为了当她的知音，而是为了当枕畔香客。个中心思太过龌龊，晗初便也对那些好琴心生抵触。

可眼下她依附沈予而活，对方并没有必要来讨好她。但沈予却赠琴给她，可见也是存了几分真心吧？否则又怎会冒着得罪明氏的风险收留她？

月余不碰琴，手都有些生硬了。晗初失笑地摇了摇头，最后拨弄了一首曲子，便将琴具仔细收好。刚揭过大红绫布覆上琴弦，却听"啪嗒"一声脆响，一枚绿色物件从绫布之中掉了出来，滚落在地。

晗初拾起一看，是一只通体水碧的玉耳环，雕琢成一朵茶花的形状，在艳阳的照耀下翠色欲滴。

不过看了一眼，晗初便知晓这耳环必定十分贵重，单看那精致的做工及翠玉的成色，都是难得一见。她仔细回想，方才茶茶来送琴之时，耳垂上的确闪着点点绿光，应是戴着耳环没错。

丢了这耳环，也不知茶茶发现没？晗初如此想着，连忙找出一方绢帕将耳环包好，攥在手中打算去还给茶茶。可来回跑了四五趟，茶茶的院门却一直落锁紧闭，人也不知去向。

晗初不禁有些担心，生怕茶茶遗失了耳环而着急。可追虹苑如此之大，自己又是初来此地，也不好贸然跑出去。届时只怕没找到茶茶，自己倒先迷了路。

斟酌半晌，她决定守株待兔，岂知一直等到酉时也不见茶茶回来。晗初时不时地望一望对面的院门，精神绷得紧了，竟不知不觉趴在案上睡了过去。

待到一觉醒来，已是月上中天，早就过了戌时。

因为怕茶茶惦记这耳环，晗初也没觉得腹中饥饿。她起身推开窗子看向对面的院落，这一次倒是瞧见了阑珊灯火。

晗初匆匆拿起耳环再去找茶茶，走至院前正待抬手敲门，才发现院门竟是虚掩着的。她失了声，也没法说出话来，只得冒失一回。

晗初缓缓推开茶茶的院门，放轻脚步迈入其内。只见院落里挂着一只灯笼，好似是在等着谁。她就着灯笼的光四处打量，唯有一间屋子亮着烛火，光色幽暗不明，影影绰绰地投射在窗户纸上。

晗初见状不再迟疑，连忙拾阶而上，发现这间屋子也是虚掩着的。她正欲抬手敲门，却忽听屋内传来一声娇吟，旖旎而淫腻，令人遐想万分。

晗初出身青楼，又经历过男女之事，立时明白过来是什么声音。她仍旧保持着敲门的姿势，只是那只纤纤玉手却停在了半空中，再也无法动作。

她知晓自己应当即刻离开，便缓缓后退，想要远离一门之隔的春光。可是屋内的淫声艳语却喧嚣得很，一字一句生生撞入她的耳中。

“小侯爷，茶茶想您……”女子的声音娇羞轻盈。

“我也想茶茶啊……”男子的声音喑哑低沉。

“您眼下一门心思都在那位姑娘身上，最是喜新厌旧！茶茶好伤心……”

话音落下，屋内就此陷入静默。然而只是一瞬，沈予已答了话：“小爷实话告诉你，她只是个供人豢养的妓女，小爷我狎妓而已。”

狎妓而已！呵！晗初无声地嗤笑。余下的话，她已自问不必再听了。

屋内又适时响起一阵女子的呻吟，比方才那一声更娇媚、更放纵。紧接着，茶茶已娇滴滴地再道：“小侯爷，茶茶受不住了，求您给我……”

听闻此言，晗初忽然觉得胃部翻涌，明明晚上没有用饭，却是这般难受作呕。她捂着口鼻再次后退一步，却忘记自己身后是台阶，一脚踩空便跌了下去。

晗初头一次庆幸自己失了声，否则此刻必定会尖叫出来。然而她跌倒的动静实在太大，终究是将屋内一对缠绵鸳鸯惊动了。

“谁？”但听沈予一声喝问，屋门继而被打开。烛火顺着大开的屋门宣泄而出，瞬间洒了一地柔光。

沈予就站在逆光处，晦晦暗暗看不清神色。

晗初跌坐在地上抬眸打量，见他赤裸着精壮胸膛，全身上下只穿了一条绫绸衫裤。可即便是这条衫裤，想必也是正要脱掉的，腰带已然松松垮垮。

与此同时，沈予也正在打量她。

“晗初？”他低低反问，仍旧保持着开门的姿势，手中还握着一把匕首。就着散落而出的烛火，沈予清楚看到了晗初的娇颜，娥眉蹙起、下唇紧抿、面色苍白，眸中是隐隐的厌恶。

沈予顿觉胸口被一块大石压上，令他有些喘不过气来。他张口想要说些什么，却不知该如何开口。

说来当真可笑，他沈予对着旁的女人是甜言蜜语舌灿莲花，每每哄得她们如上云端；唯独面对晗初，有些话他说不出来，无论如何也开不了口。

这事若要传出去，丢人倒是其次，只怕也不会有人相信，他堂堂“风流小侯爷”，竟会对一个女人不善言辞。就连沈予自己都不愿相信。

然而事实摆在眼前，恰如此刻一般，他仿佛也失了声，只能定定看着这名唤“晗初”的女子，无从开口，无从解释。

两人便如此沉默着对视，最终还是沈予先回过神来，跨出门槛想要扶她起来：“你怎么在这儿？”他俯下身躯朝她伸手，指尖堪堪触碰到一片衣角，晗初却忽然向后一闪，如避瘟疫似的躲了过去，兀自从地上站起身来。

她实是他见过最美的女人，就连憎恶躲闪都如此美妙。沈予苦笑着看向晗初，一个逆光，一个顺光，他看她清清楚楚，她却未必看得清他。

“晗初……”沈予低声再唤，语中带着几分心虚、几分担忧。

似是被自己的名字戳中了痛楚，晗初立时快步后退。她的目光越过沈予看向屋内，依稀可见茶茶酥胸半裸，正倚着屏风对她隐晦地微笑。

电光石火之间，晗初明白了什么。饶是她再笨，从前也见过不少争风吃醋的戏码，只是用到自己身上，她便看不透了。

晗初自嘲地笑了笑，转身便往院子外跑。她听到身后有人唤她，也知道是谁，但此刻她只觉得足痛难忍，一刻也不愿停下。

沈予看着她仓皇逃离的背影，正欲追上去，却被身后的茶茶拉住了手臂：“姑娘她是怎么进来的？”

沈予看了她一眼，眉峰紧蹙没有作声。

“这可如何是好，她要生我的气了……”茶茶垂眸娇婉地道，语中隐约带着哭腔。

沈予看着茶茶颈上的朵朵粉红，那是他方才种下的吻痕。可他有什么错呢？难道只许晗初与赫连齐巫山云雨，便不许他和其他女人享鱼水之欢？

想到此处，沈予也有些负气。他望了望晗初离开的方向，终是狠下心肠道：“不用管她，咱们回去！”说着已收起匕首，揽过茶茶的香肩返回屋内。

夜色撩人，再次渲染了一室情欲……

第三章 云本无心以出岫

晗初不知自己为何要落荒而逃，即便是她撞破了沈予和茶茶的情事，至多也应当羞赧罢了。可她还是一口气跑回了屋内。

足上有些疼痛之意，应是方才跌倒的时候崴到了，可晗初却觉得右手更痛，攥着的那方绢帕好似一团火，在她的手心里烈烈灼烧。绢帕里包裹着的是茶茶的耳环。但晗初明白，这只耳环如今可以丢掉了。

需要丢掉的，又岂止是一只耳环？晗初看向案上那具古琴，忽然之间，头脑一热便将它抱在怀里，转身又出了院子。

也不知绕了多少弯路，直至走得双足胀痛难忍，晗初才隐隐听到了水声。她失魂落魄地抱着琴，望着面前的一汪碧泉，竟然无声地笑了出来。

她早该明白的，青楼女子哪里值得男人付出真心？她从没摆正过自己的位置，只一味追求虚无缥缈的忠贞之爱。可到头来，皆是镜花水月。

诚如沈予所言，只是狎妓而已！可笑他不过施舍给她一把琴，她竟以为他有几分尊重与真心。原来还是看中她的皮相啊！

方才沈予的床笫之话言犹在耳，也一刀刀凌迟了她的天真与奢望。狎妓而已……

“扑通”一声响起，晗初的怀抱一瞬间变得空空荡荡。她奋力将那具古琴丢进水里，好似丢掉了一把染血的利刃，而她是逃避命案的罪魁祸首。

水面上顿时波光潋滟，在月色映照下显得分外诱人。但下一刻，这诡谧的景象已被一束微光所打破——

“何人在此？”晗初听到一句厉声喝问。那声音带着几分警惕与生硬，冷冽得教人不寒而栗。

晗初循着光亮侧首望去，先看到不远处有个提着灯笼的男人，年岁不大，腰间还挎着一柄长剑，看样子好似是个……侍卫？

下一眼，她看到了侍卫身前的另一个男人。

只见一袭白衣在灯笼的映照下散发出柔和的光色，与这黑夜形成了鲜明的比对，清晰又朦胧，宛如夜之星辰，有些遥不可及的天人之感。

晗初并不能看清那白衣男人的长相，只依稀可辨应是一位年轻公子。他周身的清冷气质如此静谧，却又如此强势，矛盾得令人不可忽视。

况且，这白衣公子是坐在轮椅之上。

晗初有一瞬间的恍惚。这主仆二人如此悄无声息地出现，端的是诡异与神秘。此处明明是沈予的私人宅邸，又怎会有陌生男人凭空出现？

若不是那白衣公子坐着轮椅，看起来不良于行，晗初几乎要以为，这是打何处来的两位仙人，偶过此地稍作停留。

毕竟如此夜色，如此景致，无不充满无尽的迷离之美，容易惹出无尽的迷离幻象。

许是晗初出神得久了，但见那侍卫模样的男人已将灯笼执高了一些，似是想看清她的面容："你是何人？为何在此？"

晗初被这一声冷冷喝问惊得回过神来，这才发觉自己竟然盯着两个陌生男人看了很久。她不禁有些羞怯之意，很想开口解释，怎奈仍旧说不出话来。她唯有低低俯身见礼，又指了指自己的咽喉，轻轻摆了摆手。

"你不会说话？"那执灯的年轻侍卫再次问道。

晗初点头默认。

这下子那年轻侍卫反倒意外了，大约是没想到晗初竟会是个哑女。他看向轮椅上的白衣公子，似在等着主子示下。

"夜中沉琴，姑娘好雅兴。"白衣公子这才清清浅浅地开了口，声音带着几分淡然与磁性，无端便让晗初纷乱的心绪忽然平静下来。

这声音如此熟悉，竟能带给她宁谧与安心。

只是方才白衣公子的那句问话，晗初无从回答。她哪里有什么夜中沉琴的雅兴？分明是一场自怜自伤罢了。

虽然知晓夜色寂暗、灯火阑珊，对方必定看不清自己的容颜与表情，可晗初还是极力克制着情绪，不愿被人看出异样。

"你是西苑之人？"夜色中，她听到白衣公子再次开口，这一次并非赞许，而是询问。只不过她受失声所累，唯有轻轻点了点头。

"原来是你。"白衣公子好似笑了笑，语中带着了然。

原来是谁？晗初闻言大为不解。听这白衣公子的语气，难道他认得自己？

可晗初却笃定自己并不认得他。她是世人眼中已化成灰烬的花魁晗初，又怎会与他相识？更何况她过往的恩客之中，并没有如此谪仙一般的出众男子。若是有，她定能记得一清二楚。

晗初很想开口询问白衣公子的身份，怎奈她失了声，对方也没有自报家门的意思，于是只好作罢。

“姑娘回西苑去吧，莫让子奉着急了。”白衣公子又道。

子奉？谁是子奉？怎的越说越无稽了？若非晗初清醒着，她几乎要以为自己正在经历一场梦，而梦里的谪仙认错了人。

更奇怪的是，她明明与白衣公子隔了一段距离，灯火又如此晦暗，可对方却好像能看到她的表情，一语道破了她的疑问：“姑娘不知子奉是谁？”

晗初也不管他是否能瞧见，只点头称是。

这样的氛围很怪异，她竟然站在一处泉畔，与两个陌生男子遥遥对望；不仅没有感到害怕恐惧，且还安之若素地与之交流，以无声答有声。

晗初有一种感觉，一种被人审视的感觉。明知如此夜色必定看不清什么，但她还是无端感到有一双清冷的目光射了过来，朝她静静打量，不带任何情绪。

晗初强迫自己不去胡思乱想，她想起他们还停留在“子奉是谁”的问题上。她等着白衣公子回话，然而对方却沉默了。

良久，便在她即将放弃这个问题的时候，白衣公子才再次开口，语气温和寡淡：“沈予，字子奉。”

原来“子奉”是沈予的表字。再联想起方才白衣公子问她是否西苑的人，晗初终于反应过来——眼前这主仆二人，是沈予口中的“东苑贵客”。

既然是沈予的客人，那便不是她一介卑贱身份所能攀交的，原本就是偶遇，现下更没有必要再做交谈。

晗初四下张望，发现此地并非东苑，而是位于正门的假山之后。她不禁暗自松了一口气，这说明她并未误闯东苑，即便日后理论起来，沈予也无法怪罪于她。

白衣公子的确目光犀利、夜中能视，显然看懂了晗初的意思。他在夜色之中沉吟一瞬，又徐徐道：“今夜沉琴之事，权当在下未曾看见。告辞。”

此言甫罢，一旁的年轻侍卫便已推着轮椅缓缓离去。

晗初目送白衣公子走远，才转身返回西苑。这一场沉琴奇遇，令她渐渐平复了心境，回到自己的院落，终是陷入安眠之中。

翌日清晨醒来，刚盥洗完毕，她便瞧见院子里的湖蓝身影。沈予双手负立，侧对院门，神色若有所思。

其实沈予堪称英俊，尤其一张侧脸更是棱角分明。此刻他不言不语，默然静立，倒也显不出平时的风流无状，有着能令怀春少女怦然心动的气质。

只是晗初已非情窦初开。她忽然不知该怎样面对沈予，所幸如今失了声，反倒成了一个优势。

她正暗自庆幸着，沈予也已发现了她，便面无表情地侧首相问："昨夜睡得可好？"

晗初只得跨出门槛，先对沈予俯身行礼，再轻轻点头。

"可我睡得不好。"沈予目光灼灼地盯着她，不想放过她一丝一毫的表情变化。

晗初刻意不看沈予，目光落在院子里的桐树上，淡淡笑着并不回应。

沈予瞧着她这副事不关己的模样，心中既懊丧又失望。昨夜她的落荒而逃，她的躲闪回避，都好似是小女子的吃醋行径。只不过当时事发突然，他便也没有察觉这份异常。

其实昨夜晗初走后，他极力想与茶茶继续缠绵下去，可怎奈就是心不在焉，再也提不起半分兴致，最后唯有半途而废。

夜半醒来之时，他看着身畔的茶茶，脑中所思所想皆是晗初的模样。她的娇羞、惊慌、愤怒，甚至是漠然，他都记得清清楚楚。

他有些记挂她，便不顾怀中的软玉温香，披衣起身来到她的院落。谁知这个没心没肺的女子却安安稳稳地熟睡着，看不出分毫的伤心失落。

沈予越看越着恼，便又返回到茶茶的床上，还特意解释了一番外出因由。好不容易将茶茶哄睡了，他却再也没了睡意，只得睁着双眼直到天明。

可如今，他一大早惦记着再来看她，竟然只得到她一个毫不在乎的笑容。仅此而已！

"昨夜你为何去找茶茶？"沈予仍旧盯着晗初，心中希冀她在乎着他。

晗初指了指自己的耳垂，又转身从屋内拿出一只耳环。

沈予瞧这耳环有些眼熟，但他赠给女人的物件太多，早已记不清。他扫了一眼耳环的形状，是一朵山茶花，便也有些明白了。

原来，她是去找茶茶送耳环。沈予面上的失望神色越发明显，终是叹了口气，开口解释道："昨夜我……"

"小侯爷！"但听一声娇嗔忽然传来，茶茶已手执一件薄披风迈进院子里，"大清早湿气重，您怎么也不披件衣裳？"

茶茶将披风搭在沈予身上，才笑着看向晗初："姑娘起得好早。"

晗初将手中的耳环递给茶茶，面无表情地看了她一眼。

"原来在这儿！"茶茶装作惊呼出声，笑道，"我昨日可是寻了几个时辰呢！西苑都走遍了！竟是掉在姑娘这儿了。"

茶茶边说边去握晗初的双手，想以此表示自己的感谢。晗初任由她轻轻握着，感受着指尖传来的冰凉，以沉默来回应她的狭隘心机。

茶茶显然知晓晗初的意思，遂干笑一声，松开手道："不耽误小侯爷与姑娘说话了，我先告退。”她笑着退了下去。

茶茶不来还好，这一来，让沈予满腹的话都无法出口了。毕竟被心上人撞破自己与别的女子欢好，实难解释清楚。沈予心里对晗初又爱又恨，但见她对自己很是冷待，只好盘算着让她冷静两天，另寻一日再行解释。

“你先歇着吧，小爷我诸事缠身，隔两天再来瞧你……有事只管找茶茶。”沈予嘱咐完这一句，转身出了门。

“啪嗒。”一个小纸团从沈予身上掉了下来。他步子走得太快，没有发现。

晗初想开口唤住他，又记起自己说不出话，待从地上捡起纸团，沈予已然跨出了院门。

晗初捏着纸团犹豫许久，才缓缓展开……

从晗初的园子里出来，沈予径直往东苑而去。他心中记挂晗初的喉疾，打算去找那位“贵客好友”商议商议治疗的方子。

“你家主子呢？”沈予入苑便瞧见一个眼熟之人，是好友带来的管家，遂出言问道。

“主子正在书房研究药书。”管家恭谨地回话。

沈予“嗯”了一声，抬步欲走，却见管家迟疑着又道：“老奴有一事相求，还请小侯爷襄助。”

“哦？你家主子还有办不成的事，要来求我？”沈予挑眉笑问。

“并非主子的意思，是老奴自己的主意。”管家坦诚道，“老奴想找一个可心的侍婢来服侍主子，还请小侯爷代为物色。”

物色侍婢吗？这倒奇了，那人终于发现手底下人不够使唤了？沈予有些幸灾乐祸，对管家笑道：“你家主子刚来时，我便瞧他凄凉得很，堂堂世子，身边儿只有两个丫鬟。当时他自己怎么说来着？说是两个丫鬟足够了。”

沈予调侃地笑着，很乐意看一场名叫“食言而肥”的大戏：“你说你家主子这个人……早知今日，何必当初？”

管家知晓沈小侯爷与自家主子情同手足，说这话毫无恶意，便如实回道：“您误会了。眼看着主子已近弱冠之龄，身子也将养好了，前两日太夫人来信，道是要让主子回房州承袭爵位……”

管家停顿片刻，才继续道：“原本是老奴先回房州打点一切，可巧太夫人屋里的三个大丫鬟相继病故、嫁人，主子孝顺，怕小丫鬟们侍奉得不可意，便命老奴将浅韵姑娘也带回去，侍奉太夫人。”

说到此处，管家面上有了忧虑之色：“您是知道的，主子不爱繁文缛节，这一次来京州只带了四个仆从。如今老奴和浅韵姑娘一走，主子身边只剩下两个人，老奴担心……”

他话还没说完，沈予已明白过来，摆了摆手，道：“不就是个侍婢吗，小爷记下了。想给你主子找个什么样的？”

管家闻言面色一喜，连忙道出自己的想法：“主子喜静，最好能像浅韵姑娘那样，话不多的。”

沈予点头：“这个好说。”

管家想了想，又道：“主子是秘密来京州将养，连当今圣上都不知道。老奴的意思是，要寻个可靠的，若是追虹苑里有现成的人选最好，毕竟从外头现找一个，怕是容易走漏消息。”

“不过是挑个侍婢，怎么比圣上选妃还难呢！”话虽如此说，沈予还是笑着应承，“这两天我就把人送过来。”

管家连忙应声道谢：“给您添麻烦了。”

“云管家客气了，你家主子的事便是我的事。”沈予边说边往书房方向走，“我去瞧瞧他，你去忙吧。”

经过方才管家的一通请求，沈予对晗初的火气也消了大半。他心里琢磨着侍婢人选，慢悠悠地来到东苑书房，便瞧见好友正对着满柜的药书仔细翻弄。

一袭白衣，气质清淡，有如琼瑶美玉，洁瑜无瑕。明明出身在世人都趋之若鹜的富贵高门，却偏偏有着不食人间烟火的气质，好似谪仙。

唯一令人遗憾的是，这位谪仙一般的人物，腿脚不便。

每每想到好友是如何患病的，沈予心里都难免一番自责。若要说他堂堂沈小侯爷有生之年最愧对何人，那便是眼前这位挚交好友——云辞。

沈予与云辞识于少时，两人相识在屈神医府中。只不过一个是神医的关门弟子，另一个是神医收治的患者。他们曾朝夕相处五年之久，也结下了深厚的手足情义。

只是这番情义之中，还掺杂着沈予对云辞的愧疚之情。

十几年前，沈予的父亲文昌侯曾有恩于屈神医，便让自小体弱的幼子拜了屈神医为师。沈予来到屈神医府里，才发现还有一名羸弱的少年在此养病，与他年纪相仿，正是云辞。

两人很快熟络起来，沈予也得知了云辞患病的由来。原来云辞的母亲怀胎之时曾遭人投毒，致使他出生便带了病根。沈予来到屈神医府上时，云辞已在此医治了三年，胎毒已去，只是身子还不大好。

有一日沈予偷溜去后山玩耍，不慎被毒蛇咬伤，是云辞不顾性命之危为他吸毒，才及时保下他的性命。后来，他自己的毒是解了，云辞体内的胎毒却被蛇毒引发了出来，险些丧命。

沈予永远记得那日的情形，羸弱的少年面色苍白、冷汗淋漓，却躺在榻上安慰他道："子奉，别难受，我在鬼门关前转了几转，能换你一命，死而无憾。"

换你一命，死而无憾……这要经历过多少生死之关，才能让一个十二三岁的少年说出这句话来！

所幸后来屈神医施治及时，才让云辞捡回了性命。可云辞的一双腿却变得僵硬无力，不能长时间站立行走。

这是沈予心里永远无法释怀的痛。

又想起往事了！沈予几不可闻地轻叹一声，连忙收敛起低落情绪，换上招牌笑容："挽之。"他唤着云辞的表字，大步跨进书房内，问道，"在看什么书？如此认真？"

"还不是你出的难题？说要寻找治疗喉疾的古方。"云辞抬首看向沈予，噙笑而回。

只一瞬间，书房内好似琼露宣泄、春华弥散，已从人间变成天上。

"果真是久病成医，你的医术都快赶上我了。"沈予从云辞手中抽出药书，底气十足地质问，"药方的事暂且不提。你为何没有告诉我，你要回房州承袭爵位了？"

"母亲前两日才来的书信，还未及告知你。"云辞只淡淡回道。

"未及告知我？"沈予冷哼一声，佯作恼怒，"这两天我日日来找你钻研药方，你却连提都没提过一句。若不是今日云管家来找我，你是不是打算不告而别？"

"岂会？"云辞笑着反驳，清清浅浅地转移了话题，"云忠找你何事？"

"还不是放心不下你。他要带着浅韵提前回房州，怕你身边人手不够，请我为你物色个侍婢。"沈予边说边笑着摇头，"云管家的要求可不低呢！"

"侍婢？"云辞轻蹙了眉，倒为他的谪仙气质添上两分威严，"是云忠自作主张了，我不需要再添侍婢。"

"谁说不需要？"云辞话音甫落，但听一个脆生生的音色已飘入书房之内，紧接着一个鹅黄身影迈步而入，手中还端着两盏茶，"主子不要，奴婢可觉得少不了呢！"

沈予瞧见来人，立时笑得风流倜傥："淡心姑娘。"

来者正是云辞身边的另一贴身侍婢，淡心。她年方十六七岁，眉眼玲珑、肤色白皙，单看模样便是个水灵灵的可心人儿。

沈予流连花丛，看遍万花，一直认为鹅黄这个颜色，女人不能轻易穿出来。若是肤色黑了，穿着土气；肤色过白，又显病态。

他迄今只见过两个女子能匹配这颜色：一个是晗初，一个便是眼前的淡心。自然，晗初是穿什么都好看；淡心嘛，便是极为相称鹅黄之色。

不得不说，云辞是很有艳福的，单看他身边的两个侍婢，浅韵和淡心，都是玲珑剔透的不俗之人。只可惜，云辞本身清心寡欲、不近女色，放着好端端的两名美人，却不曾收入房中。

而此时淡心已端着茶盏，轻飘飘地向沈予见了礼，又为两位主子一一奉茶，笑道："小侯爷别听主子的话，您好歹也可怜可怜奴婢。浅韵姐姐一走，服侍主子的差事都压在奴婢一个人身上，那可吃不消呢！"

淡心虽有如此一说，但云辞和沈予都知道她的心思。她哪里是怕差事辛苦，分明是怕独自侍奉不够周到。

沈予心里敞亮得很，便笑着附和："淡心姑娘说得没错，你家主子脾气古怪，劳你独自服侍委实辛苦。他不懂怜香惜玉，小爷我可是心疼得紧呢！"

沈予虽是个风流无状的，但也知道拿捏分寸。对于云辞身边的两名美婢，他不过是闲来无事调笑而已，从不曾在举止上逾越半分。

显然淡心也习惯了沈予的轻浮言语，娇笑着对他再次行礼："多谢小侯爷怜惜奴婢。"

听闻此言，云辞倒也不好再说什么，唯有无奈地笑道："看来是我平日太惯着你们，如今一个两个，都敢替主子拿主意了。"

淡心顺势掩面而笑："主子慈悲心肠嘛！"

云辞瞥了她一眼，没再说话，又拿起药书兀自翻看起来。

淡心见云辞不理她，又转对沈予笑问："再过两日，浅韵姐姐便要随云管家回房州了呢！小侯爷心里可有合适的接替人选吗？"

人选？沈予想起方才云管家提出的条件：性子安静、稳妥可靠、最好是西苑之人……不知为何，脑海之中忽然浮现出晗初的容颜。

诚然，以目前晗初的境况来看，再没有比她更沉静更可靠的了。如今她受艳名所累，在追虹苑不与外界接触，更不可能泄露云辞的身份与行踪。何况她还失了声。

而失声一事在沈予看来，根本不算是晗初的缺陷。可当真要送她过来吗？沈予心中有些舍不得。如今他好不容易得了晗初，只想妥帖珍藏，不愿再让旁的男人瞧见。即便是清心寡欲的云辞，他也不大乐意。

于是沈予便对淡心回道："人选还在物色，西苑里的都不大合适。"

淡心闻言有些着急，面上却笑道："您身边儿的花花草草、莺莺燕燕就不要送来了，我怕主子吃不消。"

"果然是被挽之惯坏了。"沈予也不见生气，一本正经地辩解道，"谁说我身边儿都是花花草草、莺莺燕燕？"

淡心张口欲反驳，又觉得有些话难以启齿，须知沈予放浪形骸惯了，什么都敢说。她原本打算向云辞求救，却见对方一副事不关己的模样，在那里悠闲自在地翻着书。

淡心见状很是不满，她向来没大没小惯了，便粉唇轻启向沈予抱怨："小侯爷您看！这真是皇帝不急，急死太监。"

听闻此言，当事人终于有了些反应。云辞放下古籍抬起头来，对淡心笑道："为了不让你急死，我还真得说句话了。"

他将目光移至沈予面上，随意地道："西苑里不是有个患了喉疾的女子？便是她吧。"说完又毫不经意地埋首继续看书。

这是挑了晗初吗？沈予敛起笑意，很是不舍："她口不能言，恐怕多有不便。"

沈予此时只一味惦记着晗初，却忽略了一桩事：他并没有提过西苑里有个患了喉疾的女子，只不过是请云辞研究治疗法子而已。那云辞又是如何知晓的？

他自然不知道，昨夜晗初与云辞已经偶遇过了。

"口不能言有什么关系？您看浅韵姐姐，也是一天不说一句话。"淡心不等云辞开口，已对沈予笑道，"莫不是您打算将西苑那个红衣姑娘送过来？奴婢瞧着还是免了，她若过来，奴婢便和浅韵姐姐换一换，跟着云管家回房州得了。"

淡心所说的红衣姑娘正是茶茶。她曾见过茶茶两次，都是为了些琐碎事务。诚然茶茶是个有眼色的，可在淡心眼里，是既虚伪又功利，莫说她不喜欢，想来主子也不会喜欢。

相比之下，淡心也倾向于找个哑女。身患残疾的女子大多有自知之明，必不会像茶茶那般幺蛾子，天天动些歪心思。

沈予自然明白淡心所指是谁。他的确想将茶茶送过来，可如今瞧着淡心的反应……

但他依然不想让晗初过来，便解释道："'口不能言'与'沉默寡言'是两回事。浅韵虽不爱说话，关键时刻总归要开口。若当真送个哑巴过来，我只怕会误了事。"

"无妨。"此时云辞恰好掀过一页书，便接过话茬，头也不抬地道，"我不是受你所托，正在研究治疗喉疾的法子？她来了东苑，我也好当面诊治。"

说到此处，云辞似乎又想起了什么，再次抬首看向沈予，问道："你要施治的人，是她吗？"

沈予有些尴尬，他想起晗初的冷淡模样，又是一阵不痛快，便违心地否认："怎会是她？她不过是我买回来的孤女而已。是醉花楼里有个姑娘，歌喉美妙得紧，如今受了惊吓说不出话来，我便心生怜惜了。"

云辞颇为无奈，眸中闪过戏谑之意："子奉，身子要紧。"

沈予闻言轻咳两声，唯有讪笑以对。他想起方才云辞的要求，点名让晗初过来东苑侍奉。若是别人开这个口，他必然一口回绝，可对方是云辞，是他一辈子的挚交好友……

罢了罢了，让晗初来东苑侍奉几天也没什么。原本因为昨夜之事已是彼此尴尬，若能让她暂时离开西苑，也是个缓和的法子。再者，保不定让淡心那鬼丫头调教几日，晗初就知道好歹了。

如此一想，沈予便也同意割爱了。在这世上，唯有云辞能让他“重友轻色”。

于是沈予又与淡心打趣了几句，便返回西苑去找晗初提这件事。他原本以为晗初不会愿意，岂料她很痛快地答应了。

翌日清晨，晗初依照沈予的吩咐，打算去东苑。刚走出院落大门，却瞧见茶茶在门口站着。

“姑娘早啊，小侯爷命我送你去东苑。”茶茶笑得神采风扬，看不出半分虚情假意。

晗初选择忽略这个女人，径直跨出门槛。茶茶也不生气，微笑着走在她身侧。

两人并排往东苑行去，待苑门隐隐在望时，茶茶忽然揽袖咯咯地笑起来，放低了声音道：“听说东苑里的贵客是个瘸子，姑娘可要小心服侍了。”

瘸子？会是他吗，前夜在泉边见到的白衣公子？晗初有些忐忑与期待。事实上，她之所以痛快应承来到东苑，一则是厌恶茶茶的钩心斗角和不想面对沈予；二则便是她心存侥幸，想再见一次那白衣公子。

茶茶却不晓得晗初的心思，还认为她是遭到沈予“贬斥”，便幸灾乐祸地道：“姑娘可要好生服侍贵客，别让他们看扁了小侯爷身边儿的人。”她重重咬出“服侍”二字，意有所指。

晗初冷冷抬眸瞥了她一眼，似要与之划清界限。

茶茶两次吃瘪，也自觉对着个哑巴说话实在无趣，便不再多言，引着晗初进了东苑。

翠色漫天，山水依傍，入眼皆是琉璃瓦的光泽，飞檐入鬓白云别抱，又不乏幽深宽广的循序渐进。

如此深深庭院，令晗初有一种与世隔绝之感。

茶茶正要去找云管家交人，却迎面撞上了淡心。

“谁许你擅自进来的？”淡心怀抱一摞古籍，遮挡住了大半张脸，只余下一双水灵灵的眼眸瞪向茶茶，看起来很是不悦。

茶茶立时赔笑道：“姑娘莫怪，这不是给您送人来了。小侯爷吩咐过的，要将人带去给贵客过目。”

淡心闻言，也顾不上打量晗初，对着茶茶冷冷道：“人交给我便成了，你快出去。以后不许你来东苑，小侯爷吩咐的也不成！”

一个侍婢竟如此眼高于顶，又不是什么皇亲国戚！茶茶暗自腹诽，面上却没有流露出来，只带着讪笑告辞而去。

淡心一直看着那婀娜的红色身影出了东苑大门，才回过神来打量晗初。迎着夏季的初升朝阳，她瞧见了一张绝色容颜，肌肤盈白，泛着透亮，为这炎热的天气无端带来一丝清凉。

淡心从不知晓，这世间尚有女子能兼具妩媚与灵动。这两种矛盾的气质在眼前这女子身上如此融合，淡雅如暖春之光，冶艳如灼夏之彩。

无须描绘这精致的眉眼，眼前女子浑身上下都是恰到好处，浓淡修宜、深浅合度。纵使日光倾城，她也毫不逊色。

淡心抱着古籍定定地看着晗初，一时竟有些挪不开眼。

晗初却被盯得手足无措起来，唯有微笑着俯身见礼。她也对眼前抱书的少女颇有好感，只因她看见对方给茶茶一番疾言厉色。

瞧见晗初对自己行礼，淡心这才回过神来，随意地福了福身子，笑道：“我抱着书不大方便，你别见怪。”

晗初摇头表示不甚在意，又伸手想要去帮她一把。

这一举动令淡心顿生三分好感，她恰好手臂有些酸了，便毫不客气地将其中一半古籍递给晗初，笑道：“你长得可真美，难怪小侯爷舍不得放人。”

晗初的耳根微红，抿着唇没有答话。

淡心这才想起昨日沈予说过的，新来的侍婢口不能言。好端端的一个绝色美人，竟是个哑巴，淡心不免心中微憾。

果然老天爷是见不得人好的，给了眼前这女子天姿国色，便也剥夺了她说话的能力。由此而言，这哑女和主子也算同病相怜，一个口不能言，一个腿脚不便。

想着想着，淡心才发现两人已站在原地许久。于是她引着晗初往管家住的院子走去，边走边道：“先去见见云管家，浅韵姐姐即将离开，你要接她手上的差事。”

晗初轻轻点头，面上有些紧张神色。

淡心见状又笑了：“别担心，主子生性简洁，并不苛求，我跟着他这么多年，还没见他发过脾气，你用心侍奉便成了。”她停顿片刻，又道，“我叫淡心，浅淡的淡，良心的心。你叫什么名字？”

晗初闻言一愣。自己叫什么名字？嗬！她还当真是个无名无姓之人呢！在这世上晗初已死，她又是个不知生身父母的孤女，如今竟连个名字都没有了。

晗初索性摇了摇头。

淡心以为晗初是沈予买回来的孤女，便不甚在意名字之事，不由得抱怨起来："小侯爷真是的，没给你起个名字吗？枉费他自诩风流一场。"

说着她又换上明媚笑容，眼底流露出三分崇敬："你别难受，我家主子可是才学出众，定能为你起个好名字。我和浅韵姐姐的名字，都是主子给起的。"

浅韵、淡心……晗初在心底默默念着这两个名字，好似也从中窥探到了起名之人的脱俗心境。的确像那白衣公子所起的名字，浅浅淡淡，读起来却是口齿留香。

两人边说边走，不知不觉已到了管家的院子外。淡心将晗初引见给云管家，也毫不意外地看到了管家脸上的惊艳之色。

若是单看容貌与性情，这哑女当个侍婢委实绰绰有余，也不算辱没了主子的身份与气质。淡心一面想着，一面从晗初手中接过那几本书，径自去了书房。

"主子，您要的古籍都晒好了。"淡心将怀中的一摞书放到小桌案上，兀自活动着酸胀的双臂。

此刻云辞正在伏案挥笔，闻言便停笔看了淡心一眼："这么多书，你能独自抱回来也不容易。"

"若是奴婢自个儿抱回来，膀子都要累断了……"淡心撇着嘴发了一句牢骚，才笑道，"路上遇见了西苑送来的哑女，是她帮了奴婢一把。"

云辞"嗯"了一声，又继续埋首，边写边道："你可别欺负她。"

"难道在您眼里奴婢只会欺负人吗？分明是她自己要来搭把手的。"淡心连忙解释着，又道，"她那副模样，奴婢怜惜她还来不及呢！"

"哦？素来刁钻的淡心姑娘也会怜惜人了？"云辞头也不抬地调侃，"太阳打西边儿出来了？"

淡心负气地冷哼一声，这才走近云辞的书案，俏皮地道："主子，那个哑女长得可真美，就连奴婢瞧着都赞叹不已。"

"是吗？"云辞仍旧笔锋不停，毫不经意地反问一句。

"是啊！"淡心看着自家主子这副不甚在意的模样，忽然没了说话的兴致。她早就知道主子不近女色，无论是如何天仙儿一样的人物，主子都不曾正眼瞧过。

记得从前浅韵姐姐还问过主子，主子只是清浅地回了一句："容貌美丑，皮囊而已。"

自那以后，淡心与浅韵也不多言美丑了。只是每每想起云府后嗣无继，太夫人那副忧虑模样，淡心也跟着着急。然而主子的婚姻大事，连太夫人都勉强不得，她们做下人的也不好过多置喙。

淡心兀自想着，却见云管家不知何时已出现在门口，恭恭谨谨地朝屋内禀道：

“主子，西苑的姑娘送来了，正候着向您问安。”

“进来吧。”云辞这才停下笔，抬首看向门外。

云管家得了允令，连忙招呼身后的晗初跟着进屋，命道：“快向主子见礼。”

晗初敛神垂眸，低低俯身行了一礼，娉婷婀娜之余，又不乏端庄大方。

云辞的清澈目光落在晗初面上，云淡风轻地道：“有劳姑娘一段时日。”

听到云辞说话的声音，晗初已断定了他就是前晚遇到的白衣公子，便忍不住抬起头来，微微笑着以示回应。

仍旧是一袭白衣，仍旧是坐在轮椅之上，但这一次，晗初已能清晰地看到他的长相与神情。如她想象中一般，超然得宛若天人。

若前夜偶遇时的白衣公子，是疏朗星空中的一抹清辉；则今日重逢时的白衣公子，是熠熠夏日里的徐徐凉风。

饶是晗初来东苑之前已做足了心理准备，但此刻还是被他周身散发的静谧与淡然所震慑，一时间仿佛又回到了前夜初遇时的心境，好似能够忘却前尘。

“这下好了，天姿国色遇上天姿国色，真是美如画卷一般呢！”淡心见两人都是相貌出众，便口不择言起来。

云辞闻言扫了她一眼，不怒自威道：“你不是手臂酸了？下去歇着吧。”又对着管家道：“你也去忙吧。”

淡心与云管家都晓得云辞的脾气，皆不敢再多言，各自领命告退。

唯余晗初站在屋内，手足无措。

云辞也没有半分叙旧的意思，就好似初见一般，他对晗初淡淡命道：“过来研墨。”

简单利落的四个字，晗初不敢有半分怠慢。她领命行至云辞案前，见他正提笔写着什么，而砚台里的墨汁，早已被这夏季的炎热蒸干。

晗初将案上的小茶壶掂起来，朝着砚台里倒了些清水，便不急不缓地磨起来。

云辞笔锋不停，蘸着墨汁飒飒写着。晗初于书法一道虽不精通，但也能看出一点好赖端倪。云辞的笔法遒劲有力，很有风骨，倒是与他的清冷气质不甚相符。

因是站在桌案对面，晗初所看到的每一个字都是颠倒着，是以辨认起来有些费力。她看了好半晌，才发现云辞写的是一张药方。

晗初不懂医，便也不甚在意。想起眼前这位谪仙男子略显苍白的容颜，只道他是久病成医，自己给自己开的药方。

岂知待到云辞笔停，他却执起那张药方，道：“你将方子交给淡心，命她准备这些药材，你自己煮了喝。”

晗初睁大双眸很是不解，看向云辞无声地询问。

云辞仍旧面色淡然，只道："子奉身边有一红颜知己患了喉疾，托我写服方子。这是清热去火的药材，也不挑人，你不妨一并试试吧。"

他想了想，又道："先开嗓，若是吃了没有效果，再换个方子。"

晗初伸手接过药方，只觉得眼眶一热。她想要开口致谢，却是连个口型都做不出来。

云辞显然看懂了她的意思，于是清浅笑道："你受累来照顾我几月，我总得加以回报。也不是特意为你拟的方子，不必客气。"

晗初只得轻轻点头，将药方叠好揣入袖中。

云辞想起淡心夸过这女子貌美，这令他有些诧异。淡心素来眼高于顶，从不轻易赞许人，倒是尖酸挖苦的时候多一些。

只可惜他对美丑向来没什么见地，相比容颜，他更看重其他方面，譬如读书识字。"读过书吗？"他脱口问道。

晗初点头。

云辞将案上一张裁好的宣纸递给她，再问："会写字吗？"

晗初默认，又提笔在纸上写道："读得不多，字也不好。"

"能识文断字已是不易。"云辞扫了一眼纸上的字，对晗初笑道，"你不必事事写字，我能看懂些唇语。若是你说了什么我看不懂，再辅以纸笔吧。"

这倒是令晗初大感意外，很是惊喜地抿唇笑回："多谢。"

云辞顺势再问："方才云管家和浅韵可交代了你的差事？"

晗初点头，方才云管家已说过，她主要是在书房侍奉。

云辞修长的手指轻轻敲击桌案，又道："我平日在书房的时候多一些，没有什么规矩，你不必拘束。"

云辞看到晗初唇边勾起浅笑，这才想起尚且不知她的姓名，便问道："你唤什么？"

晗初尴尬地摇了摇头，提笔蘸墨缓缓写道："无名无姓。"

云辞见字眉峰轻蹙："你跟着子奉多久了？"

晗初提笔再写："三日。"

"难怪。"云辞有些明白过来。依照沈予那风流个性，定是瞧这孤女貌美，一时怜香惜玉便买了回来，还没来得及给她取名字。

想到此处，云辞微有沉吟，便询问晗初的意见："你若不嫌弃，我为你取个名字可好？"

再取个名字吗？也是，如今晗初已死，她的确需要个新名字。左右不过是称谓而已，如今既然奉命做了侍婢，那便全凭主子的心意吧。

晗初想起"浅韵"、"淡心"两个名字皆出自这白衣公子之手，想来他的心思必定不俗，于是便微微点头。

她本以为白衣公子起名会信手拈来，却见他沉吟许久，似在慎重斟酌。晗初看着他眉峰微蹙的模样，莫名便提起了心思，对自己的新名字有了些许期待。

两人便如此沉默着，良久，云辞才提笔写就两个字——“出岫”。

他想起了在泉边偶遇这女子的情形。那夜他本是无心睡眠，才突发奇想要出东苑散心，谁知无意中瞧见这少女在泉边沉琴。

虽是夜色阑珊，彼此又隔着一段距离，可他向来目力极佳，纵然在夜里也能清晰远视。他还记得少女当时的神情，两分落寞，三分伤情，剩余五分则是坚韧倔强。

琴瑟自古象征情事，女子夜中沉琴，免不得让人误会她是为情所困。然而后来他发现，这少女竟连沈予的表字都不知晓，看着也不像是沈予的红颜知己。

云辞并不觉得这沉琴的少女如何美貌，然而当时她的神情及气质，委实令他印象深刻——明明看似温顺，骨子里却透着孤勇。若不是侍卫出声相询，惊动了她，他其实并不准备出言打扰。

也许正是这份朦胧的神秘，才使得他记住了这个女子。因而昨日淡心说起要找侍婢接替浅韵，他便脱口点了她。云辞回想前缘，不禁失笑地看着宣纸上的两个字：出岫。

其实这名字并无多少深意，只是他恰好想起了“娇横远岫，浓染春烟”。这八个字并非任何女子都担当得起，可他无端想到了她，再者那夜他与她的偶遇本是无心。

云辞自问这名字起得有些随意，但也不算辜负。他将宣纸推到晗初面前，低低征询：“可以吗？”

晗初低眉看着纸上这两个字，朱唇微翕，无声地念着：“出岫。”

她认为不输于“浅韵”和“淡心”。如此想着，便轻笑颔首，又提笔问道：“云无心以出岫？”

云辞这才浅笑起来，看着她说了三个字：“我姓云。”

刹那间，屋内好似化作了琼楼玉宇，储了两位出尘仙人。男子是北辰紫微，众揽万星；女子是芍药花仙，熏染倾城。

不过是彼此相视一笑，已寻到了几分会心的默契。

第四章 纸上风月觅知音

夏末的风飘云动皆有些慵懒之感，湛蓝的天空映照在与世隔绝的东苑里，更添了几分惬意氛围。阳光透过窗户浅浅地洒进书房之内，早已失去原先的灼烈，只余下绵暖光辉。

转眼间，晗初已在东苑住了十余日。她每日的差事并不繁重，甚至可以说是清闲。自云管家和浅韵走后，她便负责去书房侍奉笔墨，还有每日清晨去花圃里采一斛露珠，为云辞煮水煮药。

这些日子里，晗初终于发现云辞的生活是多么简单，没有盛大排场、没有诸多仆从，与她惯常所见的公卿子弟大不相同。

身边唯有侍婢淡心贴身侍奉；洒扫庭院的差事由侍卫竹影兼任；吃穿用度都是沈予派人吩咐茶茶，再由茶茶亲自送来东苑。

与云辞相处了十余日，晗初也算摸到了他的脾性。直至觉得彼此已熟稔起来，她才敢将一件揣在心头的大事告知对方。

这一日在书房侍奉，觑着云辞空闲之际，晗初从袖中取出一张纸团，展开奉至他面前。纸上是一首长诗，题为《朱弦断》：

风月满客错觥筹，常听逢迎与娇嗔。
忽闻美人香魂殒，四座公卿倏嗟叹。
遥想妃瑟环鸣声，迄今绕梁动婉转。
流水落花传湘浦，芙蓉泣露笑香兰。[1]

注：[1]《朱弦断》中“芙蓉泣露笑香兰”一句，化用自唐代诗人李贺《李凭箜篌引》中“芙蓉泣露香兰笑”。

玲珑七窍当如此，衷肠一曲断巫山。
人心重利多轻贱，万籁寂寥浮世难。
吾自缘悭琴箫合，君赴九霄弹云端。
世间再无痴情事，休教仙音泪阑干。

诗的末尾还有一句小注，“醉花楼惊闻晗初香消玉殒，感怀而作”。

云辞对着这首诗细细读了一遍，叹道：“虽然平仄不甚押韵，但胜在真情实感，也算一首好诗。”言罢他又呢喃小注里的那个名字，问道，“晗初是个青楼女子吗？”

晗初默然点头。

云辞见她面有戚色，有些疑惑：“你想说什么？”

晗初沉吟一瞬，朱唇微启，默默说了三个字：“小侯爷？”

云辞摇了摇头：“子奉习的是魏碑，字体苍劲峻逸；这首诗写得云雷变幻，应是草书，并非子奉所作。”

他又垂目扫了一眼手上的诗，继续道：“更何况这上头写着‘吾自缘悭琴箫合’，据我所知，子奉不会吹箫。”

晗初闻言，面上闪过一丝失望之色，再度沉默起来。

云辞又解释道：“子奉虽然风流，倒也不算是文人雅士。他功夫不错，若非文昌侯爱子心切，早就送他去军中锻炼了。听闻统盛帝也是欣赏他于军事的见解，才收了他做螟蛉之子。”

云辞说完，见晗初仍旧怔怔看着自己手中的诗，便笑着递还给她：“你们这些姑娘家都是伤春悲秋的，淡心看话本子也要哭上两三日。不过我看这首诗所写，也委实是一桩才子佳人的憾事。”

晗初却没有听见云辞的话，仍旧垂着双眸，心思仍旧在这首《朱弦断》上。

这首诗怎会在沈予身上揣着？既然不是沈予所作，又会是谁？晗初能肯定并非赫连齐所作。她跟了他半年之久，也算对他有些了解，赫连齐虽雅好音律，但不擅长乐器。

晗初的心思转了几转，到底还是寻了纸笔，对云辞写道：“京州城里哪家子弟擅箫？”

云辞看了一眼晗初的问题，坦诚回道：“我并非京州人士，并不知晓。”话到此处，他脑中突然蹦出一个名字，便浅笑补充，“不过南熙九皇子擅箫，倒是天下皆知。他名为‘聂沛潇’，还真是日日佩箫，从不离身。”

九皇子聂沛潇？会是他吗？晗初记得自己挂牌那日，九皇子是化了名去捧场的。可她当时满腹心思都在赫连齐身上，便没有选九皇子做入幕之宾。所幸九皇子也很有风度，并未以权势相逼。

晗初不禁低眉再看手中的诗——“风月满客错觥筹，常听逢迎与娇嗔”。不知为何，看到这一句，她竟能感受到作诗之人的空虚，想必那人也知晓，公卿之间的往来大多是虚伪逢迎。

“吾辈旁观者读此诗，都是嗟叹不已，若晗初仍在世，必定大为动容。”云辞随意地品评起来，也打断了晗初的思绪，“你且看着，此诗日后若流传出去，最后四句必定被世人奉为佳话。这作诗之人也算是晗初的知音了。”

是啊！的确是她的知音呢！云辞一语戳中她的伤口，鲜血淋漓，惨不忍睹。

虽说往事不堪回首，可看到这首诗，晗初也多少感到一丝安慰。想来此生是无缘见到这个作诗之人了，即便日后能见到，纵使相逢应不识吧。

想着想着，晗初只觉眼眶肿胀，鼻尖也传来些微酸涩。她默默将诗珍之慎之地收入袖中。

这副小女儿模样落在云辞眼中，换来他一句感慨：“倘若晗初在世，也换不来这首《朱弦断》。正是她香消玉殒，才赢得这位知音。可见世上一切凄美之事，都是人命与血泪凝成，故而一想，没有也罢。”

晗初闻言看向云辞，一双水眸已是隐泛泪光。是啊，她从不是伤春悲秋的小女子，若是一死才能换来一个懂她的人，她宁愿独自活着。

尤其是在琴儿死后，她已爱惜性命胜过一切。从这个程度上看，云公子也变相算是她的知音了。只是这份知音之情，他给的是出岫，并非晗初。

如是一想，晗初更为唏嘘不已，遂再次执笔写道：“这世上能寻到一双相知之人，也算奇迹。”

“奇迹……”云辞将目光从纸上移开，缓缓看向她。

有时世事便是如此玄妙。许多人相交一生，也不曾相知；而有些人倾谈片刻，已是相逢恨晚。恰如此刻的云辞，默默念着晗初写就的这句话，有些东西便在心底滋生开来，润物无声。

即将到来的正午使阳光显得逐渐浓烈，也为眼前的哑女披了一层金色的薄纱。云辞忽然觉得这少女变得五彩斑斓，有那样一瞬间，刺中了他的双目，耀眼灼烈。

但云辞尚且不曾意识到那是什么，只兀自想着，今日这个情景大约会留存在他的鲜活记忆之中。至于“相知”二字，实在太过沉重，断不是世上所有人都能承受的。尤其他这种富贵短命之人，还是不要去奢想了。

云辞适时将注意力转到别处，执起晗初写的字，敛笑岔开话题：“你的字不算好看，不过收笔之处很有几分韵味，若是再练一练，应能写出一手好字。”

说着他已从轮椅上站起，转身从后方的书柜取下一本字帖，递给晗初道："女子多习簪花小楷，你闲来无事临摹这帖子，想来会有所帮助。"

然而此时晗初早已听不进去云辞的话，只是震惊地看着他，伸手指了指他的双腿，好似是意外他能站起来。

云辞见状又笑了："我坐轮椅，并不意味着我不能行走，只是身子不好罢了。"他仍旧手执字帖，再次对她重复道，"字帖给你。"

晗初原本以为这位谪仙般的云公子身有残疾，可如今瞧着，倒是她多虑了。她见云辞手中一直拿着本字帖，便在纸上写道："为何给我字帖？"

"以色事人，必不长久。你日后嫁人，若想赢得夫家的尊重，须得有一技傍身。多看书习字，总没有坏处。"云辞如是笑回。

以色事人，必不长久……晗初只觉大为触动。她不知云公子是否对每一位下人都如此着想，可对她来说，这番厚待已是极为难得。

这样的人，实在不应该身患残疾。所幸只是一场误会。晗初此时只顾着动容，反倒忽略了云辞的苍白面容，也未曾察觉他有些体力不支。

恰好时辰已不早，云辞见晗初又开始出神，便笑道："该用午饭了，去膳厅吧。"

晗初依言点头，忙将案上收拾齐整，又把字帖收入袖中。

"走吧。"云辞见她收拾妥当，才缓缓起身，慢慢移步走出书房门外。晗初则悠悠地在他身后跟着。

她开始只觉得云辞走得极慢，一步一步很是沉稳。可因为是跟在后头，看不见云辞的表情，便也没察觉有何异样。

待主仆二人一前一后走到半路，云辞停顿的时间越来越长，肩膀也微微耸动起来，好似是在吃力呼吸。晗初这才发觉不妥，连忙绕到云辞面前，见他面色苍白，额上冒着冷汗，表情隐忍而克制。

晗初吓坏了，连忙伸手搀扶着云辞。岂知刚一握住他的右臂，只觉一股重量扑面而来，将她整个人都压倒了。晗初猝不及防，踉跄一步，已带着云辞一并仰躺在了地上。好在他们碰巧路过一片草圃，泥土松软，摔在地上倒也不大疼痛。

晗初顾不得自己是否受伤，连忙将云辞扶起，目带关切地询问他的伤势。

"无妨。"云辞勉强笑了笑，脸色却更显苍白。晗初见状急得发慌，又不知他到底伤在何处，只恨自己失了声，问不出话来。

便在此时，不远处响起一声喝问："你们在做什么？！"

晗初循声望去，但见一个湖蓝身影与一个鹅黄身影匆匆而来，正是沈予与淡心，两人皆神色紧张。

淡心娥眉紧蹙一路小跑过来，见到云辞的情况，登时恼火，不问因由地斥责晗初："你不知道主子的身子不好吗？还让他走这么远的路？"

"晗……你做什么！"此刻沈予也已赶到，他想唤晗初的名字，刚出口又转了话音。这一次他也恼了，连忙将云辞从地上扶起，焦急地询问："挽之，你哪里不舒服？腿上还有力气吗？"

"我没事。"云辞倚着沈予站起来，脸色依旧不大好。

沈予忙从怀中掏出一个药瓶，倒出了两粒药丸。云辞毫不迟疑地送入口中，吞咽而下。

沈予这才转看晗初，对她厉声呵斥："你还杵着做什么！赶紧去找轮椅来！"

晗初被沈予的暴怒吓了一跳，起身便往书房方向跑。

与此同时，云辞的脸色也缓和了些，蹙眉对沈予道："你疾言厉色什么？她并不知情，是我自己要走路的。"

沈予闻言，愧疚之余更添恼怒。他眉峰紧蹙，一张棱角分明的俊颜已变得深邃而严肃："你逞什么强！若不是我随身带着止疼药，你怕是要疼死在这里！"

云辞别过脸，不去看沈予的愧疚与惊怒，目光淡淡不知落在何处："是我私下停了药。承袭爵位在即，我不想一辈子依靠轮椅与拐杖。"

"挽之……"听闻此言，沈予几乎要落下两行男儿清泪。多年前的历历往事再次涌上心头，那种自责、愧疚与亏欠，无人能够体会。

他沈予自问光明磊落，生平唯一的混账之处便是风流成性，除此之外，也算得上顶天立地。然他唯独欠了一人，竟是这辈子也还不清了。

大熙王朝自开国以来便荣授的离信侯府，迄今已传承数百年的离信侯府，南北两国君主都要给以三分薄面的离信侯府，这唯一的嫡出世子，被他年少时的一个玩耍之举给毁了！

每想到此处，沈予都恨不能残废的是自己！如果要他付出生命来换回云辞一双腿，他会毫不犹豫！

可终究是没有这个"如果"。他便也只能时刻活在痛苦与自责当中，还连累了文昌侯府上上下下，欠了云府天大的人情。

自己近年来流连烟花之地，以美色与美酒自我麻痹，归根结底，这便是最根本的缘由。

深得神医真传又如何？潜心研制疗方又如何？他沈予不求起死回生的妙手，只求能治好一个人的一双腿。

但到底只是个奢侈的妄想。

"挽之……"沈予看着云辞天人一般的清冷容颜，已是说不出一句话来，唯有沉默以对。

云辞的神色仍旧淡然出世，就连说出的那句话也是云淡风轻，仿佛只是一句寻常的问候，看不出一丝怨愤与伤感。

这才令沈予更为自责。一时间，气氛静默得过分。有些不想提起、不愿戳破的东西，险些便要蹦出来。

所幸，晗初的去而复返解救了三人。但见她神色愧疚而焦急，推着一张轮椅急匆匆跑来，那额上渗出了香汗，鬓发也有些凌乱，绾发的簪子早已不知去向。

沈予头一次见到晗初如此慌乱与失态，说不心疼是假的，可只要关乎云辞，他便会方寸大乱。再者这一次云辞出事，晗初的确难逃其咎。

沈予到底还是生气，刻意忽略晗初，冷着脸将云辞扶到轮椅上，又对他道："先去用饭吧。"说着便亲自推着云辞离开。

淡心紧随其后，亦是默不作声。

云辞侧首望了晗初一眼，原是想要出语劝慰，又担心自己火上浇油，惹得沈予再责骂她一番，于是只得住了口。

晗初立在原地，看着那三人渐行渐远。肩上，有些痛呢！应是方才摔倒时，恰好被滑落的簪子扎到了后肩。可心里的愧疚抵挡过了发肤的痛感，她选择静默离去。

夏季衣衫本就单薄，不消片刻工夫，晗初的左肩已洇出了大片血色。许是前两个月被明璎折磨得多了，她倒不觉得很疼，连后肩渗血都未曾发觉。就这般回到东苑书房之内，伏在偏厅的小案上沉沉睡了过去。

她是被一阵轻微的痛痒感弄醒的。只是稍稍动了动身子，便听闻身后传来娇滴滴的警告："别乱动！"

是淡心的声音。

晗初只得维持着伏案的姿势，而肩上被药膏蜇得痛痒难耐。

"自己受了伤，怎么不知道吭一声？即便不会说话，都不晓得疼了吗？你逞什么强？"淡心在身后低低斥责，语中带着几分负气、几分关切。

晗初虽然没有回头，也能猜到她此时已是口硬心软。如此想着，不禁抿唇笑了起来，也牵扯到了肩上的伤口。

"还笑！你自我折磨一番，连带主子也被折腾一番，很欢喜吗？"淡心的声音又提高两分，"你可知晓你肩上被一截断裂的玉簪子扎了进去，险些拔不出来？"

竟这样严重吗？不过是肩上有些隐隐作痛罢了。晗初轻轻侧首，对淡心做了个口型："多谢。"

此时淡心恰好为晗初敷完了药，便撩起她身上的薄纱，重新为她穿戴好："谢我做什么，为你拔簪子的又不是我，你还是去向主子道谢吧！"

是云公子替她拔的簪子！晗初顿觉无地自容。自己伤在左肩靠后的位置……那岂不是说，云公子瞧见了她裸露的左肩！还得解开她颈上兜肚的肩带！

不想还好，一想起这治伤的手段，晗初连耳根子都红了一片。

淡心瞧她这副模样，轻哼一声：“你有什么可脸红的？医者哪里还分男女之别！拔簪子时你睡得沉，主子怕你疼醒，便在伤口上敷了麻沸散。你可当心了，一会子药效过去，必定疼痛难忍。”

难怪自己方才睡得如此之沉，竟不知道有人来为她处理伤口。晗初心下又增添几分感动，便对淡心行了一礼，表示谢意。

淡心素来是个吃软不吃硬的人物，此刻瞧见晗初如此乖顺，方才的火气也消了大半，又道：“主子吩咐了，许你休养十日，不必去书房侍奉。”

晗初死命摇了摇头，表示自己并无大碍。

淡心见状叹了口气：“你可别再逞强了，主子既然说了，你就好生歇着。不过是我受累一些，伺候了主子，再来伺候你吧！”

自那日起，晗初便暂时卸了差事。她成了东苑里最清闲的一个人，说是来做侍婢，反倒像是来享福的，每日闷在自己的屋子里，喝药、练字，打发时日。

她很想为了肩伤之事去向云辞道个谢，可每每想起他是如何为自己拔簪子的，又觉得羞于开口。如此耽搁着，始终没能寻到妥当的机会。

眼看十日假期将过，这一日晌午，淡心得了空，又跑来为晗初换药：“主子给的药效果奇好，你这伤口好得真快，眼看便要痊愈了。”淡心边敷药边说道。

晗初轻轻点头，表示赞同。

淡心的手指触碰到晗初裸露在外的香肩，感到她的肌肤有些微凉，便顺势抬首望了望窗外，叹道：“夏天这么快便过去了。”

话虽如此说，可南熙四季如春，即便到了秋季，也并不觉得太过寒凉。

淡心又是一阵自言自语：“要做秋装了。”她仔细为晗初系好兜肚的肩带，帮她理好衣襟，“你看看你，好歹也是小侯爷的人，都没几件换洗衣裳。这次做秋装，左右也是小侯爷掏银子，咱们就狠狠敲他一笔，做几件好看的。”

她笑着嘱咐晗初：“尤其是你。我们再有两个多月便回房州了，你却要一直跟着小侯爷，还不趁机多攒些吃的穿的，省得往后茶茶苛待你。”

晗初闻言只觉好笑，忙取过纸笔对淡心写道：“我不需要。”

“怎会不需要？女孩儿家谁不喜欢胭脂水粉、好吃好穿？”淡心挑着秀眉看向晗初，她自恃比晗初大一岁，早已自称姐姐，“这样吧，那些胭脂水粉、花样布匹，我都开口索要两份。待送来东苑，姐姐让你先挑！”

晗初再次摇头。

淡心见她连番推辞两次，颇有些嗔怪的意味："我真是恨铁不成钢！你这性子，活该被茶茶欺负！"

"姐姐怎知我被茶茶欺负？"晗初再写。她有些意外，自己从未提及在西苑的旧事，何以淡心会知晓？

淡心再瞥了晗初一眼，冷哼一声："这还用猜吗？她那样子专挑软柿子捏！我瞧着她就不顺眼！听说也是打小在青楼浸淫过，难怪幺蛾子一只。"

淡心说完又去看晗初，见她面色一沉，还以为是被自己说中了心事，又安慰道："你放心，她以后若敢再欺负你，我便一状告到小侯爷面前，替你出气。"

岂知晗初却执笔再写："青楼里都是幺蛾子吗？"说完还抬眸看向淡心，眼神里颇有些郑重的意味。

淡心不知怎的，陡然有些别扭起来，撇嘴道："也不尽然，你看那些话本子里，多少千古佳人不都是出身青楼吗？不过茶茶绝对是个幺蛾子！"

听淡心这般一解释，晗初也释怀了。她再次浅浅一笑，眸光里又转回了几分温柔清丽。

"变脸比翻书还快！"淡心见状，兀自喃喃一句，又起身道，"时辰不早了，我得去侍奉主子了。"

晗初也站起身来，准备相送。

淡心扫了一眼略显凌乱的桌案，顺手将敷药用废的纱布和晗初写字的纸张一并收拾了，还不忘无奈地自嘲："果真是做下人习惯了，我可见不得桌子上乱七八糟。"说着她已匆匆起身往外走，晗初一路将她送出院外。

淡心从晗初那里出来，径自去了云辞的书房，只在门外低低禀了一句"主子"，便迈步跨了进来。

云辞从案上取过一张药方递给淡心："明日起让出岫改喝这个方子。"

淡心撇了撇嘴，将药方收入袖中，一改往日的牙尖嘴利，默不作声。

云辞不甚在意地扫了她一眼，又问道："不高兴？谁惹你了？"

"没人惹奴婢。"淡心心情低落地回道，"只是奴婢觉得，您对出岫太好了，奴婢有些吃味儿。"

云辞正欲落下的一笔就此停在半空中："哦？说说看，我对她如何好了？"

淡心轻轻一哼，回道："她不过是个暂且来侍奉的哑女，您不仅为她取名字，还特意开方子为她治喉疾，可不是对她好吗？"

云辞浅笑着，并未回话。

淡心再道："她肩上被簪子扎到了，小侯爷与奴婢都没发现，唯独您眼尖瞧见了，可不是特意留心了吗？"

云辞索性停下笔，饶有兴味地看着淡心。

“您原先让她来书房侍奉，如今许她告假十日，可不是担心她肩伤未愈，怕她磨墨牵动伤口吗？”

听闻淡心的长篇大论，云辞终是笑出声来：“我自己都未曾多想，你倒是比我想得还多！”

“不是奴婢多想，是您对出岫太好了！”淡心越想越是吃味儿，“若不是您向来不近女色，奴婢都要以为您看上她了！”

云辞闻言有一瞬的迷惘，眸光里又闪过几分意外之色。他鲜少如此肃然地看着淡心，反问她：“我待你和浅韵不好？”

“自然是好的。但奴婢与浅韵姐姐跟随您多年，出岫不过才来了二十余日，岂能同日而语？”淡心掷地有声地反驳。

的确不可同日而语。云辞忽然沉默起来。良久，他才再次提笔，头也不抬地对淡心道：“既如此，明日便教她回西苑去吧。”

“哎哟！我的好主子！权当奴婢没说过！您可不能送出岫回西苑。”淡心连忙道，“好不容易找来个奴婢瞧着顺眼儿的，您将她赶回去，奴婢的差事可就重了！”

“那你还在这里胡说八道。”云辞的脸色仍旧肃然，语中带着些许斥责，“出岫一个姑娘家，你这么说，可想过她的名誉？可想过子奉的心思？”

淡心咬了咬下唇：“不过是咱们主仆间的玩笑话，您何必当真！再说了，眼下可不能让出岫回去。您有所不知，那个茶茶会欺负她的！”

“你如何得知？出岫告诉你的？”

“可不是，我不过兀自猜测几句，她便承认了。”淡心想起方才从晗初那里收拾的纸条还没扔掉，便拿出来做佐证，“她写字的纸条还在我这儿呢！”

云辞接过攥成一团的废纸，打开来看，一眼便瞧见上头写着一句话：姐姐怎知我被茶茶欺负？

此时淡心也走到云辞一侧，伸手指着这句话：“喏！就是这句。奴婢不过随口一提，出岫便承认了。”

云辞却没有任何反应，顺着纸条再往下看，又看到一句：青楼里都是幺蛾子吗？

见了这一句，云辞才轻笑出声：“怎么又说到青楼里去了？”这令他想起品评《朱弦断》的那一日，出岫仿佛对青楼女子的际遇颇多感慨，果真是伤春悲秋的小儿女心肠。

云辞再将纸条上的几句话从上到下浏览一遍，原本是想从中检阅晗初的字练得如何，可大致一扫，他发现了一个问题。

纸条上的这些字，并不是簪花小楷，甚至不是晗初从前的笔迹。反倒有三分像是……他的字？

云辞越看越觉得诧异。他自己习的字是颇难练成神韵的瘦金体，这种字体讲求笔迹瘦劲，运笔快捷，转处藏锋，提顿飘忽。他所习多年才得了几分真谛，可这少女才练字几日？竟有三分相似了。

虽说笔迹仍旧稚嫩，但那份天骨遒美、侧锋如兰之感已隐隐生出，带着女子写瘦金体的别致韵味。

暂且不说瘦金体极难练出成就，单看短短几日工夫便能写出两三分内涵来，已足以令云辞大为惊喜。女子习瘦金体，这还是他知晓的第一个！

云辞看着这纸条上的字，已有些按捺不住。他沉吟片刻，对淡心命道："出岫的肩伤可好些了？明日让她来侍奉笔墨吧。"

第五章 看画又当画中人

当日黄昏，晗初便听淡心说起了此事。是以第二日，她早早便起了身，前往书房等候侍奉。时值卯时，云辞尚未前来，她便兀自收拾着书案，又顺手挑拣了两张云辞写过的草纸，仔细观察运笔之法。

直看了小半盏茶的工夫，侍卫竹影才推着轮椅来到书房门前。晗初听见门外的响动，连忙出去帮忙，与竹影一起搀扶云辞跨过门槛，坐到书案前。

这一次，云辞倒没有推辞，只是淡淡道："走两步也无妨，子奉太紧张了。"

竹影有些怨怪地瞥了晗初一眼，才低低回道："小侯爷吩咐了，您得好生歇着腿脚。"

晗初自知竹影是为了十日前的事在埋怨自己，面上登时浮出三分愧疚。

云辞看在眼中，只挥退竹影，对晗初道："研墨吧。"

晗初便揽袖做起了差事。

云辞也不再多言，取过几本书研读起来，又在纸上誊抄着什么。

屋子里渐渐弥漫起一室墨香，掺着云辞身上的淡淡药味，令晗初有些心悸，又有些心安。

如此用过午饭，直到下午，云辞才忙完手边诸事，忽然开口问了句："怎么不习簪花小楷？"他说话的时候仍旧俯首写字，待问完这句话，才缓缓抬目看向晗初，语气清淡无波。

晗初微微一愣，才反应过来云辞所指何事，立时眸光微闪，带了几分心虚。

云辞看着她紧抿双唇的模样，只觉好笑，便取过纸笔再道："想说什么便写出来。"

晗初从云辞手中接过纸笔，缓缓写道："我不喜欢簪花小楷。"

"为何？"

"没有风骨。"

晗初写得很慢，一横一竖一撇一捺，皆是异常认真。云辞静静看着她的起笔停顿，待到字成之时，她的神情动作便与那四个字一起，落在了云辞心上。

没有风骨。

云辞很诧异，想了想，再问："你在习我的字？"

这一问使得晗初有些羞赧，她双眸闪烁，一张绝色容颜泛着娇红，半晌才轻轻点头。

云辞心中升起一股莫名的愉悦，面上却仍旧淡淡地看着她："哪里找来我的字？"

晗初有些为难之情，犹豫着，却还是做了个口型，静静吐出两个字："药方。"

药方？云辞记得自己只给过她一张药方，便是她初来东苑那日，所誊抄的开嗓之方。

那药方上不过寥寥百余字，写着药材、斤两、用法、用量。这才不过十来日工夫，她却比照着那张药方，开始练字了！而且还不是临摹，而是举一反三地练出了神韵！

云辞只觉心中的愉悦感又浓了几分。他没再说话，兀自在心中酝酿着什么。这样静默的气氛反倒令晗初不安起来，不禁提笔再问："您生气了？"

云辞瞧着纸上小心翼翼的问句，浅笑起来："你夸我的字有风骨，我怎会生气？"

晗初这才长舒一口气。

云辞的目光依旧落在她写字的纸上，定定地看着那瘦金体写就的几个字。想了想，他从桌案底下拿出一本册子，道："这是我从前誊抄的本草集，字迹较工整，你若想练瘦金体，便从这本开始吧。"

晗初睁大双眸有些不可置信，瞬间又换上惊喜神色，恭恭敬敬地从云辞手中接过册子。

云辞见她的表情，不禁浅笑补充："这都是些药材及药用之效，有些枯燥，恐怕不比话本子合你胃口。"

晗初又哪里喜欢看什么话本子。青楼里什么痴男怨女她没见过，便是她自己的过往情事，也不比话本子索然几分。

晗初是真的喜欢云辞的字，那是她从未见过的风骨，于是她笑着提笔对云辞回道："我不喜欢话本子，本草集很好。"

"你喜欢就好。"云辞顿了顿，又故作随意地问道，"肩伤好了吗？"

晗初"唰"的一下脸红了起来，颜若桃李，娇艳欲滴。

两人便如此对望着，一个面红羞赧、手足无措；一个浅愉自若、澄澈怡然。这画面落在外人眼中，倒有些说不清道不明的微妙之感。

沈予迈步进来时，看到的便是这幅景象。“咳咳……”他清了清嗓子，适时打断了书房里的气氛。

云辞与晗初同时将目光移向门外，一个开口招呼“子奉”；另一个恰好俯身见礼。仿佛事先约好一般，配合得无比默契。

沈予心中忽然有些不是滋味，他看着屋内两人的磊落自若，挥去杂念跨入屋内，边笑边对云辞道：“打扰你们了？”

“岂会？恰好我也在书房坐了一整日，有些倦了。”云辞顺势将案上的书籍合上，笑问，“你今日得空了？”

“是啊，咱们许久未曾一起吃饭了，近日我偶然寻到个厨子，特意邀来东苑请你尝尝。”沈予停顿片刻，又笑着补充一句，“那厨子是房州人，手艺不错。”

“既然如此，我还不得不尝了。”云辞笑着应承。他恰好来自房州，也情知沈予一番心意，只怕不是偶然寻的厨子。

沈予“嗯”了一声，这才装作不经意地扫了晗初一眼，平平淡淡地道：“瞧见主子来了，不晓得去倒杯茶吗？”

晗初这才回过神来，连忙往偏厅跑去。

沈予看着她的背影消失在门廊拐角，竟有些咬牙切齿的意味。方才他在门口瞧得真真切切，晗初对着云辞笑靥嫣然，可见了他却瞬间化作一尊雕像，没了半分表情。

态度何止天差地别！沈予越想越是气闷，脸色也渐渐沉了下来。

云辞见他一直盯着偏厅的小门，心下有些无奈地道：“她不过是忘记倒茶，你何至于发脾气，也不知是谁向来自诩对女人柔情绵绵。”

听闻此言，沈予才将目光收回，很是不满地道：“权当小爷我看她不顺眼！”

云辞失笑，正欲再替晗初说几句好话，却见她已端了一杯茶，匆匆从偏厅返回，恭恭敬敬地奉至沈予面前。

沈予冷哼一声，接过茶盏，却只端在手中，并不啜饮。

晗初有些紧张，她想起了那晚撞破沈予和茶茶的情事。虽说事情已过去整整二十日了，可旧事清晰，令她不得不拿捏着精神。

云辞也看出了晗初的不自在，有心替她解围，便再对沈予笑道：“不是说请了厨子来东苑？咱们去膳厅吧。”说着又对晗初道，“出岫回去歇着吧。”

“出岫？”晗初正觉得松了口气，耳边却传来沈予一句低低的疑问。

晗初登时心中一跳，竟突然生出心虚之感。她没有抬眸去看沈予，但能察觉有一道不悦的目光落在自己身上，带着几分幽深与冷冽。

“是我逾越了。”云辞适时开口解释，“她说自己没有名字，我便越俎代庖取了一个。按理她是你的人，本该由你来取名字。”

见云辞几番替晗初解围，沈予沉默了一瞬，才状若随意地回道："她的确没名字，'出岫'不错，以后便让她用着吧。"

云辞能感到沈予此刻兴致不高，便对晗初使了个眼色，再道："子奉才是你的正主儿，如今他肯认了这名字，你该谢他。"

晗初连忙再次俯身，以表谢意。

沈予闻到了晗初袖风带出的清香，脸色才缓和了几分，可依旧没有对她说话的意思。

云辞见他一直沉着脸，再对晗初道："我与子奉去用晚膳，你回去吧。"

晗初闻言如蒙大赦，面上不禁对云辞表露出感激之情。正要行礼告退，岂知沈予突然出言阻止："主子用饭，你不在一旁服侍吗？"

这话说得颇具威严，平日里云辞见惯了沈予的放浪不羁，一时间也有些讶然，再想起晗初终究是他的人，便也不好再多说什么。

晗初只得随从去了膳厅。

淡心早早便在此张罗，已忙活半晌，她见云辞与沈予前来，笑道："两位主子快请坐，奴婢去吩咐厨房上菜。"

晗初也想跟着淡心去厨房帮忙。

"回来！"沈予见她又想溜走，一张好看的俊颜立刻染霜，蹙眉喝止她，"你留下来侍候。"

晗初唯有转身回到桌案前，却不知该站在哪位主子身后侍奉。

所幸沈予并未在意这些细节，只轻轻敲击桌面，示意她："傻站着做什么？没瞧见桌上的酒水？"

晗初看着桌案上两只形状不同的容器。一个是琉璃夜光壶，盛着纯酿美酒；一个是釉瓷白玉壶，盛着晨间清露。她知晓云辞的喜好，便率先执起釉瓷白玉壶，正准备为他倒水，眼风一扫，但见云辞轻轻摇头，还不动声色地看了沈予一眼。

晗初恍然醒悟，沈予才是她的正经主子！可如今釉瓷白玉壶都已经端起来了，岂能再改端酒壶？晗初只得先将沈予的杯子斟满，再为云辞缓缓倒上。

刚将釉瓷白玉壶放下，沈予又开了口，再次呵斥道："你都来东苑大半个月了，还不知晓谁喝水谁喝酒吗？"

话虽如此说，但沈予面色尚不算太差。他见方才晗初先为自己倒水，心里终于舒坦了些，指了指面前的酒杯："还不给小爷满上！"

晗初被训斥得莫名其妙，也不知为何沈予今日火气如此之大，前前后后训斥了她好几回。虽然心中犯着嘀咕，但面上到底不敢怠慢，她连忙将沈予酒杯里的清露倒掉，又满满斟上美酒，恭敬地行礼请罪。

沈予终是恢复了如常面色，端过酒杯放至案上。他再次瞟了晗初一眼，却开口对云辞道：“挽之，你对下人实在太过宽厚，我这个哑婢被你惯坏了。”

云辞情知不能再为晗初说项，否则只会适得其反，于是便清淡一笑，未发一言。

此后淡心也从厨房折返，便与晗初分别站在两位主子身边服侍。自然，淡心是一直跟着云辞的；晗初也只得去侍奉沈予。

这一晚，云辞与沈予相谈甚欢，两人从少年往事谈到两国时局，即便晗初在一旁听了，也能感到那一份情同手足的深厚友谊。

沈予虽是独自饮酒，但受席间气氛影响，越饮越有兴致。如此一来，晗初也受累颇多，不停地为他斟酒、布菜。

云辞默默看在眼中，有些担心晗初的肩伤。白日里她磨了一天墨，晚上又在此侍奉酒菜，都没有机会用晚饭。想到此处，云辞已不由自主地伸手按下酒杯，阻止沈予继续畅饮：“子奉，今夜你喝了不少，适可而止吧。”

沈予的眼神是一番清明，仿佛仍未尽兴：“嗬！我的酒量你还不知晓吗？你也太小看我了！今日好不容易逮到机会，还不让我一醉方休？”

云辞闻言颇为无奈，再看晗初好似并无大碍，便也不再阻止。

岂知淡心却不乐意了：“小侯爷，您行行好，您是夜夜笙歌之人，主子可不大熬夜，他要歇息了呢！”

“淡心！”云辞有些不悦，脱口斥责她的逾越。

沈予这才想起云辞作息规律，便开口致歉：“淡心姑娘说得没错，是我疏忽了。挽之莫怪。”

话到此处，他又想起晗初一整晚都在斟酒布菜，还没顾得上用饭，便更是心疼，再对淡心道：“你快去服侍你家主子歇息，我命厨子做好饭菜给你们留着。”

他边说边起身，瞥向晗初低声命道：“小爷我不胜酒力，你将我扶回西苑去。”

不胜酒力？也不知方才是谁自诩酒量极好。晗初心不甘情不愿地扶着沈予，后者佯作脚步不稳，顺势半倚在她身上，又笑着嘱咐淡心：“好生服侍你家主子，小爷我先走一步。”

沈予说风便是雨，云辞早已对此习以为常。他看了晗初一眼，见她的目光也恰好看来。两人的视线这般胶着在一处，彼此皆从对方眼中看到了无奈之情。

晗初连忙敛眸回神，唇畔也不自觉带上一抹浅笑。

“愣什么神儿？还不扶小爷回去！不想吃饭了是吧？”沈予没瞧见两人的微妙对视，只轻哼一声。他嗅着晗初发间的清香，也莫名地愉悦起来。

晗初不敢再耽搁，连忙扶着沈予走出膳厅，往西苑行去。

浩瀚星空划出一道天光，漫漫银河璀璨非常。夏末的夜间凉风徐徐，拂过各人面上，带着各人的心思。

沈予只觉微风怡人，吹散了酒气，且美人在侧，实是说不尽的神清气爽；晗初却觉得凉风难耐，自己又贴着沈予的炽热肌肤，两种触感交替令她很不自在。

不同人，不同心事。晗初眼观鼻、鼻观心地扶着沈予往西苑走，待走至苑门前时，她刻意停住脚步，想要告退。

沈予见状脸色一沉，拽住她的手臂笑问："怎么，还没将小爷送到床上，就想跑路？"

这话说得轻浮，晗初心中微恼，但她也算摸到了沈予的脾气，便咬了咬牙，扶着他继续往西苑里走。

沈予见她没再抗拒，也稍稍松了手劲。夏季衣衫本就单薄，他捏着她的胳膊，又闻着她身上的淡淡体香，不由得心猿意马起来。

"晗初……"他伸手揽过她的腰肢，附在她耳畔轻轻呢喃，"我还是喜欢你原来的名字，比'出岫'好听。"

感受到一只温热手掌覆在腰后，晗初只觉周身发麻，好似有一条诡异的蛇，正攀附着自己的腰肢缓缓上移。她不禁打了个寒战，稍稍表露出抗拒。

沈予却没有松手，仍旧抚着她的后腰，几近痴迷地暗示道："晗初……"

可惜晗初没明白他的意思，只安静地等待下一句话。等了半晌也没见任何回应，她便再次抬眸看他。

沈予有一双黑曜石般的星眸，在月光下闪着幽光。难怪从前姐妹们都抵挡不住他的温柔攻势，单是这深情款款的凝视，便足以令所有女子春心萌动。

晗初收敛起心神，垂下眼帘不再看他，气氛再次静默起来。

也不知如此过了多久，沈予才收回放在晗初腰间的手，欲言又止地叹了口气："算了，送我去茶茶那儿。"

晗初轻轻点头，继续扶着他在西苑里走，两人一路再也无言。待行至茶茶的院落前，沈予才再次开口询问："嗓子好些了吗？"

晗初一愣，继而摇头。

沈予又蹙了眉："回去吧，别忘记用饭。"

听闻此言，晗初略感诧异，总觉得沈予对自己的态度甚是奇怪。有时关切、有时孟浪、有时冷眼、有时鄙夷……她对此着实费解，便低眉哂笑，又轻轻俯身行礼，以示告退。

"你不看着主子先进屋吗？"晗初正欲转身，又听见沈予的声音，这一次已没了方才的关切。

果然，沈小侯爷喜怒无常。晗初无奈地向沈予谢罪，两人目光相撞，男子冷淡探究，女子清亮如溪。

最终，还是沈予先收回目光，沉着脸进了茶茶的院门。晗初见状也不多做停留，转身往东苑返回。

她走得太快，步履太急，便也没有发现，沈予自她离开之后又返身走了出来，定定站在院门口瞧着她的背影，长久长久，没有收回视线。

夜色撩人，月色如水，银光皎洁的西苑之内，唯有阑珊灯火诉说着主人的空虚。沈予兀自站了许久，才跨过门槛重新迈进院落。

她走了，他还等在原地，寂寥有如未作完的画卷。而这幅半成之作，也落在了另一人眼中——

“小侯爷……”茶茶见沈予两次来去，便持着烛台站在院子里相候。

沈予看见她，心中莫名生出一股烦躁情绪，便冷冷“嗯”了一声，抬步往她寝闺里走。

茶茶跟在沈予身后，为难地解释：“奴婢今日来了葵水，不便伺候……”

沈予立时停住脚步，淡淡说了句：“你去偏屋里睡。”说着仍旧跨过门槛，走进她的寝闺。

茶茶站在院子里，持着烛台的手开始瑟瑟发抖。想着沈予在她院门前的两进一出，心中涌起了浓重的妒恨。

“长相绝美，擅琴。小侯爷连梦中都喊着你的名字，当我不知道你是谁吗？”她对着院门冷笑一声，转身进了偏屋睡下。

夜风轻轻袭来，将她的算计吹散在空中。这座追虹苑，注定要迎来一个不平静的秋……

第六章 前尘往事美人劫

进入秋季之后，白昼渐渐短了起来。漫漫长夜在睡眠中度过，会令人觉得时间过得极快。转眼间，晗初已在东苑服侍了近三个月。在这里待得越久，她越发觉得恍如隔世。

她清楚地记得，赫连齐突然消失那日是六月初四；第二日，两大家族联姻的消息便传入了她耳中；而今天是十月十五，算算时间，仅仅过去了百余日。

虽只百日光景，已是犹如千年。漫长到她几乎能忘记情窦初开的那份爱意，也几乎要忘记赫连齐撷取她身子的挂牌之夜。

还差一点，只要再过几日，她便能真真正正放下那段情了。她与赫连齐之间，只会剩下满臂的簪痕聊以纪念，提醒着她受到的侮辱欺凌，还有琴儿的惨死。

晗初在心中如是告诫自己。

所幸，如今虽没了旧情，却觅得一位良师。这三个月里，晗初自问从云辞身上学到了不少东西。这个气质清冷却又不失温和的男子，几乎是博古通今。她每日在书房里侍奉，也长了不少见识。

而这其中最突飞猛进的，当数她一手好字，也与云辞每日的悉心指点密不可分。

“笔触有神，颇具风骨，如今已有我六七分功底了。”云辞展开一幅晗初刚写就的帖子，细细品评。

晗初闻言莞尔，在纸上写道：“公子夸人不忘自夸。”

云辞见字亦是笑了，恰如无边秋月，散落满室清华。他淡淡的眸光藏着几分欣赏：“我从不妄言，实话实说罢了。”

晗初便学着戏文里的男子，深深对云辞鞠了一躬，同时朱唇轻启，笑着做了口型：“学生有礼。”

云辞的笑意又浓郁两分，开口提点道：“虽然你对书法极具天赋，但不能止步于此，骄傲自满。许多人习得几分真谛便再也难以进步，我且看着，你能否更上一层楼。”

晗初忙不迭地点头，提笔回道：“定不负老师所望。”

“望”字刚停笔，云辞已是眉峰一蹙，指点道：“这个弯钩又写坏了，我不是说过吗？‘撇如匕首，捺如切刀，竖钩细长，才得挺瘦。’”

说着他已重新写就一个“望”字，边写边道：“出岫你看，这个‘月’字应当……”

说到此处，却见出岫正看着纸上的字出神，云辞便在她额上弹了一个爆栗，适时拽回她的神思：“想什么呢？”

晗初沉吟片刻，才提笔写道：“在想‘天下无不散之筵席’。”

这句话一写出来，云辞亦是一阵沉默。半晌，他试探着询问：“出岫，你不好奇我是谁吗？”

是啊！这位云公子是谁？晗初只知道他姓云，表字“挽之”，家在房州。其他方面一无所知。

晗初自懂事以来，只去过北熙皇城黎都一次，还是受邀去传授琴技。除此之外，她从未出过南熙京州。可凭借她在风月场上的数年纵横，也曾听过不少传闻。而这其中，“云”这个姓氏便颇为传奇。

她忽然不敢问云辞的身份，也自知没有资格去问。不过是暂且来东苑服侍三个月而已，她不能得寸进尺。

换言之，他们分别在即。

云辞见她长久不回话，还以为她知道了什么，又问：“你是否猜到了我的身份？其实我没想刻意隐瞒，我是……”

“主子。”一声娇滴滴的声音传来，打断了两人的对话。淡心站在书房门口禀道，“药材送来了，奴婢一人清点不过来，想让出岫来搭把手。”

云辞是日日离不开药的，他每日的煮水煮药之事，自浅韵走后，便全数移交给了晗初。昨日眼瞧着几味药材见了底，晗初便告知淡心出去采买。可见今日药材都送来了。

晗初看向云辞，等待示下。

云辞盯着纸上那句“天下无不散之筵席”，低声命道：“你去吧。”

晗初便行礼出了书房，与淡心一并去清点药材。

送药的是个中年男子，由淡心出面招呼着将药材背进库房里。晗初因太过美貌，便被淡心拦着并未露脸，只站在库房的阴影里，兀自清点数量。

如此忙活了大半晌才收拾好，两人刚走出药房，却迎面撞上了茶茶。淡心立时脸色一沉："谁许你进东苑来的？"

茶茶却顾不得再与淡心解释，面有焦急之色对晗初道："明家来人了，说是要找个走失的侍婢。照头的是明家二公子。"

"明家丢了侍婢，关咱们什么事儿？凭什么找到追虹苑来？"淡心娥眉微蹙，很是好奇。

而此时，晗初已然脸色煞白。

淡心见茶茶欲言又止，再侧首看向身畔的晗初，只一眼，已有些明白过来："出岫，你是逃奴？"

晗初紧抿下唇，垂眸摇了摇头。

"那你紧张个什么劲儿？脸色白得吓人。"淡心语中有些嗔怪之意，又转问茶茶，"来的是哪个明家？"

哪个明家？这天底下还有几个明家！茶茶暗嘲淡心是井底之蛙，道："自然是当朝后族，明氏。"

淡心立刻嗤笑："我当是什么来头！南熙的后族吗？且瞧瞧他敢做出什么混账事儿来！"

茶茶一直不知东苑贵客的身份，见淡心语气这般猖狂，不禁微嘲："淡心姑娘好大的口气。"

淡心只冷哼一声，再看晗初，见她拽上自己的衣袖，似要说些什么。

淡心没看懂她是何意，又苦于没有纸笔，唯有再问："出岫，你当真不是明家的逃奴？"

晗初摇头否认。

"他们是来寻你的？"

晗初迟疑着点头。

"我早该猜到，你这样美貌的女子，必有来历。"淡心轻轻叹了口气，转对茶茶道，"你先将人拦住，待我禀明了主子再做计较。"言罢已拉起晗初的手快步朝东苑书房走去，留下茶茶在原地冷笑不止。

淡心带着晗初一路小跑返回书房，将茶茶的话对云辞转述了一遍。

听闻此事，云辞的眉峰也渐渐蹙起，对侍卫竹影道："你去将人拦着，先不要提我在此。"

竹影立时领命而去。

云辞再看淡心，嘱咐道："你也跟去探探情况。"

淡心有些不愿："主子，眼下该去知会小侯爷一声才对。"

云辞沉默片刻，才道："今日子奉不在城内，文昌侯合府去了辉山祈愿。"

沈予去了辉山？那的确不能指望他了。追虹苑在城西，辉山在城东，若要等到沈予回来，只怕黄花菜都凉了。淡心恨恨地道了一句："恐怕这是早有预谋，特意挑了小侯爷不在的时候。"

云辞并未对淡心的言论表态，低声催促："快去吧，你性子活泛，见机行事。"

淡心颇为担忧地看了晗初一眼，便也匆匆而去。

书房内只余下云辞与晗初两人，气氛静默得令人心慌。晗初以为云辞会开口询问，可等了片刻，却不见他问话。

晗初终是受不住这气氛，抬眸去看云辞。视线所到之处，这人的潋滟目光动人心魄，仿佛能穿透冰凌、绝峰散雾，就这般落在她身上。

晗初被云辞看得无地自容，终究还是取过纸笔，主动坦诚道："他们是来找我的，但我不是明家的婢女，也与明家毫无关系。"

云辞的视线从晗初面上移开，淡淡落在那张纸上，道："你无须向我解释，谁人没有秘密？"

明明是淡然而随意的语气，可听在晗初耳中，却惹得她鼻尖微酸："公子不信我？"她再写道。

"我没有不信。"云辞看着纸上与自己有六分相似的笔迹，再问，"出岫，你愿不愿意跟他们走？"

晗初连忙摇头，眸中已氾了水痕，委屈而愤怒。

云辞生生撞入这双秋水倩眸之中，令他有片刻恍惚，仿佛是坠入了无尽的流转时光里，有着寻不到彼岸的沉沦。这般默然看了晗初一阵子，他才沉声道："推我出去见他们。"

晗初愣怔，忙又亟亟摇头。即便云公子有云氏撑腰，但也不值得为她出头，得罪当朝后族。想到此处，晗初已提笔飞快写道："我不能连累您。明氏是后族！"

"连累倒还不至于。"云辞看着纸张轻笑，"不必再言，你若不想跟明府的人走，那便推我出去吧。"

晗初仍旧摇头，很是倔强。

"你不信我？"这一次，轮到云辞开口问道。

"信。"晗初轻启朱唇，郑重地点头。

"若是信我，那便走吧。"云辞不再看她，目光带着不容置疑的坚定，落在书房门外。

晗初只得将云辞扶出书房，服侍他坐在轮椅之上，推着往东苑门外走去。在离苑门尚有一段距离时，云辞忽然命晗初停下，又兀自起身想要行走。

晗初见状大吃一惊，连忙伸手相扶，却被云辞阻止道："不能让他们知道我有腿疾。”他安抚地轻拍晗初的手背，面上的浅笑也能定人心神，“走两步无碍，你不必担心。”

晗初感受到云辞掌心传来的温热，可偏偏自己却是手心微凉。只这动容的瞬间，云辞已松开了手，对她慎重嘱咐道：“你不能露面，回书房里等着，在我回来之前，你不要出来。”言罢已转过身去，一步一步朝苑门走去。

云辞走得极为缓慢，却很平稳，若不是知晓他有腿疾，晗初根本看不出来他有任何异样，只会以为是一位世家公子在悠闲地散心。

可事实并非如此。晗初清楚得紧，云辞的每一步都如履刀山，疼痛万分。

有那样一刻，晗初几乎要冲出去，哪怕跟着明家的人走，她也不愿让云辞体会如此煎熬的发肤之痛，更不愿他去面对这龌龊阴暗的世事。

可偏生双脚却似灌了铅一般，她唯有呆立原地。臂上的簪伤在这一刻，忽然前所未有地疼痛起来，好似能穿心入骨，难以承受。她看着那一袭白影平稳地渐行渐远，觉得又有什么情绪离自己越来越近。

云辞缓慢地移步，很慢，很沉，很谨慎。这般行走着，远远便听到苑门外的喧哗之声：“为何不让搜苑？还是你们当真藏了明府的逃奴？”

淡心与竹影死死拦在苑门处，前者一改往日的娇俏，颇有几分凌厉：“你说搜苑便搜苑，文昌侯府的脸面往哪里搁？”

对方显然有备而来，盛气凌人地回道：“西苑搜得，难道东苑搜不得？”那语气带着几分轻蔑。

淡心立时剜了身旁的茶茶一眼，狠狠质问：“你让他们搜西苑了？”

茶茶有些为难：“我一介弱女子，想拦也拦不住……”

“呸！”淡心佯啐一口，冷笑道，“小侯爷的面子都教你丢尽了。你在外人面前露怯，平日的出息哪儿去了？”

茶茶自然是刻意让明府去搜的西苑，西苑搜不到，那便唯有东苑了。明氏是后族，又与赫连氏联了姻，若要当真从东苑里搜出什么人来，只怕文昌侯府想拦也不敢拦。

茶茶只觉此计甚妙，内里心思转了几转，面上却装作委屈万分，弱柳扶风一般不再言语。

淡心发现今日茶茶甚是异常，与往日里的八面玲珑判若两人，心中不禁起了疑。可当务之急是不能让这些来路不明之人闯进东苑，否则不仅会伤害出岫，更是折辱自家主子的威名。

这般想着，淡心便也强硬地道：“我说不许搜便不许搜。你们硬闯私人府邸，王法何在？”

“王法？”来者一群人皆哄笑起来，打头的执事更是肆无忌惮，恭敬地对明府二少拱了拱手，“京州城内，天子脚下，‘明氏’二字便是王法！”

便在此时，一直不发一言的明府二少、明瓔二哥——明璀也开了口，很是猖狂地道上一句：“小爷劝你莫要敬酒不吃吃罚酒。你若乖乖让路，兴许小爷也将你带回明府，见识见识什么是贵胄宗亲！也免得你在此惦记区区文昌侯，他算个什么东西！”

“文昌侯不算东西，那离信侯呢？”不知何时，一个白衣身影已缓慢行至东苑门前，语气平淡却不乏威严地淡淡开口。

众人循声望去，只见一位白衣谪仙独立苑门一隅，风姿卓绝，气度不凡，面色沉敛不怒自威。

“你方才说什么？”明璀被“离信侯”三个字闪了心神，率先回过神志，不禁打量起这位仙气袅袅的人物。

云辞却并不回答，只双手负立，冷冷开口：“让明程前来回话。”

明程正是明瓔的父亲，明氏的族长，不仅是当朝国舅，且官拜右相，显赫非常。也正因如此，听闻这话的明氏众人都有些诧异。眼前这白衣公子年纪轻轻，竟语出狂妄，胆敢喝令当朝国舅前来“回话”？

可在场诸人，没人敢将这话当成是玩笑，只因来者所说出的三个字——“离信侯”。

此时，那口出狂言的执事已被云辞的气度所慑，不禁转首看了一眼明璀，低低禀道：“二少爷……”

明璀无甚反应。他素来与妹子明瓔甚是亲厚，也曾在公卿宴会之上见过晗初抚琴，对南熙第一美人的风采印象颇深。这一次，他便是受了明瓔所托，要来瞧瞧沈予私藏的美人是不是晗初。

也不怪妹妹这样疑神疑鬼，都说醉花楼一把火将人烧死了，但赫连齐那般魂不守舍的模样，哪里像是在惦念一个死了的美人？分明像是另有隐情。

可眼前这白衣公子公然打出“离信侯”的旗号，明璀到底也不敢怠慢，便收敛了几分猖狂，问道：“不知阁下与离信侯府是何关系？又怎会在沈小侯爷的私邸？”

“明公子私闯文昌侯名下宅邸，又是找人又是问话，是否应该先给在下一个交代？”初秋的微风吹得云辞衣袂飘飘，更不似凡人。

明璀见对方自谦“在下”，气焰登时又恢复了两分：“明府私逃奴婢，我奉劝阁下知趣一些，让咱们进去搜上一搜。若是认错了人，咱们必当赔罪。”

“不知明府私逃的奴婢是何模样？”云辞再问。

“年方十五，极美，擅琴。”明璀不假思索地答道。

云辞闻言一笑，那笑中并非平日的温和谦谦，反倒充满贵胄之气：“回去告诉你父亲明程，这奴婢离信侯府收了。他若不愿，明日且去统盛帝面前要人吧。”

这世上敢直唤南熙帝王为“统盛帝”的人寥寥无几，除却与之平起平坐的北熙帝王之外，只怕也唯有离信侯府的主人、云氏的当家人敢如此称呼一句。

南熙君主聂氏是外戚篡权，分裂了大熙王朝的一半国土。可即便这片大陆已分裂近百年之久，依然有不少百姓以大熙旧民自居。天下人不见得会承认南北两国的新君，但传承数百年的离信侯府——云氏，无人小觑。

云氏体内流淌着最尊贵的血脉，还是捏着天下经济命脉的“第一巨贾”，更有大熙王朝开国帝后所留下的“共享江山”之诺。无论是北熙还是南熙，云氏都与之密不可分，可谓是与两国先祖并肩打下的江山。

只要想起云氏与大熙皇族的关系，单单是这根深蒂固了几百年的同气连枝之情，世上便无人敢怠慢。

如今北熙与南熙都不是最最正统的大熙血脉，这分裂后的江山便也坐得不太安稳。倘若是云氏想要夺得这锦绣河山，只怕天下人都会云集响应！

正因如此，云氏在南北两国都有举足轻重的地位，也是两国争相拉拢的对象。可数百年以来，云氏一直秉承祖训，担着“离信侯”的虚名一心经商，远离庙堂。

如此明哲保身之举，竟是令两国帝王都无从下手。于公于私，他们都只能巴望着，不敢惹了云氏有分毫闪失。否则，便是自行打了列祖列宗一巴掌，更是将云氏的巨额财富和名望，拱手送给另一国——

一言以蔽之，得云氏者统一天下。

如此名望，如此财富，即便当朝帝王也难以比肩。至此，明璀终于从云辞的话语之中醒悟过来，诚惶诚恐地问道：“您是世子殿下？”

世所周知，离信侯已去世经年，府里大小诸事皆由侯爷夫人谢氏做主，只等到世子云辞弱冠之后，承袭爵位。而离信侯世子，绝不是区区文昌侯世子可与之平起平坐。须知“离信侯”三个字已在大熙屹立数百年不倒，南北分裂后分封的两国诸侯自然不能同日而语。

然而明璀这一问，云辞并未回话，只淡淡瞥了他一眼，对竹影道：“送客。”言罢已转过身去，缓慢地、一步一步朝东苑返回。

纵然明璀在京州城里霸道惯了，但毕竟是右相二公子，也深知朝堂风云。至此，他越想越觉后怕，早已没了方才的嚣张气焰，也不敢再耽搁下去，连忙返回明府向父亲明程禀报此事。

淡心和竹影见明府众人离去，便撇下茶茶径自返回东苑。唯有茶茶吓得跌坐在地。

眼见周遭已没了外人，竹影与淡心几乎是飞奔赶到云辞身旁，一左一右搀扶着他。

而此时，云辞已面有冷汗，唇色苍白，终于肯表露出来痛楚之情。

"主子……"淡心低低唤了一声，已是心疼得说不出话。

竹影也脸色深沉，不发一言。

云辞对两位忠仆的反应恍若未闻，只低声命道："轮椅在檐廊下放着，推我回书房。"

"主子！您都这样了，还去书房做什么！奴婢扶您回去歇着吧。"淡心语带哽咽。

"无妨。"云辞并没有多做解释，那语中的坚定之意令淡心与竹影无从劝说。两人唯有扶着云辞坐回轮椅之上，又推着他进了书房。

"出岫呢？"云辞见屋内空无一人，立时蹙眉相问。

原本淡心与竹影还不明白主子为何坚持回来，但此刻听闻这一句，都已经明白过来——主子是放心不下出岫。

淡心不禁生出些怨气，但也不好多说什么，只道："兴许她在偏厅，奴婢去找找。"说着已往偏厅小跑而去。

片刻之后，淡心返回，有些不安地摇了摇头："整座书房寻遍了，都不见出岫。"

寻不见出岫？云辞的面色更显苍白，眉峰已蹙成连绵山川，也泄露了他的无尽担心。

竹影自小跟在云辞身边，迄今已超过十五年。在他心里，主子对下人向来宽厚，不乏关心吃穿之事。然而，对着这一个相识短短三月的哑女，竹影觉得主子变了。

教下人读书写字，出岫不是第一个；为下人诊病治伤，出岫也不是第一个；替下人撑腰出头，出岫更不是第一个。

可偏偏是哪里不对劲，竹影却说不出来，唯有劝说云辞："出岫姑娘那么大一个人，不会跑丢的。您先歇着，属下与淡心去找她。"

云辞的脸色却越来越沉，低声道："我告诉过她，让她在书房里等我。如今她不在，显见是有人黄雀在后。"

此话一出，三人都想起了方才明府的一场闹事。莫非是中了调虎离山之计？难道明府刻意将众人引到东苑门口，暗地里却派人将出岫掳走了？

一时之间，竹影与淡心面面相觑。

便在此时，云辞忽而命道："替我备车进宫见统盛帝。"他的声音冷若寒冰，态度坚定不容置疑。

"主子！"竹影与淡心异口同声地阻止。

"您是掩藏身份来的京州，何至于为一个哑女来回折腾？"竹影语中已有些焦急。

淡心也劝道："还是再等等吧，且让竹影先去明府探探情况。那明二少虽不知轻重，可明府当家人必定会给您一个交代。"

饶是身边两位忠心耿耿的下人一再相劝，云辞仍旧不为所动："出岫说过她不是明府中人。如今被私下掳走，也不知明府什么居心。眼下子奉又不在，已不能再耽搁。"

说着他已顾不得双腿之疾，再次命道："竹影去备车，淡心为我更衣。"

两人情知云辞的脾气，事已至此都不敢再劝。竹影不能违背主子的命令，只得出去备车。岂知一只脚刚跨出门槛，却迎面撞上一人。一股淡香飘入他鼻息的同时，衣襟上也溅起一片温热。

是晗初！她正端着一个药盅进门，不巧与竹影相撞，药汁便顺势洒了出来。

晗初见状，连连俯身致歉。竹影看着衣襟上被溅的汤药，也不知该恼还是该喜，忙又收脚返回屋内，颇为激动地对云辞禀道："主子！出岫姑娘来了！"

晗初对竹影的反应犹自不解。她一进屋，便感到有两道视线落在自己身上：一道来自淡心，带着几分嗔怪；另一道来自云辞，目光平淡无波，却又幽深旷远，像是蕴含着无尽波澜的海面，看似风平浪静，实则深藏波涛。

晗初将两人的表情看在眼中，不解之余更添无措。她连忙腾出一只手指了指托盘上的药盅，表示自己方才是去熬药了。

"出岫！你下次再离开，可否先说一声！"淡心终是忍不住了，脱口抱怨道。

晗初见淡心疾言厉色，又见云辞一直不语，还以为他们是为了明府闹事而生气，心下不禁愧疚至极。她面带歉意地勉强一笑，随之垂眸咬唇，安静得如同一株植物。

淡心素来是刀子嘴豆腐心，眼见云辞都没发脾气，自己也不好太过逾越，便又轻哼一声："不会说话反倒成了优势！"

晗初将头埋得更低，更是自责不已。

屋内忽然又重新静默起来，唯有淡心起伏不定的呼吸声，泄露了她此刻的恼怒。

须臾，云辞才打破这氛围，淡淡开口："出岫在此侍奉，你们两人下去吧。"

"主子，您的腿……"竹影面露忧色。

"药不是端来了？"云辞的话语虽轻，但不可违逆。

淡心适时对竹影使了个眼色，拉着他的衣袖道："奴婢与竹影先行告退。"语毕，两人已退了出去，还不忘虚掩上屋门。

晗初这才想起手上还端着药，连忙将药盅放在小案上，盛了一碗奉至云辞面前，无声相请。

云辞面色依旧苍白，神色倒是好了起来。他垂目看了一眼药汁，问道："我不是说，不许你离开书房吗？”

晗初不语，俯首认错。方才云辞执意要走到东苑门口，她担心他的双腿疼痛难忍，恰好又见库房送来了药材，便自作主张去熬了药，想着能让他尽快减轻痛苦。

就在晗初想要解释之时，云辞已从她手中接过药碗，自言自语道：“看在你是去熬药的分儿上……”这句低语并未说完，他已端着药碗一饮而尽。再放下空碗时，他面上已看不出半分异样，只打量着这无声的少女。

晗初仍旧毕恭毕敬地站着。方才明府的事历历在目，她以为自己会受到斥责，抑或质问，但什么都没有。

半晌，云辞轻浅的声音才再次响起：“以后你不必再怕明府，或者其他人。”他坐在轮椅之上，身姿岿然，面色却微憾，“今日我的身份已暴露，不能再在京州久留。出岫，我要离开了。”

要离开了！这四个字犹如平地惊雷，令晗初脑海瞬间变得一片空白。

除此之外，云辞好似还说了些什么，但她一个字也未能听进去。明明知晓这一天迟早会来临，也是从前说好的三个月，但此刻突然被云辞提起，还是令这离别显得猝不及防。晗初甚至还没有做好离开东苑的准备。

如若可能，她希望自己再也不要回西苑，不用去面对沈予的喜怒无常，不用去面对茶茶的算计欺辱，更不用面对往后未知的岁月。

可她什么都做不了，也阻止不了。

云辞望着眼前略带忧伤的娇颜，问道：“你以后是打算留在子奉身边吗？”

不留在沈予身边，还能去哪儿？即便沈予肯放过她，如今得罪了明府，她也没有去处。晗初只得抿唇，算是对云辞的问话予以默认。

云辞轻轻叹了口气：“子奉哪里都好，只不过……”话到此处，他没有再继续说下去。

晗初明白云辞所指为何，便也是一阵沉默。

此后，书房内的气氛一直处于诡谧之中，仿佛是有一根刺，同时扎入彼此心里，将过往三月的主仆之情生生戳出了一个洞。冷风灌入，便是血淋淋，带着无情的呼啸，难以言说……

云辞想到明府的人会去而复返，只是未曾料到如此之快。当日下午未时刚过，明府当家之人、当朝右相、国舅明程便亲自递上拜帖，携次子明璀前来追虹苑拜访。

明程年近五十，面相精明，在南熙朝内混得如鱼得水，兼之又是当朝皇后的亲哥哥，说是“一人之下万人之上”也不为过。可正是这样一个人上人，此刻却有些诚惶诚恐。

明璀身为明府嫡次子，平日虽猖狂骄纵，倒也有些眼色。今日晌午在追虹苑碰了个钉子，回府之后便将事情原原本本地向父亲明程禀报了一番。

包括妹妹明瓔如何为难一个青楼女子；知道晗初死后又是如何疑神疑鬼；听了些风言风语又是如何撺掇自己来追虹苑一探究竟。

明程听后，当场呵斥了明璀一顿。他知道，若是明璀所描述的人物当真如同谪仙一般，那必是离信侯世子无疑，也是除却南熙君主之外，他最不敢得罪之人。

于是，他也顾不得什么面子，连忙舍下老脸携子前来负荆请罪，试图让事情有所转圜。

云辞收下拜帖，于东苑书房传见待客，晗初没有回避，随侍在侧。

"犬子有眼无珠，冲撞了世子殿下，老臣特来负荆请罪。还望殿下海涵。"

明程此话一出，云辞倒没什么反应，晗初却有些难以置信。云公子的身份，竟如此高贵吗？晗初不知自己是幸还是不幸，是该哭还是该笑。

而此刻，云辞正端坐在千年沉香古木椅之上，半个身子隐藏在书案后，那模样威严而冷情，与晗初平素所见大不相同。

云辞看着面前诚惶诚恐的明氏父子二人，右手食指轻轻叩击桌案，并没有即刻表态。良久，忽而轻笑起来："明大人前来，还未及奉茶，实在是我无礼了。"言罢他看向晗初，低低嘱咐，"出岫上茶。"

晗初不敢怠慢，连忙外出煮茶。

见晗初的身影已走出偏厅，云辞才又徐徐道："我道是什么事，不过误会一场，何至于劳驾明大人亲自登门？"

明程听闻此言，更是不安。在他看来，如若云辞此刻发了通脾气，倒还好说；可偏生对方这般礼待，礼待之中又刻意表露出威严与疏离，这才真正棘手。

只是在这节骨眼上，明程也不敢多有揣测，只得再次致歉："老臣教子无方，实在惭愧。"

云辞仍旧噙笑："听闻贵府走失了一名婢女，样貌极美，又擅琴瑟。只不知为何，明二公子会搜到追虹苑来？须知此处可是沈小侯爷的私邸。"

"这……老臣……"

"明大人。"云辞没有给他机会开口，已是制止道，"还是让令公子回话吧。"

这话说得毫不客气，明程只得住了口。

明璀此刻早已后悔不迭，上前赔笑道："都是误会，倘若早知殿下在此，小人必不会……"

"哦？难道文昌侯的私宅便能随意乱闯？"云辞截断明璀的话，冷冷反问。

明璀被那声质问所慑，打了个寒战，连忙解释："不，不是的。小人与沈小侯爷向来交好，又怎会如此无礼。今日本就饮了酒，又听了身边儿东西的撺掇，才做下这等混账事……”

他话音刚落，但见晗初已端着托盘返回书房，为明家父子逐一奉茶，最后又回到云辞身边，放下一盏花间清露。

云辞端过茶盏啜饮一口，又对明家父子道：“依照明公子所言，贵府走失的婢女极美，擅琴，说来我这里倒有一位，恰好是沈小侯爷所赠。想来明二公子听到的传言，所指是她无疑。”

云辞停顿片刻，继续说道：“今日趁明大人也在场，还请二公子认一认，你府上走失的婢女，可是眼前站着的女子？”

此时明璀哪里还敢抬头去看，连忙道：“不是，不是，的确是一场误会。”

“误会吗？”明璀只听云辞的哂笑从头顶传来，带着几分不容置疑，“二公子还是仔细瞧瞧，免得日后总惦记着。”

晗初听到此处，已是紧张不已。若当真被明璀认出来……想到可能出现的后果，她只得看向云辞，无声求救。

可云辞只一味盯着明璀，幽幽命道：“二公子好生辨认吧。”

云辞此话一出，晗初立刻感到有一道目光朝自己投射过来，随后又飞快地收了回去。

那目光正是来自明璀。他听闻云辞发话，便略略抬头扫了一眼。但见光线照耀之下，有一女子站在云辞身边，周身都散发着晕染的光泽。两人俱是一袭白衣，超凡脱俗，恍如……神仙眷侣？

莫说今日晗初不施脂粉、素面朝天，已非当初在醉花楼里胭脂朱唇的粉黛模样。即便眼前这一位，与记忆里的美人是同一个人，明璀如今又哪里敢再多说什么？

他略微看了看，没有仔细辨认，已垂下双目恭敬回道：“是小人听信传言，认错了人，请殿下恕罪。”

“二公子可看仔细了？”云辞淡淡再问，这一次语气已温和许多。

“看仔细了。”明璀毫不犹豫地回答。

“既然如此，两位回去吧。”云辞幽幽说道，“今日之事乃误会一场，我不会放在心上。不过此次我是秘密入京访友，不想叨扰圣上，还望明大人体谅。”

“这是自然。”明程终于松了一口气，“老臣不打扰殿下清净，这便告退。您在京州但有所命，老臣必无不从。”

“必无不从……”云辞好似听到什么可笑之事，“我云氏在京州还不至于步履维艰。”

明程连忙请罪：“是老臣失言。”

云辞顺势下了逐客令："明大人贵为南熙右相，政务繁忙，今日抽身前来实属不易。不送了。"

明程与明璀便告退而出。

"大人且慢。"就在明家父子跨出书房的当口儿，云辞忽然再次开口，"贵府那婢女既然逃了，想必抓回去也无心侍奉。今日大人为这场误会登门而来，我也想替她讨个人情，不知大人意下如何？"

"得饶人处且饶人，世子殿下宅心仁厚，老臣受教。"

那边厢，明家父子刚一离去，这边厢，晗初心中更不是滋味。

眼前这人，早知他姓云，早知他来自房州，可看他轻车简从、生性简洁的做派，晗初一直不敢去猜测他的真实身份。甚至自欺欺人地想，或许云公子只是云家旁支而已。

原来这样温润如玉的谦谦君子，又身患腿疾，居然是离信侯府的主人。

今日，竟连当朝右相都为之震慑，这与晗初印象中的云公子简直判若两人。她也算见识了云辞身为世家子弟的威严与冷冽。

可如今，她最最害怕、最最避之不及的，也是世家子弟。晗初心里明白，自己与云公子的这一场主仆情分，是真的到头了。

"出岫？"云辞见她一直愣怔不语，开口相唤，"方才吓着你了？"

晗初回过神来，提笔写道："奴婢不知您是世子殿下，从前多有无礼之处。"

云辞看着纸上"世子殿下"四个字，只觉异常刺目，令他心底微酸："你实不必如此……我一直不说我的身份，便是这个原因，不想让你我生分了。"

云辞抬首看向立在书案旁的晗初，阳光透过窗户映在她面上，将她整个人都照耀得透明起来。肤色如此白皙，泛着桃李微红，令他想起了"烟轻琉璃叶，风亚珊瑚朵"的芍药花。

的确是极美的，在遇到她之前，他竟不知，这世上当真有女子堪比花娇，堪比花艳，又堪比花清。只是这朵芍药花，终究开错了地方，而他离开在即，再也无法呵护她了。

心中的黯然盖过了即将离别的遗憾，云辞默然片刻又问："往后你有什么打算？"

晗初摇了摇头。

"不如我对子奉说，放你自行离开？"云辞斟酌着试探。

晗初再次摇头。

是不愿离开这里，还是不愿离开沈予？云辞轻微蹙眉，心底泛着莫名的滋味：

“为何？”

“小侯爷对我有恩。”晗初写道。

云辞见字不语，须臾，从书案的屉中取出一个装帧精美的盒子，道：“原是想着晚些时候再给你……今日既然想起来，也不必再拖延了。”

盒内是一套上好的文房四宝：狼毫湖笔、松烟徽墨、檀香笺纸、紫金端砚。

饶是晗初再没有眼力见儿，也能看出来，这是一套专供闺阁女儿所用的文房四宝。做工巧致、雕花细腻、用材考究、装帧精美。

那笔砚之上的雕花，是芍药。繁丝金蕊，巅刻逼真。晗初一直对这种花不大喜爱，只因从前赫连齐曾说过“芍药别名‘将离’，不大吉利”。

没想到，今日云辞所赠之物，雕花竟也是芍药。“将离”，果真应景至极，一语成谶。

想着想着，晗初只觉鼻尖酸涩，忍了半晌才行礼道谢，从云辞手中接过这套文房四宝。

两人的指尖在一瞬间交错，显得异常虔诚而郑重，却又好似两团烈火，同时灼伤了彼此，令他们不约而同地飞快收手。

晗初接过沉甸甸的盒子，素手轻抚，这才发现盒身还刻着四个字：“行胜于言”。

瘦金字体，风骨极佳，显得异常熟悉与亲切。晗初不知晓这四个字算是一语几关，但至少对于她一个失声的女子而言，这的确是最好的鼓励，也是她如今习字的真实心境。

只是未曾想到，这一番贵重的心意，竟是云公子赠给自己的临别礼物。晗初很喜欢，爱不释手，但这喜欢之中，别有一番滋味——云氏，有如天边之云，可望而不可即。

与此同时，云辞也在看着晗初，见她喜欢这份礼物，他心中很是欣慰。他并不打算告诉她，这套文房四宝是为她量身打造的，命人寻了上好的材料，耗时整整一月。

雕花的图案是他亲笔所画，装帧也由他亲自过目，“行胜于言”四个字更是他亲手刻下。放眼南北两国，这样的文房四宝只此一套，世无其二。

记忆中的沉琴一幕又浮现在了云辞的脑海之中。那个决绝毅然的女子面容，曾在这间书房里变作柔美浅笑，可今日，她的容颜又与那晚重叠在了一起。

云辞明白，晗初骨子里其实倔强非常，倘若有何事触到了她心里的围城，她会毫不犹豫地选择将心门关上。而他离开在即，已是无能为力——恰如此刻。

云辞修长苍白的手指就势收到案上，开始轻轻敲击桌面，晗初发现，这是他在思考事情的表现。她静静等着云辞示下，良久只等到一句：“你下去吧。”

没有任何解释的屏退。

晗初紧紧抿着双唇，怀抱礼盒俯身告退。她的鼻尖忽然感到酸涩，手中的文房四宝也变得异常沉重，沉得硌手。她很想向云辞表达谢意，可到底只是顿了顿步子，朝门外走去。

云辞望着那一抹窈窕清丽的背影，哑然于这离别的氛围，心绪也随之纷乱起来。仿佛心里有一具无声的古琴，被不懂音律的人拨弄了琴弦，嘈杂得心慌。

他从未如此渴求有一双懂琴识音的素手，来抚平心上被拨乱的弦。这样的素手，这样的女子，其实，远在天边近在眼前。

“出岫。”在少女迈出书房的那一刻，云辞终于冲口而出，“倘若你愿意，我可以带你回房州。”

第七章 妃瑟泠泠赠别情

光阴如水，漏指而过。有时极力想要挽留的岁月，只能眼睁睁看它从指缝流走。无奈又残忍。

故而有人总道珍惜、珍重。

时间过得极快，转眼便到了云辞的返程之日。临行的前一日晚上，沈予在东苑设下送别宴，为云辞等人送行。这一次，云辞没让晗初过去服侍，晗初自己也不想去，她唯恐会在席间掉泪。

暮色渐渐沉了，晗初独自坐在屋子里，未点烛火，怔怔地出着神。她想起了前几日云辞说过的话，堂堂离信侯世子说，要带她回房州。

可惜，她拒绝了。因何而拒，她却说不出缘由。

也许，是觉得自己出身低贱，不想玷污那谪仙之人吧。

眼见夜色越来越深沉，晗初强迫自己睡下。她怕自己再坐下去会反悔，会失态地跑去找云辞，求他带自己离开。

打了水，擦了脸，刚卸下簪子，却听闻院外响起了敲门声："出岫，是我。"

是淡心。这会子她不是应该在宴上吗？晗初唯恐她有急事，也顾不上收拾，披散着头发前去拉开门闩。只见淡心怀抱一具包裹严实的长物，立在门外。

晗初手口并用地比画着，问道："没去赴宴？"

"小侯爷有点急事，推迟了一个时辰。"淡心抿唇而笑，站在门口不动，又刻意压低声音道，"我要在小侯爷面前告茶茶一状，你放心，往后她再也不敢欺负你了。"

听闻此言，晗初叹了口气，无奈之余又是动容。她伸手对淡心相请，想邀对方进去坐坐。

淡心探头看了一眼院内，笑道："你那屋子黑黢黢的，我进去干吗？你睡下了？这么早？"

晗初不知该如何回话，唯有默认。

淡心看了看自己怀中抱着的东西，又笑："看我这记性！原本有样东西要赠给你，最近竟是忙忘了。我在此住了几个月，无意中得到一把好琴，你也知道，我不会弹琴，明日动身带着累赘。咱们也算'相看两不厌'，这琴便留给你作纪念吧。"

淡心并没有言明琴的由来，只是隐晦地带过，将琴具往晗初怀里一塞。

晗初霎时觉得手中一沉，琴已到了自己怀中。只这一瞬，心也好似变得沉甸甸起来。是婉拒？还是道谢？她尚未想好，对方已摆了摆手，道："你歇着吧，我走了。"说着便快步离去……

淡心走出晗初的院落，便径直前来请见云辞，低声复命道："主子，东西已交给出岫了。"

云辞好似没瞧见来人，只幽幽望着烛台，很是默然。这气氛，笼罩了一层浅淡的离愁。

"噼啪"一个爆栗从烛台上响起，这才唤回了云辞的神思。他回望淡心，问道："出岫没拒绝？"

"按照您说的，奴婢将琴往她怀里一塞，转身跑了。"

云辞意味不明地笑了笑。是啊，若非如此交代淡心，也许出岫又要拒绝了。

"主子，奴婢不明白。"淡心明知不该过问，却还是忍不住问了，"这琴分明是您特意搜罗的，又为何要让奴婢白得了这个人情？你真心实意送出岫一具琴，不好吗？"

云辞没有回答这个问题。

分明是想起她的沉琴之举，还有明璀说她"极美、擅琴"，自己才特意为她寻了一把好琴来。可偏偏，近琴人怯，他猜出岫会拒绝，才让淡心送了过去。

是有些遗憾的吧，她拒绝随他去房州……

"主子……"淡心不如浅韵沉稳，有些受不住这压抑的气氛，"您能不能跟小侯爷说说，咱们带上出岫一起走？"

闻此一言，云辞听到自己骤然急促的呼吸声，也感到了心头的微颤。虽然只有一瞬，却如此清晰。

"你想带她回府？"云辞在摇曳烛火中看着淡心，反问道。

淡心点了点头："您必定也发现了，小侯爷待谁都是温声细语，偏生对出岫狂声暴语。还有茶茶，也会欺负她的。"说着说着，淡心已有些哽咽，"更何况，更何况……"

一连两个"更何况"，皆是意有所指。再说下去，便是僭越了，淡心适时住了口。她并不知，不久之前，云辞已为此遭到无言的拒绝。

云辞知道她话中之意，却没有任何反应，只是问道："你素来是个挑剔的性子，甚少看得上谁。为何独对出岫另眼相看？"

闻言，淡心想了片刻才回道："也许……奴婢怜惜她不会说话吧。连您都想不清楚，奴婢如何能想得清楚？"

是啊，有些人、有些事，不知所起而起，不知所为而为。云辞不禁笑了，那笑容谦谦，有如暖玉，可倏尔一变，又化作漫天疏星，冷绝苍穹。

多说无益，出岫已经拒绝了他——她愿为恩情留下，不愿随他离开。想到此处，云辞决定中断这个无谓的话题："时辰到了，该去赴宴了。"

淡心不敢多言，与竹影一道，随云辞前去赴宴。

这一次的送别宴，由沈予一手安排。厨子、菜品、美酒，甚至用餐器具，都是他亲自选定。吃喝玩乐之事，在这京州城中，他自信还能数得上。

沈予自愿操劳，东苑里几人也都乐得清闲。待到席开，淡心、竹影皆在座上，与云辞和沈予一道，主仆尽欢。

只是面对这满桌珍馐佳肴，有人并无胃口。

"挽之，这一次你走得匆忙，明年再来京州时，我可不会如此轻易放你走了。"沈予有些不舍，更有些感慨。

话虽如此说，但席间诸人都知晓，待返回房州之后，云辞即将承袭离信侯的爵位，今后便没有这么自由了。

这些年里，云辞之所以每年夏秋之际都来京州小住，一则是神医屈方在此，能为他复诊疗养；二则是他病中所需的一味药材，唯有京郊种植才能成活，这种草药一年一熟，是在夏秋之交。

云府向来以大熙旧民自居，顶着离信侯的头衔，令南北两国不敢妄动。从前云辞虽为世子，但因身体缘故迟迟没有袭爵，府中诸事都由云辞的母亲谢太夫人主持。可如今谢太夫人年纪越大、精力渐渐有限，已是拖不得了。

于是便定下今年，待云辞行过弱冠之礼后，正式承袭爵位，接管云府家业。

因此这是云辞最后一年前来京州。往后俗事缠身，他必定难以再来小住，唯有劳烦屈神医来回奔波了。

却不承想，这最后一次小住，遇上了最最不同的一个人。

云辞面上如静谧之海，幽深旷远，没有丝毫伤感或是不舍。须臾，那平静无波的海面才泛起一丝涟漪，是他清浅一笑："子奉，你闲来无事或可前来房州，好教我一尽地主之谊。"

沈予未等开宴，已兀自饮下三杯，此刻已有些勃勃之兴，拊掌大笑："好主意！届时我必定携美前去，白吃白喝蹭上一年半载。”

携美前去？可会是出岫？云辞蹙了蹙眉，正欲开口回话，却被淡心抢了先。

“小侯爷携美前去，主子自然欢迎得很。只是您千万别带着茶茶，否则奴婢头一个守在侯府门口，将您拒之门外！”淡心毫不客气地说道。

沈予先是一愣，而后哈哈大笑起来，笑了半晌才指着淡心道：“你啊你，竟如此厌烦茶茶。她到底哪里得罪你了？”

“她没有得罪奴婢，只是奴婢瞧她不顺眼罢了。”淡心闷闷地回道，须臾又想起什么，连忙补充，“她虽没惹着我，倒是惹着出岫了！”

出岫？沈予反应片刻才想起这是晗初的新名字。他见淡心神色郑重，不似玩笑，便也敛去笑意相问：“茶茶如何惹着出岫了？”

淡心冷哼一声：“您还是去问茶茶本人吧。”

沈予脸色一沉，已意识到什么，正打算开口追问，却见膳厅里匆匆跑进来一个窈窕身影，恰好是茶茶。

“你来做什么？”沈予瞧见来人，很是不悦。

淡心也白了茶茶一眼：“我不是说过吗？不让你随便进出东苑！”

茶茶却是娉娉婷婷入得门内，先对沈予、云辞行了礼，才对淡心回话：“姑娘莫怪，我有喜事来向小侯爷禀报。”

“何喜之有？”淡心不屑地问道。

此刻茶茶早已是喜上眉梢，含情脉脉地看向沈予，道：“小侯爷，奴婢这几日身子不爽，呕吐不止，方才大夫已来诊过，说是奴婢有身子了！”

有身子了！这四个字对于沈予而言，并非天降喜讯，而是晴天霹雳！他登时心中一惊，眉峰狠狠蹙起，几乎要拧成一个“川”字。

“哟！那还真是恭喜小侯爷了。”淡心适时开口冷嘲，唇边带着一抹讽刺的笑意。

“淡心！”云辞呵斥一声。

听闻淡心的讽刺，沈予已称得上是心冷如霜。可云辞、竹影都在场，他也不好发作，便刻意平复情绪，问茶茶：“几个月了？”

“两个多月了。”茶茶赧然地回话。事实上，她认为这孩子来得正是时候。原本因为明府来搜园子的事情，沈予对她颇有怪罪，如今她正好能利用这个孩子转圜一番，挽回沈予的心。

而此时，沈予隐在袖中的手早已紧握成拳，面上却故作平静，对茶茶道：“你先回去，我晚些时候去西苑看你。”眼下，比之茶茶的身孕，他还有更重要的事情。

茶茶也知道见好就收，便盈盈退了下去。

沈予一直看她走出膳厅，才拾起方才的话题，继续追问淡心：“茶茶怎么欺负出岫了？我从没听她提起过。”

“小侯爷！出岫不会说话，您让她说什么？”淡心又替晗初出头，“她才不似某些幺蛾子，只会告枕头状！”

“枕头状”三个字如今是应景极了，沈予面色又沉了几分，凝声反问淡心：“你说什么？”

淡心并无半分惧色，冷笑回道：“这个嘛，您一会儿去探望亲骨肉时，不妨问问孩子的妈，那日明府来追虹苑搜人，她都做了什么。”

淡心不顾云辞在旁，气愤难耐地再道：“那日明府为何来搜人，奴婢觉得，这其中必是茶茶做了手脚。”

闻此一言，沈予当真沉默起来，唯有那只握着酒杯的手泄露了几分心事。当日明璀来追虹苑搜人时，文昌侯府皆在辉山祈愿，待他知晓此事，明府众人已然离去，云辞对此事也没有多谈，只一句带过。

诚然，在沈予看来，明府在云辞面前兴不起什么风浪。这事他虽觉得蹊跷，可明璀当日便来文昌侯府赔罪，道是一场误会，他也就不曾深究了。

如今听淡心一说，仿佛别有内情。

“淡心姑娘，若没有真凭实据，你可不能胡乱指摘人。”毕竟是跟了自己多年的女人，沈予还是不相信，茶茶会这么狠。

“哟！您心疼了？”淡心笑得越发讽刺，“原本还指望您能治一治茶茶的罪。这下好了，她有了身孕，您看在腹中骨肉的分儿上，必是大事化小，小事化了。只可惜出岫，还得继续受气！”

对方把话说到这个地步，沈予不信也得信。只是晗初今日不在席上，他无法当面询问，便只得转问云辞的意思：“挽之，你也知道茶茶欺负她？”

沈予心知肚明，方才淡心那样语出无状，若放在平时，恐怕云辞早就呵斥了。然而他一直默不作声，由着淡心去指责茶茶的不是。

也就是说，这事云辞是知晓的，他也为晗初抱不平。

而唯有自己，这个名义上真正的主子，被蒙在鼓里。明明以为自己护住了她，为她遮了风挡了雨，可如今，却是自己识人不清……

沈予不知自己是在懊恼什么，是恼晗初受了委屈不肯说，还是恼自己发现得太迟？抑或，恼的是晗初宁愿对云辞说，也不肯对自己说？

沈予自嘲地饮下一杯酒，咬牙切齿地道：“她是嗓子坏了，又不是脑子坏了！都不知道吭一声？”

“子奉，这是你的家事，论理我不该置喙。”云辞想开口为晗初说情，又怕帮了倒忙，唯有隐晦地道，“出岫品性纯良，是个好姑娘。你往后……善待她吧。”

听闻此言，沈予很是不满："难道我以前没有善待她？"

席间几人皆没有回话。

原来在外人眼中，他对晗初那么差！沈予笑了，一时更是心乱如麻。脑海中一会儿闪过茶茶怀孕的消息，一会儿又是淡心的指责讽刺，然而更多的，是晗初的冷漠。

这一顿饭可谓是吃得索然无味，尴尬至极。两位主子没了兴致，几个下人也懂得察言观色，默默散了场。

沈予看着一桌子残羹冷炙，起身对云辞道："明日一早你还要动身，今日早些歇下……我先回去，明早来送你。"

云辞点头应下："让竹影送你去西苑歇息吧。"

岂知沈予不假思索地拒绝道："不了，侯府里还有事，我先走一步。"

这话令云辞有些讶异。西苑里的姑娘有了身孕，虽说是没有名分的，可沈予这也太……云辞不好置喙，便道："也好，我命竹影送你回文昌侯府。"

"不必，侯府的马车一直在外头候着。"沈予干脆地道，又看了淡心一眼，未再多言便起身离开。

云辞执意将沈予送出东苑，没有再拐回膳厅。明明已是夜深人寂，他却无心睡眠，主仆三人在空旷的园子里吹风。

渐渐地，淡心开始打呵欠，云辞见状便对她道："明日一早还要动身，你先回去歇着吧。有竹影陪我即可。"

"主子……您也早点歇息。"淡心有些担心云辞。

云辞朝她摆了摆手，转首对竹影命道："推我出去走走。"

竹影情知今夜云辞定然辗转反侧，也不多劝，推着他一路出了东苑。

夜色迷离，月色皎银，泉涧清凉闪着波光，一如三个月以前。

同一时辰、同一地方，曾有个少女在此决绝地沉琴，"扑通"的声响划开涟漪，撩起某人心房一片波澜，但也令人后知后觉。

云辞望着静谧的夜色出了会儿神，有些后悔自己旧地重游，便又淡淡道："回去吧。"

竹影仍旧沉默，推着云辞原路返回。眼见时辰已晚，主子也已散过心，竹影才斗胆问道："时候不早了，属下服侍您歇息？"

云辞没有作声。

竹影跟随云辞多年，早已摸清他的脾气。主子若是不反对，必会应一声，如今这般默不作声，还是有心事。

竹影踌躇片刻，再试探着询问："要不……去向出岫姑娘道个别？"

这一次，云辞很快地回道：“不必了。”

竹影轻咳一声，干笑道：“您与淡心都是作过别的，只有属下还未曾与出岫姑娘道个珍重。既然明日要回房州了，请容属下前去问候一声。”

竹影说完，便屏住呼吸等候示下。良久良久，才听到云辞“嗯”了一声，想来是经过一番思想挣扎。

于是，主仆二人一路无言，往晗初的院落里走，然而还未走到近前，便听闻一阵琴瑟泠泠之声。

竹影停顿片刻，正待推着轮椅再往前走，便瞧见云辞抬手制止。二人就此驻足夜景之中，侧耳聆听。

初始，曲调静谧，似空谷幽兰，一如弹琴之人；

片刻，七弦琴音渐缓渐细，转调哀婉，幽怨渐生；

继而，同调反复，柔肠百折，如诉如泣；

最后，化作风中幽咽，沉重压抑，余韵无穷，一唱三叹。

云辞只觉自己的心，也跟着百转千回，比这首古调还要难平。

弹琴之人无疑是晗初。今日早些时候，淡心将琴具生生塞入她怀中，不待她反应便小跑离开。晗初无法，只得抱琴回屋，解开覆在琴上的绫绸一看，她惊喜愕然。

这是一具极好的琴，桐木为料，上桐下梓，琴弦更是难得一见。晗初深深嗅之，隐隐可闻一缕沉香，再观琴身，年份已久。

爱琴之人瞧见好琴，自是爱不释手。晗初轻触琴身，但觉木料温润，琴弦微凉，弹拨之声泠泠瑟瑟，悦耳犹如仙音。

以她阅琴无数的经历来看，这琴必是古物，即便不是价值千金，也是世所罕见。

如此贵重的古琴，必不是淡心一介奴婢所能拥有。可那人既不愿出面留名，晗初也唯有装作不知。

云公子品格高洁、富可敌国、贵过皇胄，这琴，便如同他的身份，自己与其云泥之别，纵使为奴为婢都是一种折辱。而她唯一能做的，便是以“出岫”这个名字慰藉余生，来报答云公子的这份看重与厚待。

如此想着，晗初已平复心绪，不知不觉地拨起了琴弦。琴是好琴，琴技亦是无可挑剔，再加上弹琴之人的真情实意，这首曲子，注定倾城。

晗初的纤纤玉指在琴弦上跳跃，不假思索地弹出了一首耳熟能详的古调，个中唱词，她口不能言，却早已铭记在心——

“离多最是，东西流水，终解两相逢。

浅情终似，行云无定，犹到梦魂中。

可怜人意，薄于云水，佳会更难重。

细想从来，断肠多处，不与今番同。”[1]

显然，院外的云辞曾听过此曲，也知道唱词。他默默听着，待琴弦最后一个尾音绵绵消逝，情绪也随之收了回来。他的目光由最初的遗憾、哀伤、感慨，渐渐转为了然、惊叹，甚至藏匿了一抹喜悦。

倘若他没记错，这首曲子所对应的唱词之中，是有两个“云”字——行云无定、薄于云水。

唱词的第一句，分明是迎合了他与她的初逢之景；那最后一句，又何尝不是此时此刻他的心中滋味？

至此，云辞终于明白，当初少女为何要毅然沉琴。这番心境，这番琴意，世上又有几人能解？只怕多是来听热闹的。

云辞忽而想起了那首《朱弦断》，其中几句关乎晗初琴技的描述，竟与今夜这琴声极为吻合！想当初，少女拿出那首诗的虔诚与感慨，还有那句“青楼里都是幺蛾子吗”，更甚，明府无端前来闹事寻人……

电光石火之间，一个念头在云辞心中迅速划过，往日里有些晦暗不明的东西，都被今夜的琴声拨弄出来！

这天下极美、擅琴的年轻女子，能有几人？穷苦人家的女孩，又哪里能习得一手好琴？除非……

只这一个闪念，已令云辞心中波澜起伏，不能平静。良久，他才抬首看了看月色，做出一个极大的决定。

“竹影，去查一名青楼女子。”云辞望着不远处出岫的院落，命道，“还有，吩咐下去，明日暂不动身。”

注：［1］晗初所弹的唱词，出自北宋晏几道《少年游》。

第八章 相见时难别亦难

翌日，晗初没有去书房侍奉，只是如常熬了药，委托淡心代为送到。她以为，昨日云辞的赠琴之举，已将这段主仆关系画上了句号。

未承想，不过一炷香的工夫，淡心又寻到她的院落，恶声恶气地道：“谁教你在此偷懒呢？还不快去书房侍奉！今日主子不返程了！”

不返程了？晗初只觉又惊又喜，可过后又是一阵失落。他们迟早是要走的，早走晚走，无甚差别。

晗初看向淡心，比画着问道：“为什么不走了？”

“主子的心思我哪里知道！”淡心伸手在晗初腰间掐了一把，佯作呵斥，“快去！早上我替你侍奉汤药，主子都没给我好脸色看。”

晗初连忙一路小跑往书房而去，她没有瞧见，淡心在她身后大笑不止。

东苑书房。

云府的家奴遍布南北两国，渗透各地无所不能。云辞昨夜才吩咐下去的事，今晨一早便有了回复，这样的办事速度不可谓不快。

如今搁在桌案上的薄薄几张纸，便是一个青楼女子的生平记载。云辞看着面前的纸张兀自沉默，神情莫辨。

也不知如此过了多久，门外忽然响起一阵动静，随之又传来竹影的隐隐话语：

“主子吩咐了，任何人不许打扰……”

“你这些比画我看不懂……”

“出岫姑娘想说什么？”

听见“出岫”二字，云辞立刻开口问道：“谁在门外？”

“回主子，是出岫姑娘。”竹影在外恭谨禀道。

云辞迟疑一瞬，低声开口：“让她进来。”

话音甫落，一个浅绿色的身影已飘忽而入，好似花中仙子，带着几分不可侵犯的脱俗。可谁又能想到，拥有如此气质的少女，从前竟会是……云辞的心不由得沉了一沉。

晗初尚未发觉他的异样，先是娉婷地俯身行礼，又伸手比画了一下。

云辞看懂了，面无表情地回道：“我没有命你前来。”

晗初一愣，又做了口型道出两个字：“淡心。”

原来是淡心自作主张……云辞没有再开口解释。

晗初见状也有些尴尬，便欲俯身告退。

“既然来了，就留下吧。”云辞见她神色躲闪，心下微恼，伸手将桌案上的几张纸收入袖中。

晗初只得领命留下。她看了看桌案，砚台里墨迹干涸，分明是无人研墨。可云辞又收起了几张带字的纸张，难道不是他写的？晗初按捺下心中疑问，按照惯例开始侍弄笔墨，先裁宣纸，而后磨墨。

“今日不必研墨，我不写字。”云辞淡淡道。

晗初便停了动作。

云辞双目灼灼地看着她，似要看穿她的心事：“你不问问我，为何不走了？”

晗初眼中闪烁一瞬，很快又归于沉寂。

云辞仍归看着她，目光流连不去。

晗初被这不明所以的目光瞧得有些无措，也察觉到了今日的云辞有些异常。她想了片刻，十分坦然地回望过去，眸中流露出询问之意。

云辞一直认为出岫，不，是晗初，有一双会说话的眸子，清澈见底，不染尘垢，令人见之忘忧。他终于明白了她美在何处，并且这份美丽早已天下皆知。

他望着晗初颦蹙眉黛、眼波盈盈的模样，良久，才幽幽开口，再次说出那句相同的话，态度无比坚决：“出岫，随我去房州。”

晗初的水眸刹那变得清亮起来，惊讶的程度比起初闻此言时，有过之而无不及。她以为她已经说清楚了，虽然她并不曾出声，但那一个默然的“不”字，已能表明一切。

晗初不敢再看云辞，只怕再多看一眼便会不由自主地点头。她飞快地垂眸摇头，无声婉拒。

“为何不愿意？给我个缘由。”云辞将裁好的宣纸缓缓推到晗初面前，“你写出来，无论写多久、多长，我都等着。”

闻此一言，晗初的面色渐渐苍白，半晌，再次摇了摇头。她没什么缘由，便也无须下笔。

“自从明家父子来过之后，你便不大爱笑了。”云辞语中带了几分希冀，不允许晗初继续回避，“告诉我缘由，你有苦衷是吗？出岫？”

有苦衷吗？晗初在心中问着自己。要如何说出那些难以启齿的往事？她只怕玷污了这人的耳朵。晗初望着云辞希冀的目光，险些要脱口坦诚相告，但终究，再次选择了沉默。

云辞一直等着、看着，他自诩有无比的耐心，却还是败于晗初的倔强。若有似无的失望情绪涌上心头，云辞缓缓道：“你若不想说，我不会勉强。”

他看着晗初眼帘上长长的睫毛，细密、微卷，眨眼间，水光一闪，好似有什么晶莹剔透的宝石，凝结在了她的长睫之上。

云辞不由自主伸出手去，想要为她拭泪。可几乎是在他抬手的同时，晗初已迅速转身，背对过去，极力掩藏着情绪。

那转身的动作太快，如同她落泪的速度。快得令云辞几乎要产生错觉，以为方才那凝结在她长睫上的晶莹并不存在。但他向来目力极佳。

他唯有望着晗初的背影。那背影的主人双肩微颤，透露着几分楚楚之意。但他知道，她的内心并不柔弱，相反是有一种别样的坚强。

心中的怜惜又增添几分，促使云辞再次开口道：“我知道你从前受过苦，也许你心里很抗拒公卿贵胄……但你该明白，我同他们不一样。”

云辞心底微微泛起一阵苦涩，默默斟酌着措辞，继续道：“你在京州已得罪了明氏，今次他们虽不予计较，但日后也许会卷土重来……届时只怕以子奉的能力，护不住你。”

“即便子奉愿意护你，可文昌侯府呢？是否愿意为了你去得罪当朝后族？”云辞自知戳中了晗初的痛处，也承认这法子很是残忍。可他别无他法，唯有如此劝她。

倘若无人去触碰那处沉疴旧疾，恐怕她永远也不知痛在何处，又该如何痊愈。

云辞看到晗初窈窕的背影微微仰首，应是在强忍不让泪水掉落。发间的簪子被带动着轻微摇曳，犹如他初见她时泉中的涟漪波光。

“出岫……”这是他为她取的名字，“我说过，以色事人不能长久。你随我去房州，我可以教你诗词歌赋、算账管家，日后再为你寻一个好人家。在房州你不会受到任何欺凌侮辱。”

“你可以去打听，但凡云府出来的女子，即便身为奴婢，也比多少千金闺秀高人一等。至少在房州，适婚男子人人争求，我会为你挑一个极般配的，绝不辱没了你。”

在说出这番话之前，云辞从未想过，世人眼中求入无门的离信侯府，在这少女面前会被不屑一顾。而他堂堂世子，竟还要苦苦劝说她低眉点头，只差哀求。

袖中藏着的几张纸字字灼心，皆是面前女子的血泪与伤口。他本该选择视若无睹，可天意让他遇上她，又有了这三月余的主仆情分，他便不能袖手旁观。

更何况，还有昨晚一曲琴音，动人心魄。

云辞双手用力撑在桌案上，缓慢起身。一步一步走至晗初面前，腿疾难忍却又甘之如饴。

少女的面上果然已满是泪水，颗颗斑斓剔透，仿若无价明珠。这一次，云辞没有给她再度转身的机会，抬袖轻轻拭去她颊上的泪痕："你别扭什么？为何不愿意？还是说……你在京州有放不下的人？"最后一句，他问得小心翼翼。

晗初紧紧闭起双眸，不敢去看面前谪仙一般的男子。她只能拼命摇头，拼命落泪，说不出一句话来。

指间的湿意来自于眼前女子的泪水，微凉。伴随着晗初的否认，云辞的心也落了下来。

"你是惯常说违心话吗？"他并不气馁，笑着质问，"若是不愿离开，昨夜为何要弹《少年游》？你既敢弹出来，为何不敢承认？"

他都听见了！晗初霎时停止抽泣，眼神恍惚不知该如何解释。原本以为昨夜之曲无人倾听，可到底落入了有心人的耳中。

云辞看着晗初脸上的泪痕，仿佛心头也能漾出一泓水来。他头一次在女子面前这般强势，不容置疑地对她命道："你什么都不要去想，余下的琐事，我来处理。"

言罢，云辞转首看了看窗外天色，低叹一声："细算时辰，子奉也该过来了。将眼泪擦干，随我去见他。"

东苑，待客厅。

沈予望着厅里那幅极具风骨的迎客松图，轻蹙眉峰。昨夜经过茶茶的事，他心里烦闷不堪，返回文昌侯府又独自饮了许多酒，今早险些头痛得难以起身。想到是云辞的返程之日，才勉强弄了些药喝，匆匆赶来。

原以为是迟了，不承想刚一进苑门，却被竹影告知云辞今日不走了！

沈予知道云辞向来说一不二，不禁暗自揣测他耽搁行程的原因。想来想去，毫无头绪。

门外的动响适时拉回了他的思绪，沈予转身看向来人，招呼道："挽之。"再看推他入内之人，却不是竹影或淡心，而是晗初。并且，她眼眶微红。

不知为何，沈予预感到将要发生什么，心莫名地一沉。

云辞原本想当着晗初的面与沈予谈一谈，可临进门时，他却改变了主意，对晗初浅笑道："你先回去。"

晗初先是对沈予行了礼，便依言低眉退了出去。

“怎的忽然决定不走了？”沈予见晗初出门，才笑着询问。

“不是不走，是耽搁一两日。”云辞对上沈予的恣意笑容，开门见山，“子奉，我想向你讨个人。”

“谁？”沈予不假思索脱口问道，但问出口的同时，其实他心中已有了答案。

云辞并不掩饰，坦白答了话：“我想带出岫离开。”

听到这个名字，沈予笑了，眼神透着几分寒凉：“你也为她的美色所惑？”

美色？云辞几不可见地蹙了蹙眉：“你该知晓，我不是这种人。”

“那又为何？”沈予质问，“她才来东苑几日？三个来月吧？竟能让你向我开这个口？”心底的怒意合着酸楚，几乎令他忘记同眼前这人的手足情分。

“子奉！”云辞面色也肃然起来，沉声解释，“出岫是个好姑娘，我不想看你糟蹋她。”

“好姑娘？糟蹋？”沈予好似听到了什么笑话，放声大笑，“你若知道她是谁，恐怕不会当她是个好姑娘。”

“正因我知道她是谁，才会开这个口。”云辞坦荡地望向沈予，道，“你不能因为她出身风尘，便折辱她。从前的事也不是她的错。”

“原来你都知道了。”沈予只觉心已被搁在了万丈深渊，面上更是笑得讽刺，“挽之，你连她的底细都费心去查了，我还能说什么？”

云辞被这句嘲讽堵住了话语，沉默一瞬，才又道：“倘若她是个良家女子，我必不会向你开这个口。但她的身份……你时常出入烟花之地，到如今府里还蓄着几位，我不想让她沦落至斯。”

“你怎知我会让她沦落至斯？”沈予冲动地反驳出口，“难道我不能真心待她？否则我缘何为了她去得罪明家？”

见此一言，云辞没有立即回话。他磊落地在沈予面上打量片刻，才沉沉道：“为了什么，你心里清楚。京州皆知沈小侯爷对待女人的长性，你不能让她再难过一次。”

话音落下许久，屋内都没有回应。这次换作沈予沉默起来。

云辞见他有些失意，又道：“眼下你心里舍不得，可总有一日会弃她如敝屣。你的长性是多久？一年？两年？即便你对她真心，难道能给她名分？还是能护着她不受明氏迫害？”

云辞自问看得清清楚楚，沈予对晗初十分冷淡，甚至可以说是苛待。他从前不知个中缘故，如今终于想通了。沈予必是嫌弃晗初的过往之事，但又不舍她的美貌。

既然如此，自己又怎能放心让晗初留下？

面对云辞的质问，沈予仍旧没有接话。他敛去哂笑与冷冽，面上已看不出分毫情绪。就在云辞想要再次开口劝说时，他才闷声问了一句：“你就这么喜欢她？”

云辞忽然愣怔，待反应过来沈予话中之意，连忙开口驳斥：“男女之间并非仅有‘情’之一字。我待她……不过是有几分怜惜。”

“哦？你确定是怜惜？而不是怜爱？”沈予重新噙起讽刺的笑意，带着几分洞察人心的犀利。

怜惜、怜爱……云辞目光深如幽潭，谨慎地斟酌一瞬，才郑重回道：“只是怜惜。”

“是吗？”沈予将目光从他面上移开，看向门外幽幽而问。他已不需要再听任何答案。

“子奉。”云辞轻微叹气，话中是看透生死的淡然，“你也知道我并非长命之人，更不会轻易沾惹什么女子……我与出岫主仆一场，怜她身世、惜她才情，只想往后庇护着她，为她寻个好人家。”

听到“长命之人”四个字，沈予终于心中抽痛，这是他永不能愈合的疮口。在这世上无论是谁与他相争，他都能沉得住气，徐徐图之。

可偏偏，是云辞……

沈予心里明白，今日若不放手，他亏欠云辞的只会更多；可今日他若放了手，只怕云辞心里没什么，他却不能再与之手足相亲了。

仿佛是有万箭齐发，穿心而过。同时失去爱情与友情的滋味令沈予难以承受。明明知道云辞并不了解他对晗初的心思，可要开口表露那一番深情，他办不到。

一种支离破碎的声音在耳边响起，是他被误解、被漠视的真心。晗初对他意味着什么不言而喻，但显然，他欠面前这人的更多，以命抵偿都不足惜，何况是送他一个女人。

纵使爱逾生命，可到底，晗初也只是个女人。

沈予忽而再笑起来，望着门外风摇树摆的初秋景象，再问：“挽之，你当真会为她寻个好人家？”

“是。”云辞爽利地承认，又道，“恰好如今屈神医已动身前往房州，兴许他能治好晗初的喉疾。”

“有你云府的庇护，她日后必定会过得极好。”沈予怅然地笑着，无比自嘲，“你与晗初你情我愿，我再拦着反倒成了恶人。”

听见沈予松口，云辞也不再隐瞒：“出岫不愿意离开，说是你对她有恩……否则我也不会来说服你。”

不愿离开吗？是为了报恩？沈予尝到了苦涩滋味，如此煎熬难当，又掺着一丝回甘。他是多么欣喜于晗初对云辞的拒绝，可又多么失望于她对自己只是报恩。

沈予微微合上双目，强迫自己挂上风流无害的笑意：“不过是个女人，你开口我哪有不从？”他停顿片刻，这才转回看向云辞：“我想单独与她说话。”

“不要告诉她我已知道她是晗初。”云辞只嘱咐了这一句。

“为何？”

“我等她亲口告诉我。”

一炷香后，东苑书房。

“我倒是小瞧你了。走了一个赫连齐，却能得到挽之的垂青，你算不赔反赚。”沈予面色深沉地看向晗初，语气带着淡淡的嘲讽。明明知晓话语伤人，可他还是克制不住自己的情绪。

晗初任他出言讽刺，只垂眸而立，犹如雪地红梅，铮铮又无声。

“哗啦啦”一阵声响传来，沈予将案上裁好的宣纸施手一挥，张张落在晗初面前：“挽之与你心有灵犀，我可没这能耐。你想说什么，便写出来。”

晗初任由宣纸拂面落地，才俯身逐一捡起。这些纸张，她裁了许久，务求长短整齐，边角平滑。有人视之为文房瑰宝，但也有人视之为糟粕。

晗初忽然不知自己是在坚持什么，放弃云公子的宽厚以待。她本以为自己留在此地全凭良心，可如今看来，沈小侯爷并不在意。

如此想着，晗初眸中渐渐浮起几分自嘲，攥着捡起来的宣纸，继续沉默。

此刻沈予已是恼恨非常，也自知方才的动作轻贱了对方。他微合双目，试图平复情绪，许久也没有出声。

屋内陷入一阵诡异的静默，两人都是相对无言。最后，还是晗初率先打破气氛，蘸了墨汁，郑重地伏案写道：“我会留在京州。”

沈予被那熟悉的字体刺痛了双目，便笑了起来：“留下？你要留下，也要看小爷我收不收。那日是我鬼迷心窍，才救你回来。哼！你这烫手山芋，还不值得小爷我去得罪明氏。”沈予竭力说得云淡风轻，好似自己当真不甚在意。

伤人三分，自伤七分，大抵如此。

晗初闻言却面色微变，说是伤心羞愧倒也不像，只是握在手中的狼毫，抖了两滴墨汁洒在纸上。

她这副表情狠狠刺激了沈予，后者别过脸去，故意不看她：“你这是什么鬼样子？还想留下？是嫌我被连累得不够？走了也好，你在京州的旧情人太多，恐怕终有一日纸包不住火。”

沈予看着氤氲在纸上的两朵墨花，语气仍旧带着讽刺：“看过那首《朱弦断》了？”

晗初点头。

“你是不是很自得？这诗如今已传遍南熙，你也算虽死犹荣了。”

听闻此言，晗初的心思早已被引到这首诗上，便顾不得沈予的冷嘲热讽，连忙提笔问道：“这诗是谁所作？”

“你不知道？”沈予依然冷笑，目光幽深而闪烁，“是九皇子。”

原来真的是九皇子！晗初有些恍惚，惊异之余更为触动。她没想到，贵为皇室宗亲，九皇子竟能写出那句“人心重利多轻贱，万籁寂寥浮世难”。

沈予观察晗初的面色，毫无意外地看到了她的动容。晗初求知音，他一直都知晓。只可惜他一迟再迟，注定错过。

“怎么，在九皇子与离信侯世子之间摇摆不定了？”沈予语气微酸，再次嘲讽。

听闻这人玷污自己的心思，晗初终于忍无可忍，敛眉冷然挥笔：“我敬云公子如师，请小侯爷慎言！”

“你敬挽之如师？”沈予见字几乎要笑出泪来，云辞与晗初，这两人竟连推脱之辞都如此相似，都是当局者迷！

“男女之间何来师徒之情？你当我是三岁孩童吗？”沈予笑了半晌，一语直击晗初心上，“你且看着，彼此相处越久，要么是他怜爱你，要么是你仰慕他！”

“啪嗒”一声轻响，晗初手中的狼毫已掉落在桌面上，衣袖上溅了几滴墨汁。仿佛是赌气似的，她点头对他做了个口型，樱唇微启只说出两个字：“我走。”

“这就对了。挽之与我情同手足，你在他身边好生侍奉，莫要让人觉得，我调教出的人没有章法。”沈予违心地告诫她，刻意装出冷漠的样子，“不许再想着赫连齐，也不要再与醉花楼联络。”

言罢他又自嘲地笑了笑，低声自语：“其实有挽之在，你迟早会忘了赫连齐。”

沈予自问这句话已说得足够低沉，可还是教晗初听到了。他瞧见她落下两颗晶莹泪珠，而后忽然盈盈一跪，对自己重重磕了一个头。

无须任何言语，沈予已明了晗初的意思。此情、此景，与醉花楼失火那夜何其相似？那时她也曾对风妈妈郑重叩首，以谢教养之恩。

而如今，他在拥有她短短百余日之后，也受下了她如此大礼。

其实是该欣慰的，他看中的女子拥有一颗七巧玲珑心。虽说他对她冷嘲热讽，出语刻薄，可她还是懂得了他的意思，只是不懂他的心思。

沈予再也按捺不住这最后的离别一刻，看着地上深深俯首的倩影，脱口而出一个问题：“晗初，在你心里，当我是什么？”

晗初缓缓从地上起身，沉吟片刻，走至案边提笔写道：“您的恩情，没齿难忘。”瘦金体，侧锋如兰，与某人的笔迹如出一辙。

沈予见字又笑了，笑得有些不是滋味。面前的少女，喜欢过赫连齐，倾慕着云辞，对他却唯有感激。说起来这算是最最虔诚的态度，然而也是最最浅薄的感情。

这才是最伤人的，“感激”只是个幌子，在她心里，只当他是陌生人。

可笑的男人自尊又开始作祟，促使沈予假装满意地笑了笑，回她一句：“也算你有良心，不枉小爷我疼你一场。”

他将视线从纸上移开，淡淡落在晗初面上，看了她很久，才从袖中掏出一把匕首：“虽然你我的情分短暂，但毕竟相识一场，这匕首是我偶然得之，便赠予你防身好了。”

言罢还不忘再调侃她：“你好歹也是南熙第一美人，可要谨防登徒子。”

晗初连忙道谢接过了匕首。这匕首的鞘身镶嵌着一颗红宝石，小巧玲珑，精致非常；刃锋也是隐泛寒光，冷冽如割。一看便不是俗物。

晗初不曾想到，有朝一日自己会对一把匕首一见钟情。她素手抚摸到鞘身上有个“深”字，便抬头看向沈予，无声询问。

沈予知她所想，淡淡扫了一眼那个字，回道：“‘深’是铸造大师的名字，他所铸的兵器绝锋寒刃，世无其二。”

晗初明白过来，于是郑重地将匕首收起，未再多言。

沈予见她对匕首爱不释手，心中稍稍宽慰了几分。明明是心尖儿上的女子，从前却偏偏不肯对她和颜悦色，以致彼此一再错过。她的一颦一笑都不是对着自己，唯有这一次例外，但再也不会有下一次了。

真是血淋淋的讽刺。

沈予终究还是存了一分奢想，遂隐晦地对晗初道：“挽之是不会亏待你的。不过……倘若你想念京州，也可以拿着这把匕首来文昌侯府寻我，不会有人拦你。这是信物。”

他自问这番话说得前所未有的认真，但也知道，晗初未必能听得明白。

云辞只在京州耽搁了两日，便启程返回房州。临行前，沈予特意回了一趟文昌侯府，取过晗初的卖身契，在她面前撕得粉碎。

这个结局，仿佛皆大欢喜。云辞得到了知冷知热的可心人；晗初摆脱了明氏的穷追不舍；就连沈予自己，对云府的愧意都因此减轻了几分。

临别那日，护送离信侯世子的队伍浩浩荡荡，前后足有近百人。沈予笑着将他们送出城门之外，自信不会让人看出一丝悲伤。

是夜，他没有回文昌侯府，而是留在了追虹苑。

睹物思人也好，追悔莫及也罢，沈予在晗初住过的院落里坐了一宿，而后做出一个决定——送走茶茶。

“小侯爷，您当真要送走奴婢吗？奴婢怀了您的孩子啊！”红衣女子哭跪在地上，嗓子已然喊哑。

沈予端坐在晗初的床榻，从枕上捻起几缕发丝，面无表情地握在手中：“外头的大夫不定可靠，有时为了讨个赏头，信口雌黄也是有的。让小爷亲自给你诊一诊。”

说着他已捏起茶茶的皓腕诊断起来。良久，沉下脸色蹙眉冷问：“你当真怀了身子？茶茶？”

茶茶被惊得打了个寒战，一种不祥之感隐隐划过心头，忙道：“自然是有了身子，这都两个月未来过葵水了。”

“可我诊着却不是。”沈予断然否认，“你脉象虚浮，分明是月事不调。”

月事不调！茶茶心中大惊：“小侯爷！不可能的！大夫明明说……”

“哦？你是在怀疑我的医术？”沈予冷言冷语地打断。

“不，不是的……”茶茶急忙否认，只觉那被沈予捏着的一截手腕，异常疼痛。

“我是不会诊错的，你无须多言。”沈予高声唤了贴身小厮进门，又从怀中摸出一个纸包撂了过去，吩咐道：“去把药煎了，给你茶茶姐服下。”

小厮接过药包，立刻领命而去。

茶茶却是不能置信，睁大泪眸看向沈予，却见对方恰好朝自己射来冷冽一瞥，眼光幽长，颇有深意。

饶是茶茶再笨，此刻也已明白过来，她惊恐地睁大双眼，疯了似的，护住肚子：“不！不！小侯爷！您不能这么做！”

闻言，沈予良久没有作声，无论脚下的女子如何苦苦哀求，他也只是淡淡的，没有任何表示。也不知如此过了多久，他才轻叹一声：“茶茶，你可知错在何处？”

“小侯爷……”茶茶鬓发凌乱，早已哭得岔了气，“奴婢知错了，奴婢不该放出消息，引明府的人前来。”

“这只是其一。”沈予看着匍匐在自己脚下的女子，冷冽道，“我本来对你信任有加，可你一手挑拨了我与晗初。人往高处走，如今她跟了离信侯世子，我也不能亏待你。”

他顿了顿，轻轻摇头：“你偷偷给明府传消息，说是追虹苑有个极美、擅琴的女子，可不就是你自己吗？既然你这么想做明府的奴婢，我就遂了你的心愿，让你跟着明二少。”

说到此处，沈予已然双目赤红：“其实你该欢喜才对，明氏是当朝后族，明二少愿意要你，是你的福气。”

“小侯爷……”这三个字，茶茶唤过无数次，曾经恭谨，曾经娇嗔，情到浓时还曾缠绵着情欲，可没有哪一次像今日之绝望。

此刻的茶茶犹如一只艳鬼，披头散发地抱着沈予的腿，不愿放手。她双肩耸动，哭得异常伤心，妄图博得他最后一丝恻隐之心：“那明璀是出了名的玩弄女人……小侯爷，看在奴婢服侍您一场，看在这孩子的分儿上……”

“看在孩子的分儿上？”沈予冷笑打断茶茶的乞求，语气冷绝如万里冰封，“我原本很怜惜你，可你辜负了。茶茶，这孩子究竟是谁的？你自己心里可清楚？”

沈予终于克制不住积攒的怒意，咬牙切齿道：“你若识相，去了明府就给我闭嘴！否则不仅得罪了云氏，你那个卖药的相好也活不了！”

沈予都知道了！茶茶瞬间脸色刷白。她在外头有个相好，是常年给文昌侯府送药材的，若要当真说起来，自己肚里这孩子，还真不知道是谁的。

小侯爷这是要赶尽杀绝了！

眼见茶茶心虚不再说话，沈予也无力再追究下去，不耐烦地道：“小爷许你养好了身子再去明府。免得让明二少以为我眼光不济，宠过一个女鬼！”

他一脚踹在茶茶肩头：“休要玷污这屋子。滚出去！”

茶茶被吓出一身冷汗，眼见事情再无转圜之地，也不敢再逗留。

至此，屋子里又恢复了空空荡荡，那交织而来的荒芜与孤独将沈予重重包围，令他几近窒息。手中仍旧握着晗初的几根断发，仿佛岁月里残留下的执念，单薄而可怜。

“轰隆”一声雷鸣传来，是这个秋季的最后一场雨。沈予起身将窗户关上，唯恐雨水飘入沾湿了屋内的一尘一缕。

而一并关上的，还有一扇心窗。

人爱我，我爱人，多多少少早已无法计较。于是他始终没有机会告诉她，那把匕首上的“深”字，并非铸造师的名字。

只因他手中也有一把款式相同的匕首，雕刻的是一个“情”字。

纵然情深，奈何缘浅。最遗憾不过，你从不知我。

第九章 初入云府涉深浅

辘辘的车轮声碾碎了晗初的过往记忆，从前锦绣成堆、耳鬓厮磨的风尘岁月，在遇见云辞的那一刻起，注定消散无踪。历尽辛酸甘苦之后，她是一个崭新的人——云无心，以出岫。

房州是南熙五州中最为富饶的州郡，也是当今圣上第七子、慕王聂沛涵的封邑。首府烟岚城如其名，三面环山、气候暖湿、烟岚迷蒙、外敌难攻，算是颐养天年的好地方。

而此处，正是云氏一族的命脉据点——离信侯府所在之地。

饶是出岫不曾来过房州，也曾听闻首府烟岚的名字由来：相传大熙王朝开国皇后出阁前的封号正是"烟岚公主"，而这也为云氏扎根在此的缘由，平添了几分动人的想象。

毕竟数百年前，云氏先祖与开国帝后之间的关系扑朔迷离，惹人遐想。

从南熙皇城京州到房州首府烟岚，云辞一行整整走了一个多月。待抵达烟岚城，时令已近腊月。云辞并未将出岫直接带回府中，而是送她去了神医屈方的暂住之处。毕竟他阔别烟岚城数月之久，甫一回来，又即将承袭爵位，短期内必是无暇他顾。这一点，出岫自己也明白。

"屈神医是子奉的老师，亦是我的救命恩人。他行踪不定，只在每年夏秋季节前往京州一趟，为我采药复诊。你倒是好福气，恰好碰上他在烟岚城。"云辞清淡如雾的目光落在出岫面上，浅笑嘱咐，"照顾好自己。"

临入城时，出岫便听说，闻名天下的屈神医是被房州的主人慕王请来的，只因慕王府里有一位娇客手伤严重，此番屈神医是特意前来为她诊治的。

出岫暗道那女子在慕王心中分量真重，不想自己也跟着沾了光。

自那之后，出岫便真正在烟岚城里安顿下来。神医屈方所住的院子并不大，布置得也颇为简洁，院内种满各种莫名的药草，五颜六色、清香四溢。这样的风格，出岫甚是喜欢。

屈神医每日都要去一趟慕王府，为慕王心尖儿上的女子治疗手伤，余下的日子，便是翻弄各种药材与药书。

出岫闲来无事，也会将自己关在屋子里练字，务求学到云辞笔法的精髓。如此，两人也算互不打扰。

在此期间，屈神医为出岫换了数个方子治疗喉疾，怎奈收效甚微。出岫自己倒是不急，左右她从前便不是话多之人，如今失声日久也习以为常，并不觉得难熬。

这般的日子足足过了三个多月，新年也在平淡静谧的气氛中度过，云辞一直没有带来只字片语。

二月刚至，出岫便从屈神医口中听闻，云辞已正式承袭离信侯爵位，主持云氏一族。盛大的袭爵典仪之上，南北两国都前来祝贺。

二月末，屈神医按例远游离开房州，临行前送了一封信去离信侯府。

翌日清晨，云辞由竹影护送而来。

当是时，出岫正坐在井边沐发，并没有发觉院子里进了人。她刚将一头青丝打湿，便听闻不远处一声戏谑之言传来："哪有人对着井口沐发的，也不怕失足掉进去。"

听闻这熟悉的声音，出岫立时身形微顿。她撩起覆盖在眼前的青丝看向来人，只一眼，凝眸伫立，犹如跌进幻梦之中。

百日未见，本以为继承爵位的云辞会多添几分贵胄之气，可眼前这坐在轮椅上浅笑的公子，依旧是一袭白衣，风清霁月，静如宁川，恍若天人。

不知为何，出岫只觉眼眶微酸。虽然知晓云公子没有忘了她，但却也未曾想过，他会来得如此之快，如此猝不及防，还挑了她如此不雅的时候。

一时之间，出岫有些不知所措，双手托着湿润的长发呆立原地。

水珠顺着青丝滴滴滑落，云辞瞧在眼中，心间也漾起一泓清泉。他低声对身边的竹影吩咐了几句，后者便匆匆跑进屋子内，片刻之后，又捧着一方干巾返回。

云辞接过方巾，对出岫笑道："我不方便，你走过来。"

出岫被这一声唤回了神志，木然捧着湿发走到云辞身边，偏头向他无声行礼。

"再靠近些。"云辞再次伸手示意，待出岫的裙角已近得能紧贴他的足履，他才执起干巾裹住她的发梢，细细擦拭起来。

出岫见状微讶，然而更多的是赧然与惶恐。云辞却似未觉，语气还带着两分薄斥："虽说南熙四季如春，但你也不该以凉水沐发，女子尤其不能。"

他边为出岫擦拭发间的水珠，边对竹影命道："去烧些热水。"言罢不顾出岫的反抗，伸手将微湿的长巾层层裹在她发上："进屋里等着去。"

出岫收敛起心神，伸手胡乱在发间擦了几下，便推着云辞进了屋，又扶他坐到椅子上。

主仆三月，令两人之间形成了无比的默契。出岫披着一头湿发朝云辞比画着，手口并用地问他："您怎么会来？"

"事情办完，自然就来了。"云辞浅笑叹道，"诸事琐碎，已经让你等很久了。"

出岫默然，她能体会到这寥寥话语中的深意。试想纵然是寻常人家，要打理内外事务已是不易，更何况云辞出身数百年的政商高门、"天下第一巨贾"的云氏。他既承袭了离信侯之位，自当肩负起家族重任，这其中必然辛苦万分。

也正因如此，出岫并没奢望云辞能在短期内顾念上自己，更没料到他今日会不期而来。

想到此处，出岫又抬手比画了一下，大致是说自己要整理仪容，请他稍候。

云辞不禁失笑："你不是要沐发？何必费事？"

出岫顺手撩起一缕湿发，表示自己披头散发很是无礼。

"我不是外人，你讲究什么。"云辞的话语虽清淡，嘴角却微微上扬，仿若深湖之上的清影水光，温而不柔，雅而不烈。

云辞话已至此，出岫虽然觉得拘束，但也没有坚持下去。

此后两人一直相对无言，出岫是口不能言，云辞是素来沉默。可奇怪的是，两人间的气氛并不尴尬，相反倒有一种微妙的往来，那是他们彼此独有的沟通方法。

一个动作、一个表情，甚至是一个眼神，已能使对方心领神会。

这是外人无法理解和介入的一种默契，即便是陪伴云辞十五年的竹影也不能。他独自在厨房烧好了两大桶热水，便来向云辞禀报，他以为这是为出岫沐发的热水。

诚然，这水的确是用来为出岫沐发，但竹影万万没想到，云辞竟会亲自动手！他眼睁睁瞧着这两人再次来到井边，主子舀了清水调和至适当水温，便自然而然地开始为出岫涤发。

再看出岫，虽然显得拘束又抗拒，但最后还是默默受下了。

竹影端的是目瞪口呆。他以为，主子素来不近女色，可偏偏……他终于发现自己才是最多余的那个人，遂连忙知趣地退开。

云辞却不知晓竹影的百转心思，他只旁若无人地为出岫擦苓膏，而后一遍一遍地用清水洗涤干净。

出岫的头发漆黑丰盈，握在手中细滑而润泽，令他想起深邃的夜之瀚海。苓膏的清香缠绕发丝，那平顺而又纷乱的触感，有些像他的心绪。

而这种心绪，他只对一个人产生过。

再看出岫。此刻她也正侧着头、弯着身，任由云辞摆弄自己的长发，潋潋目光落在井口，不知所想。她额间与睫毛上微微沾了剔透的水珠，有些梨花带雨的楚楚之意，更显清妍无双。

半晌，秀发涤净，出岫终于赧然得受不住了，便一把从云辞手中夺过干巾，兀自擦了发间的水珠。正拧着发，便听得一声轻轻浅浅的言语："等头发拧干，去换身衣裳随我进府吧。"

离信侯府坐落于烟岚城的正北方向，与正南的慕王府两两辉映，是这城中最威严贵重之所在。

关于离信侯府的传说有许多，除却云氏先祖与大熙开国帝后的交情之外，流传最多的，便要数云氏的富甲天下，以及云府的美女如云。

大熙民间曾经流传过这样一句话——"富不富，丽不丽，看了主子看奴婢"指的便是云氏的富饶，以及府上侍婢的美貌。换言之，离信侯府一不缺钱，二不缺美人。

直至坐在了前往云府的马车之上，出岫犹自不敢相信，她竟有幸入得如此传奇的离信侯府，且还认识了这座府邸的主人。

如此忐忑了一路，好不容易到了地方，出岫原想着能踏实一些，可人还没迈进离信侯府的大门，她已然为入眼的景象所慑，震惊而又叹为观止。

面前这座府邸，明明处于阜盛人烟的繁华街市，却偏偏深墙围绕，庄严凝驻，一眼望不见左右。七间朱漆兽头的正门，其上是栩栩如生的蝙蝠雕纹——蝠飞兽立，取"福寿绵绵"之意。

正门之上悬挂着一块栋木匾额，苍劲峻逸地书着两个大字——"云府"。这匾额威严地俯瞰着门前两座大石狮子，彰显出无比的浑厚高古，比之皇家宫殿也不遑多让。

出岫不禁呆怔原地，久久无法回过神来。若非淡心一声"出岫"唤得娇俏清脆，她恐怕还不知自己要赞叹多久。

"看傻了？"淡心匆匆从侧门跑出来，拉着出岫的衣袖笑道，"可想死我了！你终于来了！"

故人重逢，出岫自然也喜不自胜。云辞见状大感无奈，失笑着呵斥淡心："你这丫头，要站在门前抹泪吗？快将出岫带进府里。"

淡心闻言忙不迭地点头，亲密地挽着出岫的胳膊往府里走，竟是将主子都撂在身后。出岫不禁回望一眼，见云辞朝自己微微颔首，这才放下心来，随淡心一路而行。

偌大的正门大院，正厅坐西朝东，面阔三间，进深七檩，中轴线上依次是门楼、前花园、正厅、后花园……楼阁的砖雕繁复华丽，两处花园也是草木连天、花团锦簇，初入者不可谓不眼花缭乱。

这还只是云府的外院而已。

出岫随着淡心走了许久，途中遇到数个奴仆侍婢，皆对淡心客客气气。两人穿过一道垂花拱门，拐进了抄手游廊，这才算是进了内院。

正门景观尚未赏完，不想抄手游廊之后还别有洞天。眼前的这一处偌大院落，装饰简洁，色彩单一，遍植树木不见繁花，并非方才所见的锦绣轩丽，甚至可以说是繁中取简，闹中取幽。并且，这座院子里没有门槛，皆是用了不知什么材质的地砖，铺就了一个个平缓的斜坡。

出岫站在院外朝里环顾，目光最终落在了拱形院门上的三个金漆大字——“知言轩”。瘦金字体，风骨极佳，只一眼，她已明了这是谁的住处。

“不必我多说，你也知道这是谁的园子了吧？”淡心憋了一路，终是笑着再次开口，“既到了自个儿地盘儿，便也没那么多讲究了。主子已交代过，你随我进来。”

淡心说着已快步转身，几乎是碎步小跑起来。出岫连忙跟上，几进几出，才随她迈进一座不具名的小院。

淡心这才停下脚步，兀自推开其中一间房屋，对出岫道：“日后你便住在这儿了。这院子里都是服侍主子的奴婢，你、我、浅韵姐姐是贴身随侍的大丫鬟，一人一间；余下几个不近身的小丫鬟，是两人一间。”

“你可别眼晕，主子身边儿的奴婢是最少的。二爷和三爷园子里，唔，尤其是二爷身边，侍婢可是一抓一大把，各个一等一的美。”

淡心兀自嘟囔了半晌，忽然又想起了什么，不禁“啊”了一声：“我方才说到哪儿了？对了，这府中除了主子之外，还有两位正经的爷，二爷云起、三爷云羡。你可记下了？”

云起、云羡，名字倒也好记。出岫点了点头。

“主子自不必说，是太夫人所出，也是云府的嫡长子；二爷云起，是二姨太太所出，比主子小一岁；三爷云羡，是三姨太太所出，比主子小两岁；府里还有一位四姨太太，风华正茂，膝下无所出。”淡心耐着性子继续解释。

从前出岫便隐隐听说过，云氏一脉虽已传承了数百年，但嫡支的香火一直不大旺盛。归根结底，还是云氏多出痴情种。这一点，从云氏先祖与大熙开国皇后的传说之中，便知一二。

有这样一个痴情的先祖，怕是云氏的血脉里，都是专情之人。也难怪以老侯爷的身份地位，只留下三位子嗣。想到此处，出岫不禁暗自揣测，这府里四位遗孀，到底哪位才是老侯爷真正的心上人？

正想着，出岫额头上忽然挨了一个爆栗。待回过神来，便瞧见淡心瞪着一双玲珑水眸，对她薄斥道："又走神儿！也不知主子为何那么疼你！"

淡心此言甫毕，出岫尚不及反应，只听一声呵斥已充耳飘来："淡心！你多话了！"

出岫循声回头，只见一名端庄淑宁的女子站在院落门口，正轻轻迈步而来。她眉黛淡如烟雾，显得袅袅静谧，正是与出岫曾有过一面之缘的浅韵。

浅韵、淡心，云辞身边的两大侍婢。

算起来，出岫与浅韵已有半年未见了。此刻再见，浅韵身上好似多了几分疏离的冷意。念头只是闪过一瞬，出岫已率先行礼问候。浅韵欠身还了一礼，又转而再看淡心，继续斥道："主子命你带出岫熟悉府中人事，可没让你乱说话。"

淡心仿佛对浅韵怕极，连忙吐了吐舌头，不敢再多言。

浅韵便旁若无人地从出岫面前走过，径直进了自己屋内。

出岫见浅韵这番举止，连忙比画着向淡心询问，还以为自己哪里得罪了她。

"你别多虑，浅韵姐姐素来如此。"淡心低低道，"她原是太夫人身边儿的，性子也随太夫人。后来拨给了主子，也是太夫人看主子喜欢她这个样子。"

话到此处，淡心再次掩面而笑："这下好了，浅韵姐姐虽寡言，往后也要被你比下去了！"

出岫早已习惯淡心的出语无状，便也没将这话放在心上。此后，淡心又将府内诸事略微介绍了一番，不外乎是一些规矩、忌讳，出岫也逐一记下。

"好了，有些事情一时半刻也说不清楚，时日长了你自然会晓得。"淡心又四顾看了看，谨慎地低下声音再道，"主子命你在内园服侍，你便不要随意走出知言轩。尤其是二爷的院子'金露堂'，千万不要误闯进去！"

出岫不傻，瞧见淡心这副谨慎模样，情知二爷云起必定是个不好惹的角色，便也郑重地点头。

两人三月余未见，又说了许多体己话，如此过了小半个时辰，才见竹影来唤："出岫姑娘，主子在书房等你。"

出岫不敢耽搁，连忙辞别了淡心，随竹影一道往外走。岂知刚跨出院子，迎面遇上了管家云忠："出岫姑娘，好久不见。"

的确好久不见，两人上次见面，还是在京州追虹苑。出岫笑着俯身行礼，所幸云忠知道她不会说话，倒也不觉得她无礼。

云管家面上受下出岫一礼，口中却道："使不得使不得，您可是侯爷身边儿的人。"

出岫知道这是一句客套话，便也只作一笑，静待云管家示下。

竹影率先开口问道："忠叔前来所为何事？"

云管家也不迂回，便开门见山地表明来意："太夫人听闻知言轩来了新人，还是侯爷从京州带回来的，想要见上一见。”

既然是太夫人想要见人，竹影也无法阻拦。他知晓出岫的真实身份，也知道主子近日刚为出岫置办好户籍，只是未曾想到，这事竟然惊动了太夫人。

出岫前脚随云管家而去，竹影后脚便去书房对云辞回禀此事。

从知言轩出来，折回抄手游廊，出岫跟着云管家往云府外院而返。古木参天，怪石林立，环山衔水，廊回路转，这一次，她已能做到眼观鼻、鼻观心，目不斜视。

如此走了一盏茶的工夫，云管家才带着出岫到了地方，但见汉白玉的拱形连门上写着“吟香醉月”四个大字，园内还隐隐能听到一两声女子的笑音。

果真是“吟香”，刚走至拱门前，一阵莫名的幽香已扑鼻而来，似花香，又似女子所擦的香粉。出岫跟着云管家迈步入了院门，其内的娇笑声便戛然而止。

云管家率先停下脚步，恭恭敬敬地俯身行礼：“太夫人，大小姐、二小姐。出岫姑娘前来请安。”

此话甫毕，出岫已感到有几道目光落在了自己身上，她一直低着头，眼风瞥见两条烟罗裙裾，一为浅粉，一为浅紫。想来正是云管家口中的两位小姐无疑。

“想容、慕歌，你们先出去吧。”一道年长的女声在此时响起，很是慈蔼，但又不失威严。

“想容（慕歌）告退。”两位小姐同时开口，礼节十足地退了出去。

原来这两位便是云府的千金，云辞的庶妹——云想容、云慕歌。出岫默默记下名字，顺势行礼。

气氛忽然变得凝滞，太夫人一直未再开口说话，直至云想容、云慕歌退了出去，她才幽幽地对出岫命道：“抬起头来。”

出岫不敢违逆，缓缓仰首面对太夫人，但仍旧垂着眼帘。她知道，下人直视主子，是为大不敬。

审视的目光再度射向出岫，伴随着一句低低的喝令，这一次却不是来自太夫人，而是出自她身侧一位妈妈：“许你抬起眼帘。”

出岫领命，这才缓缓抬眸，看向端坐在主位之上的太夫人。只见她年近五十，面容严谨，略带角纹，身无繁饰，盘的是贵妇中常见的飞天雾鬓髻，唯有耳上的玲珑光泽表露那一对耳坠子不是凡品。

太夫人身着华锦衣装，其上还绣着暗金丝线的祥云花纹，可出岫却隐隐觉得，她并非性喜奢侈之人，与此同时，浑身又散发着洞悉世事的睿智与华贵。

这几种气质很矛盾不是吗？但融合在这位传奇女性身上，又是如此得宜。云府太夫人，不仅有着高门深宅女主人的风范，更有着指点世事的精明犀利。

久居上位者，这是出岫对她的第一印象。

而此时，太夫人也在打量着出岫。她目光深邃，意味悠长，隐隐透露出几分了然。但仔细看去，却又似浑不在意。

园子里如许静默着，有一种各怀心思的诡异。花香随着初春的微风扑面而来，出岫闻在鼻中忽然感到紧张得心悸。

也不知这般过了多久，太夫人才蔼声开口，云淡风轻地道："既然侯爷带你回来，想必也是个有分寸的，从今往后仔细服侍吧。"

如此简单的一句嘱咐，没有半分威慑、说教。出岫有些意外，愣怔一瞬连忙俯首领命。她开始庆幸自己患了喉疾，否则此刻的心思必定要泄露出来，落个怠慢犯上的罪过。

太夫人平生阅人无数，出岫这点小心思也没能逃过她的双眼。她不动声色地端过茶盏，悠悠啜饮一口，又唤道："迟妈妈。"

一旁站着的妈妈立刻走到出岫跟前，取过一方小小锦盒，道："这饰物本为一套，镯子给了浅韵，坠子给了淡心，这对明月珰耳环太夫人赐给你了。还不快些谢恩？"

出岫领会到话中之意，连忙用双手郑重地捧过锦盒，恭谨还礼。

太夫人未再表露什么，只命道："下去吧。"语气淡淡，令人捉摸不透。

出岫不敢逗留，领命告退。直至走到门口，她才抬眸看了这园子一眼，花花草草自不必说，却原来，太夫人正对面的不远处有一座八角大戏楼台，蝠飞高啄，好生气派。

至此出岫才明白，"吟香醉月"这个园子，是云府宴客看戏的场所。太夫人在此传见自己，想来是有几分深意。自己，还不够资格进她的园子。

只一瞬，出岫挥去杂念敛起心神，走出园子她才发觉，管家云忠一直候在门口。

"姑娘可认得返回知言轩的路？"云忠笑眯眯地再问。

出岫点头，抬手比画了一下几进几折的方位。

云忠见状面露诧异之色，赞道："这真是难得，云府楼园曲折，好多下人半年都摸索不完。从'吟香醉月'到'知言轩'，姑娘才走了一遍，竟都记下了！"

出岫对这句赞叹半知半解，只虚行一礼，做了个口型："谬赞。"

云忠顺势笑道："即便姑娘知道回去的路，老朽也要陪着走一趟。原是侯爷传唤姑娘，被老朽半路截走，虽是奉了太夫人之命，可也要当面向侯爷谢个罪。"

出岫不禁暗赞云管家为人处世之能，心中又对他叹服两分。她边想边随云管家往知言轩方向返回，刚走了两步，便瞧见竹影推着云辞从另一方向而来。

看这样子，他们并不是从知言轩过来的。

出岫并未多想，云管家见状却是眼皮一跳。这个方向……看来侯爷是先去了太夫人的园子，只怕是心里惦记这哑女，白白跑了一趟。

云管家按捺下惶恐心思，率先迎了上去，恭谨禀道："老奴正要送出岫姑娘回知言轩。"他停顿片刻，又补上一句解释，"太夫人传召得急，未及向您请示，还望侯爷恕罪则个。"

云辞表情淡淡，噙着浅笑道："无妨，你去忙吧。"

云管家连忙告退。

出岫这才微笑着迎上前去，行了一礼。

云辞并未对出岫说太多，只瞧着她手中的锦盒，笑问："母亲送的？"

出岫微微颔首。

"可是一对耳环？"云辞问着，显然松了一口气。

出岫睁大双眸表示讶异，将锦盒打开，俯身送至云辞面前。晨间沐发后的清香顺势袭来，云辞轻轻一嗅，再笑："这是母亲心爱的一套首饰，拆开分别送了浅韵、淡心，不承想这对耳环给了你。"

他将目光移至晗初小巧盈白的耳垂之上，一眼望见细小的耳洞，脱口道："还不戴上？"

眼下就戴吗？出岫再次睁大双眸，无声相询。

"难道要我亲自动手？"云辞顺着出岫的耳垂向下看，目光最终落定在她的乌黑发梢之上。

出岫忙不迭摇头，她其实不大喜欢戴耳环，只嫌累赘。不过既然云辞发话，那也只得从命。

云辞自然而然地从出岫手中接过锦盒，又将其内的两只耳环取出，递到她手心之中。出岫捏着耳环便往耳垂上戴，左耳倒是十分容易，一戴即成。可轮到右耳，却是戴了几次也没找到耳洞。如此反复，耳朵都被捏红了，还是没能戴上。

"我来吧。"云辞在一旁看了半晌，终是无奈浅笑，执意从轮椅上站起来，朝出岫伸手索要耳环。

不知为何，出岫的第一反应，竟是连忙将左耳戴上的耳环也摘了下来，握在手里背在身后，无言抗拒。

明明只是戴个耳环而已，远远不及沐发的亲密，可出岫心里还是别扭着，尤其这是在云府之内。她自问是一个初来乍到的下人，虽得主子器重，但也懂得尊卑之礼，更知道适时避嫌。

这般想着，出岫更为坚定了些，咬着唇对云辞打了个手势，表示自己要先行一步。她也顾不得去看云辞的反应，胡乱行礼告退，而后攥着耳环离开，竟连锦盒都忘记拿走。

"主子，出岫姑娘不一定能找到回去的路……"竹影扶着云辞重新坐回轮椅之上，出言提醒道。毕竟出岫是新进府，又不会说话，长得极美，怕是连问个路也不方便的。

听闻此言，云辞倒不甚在意，望着出岫的背影抿唇笑道："你瞧她走得爽利劲儿，应是心中有数。"

竹影闻言未再多说，推着云辞朝知言轩返回。

"吟香醉月"的半拱形门刻着镂空雕花，最易藏人。迟妈妈隔着拱门瞧了半晌，直至云辞主仆都已远离，才云向太夫人禀报了所见情况。

太夫人听后，沉吟须臾，反问迟妈妈："你也觉得像，是吗？"

迟妈妈点头："的确极像。"

"难怪辞儿会带她回来。"太夫人只隐晦地道了这一句，便起身走出吟香醉月园。

第十章 红颜初现引风波

出岫一路低着头，凭记忆走回了知言轩，路上倒也无人为难。她想起去见太夫人之前，竹影说云辞要见她，便寻思着先去书房门外候着。

知言轩布局简洁，不似想象中那般繁冗复杂。出岫在园子里走了半晌，发现此地没有任何脂粉味儿，布置得十分硬朗，即便园子里碰到几个奴婢，也是衣饰简单。

这个发现令出岫有些窃喜。走了半晌，知言轩的格局她已熟稔于心，可整个园子都逛遍了，出岫也未能找到书房所在，只得先行返回自己的院落。

所幸淡心仍在，出岫对她比画了半晌，道明心中所想，淡心才回道："主子的书房并不在知言轩里。"

淡心边说边打手势："书房是一座单独的园子，连着知言轩，两进两出，从侧堂穿过去。喏，就在那儿。"她说着还指了指所在方位。

出岫闻言点头，先回自己屋里将耳环收好，才自行摸了过去。期间遇上几个护院，倒也客客气气，应是竹影事先交代过的。直至她找到书房所在，才明白云辞为何要单独拨出一个园子来做书房。

"清心斋"是这座园子的名字，内里几间房屋，尽数被藏书占满，屋外分别挂着小牌子，对书籍分门别类。园子里铺就几块巨型大石，平整而朝阳，应是用来晒书的。

此外，还有一间偌大的空屋子，正中是四张长形红木方桌，桌上摆着八套笔砚，周遭足足摆放有四十余把雕花檀椅，应是会客或议事所用。

出岫站在屋子外头，侧身探头向内看去。刚看了几眼，便听闻身后一声玩笑般的询问："落枕了？"

出岫转身回首，恰好瞧见竹影推着云辞进来。她连忙迎上去，比画着询问："方才您找我？"

"是啊，有事找你。"云辞示意竹影将自己推入小书房，对出岫道，"随我来。"

出岫闻言跟上，发现这座园子里也无一处门槛，如同知言轩一般，皆是平缓的斜坡。竹影顺顺当当将云辞推入小书房内，便无言地退出去，唯剩出岫在旁侍奉。

云辞兀自从案上取过一本小册子，对出岫道："这是你在房州的户籍，以及在云府的卖身契，你先看看。"

户籍？云辞的动作竟如此之快！出岫连忙接过小册子翻看，其上寥寥数笔，是一个名唤"出岫"的女子所经历的十六载生平，完完整整，甚至连父母姓名、祖籍何处都记载得一清二楚。行文缜密，毫无漏洞。

而且，这本小册子纸张泛黄，看起来应是有些年头了。若非出岫是当事人，她绝不相信这户籍是伪造的。

说来其实也并非伪造，出岫的身份虽假，但这本户籍册却是真的。不仅盖着房州户籍的专用印鉴，还有各种不具名的红泥印章和手印，应是经手人的见证。

出岫攥着册子有些不知所措，直至云辞轻轻敲击桌案，她才从莫名的滋味中被唤醒。

"都记清楚了？"云辞轻轻笑问。

出岫点头。

云辞便指着户籍册的空白一页，似笑非笑道："在此写上你的名字，按下手印，你便是我云府的人了。"

"卖身契怎么没有字？"出岫先指了指户籍册，又提笔问道。

"尚且没来得及写。怎么，以为我骗你？"云辞的目光忽而漾起一丝隐晦涟漪，调侃笑问，"怕我将你卖给人贩子？"

出岫失笑。的确是她多虑了。户籍册都是云辞命人置办的，册子里也说了出岫其人是在云府为婢，自己按个手印又能如何了？左右也是事实。

想到此处，出岫便提笔在册子的空白处写下名字，又以右手拇指沾了红泥，在名字上郑重地按下手印。

云辞顺势将册子收到桌案上，道："你是知言轩的人，除了母亲之外也不必特意去拜见谁。日后家宴之上，若是碰见，自然就认识了。"

他沉吟片刻，又继续问："淡心可都交代过了？几位姨娘、庶弟和庶妹？"

出岫点头，想了想，提笔写道："几位爷和小姐的名字，很好听。"

"都是父亲起的。"云辞好似不愿多提此事，"今日你初入府里，先好生歇着。从明日起正式上工，差事还是侍奉笔墨，每日辰时三刻准时过来清心斋。"

出岫行礼领命。

"还有……"云辞看着她，又道，"明日我教你打算盘。"

打算盘？这事太突然了，出岫很意外。

“来房州之前不是说好的？”云辞面色平静，看着她反问，“难道你想一辈子在书房里研墨写字？”

其实一辈子研墨写字也不错，但明显不大实际。出岫暗想云辞说得对，算账总是一门傍身的技艺，学会了也不吃亏。想到此处，她便向云辞行礼道谢，施施然退下。

此后连着半个月，出岫每日都在清心斋跟随云辞学习，先是打算盘、背口诀，再然后是看一些简单的台账。云辞分外惊喜于出岫的记忆力与理解力，逐渐教授得快了起来。

待到三月下旬，出岫已能看懂账本了，而且是年账。她自己倒没觉得这是多大能耐，可在云辞看来，已算是“天赋异禀”了，尤其出岫还是个女儿身。

这世上多少女子，穷其一生都目不识丁，能够识文断字者，多为大家闺秀。有些女子虽抛头露面经营生意，也都是小本买卖。而云府为天下巨贾，账本记录之复杂、涉及金额之巨大，皆是世所罕见。

可出岫竟能在短短二十日内将两年前的一本旧账摸清吃透，且还是锦缎坊的年账，这又如何不令云辞赞叹？眼前这无声的少女，仿佛是学而不厌，更难得的是触类旁通！

这使得云辞不得不一而再，再而三地调整计划，原本只想教给出岫一些浅显简单的记账方式，可眼下，已不自觉地增加了难度。

一个学得深入，一个教得细心。云辞知晓，若长此以往，只怕再高深的账本也难不倒出岫了。不过时间早晚而已。

与此同时，出岫也发觉，近几日云府出入之人越来越多，抑或是说清心斋里的陌生面孔越来越多。这种现象所带来的后果便是，云辞开始命她回避，甚至曾经整整一日都没有传唤她去清心斋侍奉。

出岫变得越来越清闲，可奇怪的是，整座知言轩内，旁人都是越来越忙。尤其淡心与浅韵，每日都显得疲惫不堪。

这种现象在临近三月底的最后几日，更为突显。出岫瞧着旁人的手忙脚乱，反观自己的清闲，渐渐生出一种格格不入之感，好似有一道无形的屏障，将她隔绝在外。身虽在云府，但心无法融入。

出岫不喜欢这种感觉，踌躇了一整日，才瞅准了机会拉住淡心询问缘由。

岂知淡心却笑道：“这你便有所不知了，咱们云府在各地的旁支、铺子不计其数。从前各地、各行业的管事皆在年前过来报账，可近年生意越发大了，旁支子弟也越来越多，大家一窝蜂地挤到年前赶来，府里实在吃不消。”

“各地旁支在年前觐见太夫人和主子，这是几百年的老传统，不好改。因而从前年起，太夫人便做主，将各地各行业的报账时间，推迟到了三月底。如此一来，管事们可以等到年后再动身，上年年账、来年计划一并禀报，一举两得。”淡心对出岫如是解释。

出岫这才弄明白，原来这几日的生面孔，是云家在各地的管事们。如此说来，自己初来乍到不了解情况，又不会说话，的确也帮不上什么忙。如是自我安慰着，出岫心中也好受许多。

“这些日子忙着招呼管事们，膀子都要累断了。”淡心抱怨了几句，又道，“主子这会儿在议事堂，我得去侍奉了，先走一步。”言罢她匆匆喝了口茶，眨眼间已跑出屋子。

出岫见淡心走远，本欲寻点事情做，给小丫鬟们搭把手，谁知在园子里走了一圈，几个小丫鬟都不在房中。

便在此时，一阵敲门声忽而响起，伴随着颇为谦和有礼的男声：“请问，侯爷的清心斋怎么走？”

出岫见四周没有其他人，且这座院子是侍婢所住，并不方便陌生男子进来，于是她只好迎上前去，打开虚掩的院门。

门外是一名二十岁左右的男子，相貌清俊，书生打扮，很是儒雅。出岫开门的一瞬间，男子目中霎时闪过惊艳之色，“啪嗒”一声，竟是连手中的书册都掉落在地。

出岫垂眸瞧着地上的册子，只觉颇为眼熟。她记得这是淮南地区的米行账簿，账目是前年的，云辞前两日刚考教过她。

这般想着，出岫便不自觉地俯身将账本捡了起来，再起身时，见那年轻书生仍旧呆立在门前，口中尚且喃喃道：“仙女……”

出岫闻言哭笑不得，连忙挥手令他回神，又将账本递还回去。书生这才缓过神，耳根泛起可疑的红色，连忙接过账本道：“方才……是在下唐突，还望……姑娘恕罪。”

出岫抿唇一笑，表示并不在意。

“这个……敢问姑娘……清心斋如何走？”书生已有些语无伦次，垂下眼帘不敢抬头去看面前的美人。他兀自等着回话，可半晌却无一丝动静，这才再次抬头打量，却见面前的美人指了指喉咙，一脸抱歉的神色。

书生试探着询问：“姑娘患了喉疾？”

出岫点头。

“姑娘是暂时不能说话，还是……”书生明知问得贸然，但还是管不住自己那张嘴。

出岫倒不以为意，只面色平静地做了个口型，是简简单单的两个字：“哑巴。”

书生看懂了，面上划过失望之色。他原本以为这美人该有一副黄莺出谷的好嗓子，怎知却是个哑女……

书生极力平复心情，不想让出岫看出自己的失望与冒犯，半晌，才想起来意，忙解释道："方才在下去清心斋觐见侯爷，原是带着去年的账本，岂知离开时花了眼，错拿了前年的账本。这会儿想去换回来，却不认得路了。"

听闻此言，出岫有些不信。且不说这书生看起来颇为年轻，并不像个老成的管事。即便他是少年才俊，可云府的大管事又怎会不认识去清心斋的路？须知管事们每年都要回府报账的。

书生仿佛看懂了出岫的犹豫，尴尬地轻咳一声，再解释道："实不相瞒，在下去年刚接任管事一职，今年是头一次拜见侯爷……是以才会闹出这样的笑话。"他说着面上已有些羞愧之意。

出岫仔细想了想，这书生没有理由骗她，况且前年的账本在他手里，可见他是出入过清心斋的。倘若只来过一次，摸不到路也很正常。

然而，清心斋到底是云辞的书房重地，为保险起见，出岫便比画着对书生道："我带你去。"

书生双目一亮，连忙道谢："多谢姑娘。"

出岫不再耽搁，便带着书生去了清心斋，找到去年的账簿之后，她就着案上纸笔写道："账簿我拿着，请示过侯爷才能给你。"

书生有些意外，他没想到这绝色哑女竟这般谨慎。可他悄然前来，便是怕云辞怪罪，又怎能让出岫去请示云辞？想到此处，书生便恳切道："若是侯爷知道此事，在下必定要挨骂。淡心姑娘识得在下，您可以向她求证。"

得饶人处且饶人，出岫闻言默许，跟着书生一并去了议事堂。

云府议事堂并不属于任何一座院落，而是在外院的后花园西侧，偌大的连瓦房屋独立于西侧一隅，显得偏僻而安静。

此时淡心果然在议事堂外候着，瞧见两人前来，忙问出岫："你怎的和云管事一齐来了？"

这管事也姓云？出岫心中闪过这念头，尚未来得及回话，便被那书生抢了先，将事情原原本本对淡心说了一遍。

淡心听了前因后果，掩面对出岫笑道："云管事说的是真，你把账本给他吧。"说着她已从出岫手中取过新账簿，又换回了旧账簿，笑道："云管事，再有下一次，奴婢可不会替您说项了。"

云管事连连点头道谢，忙抱着账本进了议事堂。出岫顺着门缝飞快地往里瞥了一眼，正好奇这议事堂内是何情景，忽听淡心附在她耳畔道："若是旁的管事，可没必要给面子。但云管事不同，他是云管家的亲侄儿。"

难怪这书生年纪轻轻，已能管辖淮南地区的米行生意，原来是有这层关系。出岫立时明白过来，又将旧账本收好，便与淡心作别，独自返回知言轩。

刚穿进后花园，险些撞上一人，出岫连忙低下头去，退至一旁将路让出来，岂知那人脚步不稳，仍旧撞了上来。

出岫生生被撞得脚步踉跄，失手将账本掉在了地上。她欲俯身去捡，岂料那人却先她一步拾起账本，看着上头的字，半醺着读道："淮南区米行年账。"

最后一个"账"字尾音拖得极长，几乎是含糊不清。那迎面而来的酒味令出岫明白，眼前这人喝醉了。而能在大白日里肆无忌惮饮酒的，必定不是管教严格的云府下人。

这人想必是府里一位主子。不是二爷云起，便是三爷云羡。

出岫在心中揣测着，更不敢抬头去看。她眼角瞄到一片棕色衣衫下摆，连忙低下头去行礼认错。

但是很显然，这位喝醉的主子并不打算就此罢休，反问她："你是哪一房的？怎会有这账本？"

出岫指了指知言轩的方向，又指了指自己的喉咙。

"你是大哥的人？"那人又问。

出岫仍旧不敢抬首，只点了点头。

"怎的不说话？主子问你话，就这般无礼？"

出岫听着这位主子应是清醒了，这会子说话也没了醉意，她心下稍安，再次指了指自己的喉咙。

对方见状沉默一瞬，忽然欺身上前，伸手钳制住她的下颌，强迫她抬起头来。

这无礼之举如此突然，令出岫猝不及防。她被迫着抬头望去，只瞧见一个年轻男人眯着桃花眼，颇具深意地打量过来。那双目中精明而赞叹的目光，令出岫想起了醉花楼里的嫖客。

这是男人打量女人的目光，不似方才云管事那种单纯的惊艳，而是一种纯粹的觊觎。

这种目光出岫从前见过太多，早已习以为常。她略微扫了一下眼前这棕衣男子，面相很年轻，但那双桃花眼与嘴角都微微下垂，眼底还隐隐泛青，并不是病容，更像是纵欲过度。

凭借以往在风尘之中的阅历，出岫猜测，眼前这是一个被酒色掏空身子的富贵子弟。再联想初来时淡心的提醒，她已能断定对方的身份——云府二公子，云起。

这个陌生男子轻薄的举动，令出岫很愤怒。可眼下这种情况，她却无法表露反抗，抑或她不愿因为自己，让云辞与庶弟生出龃龉。

出岫头一次感到失声的麻烦，她竟是连半句解释也无法出口，唯有挣开云起的钳制，再三用手指了指自己的喉咙。

“不会说话？”云起见出岫挣扎，便顺势环住她的腰身，还暧昧地在她耳畔悄声调笑，“我去向大哥要了你可好？”

出岫心中“咯噔”一声，双手连忙使力推拒，试图从云起的手臂中挣脱出来。

“性子挺烈的。”云起的桃花眼眯了起来，目光已是近乎下流，“我怎么觉得你很眼熟？看来咱俩还挺有缘分的。”他低笑一声，松开手又道：“你说我若讨要你，大哥可会割爱？”

闻此一言，出岫更是羞愤不已。她不愿招惹眼前这人，便伸手对云起比画，也不管他是否能看懂，只想快些脱身告退。

便在此时，不远处传来一声轻唤：“二哥。”

云起立时敛去风流笑意，转身看向来人，笑着招呼道：“三姨娘，三弟。”

“二哥这是在做什么？”那声音透着几分不悦与冷淡。

“哈！这不是闲来无事，逛园子嘛！”云起敷衍着回道。

出岫听到方才云起的称呼，已明白不远处的两人是三姨太闻氏和其子云羡。可不知为何，她羞于抬头去看那两位主子，只怕自己方才被调戏的场面已落入他们眼中。

这般一想，出岫再也不敢耽误，连忙朝云起行了礼，又跑去向三姨太及三爷行礼，便匆匆往知言轩返回。

这件事过后，府内倒也算是平静。待到四月初一，各地的管事已走得七七八八，出岫也恢复惯例，每日照常去清心斋侍奉。这令她几乎忘了那日被云起调戏之事。

四月初一、初二，并无半点异样，云辞还兴致颇高地考究她的算账本领。

到了四月初三，事情忽然有变。

这日一早，出岫照常去清心斋，刚要进门，迎面碰见一个棕衣身影从里头走出来，正是二爷云起。他看起来脸色不善，步子迈得风风火火。出岫见状回避了一下，待云起走远，才入了清心斋。

前脚刚走进书房，出岫便看到云辞沉着脸色，而管家云忠却是一脸喜气，还主动招呼道：“出岫姑娘来啦？”

这是怎样一副情形？主子面沉如水，下人喜气洋洋？在出岫眼中，云辞向来喜怒不形于色，唯一一次表露过威严，便是在明家父子面前。可眼前这情况是……尤其，方才云起来过一趟。

不等出岫揣摩明白，管家云忠已向云辞告了退，笑眯眯地出了书房。与她擦肩而过时，脚步更是顿了顿，颇具深意地瞧了她一眼。

出岫不明所以，只得轻轻叩门而入。云辞依然脸色深沉，一改往日做派，有着暴风雨来临前的平静，令人心慌难挨。

出岫不敢询问，唯有揽袖研墨。刚将清水倒入砚台之中，但听云辞忽然开口："不急，我有事要说。"他目光带着几分锐利，仿佛要看穿她心中所想："今日一早，二弟来讨人了。"

二爷云起来讨人了？出岫心中一惊，立刻猜出云辞所指是谁。她朱唇紧抿，忐忑不安地等待他下一句话。

"我没有答应。"云辞直截了当地道，"二弟虽然风流无状，但对我这个大哥也算尊敬。我拒了他，想必他不会再来打扰你。"

出岫顿时心中一轻。

"日后还是离他远一些，闲来无事，也不要出知言轩。"云辞嘱咐完毕，又轻轻叹了口气，"美貌于你，是个负担吧。"

这话简直说到出岫心坎上去了。美貌的女子依靠皮相魅惑众生，会引来太多男人的倾心，在一众追求者中迷失自我，分不清孰是真心，孰是假意。

想到此处，出岫亦是轻轻一叹，有着无限感慨。

只是这片刻的失神，再寻回神思时，她瞧见云辞的目光再次落到了自己身上，耳中听他再问："你认识云忠的侄子？"

云忠的侄子？出岫想起了那个书生，年纪轻轻便做了淮南地区的米行管事。可那日云管事悄悄去换账本，便是怕云辞怪罪，倘若此刻自己实话实说，反倒像个小人在背后告状。

如此一想，出岫已开始研墨，心里盘算着如何对云辞敷衍过去。须臾，蘸了墨汁提笔写道："在路上碰见过云管事。"

云辞看了看纸上的回答，没有再追问，沉默一瞬，道："今日我会看账本，有竹影侍奉足矣。"

这是撵人了。出岫明白云辞今日心情不好，却拿不准他是不是为了二爷讨人的事。她原想问一问，又怕自作多情，便无言地行礼告退，回到自己的院子里。几个丫鬟都不在，唯有浅韵的房门开着。

出岫想去向她招呼一声，这念头刚一兴起，但见浅韵已走出房门，道："方才云管家过来留话，让你得空去找他一趟。"话语清淡，并不热络，也不疏离。

难怪浅韵的屋门开着，原来是在等着给自己传话。出岫朝她虚行一礼，表示谢意；对方也略微颔首回礼，继而返回屋内。

出岫听淡心提过浅韵的为人，便没将她的冷淡放在心上，想起云管家找自己有事，遂匆匆而去。

云忠作为云府主内的管事，已不能单单以下人的身份看待，听说他早年是老侯爷的陪读，因此这府中有脸面的下人，譬如竹影一类，都尊称他一声“忠叔”。

云忠在云府有单独的院落，规模虽比正经的主子们小了许多，可到底也算独门独院，还有专供驱使的丫鬟奴仆。

出岫来到云忠的住处，未曾想到有过一面之缘的云管事也在。这个时候，他不是该回淮南看顾生意了吗？出岫按下心中疑惑，轻轻叩响门扉。

叔侄两人见是出岫，都显得异常热络，尤其云管事，面上还有可疑的红晕。

“出岫姑娘来得真早，是侯爷放你出来的吧？”云忠先行开口笑问。

出岫点头。

云忠一喜，连忙去看自己的侄儿，见他手足无措地站在原地，又对出岫笑道：“我这侄儿也算青年俊才，在外头掌管着淮南的根本营生，从不怯场。也唯有见了姑娘你，才会说不出话来。”

出岫微笑，只当对方说几句客套话而已。

此时却见云忠又转向云管事，命道：“你去瞧瞧你婶婶在忙什么，我与姑娘单独说两句。”

云管事连连点头，逃也似的跑去后院。

云忠见侄儿走远了，才看向出岫，隐晦地笑问：“侯爷同意了？”

同意什么？出岫迷惑了。

“这个点儿上，姑娘不该在清心斋里侍奉笔墨？侯爷既然放你出来见老朽，那必定是同意了。”云忠再笑。

闻言，出岫更为不解。

云忠见她这副模样，还以为她是羞赧，便又笑道：“姑娘不必担心，我那侄儿年轻有为，日后不会亏待你的。”

出岫终于愕然。这话的意思是……

至此，云忠也看出了出岫的异常，蹙眉问道：“怎么，侯爷没对姑娘提起？”

“什么？”出岫做了个口型。

云忠见状沉吟片刻，才敛去笑容解释道：“我那侄儿自从见过姑娘一次，算是害了相思病，央求老朽去找侯爷求娶。老朽拗不过侄儿的心思，今早去了清心斋……”

云忠后头又说了些什么，出岫半个字也没再听进去，心中已被那句“求娶”震惊得不知所措。难怪今早云辞一直面色不悦……原来如此！

此刻明白了前因后果，出岫心中很不是滋味。云辞这是何意？二爷来讨要自己，他都坦白说出来了；为何云管事提亲，他没有提及？

是觉得此事不值一提？还是拿不定主意？出岫想起今早云辞不置可否的沉默，

也许……他的确是在斟酌。

出岫想起自己当初前来房州时，云辞曾说过一句话——“我可以教你诗词歌赋、算账管家。日后再为你寻一个好人家。”

原来这并不是一句空话。算账管家，他教了；找个好婆家，实现得也如此之快！

如此暗自分析着，出岫更觉心中滋味难辨，仿佛是失手打翻了五味瓶，酸甜苦辣咸一并涌上心头。她能感到自己的笑容很勉强，只不知云管家是否看得出来。

“姑娘放心，我那侄儿很牢靠，也不是轻薄之人。他爹死得早，这两年老朽也没少为他的亲事操心，可他一个都没瞧上。就遇上姑娘你，才算开窍了。”

云忠在努力说服出岫，而后者早已听不进去任何话语，只兀自揣摩着云辞的想法。

云忠打理云府内务数十年，早已练就精明眼神。他见出岫一直沉默，便试探着笑问：“侯爷那边儿既然没对姑娘提，老朽先问上一句，姑娘愿不愿意？”

出岫一个“不”字几乎要脱口而出，可就在此时，云管事却从后院去而复返，对云忠道：“叔叔，侄儿想与出岫姑娘单独说两句。”

云忠看了出岫一眼，见她没有反对，遂笑着离开，让两个年轻人自行联络感情。

云管事见出岫表情淡淡，清妍无双，已是紧张得有些语无伦次：“姑娘莫怪在下唐突……实在是那日初见之后……在下会对姑娘好的。”

出岫仍旧没有反应，她想了一瞬，用手指蘸了叶子上的露水，在院中的石桌上缓缓写道：“我是个哑巴。”

这已算是婉拒了，可云管事并不气馁，反而解释道：“不打紧，在下也不是话多之人。”

出岫秀眉微蹙，只得明明白白地写道：“我配不上。”

云管事见字亦是蹙眉，亟亟反驳：“哪有什么配不配得上，您是侯爷身边儿的人，在我们眼中是仙女一样……”

他越说越有些情不自禁，痴痴地伸手去拉出岫的柔荑。后者猝不及防被他握住双手，大为羞愤，正欲挣脱之际，却听院门处传来一声：“出岫姑娘。”

出岫循声回望，只见竹影神色尴尬地开口轻咳。而他身前，云辞正坐在轮椅之上，清冷深沉地望向门内。

出岫被这目光瞧得发憷，没来由地感到一阵心悸。她见云辞的目光微微闪烁，最终落定在她手腕之上，那眼神分明透露着几分不悦。

出岫想起云管事尚且捏着自己的手腕，连忙将手抽了回来。

云辞这才顺势移开目光，慢慢看向出岫，但并无任何表情，也没有开口说话的意思。反倒是云管事最先回过神来，恭恭敬敬地行礼：“见过侯爷。”

云辞只作未闻，依然保持沉默，只定定看着出岫。出岫被他盯得难受兼心虚，遂无意识地低下头来，垂眸行礼。

竹影适时再咳一声，问道："忠叔呢？侯爷有事吩咐。"

云管事连忙回道："叔叔与婶婶在后院，小人这便去请。"说着他已转身往后院跑去。

云管事这一走，院子里的气氛更为沉默。出岫惶恐地立在原地，不敢抬头去看云辞。自从知晓云管事求娶自己之后，不过片刻工夫，她的心思也算百折千回。

惊讶、了然、揣测、心虚……直至如今内心隐隐而来的负气，来回交织，十分难受。

云辞仍旧不发一语，不说进院也不说回去。两人一个在院内，一个在院外，隔着拱门两两相对，经历着彼此相识以来最为尴尬的一个时刻。

所幸云管事很快去而复返，连带管家云忠也一并前来，向云辞俯身行礼。云忠面上有明显的忐忑，连连道："不知侯爷您屈尊过来，老奴有罪。"

云辞终于将目光从出岫面上移开，看向云忠，淡淡说道："无妨，路过你这院子，想起有些琐事交代，便拐进来瞧瞧。"

云忠闻言更加惶恐："侯爷有命，遣人吩咐一声便成了，老奴自然会到您面前领命回话，何至于劳驾您亲自前来？老奴惶恐。"

云辞却未再说什么，只道："看你院子里热闹而已，不必拘泥。"

热闹？云忠瞥了瞥自己的侄儿，又扫了出岫一眼。这两人，一个寡言一个哑巴，如何能热闹得起来？然而电光石火之间，云忠登时明白了什么，再看云辞那副面无表情的模样，心里终于敞亮起来。

自己侄儿这桩婚事，怕是不成了。

想到此处，云忠连忙向云辞回道："是老奴之错，耽搁了淮南区的生意……老奴明日便让侄儿返程。"

云辞闻言，略略表态道："既如此，今日你叔侄二人好生说话，云管家歇一日假吧。"

云忠心里打了个激灵，不知云辞这番话是奖是惩，却也只能佯作不知，笑着道谢。

云辞见状才满意了些，垂下眼帘命道："竹影，走吧。"却不对出岫说一句话，更不再看她一眼。

竹影领命，推着云辞折回知言轩。他想对出岫使个眼色示意她跟上，岂知对方一直垂着眸。竹影大感无奈，只得开口暗示："出岫姑娘，清心斋的差事还没做完呢。"

出岫闻言回过神来，向云忠叔侄行了礼，跟在竹影身后离开。

云忠一家连忙跟出去，目送云辞一行。直至目光所及之处已看不见人影，云管事才不解地道："咦？侯爷不是找您有事儿吗？怎的话还没说又走了？"

云忠狠狠瞪了自家亲侄儿一眼："你平日里算账精明得很，怎么如今全乱了分寸！这还看不出来吗？你那门亲事黄了！明日赶紧给我回淮南去！"

那边厢，云管事挨了叔叔的骂；这边厢，出岫尚且等待责罚。可主仆三人顺顺当当回了知言轩，云辞路上没有说过一句话，也不似要发脾气的模样，这令出岫很是煎熬。

最后，出岫实在受不住这沉闷的气氛，只得恳切地看向竹影，以目光求救。

怎奈竹影似是没瞧见一般，反倒撂下出岫，对云辞道："主子可要回清心斋？"

云辞"嗯"了一声。

闻言，出岫急了。清心斋里都是她的差事，竹影请示云辞回清心斋，摆明了是让自己也跟过去，这不是自寻死路吗？然而云辞已应下，又没说让她回避，她也只得默默跟上。

一路无言，待入了清心斋，竹影照例将云辞推入书房，自己退出去守在门口。出岫随之入内，侍立一旁等待云辞示下。

书房里静默得令人发慌，出岫悄悄看了云辞一眼，见他仍旧沉着脸色，周身都散发着清冷寒气，令人不自觉地生畏。即便是在追虹苑面对明家父子时，出岫也没见过他这番模样。

当初是凛冽，如今是清寒。

良久，还是云辞率先败下阵来，幽幽问道："知道错了吗？"

出岫点了点头，又想起自己站在云辞身后，他必定看不见。正欲走上前去，谁知云辞却似脑后长了眼睛一般："若知道错了，可要检讨出来才显得诚心。"

云辞边说边用右手食指敲击桌案，又指了指案上裁好的纸张："你错在何处？"

还要立下字据认错吗？出岫不敢违逆主子的意思，连忙研了墨，一笔一画写道："奴婢不该在值守时间内擅自离开知言轩。"

云辞见字大为不悦，连声音都沉了两分："你何时也学会自称'奴婢'了？"

出岫只觉得冤枉，连忙再写："浅韵、淡心都是如此自称。"

"她们是她们，你是你。"云辞轻斥一句，又转回原来的话题，指着出岫写下的字，质问她，"擅自离开知言轩？只有这一桩错处？"

出岫认真地想了想，又写道："不该去找云管家。"

"是云管家？还是云管事？"云辞状若无意地问上一句，语气虽清淡，却并不和善。

话到此处，出岫已不止觉得冤枉，更觉得负气，也不知是哪里来的勇气，提笔问道："您为何不告诉我？"

“告诉你什么？”云辞瞥了眼纸张。

这要她如何说出口？出岫咬了咬下唇，再写：“您明知故问！”

云辞好似这才明白过来：“你是说，云忠替他侄儿求娶于你？”

出岫点了点头。

云辞再次沉默，好看的侧脸与微蹙的眉峰，使他整个人显得棱角分明而又不失柔和。

两人又是一阵无言，良久，云辞重新开口：“那日我问你是否见过他，你言辞闪烁。如今也没什么可隐瞒的了，你先将此事交代清楚。”

出岫唯有将当日与云管事相识的前因后果大致写了一遍，包括回来的路上遇见二爷云起，也一并提了提。

云辞读了纸上这一大段话，终于面色稍霁，口中却仍斥道：“你倒会做人，背着我卖给云忠人情？”

出岫自知理亏在先，唯有生生受下这句斥责。

云辞见她委屈，心也软了下来，又想逗逗她，便佯作板着脸再问：“这桩婚事，你是什么想法？”

想法？出岫微微一怔。眼下这意思，云辞是同意了？须知倘若主子不同意，直接回绝了便是，又为何要来问自己？出岫联想起今晨云辞的沉默，想来他也是经过了一番斟酌。

不知为何，想到云辞这般态度，出岫只觉心底微酸，还泛着说不清道不明的苦涩。她并非情窦初开，也不是懵懂无知，若说从前不明白自己对云辞是什么感情，则此时也已如梦初醒。

这与从前对待赫连齐的心情很是不同。当初赫连齐追求得热烈，她也回应得大方，只当他是她的良人，是知她懂她的男人。

而眼前的云辞，是她的主子，是可望而不可即的贵胄，更是带她脱离水深火热的恩人……

若她还是晗初，必定会大胆热烈地去表达出来，可如今，她是出岫。

有些情愫，晗初可以有，出岫绝不能有。说到底，是她自己僭越了，没有谨守下人的本分。也许，这是个极好的机会，能适时斩断自己的妄想。

想到此处，出岫终于自嘲地笑了起来，提笔回道：“这门亲事，全凭您做主。”

“你说什么？”最后一个字写完刚停笔，云辞已再度沉下脸色，脱口反问。

出岫早已没有勇气去看他，只垂眸掩去眼中酸意。

出岫如此轻率地决定终身，令云辞方才缓和的心绪再度沉重起来。他看着出岫，头一次被她的倾城笑容刺痛双目，有些话语如鲠在喉。

云辞刻意不去看出岫的微笑，默默平复了半晌，又问道："急着嫁？"

出岫摇头，强迫自己提笔写道："您当初在追虹苑曾说，要为我寻个好人家。"

云辞看着眼前的字，轻轻"嗯"了一声："我是说过。但你就如此看轻自己？一个管事便能配上你？"

"是我高攀了。"出岫提笔想了一瞬，又写道，"云管事不嫌弃我身有残疾，是我之幸。"

"残疾……"仿佛是被这两个字勾起了什么回忆，云辞的脸色瞬间苍白起来。

出岫也是写出这几个字之后，才感到自己失言了。但说出的话可以一阵风吹走，写出的字却不能，实打实地摆在云辞面前。

她下意识地去抓那张纸，柔荑刚伸出去，云辞的右手已轻轻按在她手背上，阻止道："想毁尸灭迹？我又没生气，你慌什么？"

他终于忍不住抬头看出岫，一眼瞧见她倩眸中闪烁的光泽，犹如一泓秋水，漾着别样的涟漪，如诉如泣。他在这双眸子里看出许多——隐忍、自卑、苦难、自暴自弃，甚至是过尽千帆的失望与悲凉。这种情绪也深深感染了云辞自己，令他心头颤动，颤得疼痛。

再一次地，他看向她，一并说出藏匿心底已久的问题："出岫，你是不是有苦衷？还是……从前经历过什么事？"

他明明已知晓答案，却还是想听到她亲口回答。

出岫却是愣怔在这问题当中，垂下眸来似在思考，又似在挣扎。

"你有苦衷吗？是以才如此草率决定自己的终身大事？"云辞再次取过一张纸，放到出岫面前，郑重地道，"你可以写出来，我会看，也会记在心上。"

出岫好像是被说动了，攥着笔颤巍巍地去蘸那半干的墨汁。半晌，才下了极大的决心落笔。笔尖一滴墨汁耐不住握笔之人的颤抖，顺势滴落在宣纸之上，氤氲开了一团墨花。

黯黑的一片，犹如她心上的某一段回忆，残忍、不堪、难以启齿。出岫强迫自己不去看云辞清澈的眼神，缓缓就笔写下四个字："没有苦衷。"

见字，云辞不可避免地失落起来。他发现出岫是个吃硬不吃软的女子，对她软言温语，不如疾言厉色，否则她便只会一味逃避，宁愿自己委屈着，也不愿拒绝或反抗。

想到此处，云辞决定中断这个话题："这桩婚事我不同意，你值得拥有更好的，他配不上你。"云辞只说了这一句，又转而笑道，"许你半个时辰的假，回去洗把脸再来侍奉。你眼下这个样子，我可没心思处理文书。"

出岫赶不上云辞的心思转换，反应片刻才点了点头。这事算是作罢了？那方才他问她半晌，又是什么意思？出岫心头带着些许疑惑，还有一阵如释重负，领命退出清心斋。

刚走到门口，却见一袭绯色衣衫的年轻男子迎面而来，神色焦急，步履匆匆。出岫不知其身份，便主动退至一旁让出路来，绯衣男子目不斜视地从她面前走过，往云辞所在的书房而去。

出岫听到门外的竹影称了一声：“三爷。”原来那绯衣男子是云羡。她不再逗留，回自己屋内整理仪容去了。

半个时辰后，出岫已收拾整齐，重返清心斋。刚进拱门，便见竹影仍旧守在外头，微微朝她摇头示意。出岫立时明白过来——屋里有人，她不便进去。

大约等了一盏茶的工夫，屋子里的人才结束了谈话。绯衣男子从书房内快步走出，竹影仍旧唤一声：“三爷。”

云羡看起来至多十七八岁，星眉剑目、身姿挺拔，却有一副超乎同龄人的老成。此刻他面有凝重之色，只对竹影客气一句：“不必送了。”说着已快步从台阶走下。

与出岫擦肩而过之时，云羡却忽然停下脚步，轻扫她一眼，若有所思地问：“你是出岫？”

既然听过她的名字，也应知晓她是个哑巴了吧？出岫俯身行礼，默认自己的身份。

云羡目中并未表露出惊艳神色，只是颇具深意地道：“日后闲来无事，不要随意乱走。”

出岫想起那日云羡为自己解围，便再度行礼，这一次，算是道谢。

云羡只“嗯”了一声，便抬步离开。

不可否认，云羡是出岫心目当中，世家子弟最该有的模样。出身良好、涵养极佳、寡言骄傲、对待下人既不苛责也不亲厚，时刻保持着一股疏离的威严。直至望着那绯衣一角消失在拱门之外，她才收回思绪，抬步迈进书房。

云辞正坐在案前蹙眉思索着什么，见是出岫去而复返，只低声说道：“房州发生瘟疫，很是严重，如今慕王封锁了烟岚城四个城门，将流民都隔绝在外，云家不能坐视不理。”

房州发生了瘟疫？出岫闻言大吃一惊。虽说房州四季如春，可如今才四月初，不该是瘟疫多发的时节。

云辞没有解释瘟疫的起因，只道：“房州是慕王封邑，这人出身军中，手腕铁血，长此以往流民必定越来越多……出岫，你随我去见母亲。”

听了这话，出岫知他必定有了对策，便也顾不上细问，连忙与竹影一并推着他，前往太夫人的园子——荣锦堂。

一路之上，云辞不发一语，只在临近荣锦堂时对出岫嘱咐：“无论我对母亲说什么，你只管领命便是。”他语气依旧温和，但又令人不可违逆。

出岫点头，跟着云辞进了荣锦堂。

太夫人曾在老侯爷去世之后，主持云府事务数年，经过无数大风大浪，早已处变不惊。她听了瘟疫之事后，显得异常镇定，抿了口茶对云辞问道："你有何打算？"

云辞不假思索地回话："方才我与三弟商量过，由他出面主持施粥布善，我亲自去一趟慕王府，问过慕王的态度再做打算。"

太夫人点了点头："房州毕竟是慕王的封邑，是该问过他的意思，不过他为人喜怒无常，你言语上也要注意些。"

"母亲放心。若是慕王与咱们达不成共识，我自有法子绕过他行事。"

出岫在旁听着这母子二人的对话，心中感慨万分。她原以为离信侯府数百年兴盛不衰，靠的是祖荫与经商所得，却不想，云氏在民情上竟如此用心，堂堂离信侯甚至要亲自整治瘟疫。

出岫越想越是领悟，数百年屹立不倒的云氏，倘若不得民心，又岂能聚拢天下财富？这一趟，她自问没有白来。

这边厢，出岫正在心中暗自感叹，却忽听云辞提起自己的名字："此去慕王府大约要住上两三日，竹影、浅韵、淡心会随侍在侧。出岫不方便，我想借此机会，放她在您这里调教两日。"

此言一出，出岫立时惊愕。原来云辞带她来，竟还有这一层意思！可为何要将自己放到太夫人这里？难道是担心没人护着自己？

出岫尽力不去多想，她偷偷再看太夫人，只见那高高在上的云府主母既无惊讶也无迟疑，自然而然地笑着应承："也好，等你回来找我要人吧。"

一句话，定下了出岫的去向。

云辞当日便动身前往慕王府，带着竹影、浅韵、淡心一道离开，还有不少云府护卫。是日，出岫住进了太夫人的荣锦堂，迟妈妈比照她在知言轩的待遇，将她安置在一间单独的屋子里。

"既是侯爷送来请太夫人调教的，太夫人又将姑娘你交给我，那咱们也不客套了，有什么说什么。"迟妈妈笑着对出岫道，"太夫人这里的规矩不比侯爷，她老人家起得早，你每日寅末便要起身，卯初服侍太夫人用早膳。"

出岫颔首表示记下。

"太夫人每日用过早饭，要去佛堂里念一个时辰的经文。为表诚心，经文都是咱们府里亲自抄写，你在侯爷跟前儿也是侍奉笔墨的，那每日抄写经文的差事，你便分担了去吧。"迟妈妈再道。

出岫再次领命。

迟妈妈很是满意地点了点头："太夫人这里不缺人手，只缺几个知冷知热的贴心人儿。你先把服侍早膳和抄写经文的差事做好，余下的，再听她老人家吩咐。"

迟妈妈言罢又想了想，再添上一句："哦对了，每日早上，二姨太与三姨太都要来陪太夫人用早膳，四姨太时来时不来，你可要记下了。"

两房姨太太还要来陪着用早膳？那为何独独四姨太不来？出岫心里有些诧异，面上却未敢流露出来，一路恭送迟妈妈出了门。

翌日清晨，出岫起得很早，按照昨日迟妈妈的吩咐去了膳厅。她原以为自己算早的，未承想厅里已有两个丫鬟在摆碗筷。出岫连忙动手帮衬起来。

太夫人的规矩，每日早膳八凉十热，开胃小菜、米面点心若干，两甜两咸四道汤肴。比之云府的地位与家底而言，这样的早膳规模并不算奢侈，何况还有姨太太们陪膳。

出岫与几个丫鬟忙活了半晌，将开胃小菜和八个凉菜端上，便立在一旁等候。不一会儿，一阵淡淡的说笑声传来，带着妇人特有的沉静与涵养。但见太夫人由迟妈妈扶着进了膳厅，身后还跟着两位三十许的女子，都是妇人打扮，一穿暗红衫，一穿描蓝衫，各有各的风韵。

暗红衫的妇人稍显成熟，柳叶眉、丹凤眼，鼻梁挺直而棱尖，看着有几分凌厉之气，周身珠光宝气很是惹眼。

描蓝衫的妇人更为年轻一些，也更朴素，她肤色极白，五官并不及暗红衫的妇人好看，遑论及得上太夫人。可她气质沉静娴婉，令人见之忘俗，也别有一番风韵。

这两位便是老侯爷的妾室——云府的二姨太、三姨太了。出岫见她两人各带了一个丫鬟，面上都挂着几分残留的笑意，跟在太夫人身后进了膳厅。

两位姨太太目不斜视，分别落座在太夫人一左一右。出岫观察两人坐的位置，在心中盘算着谁是二房、谁是三房。

暗红衫妇人坐在太夫人左首，应是先进门的二姨太花氏；描蓝衫妇人坐在太夫人右首，应是后进门的三姨太闻氏。果真如迟妈妈所说，只有两房姨太太来陪太夫人用早膳，四姨太并不曾前来。

只这心思几转的工夫，但听太夫人已开口命道："出岫，吩咐上菜。"

此话一出，出岫立时察觉有两道目光投向自己，来自花氏与闻氏。她不敢多看多想，连忙垂首领命，快步往小厨房走去，片刻后，领着几个小丫鬟们前来上菜。

方才那两道目光早收了回去，花氏与闻氏已神色如常，陪着太夫人开始用膳。一旁的丫鬟们侍奉在侧，时不时地布菜、盛汤，很有规矩。

一顿饭就这般无声地进行着，待到尾声之时，太夫人却再次开口，淡淡对花氏道："老二呢？教他用了早膳来我这里一趟。"

花氏闻言，面上有些尴尬之意，笑道："如今二爷分了园子单住，我也不晓得他人在何处，一会儿差人去瞧瞧。"

太夫人"嗯"了一声，状若无意地道："如今房州闹瘟疫，虽说没闹到烟岚城里，可咱们也不能置之不理。昨日侯爷已前往慕王府商量对策，老三也吩咐各地米行布施发米，唯独老二闲着，总要派他去磨砺磨砺。"

在"外人"面前，太夫人坚持称呼云辞为"侯爷"，明明是亲母子，可这份言谨与礼数，出岫听在耳中有些感慨。

此时但见花氏讪讪地对太夫人回道："您说得是，二爷的确该为侯爷分担些事务了。"言罢她还似有似无地瞥了出岫一眼。

花氏这一眼瞥得飞快，可出岫本人还是捕捉到了。出岫以为，这一眼便如同方才太夫人的那番话一般，颇具深意。

试想太夫人执掌云氏多年，德高望重，字字千金，又怎会当着几个丫鬟的面，在饭桌上让二姨太花氏下不来台？太夫人分明是话里有话，斥责二爷云起的某些作为。

必定是云起调戏自己的事被太夫人知晓了。她老人家这是在透过自己向云辞表态，也是在侧面警告二房母子。

想到此处，出岫心中有些莫名滋味，也不知是受宠若惊，还是惶恐不安。她本想安分低调地在这府里生存，奈何却被迫推到了众人眼前，甚至有种即将要处于风口浪尖的感觉。而这种感觉，令她想起了从前在醉花楼的日子。

一顿早膳在几位太太的各怀心思中度过。出岫在膳厅里收拾妥当，正要前往佛堂，却见二姨太花氏带着丫鬟在膳厅前踱步。

出岫尚未及反应，花氏已眼尖看见了她，皮笑肉不笑地道："早膳过后在这儿散散步，不想出岫姑娘还没走啊。"

这哪里是散步，分明是刻意等人的。出岫只得下了台阶，向花氏行礼。

花氏看着她行礼起身，继而再笑："侯爷待你不错，人都去慕王府了，还不忘把你送来荣锦堂……"她说到此处，忽而换了话题，冷笑道，"再得宠也不过是个奴婢，再美也做不了侯爷夫人，你还要掂量掂量自己的分量。"

出岫抿唇不语，表情隐忍。

"哟！忘了你是个哑巴，不会说话了。"花氏掩面一笑，尖声叹道，"别以为自己长得漂亮，就能到处乱勾引人！"

言罢她已敛去笑意，轻哼一声拂袖而去，刚走了两步，又停住脚步，回过头来隐晦地道："花有相同，人有相似，出岫姑娘可莫要乐极生悲。"

花有相同，人有相似……出岫在心底默默想着这句话，只觉花氏意有所指。还有那四个字“乐极生悲”，仿佛也是……

“出岫姑娘！”迟妈妈的声音从不远处传来，适时打断她的疑惑，“太夫人念经的时辰快到了，你不知道佛堂在何处，我领你过去。”

出岫回过神来点头称是，无言地跟上迟妈妈。

太夫人的要求说简单不简单，说难也不难，她只给了出岫一卷经文誊抄，要求每页必须恰好九九八十一个字，且不能有一处涂抹。

笔墨纸砚都是备好的，出岫自己动手磨了墨，便开始一笔一画地誊抄经文。如此过了一个多时辰，足足抄了半卷，竟无一处错字。迟妈妈见了虽未做评价，但出岫能看出来她很是满意，心中也不禁长舒一口气。

“姑娘抄了一个多时辰，先回去歇着吧。午膳之前，太夫人会一直在佛堂念经，她老人家若是有何吩咐，自会差人去传唤你。”迟妈妈撂下这句话，便捧着出岫抄的经文，去了太夫人屋内回话。

“早膳过后，二姨太果然去寻她晦气了。”迟妈妈将经文递到太夫人手中，低声道，“至于说了些什么，倒是未曾听见。”

太夫人专心致志地看着经文，半晌才道：“舞英不敢说出什么来。”

迟妈妈在心里轻叹一声，她比谁都清楚，二姨太“花舞英”三个字，是太夫人藏在心里二十年的疙瘩：“这么多年了，您还是放不下。”

闻言，太夫人只将经文搁在腿上，微合双目道：“当年我想做主将她配给侯爷做通房，她嘴上说不愿，却背着我……她是我从娘家带来的，做出这等事，我怎能不寒心？”

“二姨太当年也是一时糊涂，这不是生下二爷之后，老侯爷也冷待她了。再者这么些年，她在您跟前儿从不敢逾矩，二爷也不怎么管教，便是为了让您安心。”迟妈妈低言劝道，“不值当为了她生气。您还要去念经，可不能带着怨气。”

太夫人点头，这才执起经文，边默读边叹道：“就是这手字，教我不能安心。”

“这……许是侯爷怜惜她一个哑巴，才教她写字的。”迟妈妈为出岫辩解，“她不像个有心思的。”

“当年舞英也不像有心思的，原来是瞧不上只当个通房，想做正经姨太太。”太夫人道出心中担忧，“何况她美得过分，一看便是祸水。”

迟妈妈未敢再言。

太夫人又看了看经文上的瘦金字体，似有所想：“不能让出岫变成第二个花舞英。如今辞儿已过了弱冠，待瘟疫之事解决，他的婚事也拖不得了！”

第十一章 众里寻她千百度

三天之后，云辞仍旧没有回府。反倒是跟着去的护卫送了信回来，道是侯爷带着竹影等少数几人，执意出城寻找治疗时疫的方子。

消息传来，太夫人担心不已，大发雷霆，当即传了二爷云起带人出城，务必将云辞找回来。

云起在太夫人屋里领命时，显得有些不情愿。这当口儿任谁都不愿出烟岚城，只怕会染上时疫反丢性命。二姨太在旁听着，没敢多说一句，只是私下里请大夫准备了许多药材，让云起带在路上以防万一。

云府忽然陷入一阵惶恐之中，一时之间，这场瘟疫好似来势汹汹。更何况云起素来是个酒色之徒，出岫并不指望他能找回云辞。可不承想，这位云二爷带着人马出城短短两日，便带回了好消息。

只不过这传消息的人还没进烟岚城，便死在了城门外头，临死前将这消息告诉了守城将士，才咽下最后一口气。

管家云忠派人将其敛尸火葬，以免瘟疫传入城内，可就算如此，太夫人还是命云府上下不得外出，又煮了药，不管有没有用，阖府上下每人一天三碗，只当饭吃。

又过了两日，云辞兄弟二人返回烟岚城。云辞并未即刻回府，而是去别院研究预防时疫的方子；云起倒是春风得意了，还不忘在太夫人面前夸赞自己一番。

太夫人笑眯眯地听着云起自夸，她仿佛已料到云起能将人找回来似的，只问他："进府之前都诊断过了？侯爷与你可都有恙？"

"大哥亲自诊了，说是没染上时疫，才放我回来的。"

太夫人点点头："这几日辛苦你了，下去歇着吧。"言罢又看了看云起的生母花氏，"他这趟也不容易，你去他园子里照顾两日。"

听闻此言，二姨太花氏心中大喜，千恩万谢了半晌，才与云起一并告退。

离信侯府的规矩是，儿子一律养在生母膝下，除非是生母犯了过错，才会被剥夺抚养亲子的权利。这法子与其他高门不大一样，倒是多了几分人情味儿，但也更能突显嫡子的身份与威严。

正因这数百年流传下来的规矩，云起一直养在花氏膝下，云羡也是跟随生母闻氏。如此一直长到十三岁，才会配了奴才丫鬟，搬到单独的园子里居住。而自那以后，母子之间便不能来往过密，儿子尤其不能再夜宿母亲那里，除非得到主母同意。

这也是出岫来到太夫人的荣锦堂，才弄明白的规矩。如此一联想，出岫倒是对云起如今的生活状态产生了怀疑。他无疑是云家三兄弟中最为花天酒地的一个，在家教甚严、誉满天下的离信侯府，算是个异数。

可倘若云起是跟着生母花氏长大，她又怎会对儿子的荒唐行径坐视不理？这唯有三个解释：要么是花氏刻意放任纵容；要么是她对云起太过溺爱；要么，云起的表现只是假象……

出岫在太夫人的园子里待了七日。第八日一早，服侍太夫人用过早膳，她被单独留下来说话。

太夫人赏赐了她一串古檀木佛珠，道："这些日子你服侍得不错，今日侯爷回府，你先回知言轩准备迎接吧。"

云辞要回来了！出岫按捺下心中欢喜，低眉接过赏赐。

太夫人慈蔼地笑了笑，转对迟妈妈道："真是个伶俐人儿，不枉侯爷千里迢迢带回来。日后知言轩有了正经女主子，也能拨她去独当一面了。"

听闻此言，出岫捧着佛珠的手心仿佛擦出一团火，灼烧难忍。她勉强噙着笑容，试图掩饰自己的异样，对太夫人拜了三拜，又向迟妈妈道谢，才从荣锦堂出来。此后一路无事，出岫返回知言轩。

云辞是正午时分回的云府，说是研究出了预防时疫的方子。他一回来便径直去了太夫人的荣锦堂，连带竹影、浅韵、淡心也一并前往。出岫在知言轩里等了半晌，未曾等到云辞，反而先等到了二爷云起的丫鬟。

"您是出岫姐姐？"丫鬟一进知言轩，见出岫在垂拱雕花门前站着，便上前问道。

出岫瞧这丫鬟眼生，只微微一笑，点了点头。

"我是二爷园子里的玥鞠，受二爷吩咐来给您送样东西。"玥鞠边说边从怀里掏出一个小小锦盒，递给出岫道，"二爷说，那日他喝醉了酒，唐突无礼，请姐姐莫怪。"

出岫很是讶然。哪里有主子给奴婢道歉的？她连忙朝玥鞠摆摆手，表示这东西不能收。

玥鞠年纪看着要比出岫小一些，但眉眼生得十分俊俏，笑起来好似两弯月牙：

“姐姐若不收，我回去可不好向二爷交代。”

玥鞠边说边低下声音，靠近出岫耳畔悄声再道：“姐姐有所不知，此趟二爷出城去寻侯爷，又被侯爷训斥了一顿。二爷这是受了侯爷的训，才差遣我过来，还要劳烦您在侯爷面前将这事说一说。”

出岫闻言更是哭笑不得。她不知这位二爷云起到底是怎么想的，遭到云辞的训斥也就罢了，还特地来给自己赔礼道歉，生怕旁人不知道他曾经唐突过。既然玥鞠已将话说到此处，她也不好拒绝，只得伸手接过锦盒。

玥鞠见出岫不再推辞，便掩面咯咯笑起来，呵气如兰尽数扑在出岫面上，好似还带着些花茶的香气：“姐姐既收下此物，我的差事也办完了，这便回去向二爷复命。”言罢她已行了礼，迈着小碎步一路走出知言轩。

出岫见玥鞠走远，才无奈地叹了口气，暗自寻思着改日要将此事对云辞说一说，如此贵重的礼物，她绝不能随意收下。这般想着，出岫便先回了一趟住处，将锦盒妥帖收好。

七八日未曾回来住，屋里已落了一层淡淡的浮灰。出岫洒扫一番，刚停下歇息，便听到一句雀跃而娇俏的声音：“姑奶奶回来啦！”正是淡心的声音。

出岫连忙迎上去，只见淡心、浅韵二人拎着各自的包裹走入院子，淡心边走边笑道：“出岫你怎么满头是汗？还不快擦擦！主子去了清心斋，正等着你去侍奉呢！”

出岫闻言，也顾不上与两人打招呼，连忙打水洗脸，又换了件衣裳，急匆匆往清心斋而去。

竹影依旧守在门外，瞧见出岫前来，低声笑道：“几日未见，姑娘可好？”

出岫行礼点头，伸手指了指书房，做出询问的表情。

“主子在里头，姑娘快去吧。”

出岫应声而入。

多日不见，云辞仍旧是一袭白衣，仍旧是出尘之姿，那周身清浅的气质好似不食人间烟火，险些让出岫忘记眼前这人的富贵身份，总以为是打哪儿来的仙人落入凡尘。

云辞清减了许多，不过面上未见倦色。出岫驻足门口定定看着他，一时竟觉得鼻尖酸涩，想要落下泪来。

恰在此刻，云辞从书案前抬起头，一眼瞧见出岫站在门口。她今日着一件浅绿衣衫，艳阳在她身后形成一个氤氲的光环，显得她整个人脱俗而生动。

此时，此景，此人，不禁勾起了云辞潜藏心底数日的思念与焦虑。“怎么在门口傻站着？”他适时开口笑道，目不转睛地看着出岫朝自己走近。

出岫被这一声唤回了神志，忽然不敢直视云辞的目光，只抿唇垂眸步入门内，有些手足无措之意。

云辞这才发现她微红的眼眶，遂浅声安慰："瞧见主子回来，怎么不笑反哭？"他对她招了招手，"过来扶我一把。"

出岫连忙吸了吸鼻子，上前去扶云辞。淡淡的药香忽而传来，令她瞬间感到无比安心。

云辞就着出岫的搀扶站起身，开口道："今日母亲对我说，待此次时疫解决，要我成婚。"

听闻此言，出岫周身一震，却仍旧垂着眸，勉强笑了笑。她明白，依照云辞的身份与年纪，的确该成婚了。这般想着，她不仅心中酸楚，头脑仿佛也难受起来，昏昏沉沉的。

云辞一直盯着出岫看，见她没有半分吃惊，还垂眸带着笑，便反手捏住她的手腕，低声道："这次我离开七八日，有些事情反而想清楚了，我对你……"

一句话还没说完，他忽然觉得手上一沉，一个娇软的身躯已倒向他的怀中。

"出岫……来人！"

出岫仿佛是做了一场梦，梦中她又回到了醉花楼失火的那一夜。只是这一次，没有琴儿代替，亦无沈予相帮，她自己被生生锁在床榻的梁柱上，忍受火焰的炙烤。

周身的肌肤都燃烧了起来，浓烟滚滚令人窒息。发肤的疼痛与胸腔的压抑令她喘不过气，也挣脱不开束缚，她等不到救赎，唯有等待死亡。

云辞看着出岫这副模样，先是为她诊脉，再观面相，最后得出一个结论——出岫染上了时疫。

"时疫？这怎么可能！"淡心得知后率先反驳，"出岫大门不出二门不迈，咱们在外头走了一遭都还好端端的，她怎会染了时疫？"

云辞显然也想到了，不禁蹙眉道："许是有谁不慎带回病种，身子好抗过去了，却传给了出岫……"话到此处，云辞忽然语气一变，当机立断道，"她不能再住在府里，竹影，你安排人送她去别院，先喝两帖我研制的药。"

竹影领命，也顾不得男女之妨，当即拦腰抱起出岫，边往外走边对护卫交代："备车，去别院。"

云辞沉吟一刻，又对淡心命道："知言轩内外洒药，下人们都要以白巾覆面，一日三换，白巾要用滚水烫透，再去太阳底下曝晒。"

淡心闻言不敢耽搁，正待转身去办差事，却听云辞又嘱咐道："这事瞒不住，待知言轩安置好了，你去各个园子里都说一声，务必让合府照办。"

淡心连连称是，立刻小跑而去。

此时，屋子里唯剩下浅韵。沉静、寡言、不争、疏淡，这是云辞素来对浅韵的印象。也正是她这个性子，太夫人才会将她从荣锦堂里拨出来，送到了知言轩。

“浅韵。”云辞开口唤她，“你去向母亲禀报此事，让她有个万全的准备。”

“您不去吗？”浅韵平淡的语调难得有了一丝起伏，面上也挂着几分疑问。

“出岫危在旦夕，我要去别院。”云辞斩钉截铁地回道。

闻言，浅韵惊异不已：“您要为了出岫，涉身犯险？主子，她若当真染上时疫，您此刻该是回避，而不是……”

“浅韵。”云辞眉峰再次蹙起，语中带着几分不悦，“为了城外的流民，我能出得城去；为了她，如何不能？”

“那不一样。”浅韵甚少一口气说出这么多话来，“城外流民数以千万计，您悲天悯人，出城寻找治疗时疫的方子，是您作为离信侯的责任；可出岫呢？只她一人值得您如此冒险？”

“值得。”云辞不假思索地对浅韵回道，“她也是我的责任。”

此话一出，浅韵顿时心中一凉：“主子，太夫人将奴婢拨来您这儿，是让奴婢好生服侍您。奴婢不能让您为了一个丫鬟，置安危于不顾。”

“谁说她是丫鬟？”云辞面上已有些薄怒之意，“浅韵，今日你多话了。”

云辞话音甫落，但听“扑通”一声传来，浅韵已跪在地上。她好似铁了心要劝阻云辞，铿锵禀道：“主子您要如何责罚，奴婢都毫无怨言，但奴婢绝不能让您去别院。”

她没有给云辞开口说话的机会，亟亟续道：“淡心不知您为何宠着出岫，奴婢与竹影却是知道的。那年淡心的父亲去世，她恰好回乡奔丧，因而错过了……”

“浅韵！”云辞立刻喝止她继续说下去，脸色是前所未有的难看。

“奴婢斗胆。”浅韵面上毫无惧色，她再次俯首叩头，继续道，“奴婢不愿看您自欺欺人。在追虹苑，奴婢第一次看见出岫，便知道她……”

“唰”的一阵风动，吹起了浅韵额间的几缕垂发，也阻断了她的话语。她不禁抬起头来，但见云辞已愤怒地从轮椅上站起，面沉如水俯身看她：“你知道你在说什么吗？妄议主子？这是你在荣锦堂学的规矩？”

这下子浅韵终于慌了，连忙跪在地上向前蹭了两步，想要伸手去扶云辞。可云辞却不为所动，仍旧身姿岿然地立在原地，厉声斥道：“太夫人都未曾说过一句，你这是在教训谁？”

浅韵在云辞身边服侍数年，何曾见过他这般疾言厉色的时候？此刻她竟垂下泪来，也不知是替主子心疼，还是替自己羞愧。

云辞已当真动了怒，再对她道：“你与出岫相交不深，今日也全是为了我，此事我不予计较。但若是你再说她一句，现下你就回荣锦堂去侍奉母亲，不必再留在知言轩！”

“主子！”浅韵霎时面色刷白，急急请罪，“奴婢知错，奴婢知错。”她泪水涟涟，也顾不得擦拭，只哽咽地道，“您要如何责罚奴婢，奴婢都认了。只求您顾念自己的身子，别再站着了……奴婢扶您坐回去成吗？”

见浅韵知错，云辞这才面色稍霁，转为轻叹：“我只恨我这双腿……”往后的话，他说得极轻极淡，浅韵没能听见。

然而只一瞬，云辞又恢复了肃然面色，任由浅韵将自己扶回轮椅之上，道：“你该知道在母亲面前，什么话该说，什么话不该说。先回去洗把脸换身衣裳，不要让她老人家多想。”

“奴婢省得。”浅韵不敢再多言，只得将云辞安顿好，又按照他的吩咐去备马车，才匆匆换了衣裳往荣锦堂而去。

出岫的状况并不太好，虽不至性命垂危，亦不远矣。云辞来到别院再次为她诊治，深感以自己的医术无能为力，只得对竹影命道：“速速通知各地暗卫执事，在钱庄升出寻人标符，将当世三大神医找来。”

云辞报上几个名字，当然也包括沈予的师傅——屈方在内。

竹影自是不敢抗命，但也说出了担忧：“找人不难，怕只怕即便找到神医，也是远水救不了近火。”

竹影能想到的问题，云辞何尝想不到？可他只能一试：“事到如今别无他法，唯有寄希望于这几位神医，有在烟岚城附近的。”

竹影连忙去办。

此时出岫已浑身发烫，比之方才在云府时情况更忧。云辞衣不解带地守在一旁，心思已算沉到了底。他一手握着出岫，丝毫也不怕感染时疫，耐着性子为她擦拭额上香汗，又不厌其烦地一遍遍喂药、喂水，亲力亲为，只怕下人照顾得不够仔细。

眼见竹影办了差事返回，云辞又道：“前两日我将预防时疫的方子交给了慕王，请他寻大夫继续改良。你以我的口吻修书一封，亲自走一趟慕王府，无论方子改得如何，先将他府上的大夫带来。”

“您要为出岫姑娘会诊？”竹影脱口而问。

“如今也没有旁的法子了，姑且一试吧。”云辞的脸色越发苍白，甚至带着些惶恐。

竹影从未见过主子这般模样，在他心中，云辞无论何时都是处变不惊，唯独两次表露过担忧与无力：一次是明府来追虹苑闹事，大家以为出岫失踪；另一次便是今日。

主子两次失常，皆是为了出岫。竹影看了看榻上两人交握的双手，心里轻叹一声，领命而去。

周遭终于安静了下来，云辞将不相干的下人都屏退到屋外，独自守在屋内。此刻出岫秀眉微蹙、双颊绯红，若非那苍白的嘴唇与额上的香汗，云辞几乎看不出她是身染重疾。好似她只是处于睡梦之中，而梦中遇到了什么伤心事，仅此而已。

云辞本以为自己此生会孑然一身，他这身子也不想连累哪家姑娘，他一直觉得这样甚好，可以了无牵挂地走，仿佛薄命之人理当如此。可在看过了城外流民的惨死之后，他改变了想法。

人生苦短，花期有限，堪折之时，不应犹豫。

当日黄昏时分，竹影从慕王府带回来四名大夫，皆是房州乃至举国的医科圣手，只是比起当世三位神医，还是差了许多。

此后，云辞将出岫交给别院的奴婢照料，自己则与四位大夫一同商讨治疗时疫的方子。防治防治，如今他研究的法子，只防不治，对于出岫这种已感染上时疫的患者，收效甚微。

几乎是一夜不眠不休，挑灯研究，几位大夫才与云辞达成共识。竹影匆匆捧了药方去置备熬药，云辞则不顾众人反对，执意前去探望出岫。

这一探之下，惊怒非常。出岫的脸色已不是绯红，而是处于高烧昏迷中的不正常红晕，且她浑身滚烫。云辞深知，出岫若再这般烧下去，即便性命救了回来，只怕神志也要烧坏了。

云辞几乎是当机立断，命竹影回云府地窖，将成块的冻冰搬运过来。时值四月，天气渐热，冻冰在搬运过程中不断融化，可即便如此，成批的冰块还是源源不断地运往云府别院。

男女授受不亲，云辞终于退出屋子，只交代侍婢一遍一遍用冰水为出岫擦拭身子，再将冻冰搁置在床头与床尾，务求能让她的体温降下来。如此忙碌了一个白天，又配合着新研制的药方，出岫总算退了高热，改为低烧。

期间迟妈妈代表太夫人前来传话，等了半晌，才得到云辞的召见："太夫人说，还得您回府里主持大局，一味守在别院也……"

迟妈妈的话尚未说完，已被云辞打断："府里有母亲坐镇，绝无闪失。妈妈回去吧，多说无益。"

云辞自小由迟妈妈照料，对她甚为尊敬，生平这是头一次打断她说话，令迟妈妈很是讶然。可正因她是看着云辞长大的，深知他的脾性，因而也知多劝无用，只得返回云府。

又过了一个时辰，淡心遣人来传话，道是二爷园子里的玥鞠也染上时疫，尚未等到施治已香消玉殒。云辞听闻这个消息，沉默一瞬，只说了两个字：“厚葬”。

时辰一点一滴流逝，又是一个黄昏来临，云辞知道，这是出岫最为凶险的一晚。熬过去，她会渐渐好转；熬不过去，她的下场会同玥鞠一样。他一直守在出岫门外，目不转睛地看着夕阳，只觉自己的心也如同即将到来的黑夜一般，深沉而不见底。

“吱呀”一声，房门开启，一个小丫鬟拎着茶壶从屋内走出来，动静太大，唤回了云辞的神志。

“不是教你用冰水给姑娘擦拭吗？你拎着茶壶做什么？”竹影不等云辞开口，率先发问。

小丫鬟被 “是……是方才……姑娘说要喝水……

“胡扯！ 要水？”

“不会 娘明明说了要喝水，奴婢见屋内的茶

她话还 急不可待地看向竹影，神色中是隐隐

竹影立

云辞来 出岫，能听见吗？”

榻上的 小阴影，显得楚楚动人。云辞得不到 声细弱蚊蚋的“嗯”。

只这一 这一场来势汹汹的时疫，竟然令出岫 ，不禁握住她的手，低声道：“你既

他不停 心中的期待一刻强过一刻。他的眼神在 外的手臂上有许多疤痕。

一道一 器所划伤。云辞久病成医，已能分辨出 清出个大概。

他轻轻 在他自己心底，疼痛不已。他很想再对出岫说些什么，可纵然千句万句，此时此刻竟都被这些疤痕挡了回去。

云辞兀自为出岫而心疼，忽听竹影在门外禀道：“主子！慕王府派人传话，说是流民中有人寻到治疗时疫的法子，他已派人去取了！”

“你说什么！”云辞又惊又喜，已顾不得腿疾，倏尔站起身来朝门外道，“拿到方子先让我瞧瞧，不要盲目配药！”

“属下明白。”竹影的话语也带着几分难以抑制的喜悦。

第十二章 花开堪折直须折

对于流民而言，这一场瘟疫闹得许多人妻离子散、家破人亡，犹如魔咒。

对于慕王而言，这一场瘟疫来势汹汹、惊动皇城，是他封王以来所面临的最大考验。

对于云氏而言，这一场瘟疫阖族处变不惊、乐善好施，离信侯府更得民心。

但对于出岫而言，这一场瘟疫，不过是她做过的一个绵长梦境，一觉醒来，前尘尽忘。若非云辞双目赤红的担忧，若非竹影不可掩饰的倦色，她尚且不知自己经历了一场可怕的生死之役，险些丧命。

靠在榻上，由云辞亲自喂药的滋味，实在令出岫受宠若惊。她拘束地喝下这碗药，等了半晌，云辞也没有离去的意思，于是她只得在他掌心里写道："我想沐浴。"

云辞看了一眼掌心，淡淡问道："什么？我没瞧见。"

出岫大感无奈，再次拉过他的手写道："沐浴。"

云辞难得地挑了挑眉，看向出岫："你还是做口型吧，写字我当真看不懂。"

出岫也不知云辞是否故意的，只得朱唇微翕着再道："沐浴。"

"长久不说话，都不会出声了。我听不到。"云辞不动声色地看着她，目中闪过隐隐的期待。

出岫却是急了，从前哪里需要重复这么多遍，云辞早该看懂了。她越想越觉身上汗津津得难受，再看云辞仍旧一副面无表情的样子，不禁开口薄斥道："你这人，真是……"

话一出口，云辞已勾唇浅笑。出岫这才反应过来，连忙无意识地以手掩唇，清眸大睁，一副难以置信的模样。云辞拉下她一双柔荑握牢在手中，低声哄道："再说一句。嗯？"

出岫噌地一下面色绯红，也不知是被握住手的缘故，还是云辞那一句附耳的诱哄。她使了使劲，想要抽出双手，奈何对方握得极紧，不给她挣脱的机会。出岫不禁垂眸咬唇，已忘记自己能够开口说话的事实，只顾着与云辞的双手负隅顽抗，想要逃出生天。

“你若不说话，我便不松手。”云辞看出她心中所想，目光潋潋笑着威胁。

出岫只得抬起头来：“您让我说什么？”

云辞思索一瞬，道：“唤我一声‘云公子’如何？”

出岫大为赧然，咬着下唇不愿出声。

云辞见状也不勉强，只笑道：“不愿意？也罢，那我可真不松手了。”

出岫急了，心想这人何时变得如此无赖？可她的身子才刚刚恢复，双手根本使不上力气。彼此僵持了半晌，到底还是出岫先败下阵来，垂眸唤了一声：“云公子。”

只这三个字，已令她面若桃李，娇红欲滴。

云辞从前只在淡心的话本子上见过“公子”这个称呼，不想此刻从出岫口中唤出，竟是清喉婉转，犹如黄莺出谷般好听。他被这一声唤得心神悸动，兼之出岫大病初愈，也算是双喜临门。

如此一想，云辞心头忽然涌起前所未有的满足感，便情不自禁松开出岫的柔荑，不待她反应，已环住她的腰身，在她额间落下轻轻一吻。

那柔软的触碰，像是被一溪春水脉脉滑过，清澈，微痒，令出岫漾起心底阵阵涟漪。她犹自不敢置信，一双瞳眸蓢水盈盈，惊恐地看向云辞，半晌，才晓得挣扎出他的怀抱。

云辞并未强迫她，顺势松了手，坦诚道：“如你所想，我正是这个意思。”他的浅笑清风霁月，又带着不容置疑的郑重。

出岫呆立良久，才觉出云辞话中之意。她偏过头去不敢看他，默默在心底酝酿着，道：“奴婢不懂侯爷的意思。”

一句话，明明白白拉开了彼此的距离。心底的苦涩盖过了出声的喜悦，这话她说得违心，但她不愿折辱他。

云辞面上并未瞧见失望之色，只是定定地看着出岫，问道：“真心话吗？”

“嗯。”她垂眸侧首。

“既是真心话，为何不敢看我？”他目光犀利，直击她心上，不给她半分逃避的机会，“出岫，在追虹苑，我已领教过你口是心非的本事。”

出岫闻言，只将身子往后靠了一靠，试图远离云辞的压迫目光，双手抱膝道：“侯爷是奴婢的恩人，奴婢做牛做马、结草衔环都难以……”

“谁许你自称‘奴婢’的？”云辞淡淡打断她。

“不是，我……”出岫只觉咽喉一阵干涩，也不知是心理作用还是什么，已说不出半句话来。

云辞见出岫这般逃避，想起她大病初愈，也不欲强迫她，唯有慢慢来："我不是强人所难的人，也不是处处留情的人。出岫，你很清楚。"

闻言，出岫几乎要将一张脸埋在双膝之中，不知该说些什么。她蜷缩在榻上的样子，令云辞想起了丛林里的小兽。受过一次伤，便对异类摆出防备的姿态，倘若情知不敌，它们会坐以待毙。

云辞只得低声探问："出岫，你心里有放不下的人？"这一句，他曾在追虹苑问过她，而今再次问出口，其实是同一个意思。

云辞有些害怕会从出岫口中听到"赫连齐"三个字，但仔细想想，也没什么可怕，那是她遇上他之前。

奈何出岫还是没有半分回应，只是双肩微微耸动着。

云辞见状顿时心疼，又叹："是我逼得紧了……你好生休息，我会等。"

这一番剖白力如千斤，字字烙印在出岫心底。可她分不清自己是悲还是喜……喜的是她并非一厢情愿；悲的是她宁愿自己一厢情愿。

要如何开口，对云辞提及那段不堪回首的过往？她曾将身心交付过另一个男子，又被生生辜负，这样的话语，出岫难以启齿。

人都是自私的，她宁愿拒绝他，宁愿不回应，也不愿将自己的往事说出来，去面对他失望、嫌恶，甚至是后悔的神色。

明明彼此有意，却要生生斩断，这番疼痛，痛过剜心。事到如今，她多么悔恨曾经对别人轻易相许，让那些几近灰飞烟灭的往事来阻隔眼前。轮到那个真正刻骨铭心的人出现时，她却只能捧着自己破碎的心，以及心上的四个字：相逢恨晚。

出岫一直没有抬头，她不敢面对此时的云辞。直到耳畔响起轮椅的辘辘声，云辞的气息也越来越远，她才敢放声大哭起来。仿佛只有这种方式，她才能获得惨痛而又残忍的安慰。

出岫肆无忌惮地哭着，直至将双膝间的薄衾哭得湿透，才改为啜泣，继而抽噎，最后，抬起头来。

眼风瞥见一抹熟悉的白影，来自一个熟悉的人。出岫尚未及反应，已被云辞一手钳制住下颌，不让她再有机会埋首于被衾之中。

他竟没有离开！说不出是羞愤还是气恼，出岫的眼角挂着泪痕，更觉得无颜面对云辞，唯有紧闭双眸。

温热的手指轻轻拂面，为她拭去滴滴泪水。云辞知她着恼，便低声解释道："我若不出此下策，只怕你永远不肯抬起头来。"他修长的手指缓缓划过出岫的长睫，沾湿了一指水痕，宛如南熙三月的烟雨，可将天水染成碧色，晴空如洗。

"你若当真对我硬得下心肠，为何方才哭得那般伤心？"云辞的质问轻轻浅浅，却能蛊惑人心，"至少也要让我知道，你为何不肯回应？"

出岫执意咬唇，合眸，无动于衷。

云辞极为无奈："你要我说什么动听的话来哄女孩子，我还真不会说。这下可难倒我了。"仿佛自说自话一般，他看着出岫，继续试问，"就不肯看我一眼？"

出岫不为所动。

云辞失笑，轻咳一声："那我以主子的身份命令你，我问一句，你不必开口，只需点头或摇头，好吗？"言罢又似想起了什么，再补充道，"不能违心，也不许骗我。"

出岫的长睫微微闪动一下，到底还是点了点头。

"你心里有别人？"依旧是这个问题，也是云辞迫切想要知道答案的问题。

出岫迟疑一瞬，继而坚定地摇头。

云辞发自真心地笑了："那是对我无意？半分也没有？"

这一次，出岫僵持着，不肯点头也不摇头。

"你这态度，已算告诉了我答案。"云辞话中的愉悦难以掩饰。他也不管出岫是否睁眼，是否听得进去，只自顾自地轰炸她的耳朵："你不是心里有人，也并非对我无意。男未婚，女未嫁，那你还哭什么？"

出岫抽噎着不肯答话。

"记不记得那首《朱弦断》？"提起这首诗，云辞很是感慨，这分明是别的男人为她写的一首诗，却成全了他对她的心思，也释疑了他对她琴技的赞美。

说到《朱弦断》，云辞终于如愿看到出岫睁开双眸。她的神色赧然而闪躲，那副伤心欲绝的模样，令云辞不忍再去揭开她鲜血淋漓的旧伤。

原本是想就着这首诗告诉她，他已知道她是晗初。可话到口边，云辞临时改变了主意，笑道："那日你拿诗来找我品鉴时，曾写过一句话——'这世上能寻到一双相知之人，算是奇迹'。"

他停顿片刻，仔细观察她表情的变化，继续道："出岫，你我明明是这世上的一个奇迹，为何你不愿成全？我们不是不相知，也绝非不能相守。"

相知、相守……多么奢侈的字眼。出岫在口中默默呢喃，只觉眼前这人、这景，好似一场美妙的幻梦，如此不真实。他竟也喜欢自己，想要相知相守，可自己又如何配得上这番深情厚意？

出岫垂眸，到底还是不愿欺骗云辞，斟酌了片刻才鼓起勇气，喑哑着嗓子道："侯爷，我是不洁之人，我……不配……"最后两个字，她说得低不可闻。

"有什么不配？还是你嫌我身有残疾？"云辞坦然地回道，"我曾挣扎许久，不愿这身体拖累你。可这一次，我想自私一回。我有自信能比常人更令你欢喜，就好似你从前不会说话，也能令我欢喜一样。”

“不，不是的……”听闻此言，出岫的泪水又滑落下来，使劲摇头，“侯爷，我……不是完璧之身……”

这话一出口，出岫没再听到云辞的回应。长久的沉默令她渐渐止住了哭泣，明明是预料到的结局，但她还是难以克制地失落。出岫别过脸去，忍着伤情继续解释：“您别误会，不是小侯爷……”

话到此处，她终于说不下去了，这才看向那张恍若天人的面容，恳求道：“请您给我留一丁点儿尊严，也请您……别再说了……”

面对出岫的闪躲，云辞沉默了半晌才郑重接话：“许是我平素的性子太温和，你还不知道，我认定的事情从不会轻易更改。”

他边说边执起出岫的双手，想要给她以现世安稳：“以前的事，不是我们所能控制的。我该感谢那个人，若没有他，如何能让你遇到我？”

“若要遗憾与自责，也不该是你。是我没能早些遇上你，好在如今也不算太迟，是不是？”他耐心开解，言语犹如四月春风，和煦温暖。

天下女子，任谁面对这一番深情表白，想来都不会无动于衷。何况早在出岫失声之时，这份前缘早已注定。出岫又哭了，只是这一次，她落下的是欣喜的泪水。

“‘侠士勿轻结，美人勿轻盟，恐其轻为我死也。’出岫，这道理我明白。”

缠绵的耳语也可以铿锵有力，天地都在这一刻被震慑得静止。两个紧紧相拥的人，终于等到了属于彼此的命中注定。

纵使风华笔墨，难以书尽，这刹那天光。

出岫再次回到离信侯府，已是四日之后。在这四日当中，云辞一直陪伴她，悉心照料，府中事务皆由快马送至别院，呈给云辞定夺。

出岫担心此举会引起太夫人的不满，也曾劝过云辞回府，劝了数次，最终是两人各退一步——出岫在将养四日之后，执意回了知言轩。在这期间，太夫人并未派人再去催促，也没有只言片语，这令出岫很是不安。回府当日，她原想去荣锦堂请罪，却遭到迟妈妈的婉拒。

迟妈妈明里是以她身子未愈为由，命她安心将养；可真正婉拒的缘由是什么，出岫心中清楚得很。只是她未曾想过，自己有朝一日也成了“祸水”。

然而，这番被太夫人冷待的焦虑尚未过去，出岫又被另一件事分去了心神。

原来，在她身染时疫、前往别院的次日，二爷云起的金露堂也死了个丫鬟，正是玥鞠。太夫人眼见时疫已闹到云府内院，便当机立断，下令将出岫、玥鞠所住的院落尽数焚烧，严格控制火势，以防蔓延开来。

一夜之间，知言轩、金露堂当中，丫鬟所住的两处院落，尽数付之一炬。这些人财物的损失，对于富甲天下的云氏而言，自然连九牛一毛都算不上。只不过如此一来，两处丫鬟所住的院落需重新修缮，而在修缮期间，丫鬟们要另觅住处。幸而浅韵和淡心为出岫着想，在焚烧院落之前，已将她屋内一些贵重的物件都收拾了出来。

云辞所赠的琴具、文房四宝自不必说，沈予所赠的匕首太过惹眼，也被淡心妥帖收好。浅韵倒是更细致一些，见屋里有个锦盒分外精美，也收了起来。这锦盒正是云起托玥鞠转赠出岫的那一个。也正是因为它，出岫才会被玥鞠传染上时疫。

好在那日玥鞠只接了这一个任务，并未与外人接触，是以云府众人幸免于难。而前几日，云起出城寻找云辞时，每天都喝着防治时疫的药物，因此也未曾染恙。事后想起这事，云府上下都是虚惊一场。

淡心知道了出岫病愈的经过，拊掌笑道："一场时疫，倒是将你的嗓子治好了，也算因祸得福吧。如今咱们的米行开仓赈济，三爷也在民间颇得好名声。果真是双喜临门！"

"我怎能与三爷相提并论？"出岫薄斥淡心。

"主子器重的人，如何不能？"淡心朝她眨了眨眼，别有深意。

出岫哪能听不出来？自从别院回来以后，云辞便埋首于清心斋，处理积攒了几日的公务与生意。她原想去侍奉笔墨，却被云辞拒绝了，只道是让她安心休养。

出岫不知外人如何盛传自己和云辞的关系，可堂堂离信侯，为了一个身染时疫的哑女，亲自在别院照顾了整整六日，这件事想瞒也瞒不住。

瘟疫来袭的恐惧虽然分担了一部分闲言碎语，但如今云府已恢复平静，出岫知道自己必定成为了众人瞩目的对象。只是云府对下人管教甚严，因此她听不到议论罢了。

对于这一切，出岫都已做好了心理准备。况且云辞让她不必担心，她便信他。回府之后，对于一切别样的目光与刻意的接近，她都不管不顾、置若罔闻。

正胡思乱想着，但见浅韵已不知何时站在门前，面无表情地道："淡心，你先出去一趟，我有些事情要单独与出岫说。"

自从丫鬟所住的院落焚烧之后，知言轩、金露堂的丫鬟们都挤在了吟香醉月园。这里地方倒是够宽敞，只不过屋子有限，淡心与出岫暂时同住一间。淡心见是浅韵进来，也未多问，只笑吟吟地挪了地方，将屋子让了出来。

浅韵也不迂回，执着锦盒开门见山地对出岫道："这是烧院那日，从你房里找到的锦盒，我没打开，还给你。"

"多谢浅韵姐姐。"出岫知晓浅韵比自己年长两岁，便客气地唤一声"姐姐"。

浅韵只颔首受下，眉宇间仍不见笑意："出岫，我虽是侯爷身边的人，可也是从太夫人屋里出来的……有些事，便不能置之不理，不闻不问。"

出岫闻言，心中莫名一紧。

浅韵见她这副模样，斟酌一瞬，又道："今次这场瘟疫，唯独你和二爷园子里的玥鞠染了病，太夫人嘴上不说，难保心中不会多想。"

出岫立时明白过来，连忙解释道："姐姐误会了，我……"

"主子待你的好，府里上下都瞧在眼中。你长得美，也是不争的事实。可若是这份美貌引起了侯爷兄弟之间，乃至母子之间的龃龉，那便是你的错。"浅韵没有给出岫解释的机会。

这番话语尖锐直白，令出岫无从辩驳。她情知解释无用，便沉吟一瞬，回道："我明白了，姐姐放心。"

浅韵点头，再次声明："按道理讲，你我皆是侯爷身边儿的大丫鬟，不分高下；按人情讲，侯爷待你要比旁人都好三分……这话本不该我说，还望你不要多心。"

浅韵边说边从座上起身，往门外走去，刚要跨出门槛，又好似想起什么，转身对出岫再道："对了，忘记恭喜你喉疾治愈。"

出岫浅笑回礼，目送浅韵离去。

自浅韵走后，出岫一直在想她说的话。直至晚饭过后仍旧心中难安。不得不说，浅韵的性子要比淡心沉稳得多，太夫人派她来知言轩不是没有道理的。这样的女子，只当个大丫鬟是有些吃亏了。云辞身边，也需要这般细致的女子来服侍。

出岫不禁叹了口气，心中更兼郁郁，躺在床上辗转反侧，到底还是将云起所赠的锦盒打了开来。盒内是一条绣着红梅的素白绢帕，裹着一只通体流翠的玉镯。

南熙四季如春，少见梅花，出岫情知这条绢帕必定是北熙之物，能到云起手中，想必价值不菲，遑论这只玉镯。她将绢帕与玉镯重新收好，这才闻到锦盒内还有一阵淡淡的香气，不知是什么香料，很是好闻。

出岫自然而然地想到了玥鞠，嗟叹她小小年纪殒命的同时，反观自己，倒也生出几分满足之感。想着想着，心中稍安，便早早和衣睡下。

待到夜半，出岫是被热醒的。她浑身发热、头晕目眩，周身都泛着轻微的痒意，像是渴盼着有人能来挠一挠，慰藉一番。这种感觉很像前几日染上瘟疫的症状，可相比之下又多了几分清醒，还有几分难言的燥热。

如此辗转到后半夜，竟是汗湿了亵衣，连床榻也沾上隐隐的水意。出岫再也忍不住了，只得摸黑朝对面的铺子唤道："淡心，淡心……"

淡心迷迷糊糊地翻了个身，声音泛着瘾症："嗯？"

"我身上难受，好热……你帮我倒杯水来。"出岫的声音带着几分颤抖，喘息不已。

淡心终于听出了几分异样，连忙一个激灵坐起身，摸黑寻到案上的茶杯，倒了杯冷水端过来。她正要扶出岫坐起来喝水，岂知刚碰到对方的背脊，手心已沾了一片湿意："你出了这么多汗！"

"我……不碍事……"出岫的声音更见几分娇喘，又是一声轻咳，"我就是热得难受……"

"你别吓我！"淡心摸着出岫滚烫的额头，还有周身的汗水，惊问道，"莫不是时疫复发？还是又染了别的病症？出岫，你不能硬撑着，得找个大夫看看！"

"不，不用，时辰太晚了……我撑到明早就好了。"出岫说着，更觉周身酸软无力，滚烫的身体挨着淡心，煎熬非常。

"不行！我得告诉主子去！你等着！"淡心越想越怕出岫再有个三长两短，连忙喂她喝了水，又让她躺回榻上。

此时出岫已难受得说不出话来，唯有拉着淡心的衣袖，无声地阻止她。

"你都成这样了！怎么瞒着？若是明早更严重了，主子还不扒了我的皮？"淡心掰开出岫的手，低声安慰道，"主子会医术，至少让他来瞧瞧。"言罢她已披了衣裳，一路跑去知言轩……

小半炷香后。

竹影推着云辞匆匆而来，两人也顾不得什么男女之妨，径直随淡心进了屋内。

此时出岫早已意识昏沉，脸色泛红，仅能朱唇微翕说出一个字来，且还喑哑不堪："热……"

云辞见状眉峰紧蹙，诊过脉后脸色更沉，几乎是带着怒意对竹影命道："带她回知言轩。"

淡心犹自担心不已，忙问："主子，出岫这是怎么了？要不要紧？"

云辞斟酌一瞬，如实回道："她被人下了药，春药。"

"春药！"淡心不禁小声惊呼出来，"出岫怎会中了春药？谁对她下药？"

云辞面沉如水，并不作答。还是竹影率先反应过来，忙问："可有解药？"

"这春药名为'马上催'，烈性非常……解药甚为伤身，况且，也来不及了……"话到此处，云辞未再说下去，只重复下令，"竹影，抱她去知言轩。"

竹影倒吸一口气，不敢多想云辞话中深意，连忙领命。淡心为出岫穿戴整齐，才让竹影抱着她离开。

"你推我回去。"云辞又对淡心下令。

此时淡心的脑子已然蒙了，她胡乱点头，匆匆推着云辞返回知言轩。临进屋之前，云辞阻了她的脚步："告诉浅韵，明日一早不必她来伺候，换成你来。"

"我来？"淡心不解地反问。须知这并不是她的差事！一句疑问尚未出口，却瞧见竹影从云辞的屋子里出来。电光石火之间，她忽然明白过来，几乎是面红耳赤地点头领命。

"主子，可要淡心在外头服侍着？"竹影面色尴尬，小心翼翼地询问。

"不必，你在外守着即可。"云辞看了一眼淡心，又对竹影道，"告诉今夜值守的护院，权当未曾瞧见。"

竹影称是，又对淡心使了个眼色，后者便知趣地告退。

云辞这才从轮椅上起身，兀自扶着门框迈步而入，竹影见状连忙制止："主子！"然而只说出这两个字，余下的关切之语已被云辞的冷冽一瞥挡了回去。他眼睁睁看着主子自行走入屋内，步伐缓慢而坚定。

一盏摇曳的烛火点在起居室内，好似一滴倒悬着的美人泪珠，衬得四处角落更为晦暗。幽蓝的火光似真似幻、柔和凄美，令云辞想起某人的翦水秋瞳。

他清冽的目光穿透烛火，落在前方的软榻之上。榻上是曾引来无数人觊觎的南熙第一美人，自从出现在云府之后，也摄走了许多男子的心魂。包括他自己。

云辞适时打断思绪，缓慢走向屏风之后，从一个小小暗格里捏出一粒红色药丸，吞咽而入。这粒药丸，能令他在七个时辰内感受不到腿疾的痛苦，可那过后，便会疼痛加倍。

他原是想要慢慢准备，慢慢休养，直到自己对一切都有足够把握时再要她，要她的心，也要她的身。可偏生，某些事情来得如此猝不及防，犹如此刻，箭在弦上不得不发。

榻上的女子正在忍受烈性春药的煎熬，意识昏沉，香汗淋漓，盈白的肌肤灼热滚烫，犹如刚刚出浴一般。云辞揭开覆在她身上的被褥，虔诚地解开她的衣衫，似膜拜神祇一般，用目光仔细膜拜她的寸寸肌肤。

冰肌、玉骨、雪白、丰盈，每一处起伏都暗藏无尽缠绵，仿佛是吸人神志的深渊，令他自甘堕落，自甘沉沦。

云辞一直认为自己是个坐怀不乱之人，可直到此时此刻，直到听见自己急促沉重的呼吸声，他才晓得大错特错了——他并非不近女色，而是不曾遇到那个想要让他一亲芳泽的人。

云辞的目光流连在出岫嫣红欲滴的朱唇上，浑身也渐渐燃起一团火焰，从胸腔而起，一路蔓延至腰腹，越烧越烈，越烧越盛，越烧越难以熄灭。他终于还是情不自禁地，俯在她唇上落下一吻。香甜滋味一如他想象中那般，令人难耐上瘾。

榻上的女子犹自不知发生了何事，只嘤咛一声，带着沉沦其中的娇喘。娥眉，亦是微蹙。

仿佛是受了谁的蛊惑，云辞的吻划过出岫的朱唇，一路向下，抵在她圆润的香肩之上，竟不敢去看眼底的美好景致。何处山峦叠起，何处殷如桃花，都是他不曾想过的旖旎风光，此刻，尽在鼻息之间。

身下的女子仿佛感受到了别样的抚弄，胸口起伏、娇喘不已。出岫情不自禁地伸出一双玉臂，揽过云辞的脖颈，似抗拒又似邀请，在冰与火之中来回挣扎，徘徊。

这无疑是对云辞的一种诱惑与煎熬，他体内海潮一般的波涛汹涌来袭，脑海、心房、欲望，皆被淹没。他虽不曾让女子近身，可也并非不知男女之事。他修长的手指来回撩拨，双目却保持着最后一丝清醒，不愿放过心爱女子的每一个表情。她的一颦一缓，也令他时快时慢，这分寸，他把握得极好。

出岫本就服了烈性春药，意识昏沉如坠梦里。此刻又与人肌肤相亲，神志早已尽失，全凭感官主宰一切。身上的男子待她温柔呵护、宠溺怜惜，她万般体会，甚至欲罢不能，想要出口的娇喘已变作呻吟，迷失在欲望的潮海之中。

身体渐渐沉沦，彼此交合的刹那，身下的女子忽然睁开双眸，水光弥漫，风雪飘摇，惊恐一瞬复又趋于安心。云辞隐隐听到她的一句呢喃："云公子……"只这三个字，已令他心神激荡，纵情肆意起来。

是的，她唤的是他，在这般亲密的时刻，没有旁人，唯有彼此！身下的紧致犹如云辞微颤的心房，此时此刻，只装得下这一个人。他终于彻彻底底地相信，他心爱之人已能对往日尽数释怀，已能对他全然交付。此身、此心，非他莫属！

一种前所未有的满足感忽然从心底油然而生，那曾以为枯竭孤寂的心思，终于被一个女子尽数占去，甜美满溢，令他餍足。

床笫之间飘荡起骤雨疾风，一室春光也弥漫起风雪夜色。云辞第一次涌起人世间的贪婪之欲，只一味饕餮着怀中娇软，不知今夕何夕，只想朝朝暮暮。

待到如鱼得水之际，他依旧抱着怀中的女子，享受这欢爱过后的身心融合。她的发丝还缠绕在他颈间，那桃红的娇颜难掩倦色，纵使上等胭脂也不及分毫。渺渺茫茫，痴痴缠缠，华美而迷幻。

从今往后，他们不仅是会心相爱的伴侣，更是刻骨相亲的爱人。此生，足矣。

第十三章 情路多舛情毒深

翌日清晨，出岫在一片黏腻水泽中醒来，只感到浑身娇酸无力，酥软难当。这种感觉，她曾经历过，且镌刻于身心之上永世不得忘怀。故而此刻……

只这闪念之间，她已心悸难抑，战栗一瞬从榻上坐起身来。再看周身，不着寸缕。她强迫自己定下心神，环顾这屋子的布置，格局有些眼熟，但她确信自己不曾来过。

被衾里淫腻的味道如此浓郁，榻上纠缠的痕迹如此明显，再回想昨夜自己神志清醒时的感受，出岫心中已凉成一片。

尚且未及伤心与愤怒，榻前侧放的屏风后已响起一道清浅的男声："醒了？"

是云辞！出岫忙将自己藏在被衾之中，便见云辞已从屏风后缓步走出，行至榻前。由于太过赧然，她未曾意识到他已能正常行走。

云辞面上很是坦然与从容，道："昨夜你中了春药。"

此事方才出岫已料想到了，不禁埋首于被褥里。这句话的意思不言而喻，为她解药之人，是他无疑。

"悔吗？"她听闻他的声音从头顶上传来，带着蛊惑与坚定。

还能说什么？出岫只觉心中揣着一只小鹿，此刻几乎要跳脱而出。那种悸动的、莫名的滋味难以形容，也许她一时还弄不清楚。但有一点很坚定，昨夜之事，她不悔。如此一想，出岫已缓缓摇头。

"那还蒙着被子做什么？淡心在外头可等得焦急。再不起来，要落她笑柄了。"云辞瞧着裹得严严实实的出岫，宠溺地笑道。

果不其然，听闻此言，出岫的身子微微颤了颤，即便藏在被衾里，也被云辞察觉了出来。他轻咳一声，又道："我出去，让淡心进来好吗？"

话虽如此说，脚步却未动。出岫在别院上过一次当，显见是学精明了，蒙着被子低声道：“别骗我。”声音细不可闻。

“好，这次真的出去了。”云辞知道她羞于见人，便起身出了门，命淡心进来服侍。

淡心见云辞步履矫健步出门外，很是诧异，娥眉微蹙着问道：“主子，您服那药丸了？”

云辞“嗯”了一声，又看一眼屋门，示意淡心不要多话。

淡心瞬间眼底微酸，却也没再说什么，径自入内为出岫盥洗。片刻后，出岫随淡心而出，手足无措地立在云辞面前，耳根羞红，不敢抬头。她自己不曾察觉，可这身姿落在旁人眼中，却是万分惹人垂怜。仿佛只是一夜光景，她已脱胎换骨，更添明艳动人。

云辞强迫自己将视线从出岫身上收回，轻轻抚过她耳畔垂发，低声道：“你先随淡心回去，我还有事要办。”

出岫正值赧然之时，未再多言，低眉离开。

直瞧见两人走得远了，云辞才返回屋内，割破食指在榻上抹了一道殷红血色……

一个时辰后，清心斋书房。

云辞面色凝重，隐带怒色，看向书案对坐之人。

云起面有羞愧，悔不当初道：“大哥……您就原谅我这一次，我真知错了……当时赠给出岫那盒子，我并不知道她是您看中的人……”

“言下之意，倘若不是我看中的人，你便可以为所欲为？”云辞声色冷冽，几乎要拍案而起，“这是谁教你的？这等下流事也做得出来！”

云起吓得从座上起身，忙解释道：“大哥……后来她染上时疫，您亲自去别院照顾她，我便明白了……我是真后悔，也是想去将那盒子拿回来的……可是母亲突然命人烧院子，才耽搁了……”

云起战战兢兢地继续解释：“后来，盒子到了浅韵手里，您也知道浅韵是个谨慎性子，我寻了两次机会都没能得手，又怕她多疑，不敢张口讨要。本想着浅韵必定会打开看，因而这几日心思都放在她身上，未曾料到……”

“混账！”云辞向来自诩性情沉稳，但此刻听闻庶弟的一席话，已是惊怒不堪，“言下之意，若是浅韵着了道，你便要糟蹋她了？我问你，倘若此次教你得逞，你准备如何对待浅韵？”

“扑通”一声，云起已双膝跪地请罪。他素来少见云辞发怒，也深知这大哥的性情恼火起来必难平息：“您就原谅我这一次。何况我也没能得手，出岫不是和您……”

“云起！”云辞终是忍无可忍，挥手将架子上一排毫笔尽数甩到庶弟脸上，“从前你在外头如何荒唐，我也不曾管教过你！可如今，你是要坏了我云氏数百年的威名？！”

“大哥！”云辞扣下来的这个罪名，谁又能担当得了？云起忙道，“您打我骂我，这错事我都认下了……我虽于女色上荒唐，也是个有分寸的……这次是被猪油蒙了心，负气出岫不理睬，才想要逗弄她一番，实在没想过要做出什么事来！”

“事到如今，你还一味辩解不知悔改。”云辞怒其不争，只觉胸腔中一团火焰越烧越旺，“你亦是离信侯府的子嗣之一，可你都做了些什么？平日只知花天酒地，这是云氏子孙该有的做派？”

几句喝问掷地有声，直问得云起不敢抬头，只能羞愧地唤道：“大哥……”

“我生气，不只因为出岫，也是为你平日所作所为。”云辞几乎是痛心疾首地道，“三弟只比你小一岁，已能承担起半壁家业，大小事务无有差错。而你……”

同样是在府里长大，身上流淌着同样的血脉，可这个庶弟的所作所为，已不仅仅能用“荒唐”二字来形容。云辞从前只知他于女色上不大节制，竟不承想，他能使出这等卑鄙下流的手段！长此以往，怎不有辱门风？

如何不惊？如何不怒？即便云起对付的不是出岫，他也不会轻易饶他！“花天酒地”与“品行不端”，有着本质区分！

“说！这样的手段你使过几次？都对哪些女孩子使过？”仿佛是铁了心，云辞冷声质问。

云起吓得颤巍巍道：“还有两人……都收进金露堂了。”

云辞冷冽嘲讽：“还知道将人收到你园子里？你不成家，就为了这个？”

这一次，云起自觉被冤枉了：“不，不是。娘也曾想过要我成家立室……是母亲坚称，长兄未娶，庶弟不可逾矩……”

听闻此言，云辞心中一惊。云起口中的“母亲”，自然是云府的太夫人无疑。可他不承想，原来二弟三弟一直未婚，竟是母亲压着不让逾越。这意思，岂不是逼着自己先成婚？

明明是亲生母子血肉相连，为何……这般算计？他知道母亲一生要强，事事以家业为先、以身份地位为先，若非如此，也不会一径逼得父亲连连纳妾，闹得夫妻离心。可如今父亲过世，她竟又将手段用到亲生儿子身上来？

云辞心中忽然涌起一股难言的情绪，母亲的冷漠算计、庶弟的荒唐好色，好似两根淬了剧毒的针刺，尖锐地扎进了他胸腔最柔软之处。如此疼痛，如此失望……

这般想着，云辞已是赤红了双目。兼之昨夜服用的药丸失效，此刻他的双腿也是剧痛如割！他能感到自己掌心中微微渗出了汗，却不愿在庶弟面前发作，正待忍着喝退，却听一个娇滴滴的声音适时响起，带着几声哭腔："大哥！"

云辞循声望去，一个十四五岁的少女正抹着泪，不顾竹影的阻挠往屋子里闯，正是与云起一母同胞的云家大小姐——云想容。

此刻她已算得上是梨花带雨，一张略显稚嫩的美颜上蜿蜒着两行泪痕。云想容一闯进屋子，便不管不顾跪地请罪道："大哥，您就原谅二哥吧！妹妹愿代二哥受任何责罚。"说着她已叩头在地。

云辞在两个庶弟面前虽严格，但对云想容、云慕歌两个妹妹却很随和。他见云想容闯进来替云起请罪，心中更添感慨——

无论云起如何胡闹，好歹也有亲妹子与他手足情深。不似他自己，从小顶着嫡出世子的名号孤寂清冷。也唯有在屈神医府上那几年，才得了沈予一个手足至交。

云辞深深叹了口气，看向庶妹："二姨娘教你来的？"

云想容不敢隐瞒，又不敢说破，只叩首在地不言不语。

云辞已猜到答案，兀自平复半晌，才勉强再看云起。毕竟是亲生母子，二姨娘平日待云起虽漠不关心，可关键时刻到底还是关爱着。再反观自己……

云辞深知自己母亲的性子，这母子间的隔阂怕是短期内难以消弭，可庶弟尚且年轻，若是严厉管教一番，还能令其迷途知返……

"看在想容的份上……你禁足金露堂百日，除却向母亲请安，哪儿都不许去！园子里的侍婢尽数换出来，你的饮食起居、近身服侍，全部改由府中男丁侍奉！"云辞终究无法对这个庶弟狠下责罚，又或许，他心里是有些羡慕的，羡慕云起有亲娘的关爱，有亲妹的关切。

话到此处，云辞已觉腿疾难忍，只怕再僵持下去会泄露端倪，便对一双弟妹挥退道："下去领罚吧。"

云起与云想容不敢再多话，连忙起身告退而去。两人还没走到门口，却迎面撞上淡心。情知昨夜故事始末的她，忽然抓住云起的衣袖，也顾不得礼数，心急如焚地对云辞道："主子快去看看，出岫吐血了！"

吐血！云辞大为震惊，目色如刀怒向云起："你到底对她下了什么药！"

云起闻言亦是心中一惊，忙对云辞解释道："没……没……就是春药马上催！我以性命担保！"

云辞怒视云起，见庶弟言辞恳切不似作假，也不好在事情未调查清楚之前随意揣测。于是他按捺下心中急切，对云起和云想容道："你们先回去！"

两人不敢多逗留，匆匆退下。

此时云辞已被腿疾折磨得险些忍不住，见屋内只剩下淡心，终于露出两分虚弱之意，隐忍着道："将我扶到轮椅上。"

淡心知他是被药效反噬了，连忙扶过他，心疼地道："主子，您这腿……"

"推我去见出岫。"云辞亟亟打断，面上是毫不掩饰的痛楚，然而更多的是担忧与记挂。

淡心见状几乎要落下泪来："主子别急，出岫虽然吐了血，可神志是清醒的，她自己也说没什么感觉。也许只是胸口的淤血罢了……"

"也许是致命的心头血。"云辞接下话。他因腿疾难忍，额上已渗出许多冷汗，但仍旧不管不顾，执意对淡心命道："推我去见她！"

淡心不敢违逆，与竹影一道推着云辞往吟香醉月园而去。

出岫此刻正半靠在榻上，怔怔地看着帕子上自己咳出的殷红血渍。她听到轮椅的滚动声响，连忙回过神来，便见竹影已推着云辞进了屋，身后跟着淡心。

云辞面上挂着急切与隐忍，面色苍白胜过从前出岫见到的任何时刻。刹那间，出岫的心好似吊在半空中，忙从榻上起身相迎："这是怎么了？"

云辞紧握她的手，上下打量一番："你吐血了？"

出岫嗔怪地看了淡心一眼，安慰他道："也不知怎的，方才只觉喉头腥甜，咳出了一口血。可我不觉得难受，兴许并不打紧。"

闻言，云辞反手捏住出岫的脉搏诊治起来。良久，蹙眉摇头："瞧不出任何不妥。"

出岫长舒一口气，再看云辞，有些心疼地道："都说了不打紧。反倒是你，面色很不好……"难道他昨夜为自己解春药之毒，伤了身子？最后这句，出岫并未说出口，但饶是如此，脸颊也已烧红起来。

云辞能猜到她欲言又止的最后一句，却没了心思与她调笑。他是医者，自然明白吐血之症有分轻重，尤其是把不出脉相的吐血，要么当真不值一提，要么便是不治之症。云辞担心是后者。

原本只是刹那而起的念头，可因为关系到出岫，云辞不可遏制地担忧起来，一时连腿疾也忘得一干二净。出岫连唤他三遍，他才回过神来："什么？"

"您得回去歇着，我真不碍事。"出岫更为担心他的腿疾。

"好。"云辞心里藏着事，又不想对出岫表露出来，便故作受下，嘱咐她道，"你也躺着，我遣大夫来给你瞧瞧。"

出岫情知自己若不点头，云辞必定难以安心，便乖顺地重回榻上休息。

云辞这才怀揣忧虑回了知言轩，临去前还不忘交代淡心："好生照顾她，若有异常之处，绝不能瞒我。"

淡心领命，又想起云辞的腿疾："主子，您的腿……"

"无妨，我心里有数。"云辞示意竹影推自己离开。

主仆二人一路返回知言轩，浅韵已熬了遏制腿疾的汤药。云辞喝过药，平复半晌，才对竹影开口询问：“出岫感染时疫那日，我命你传令各地寻找神医，可有消息？”

竹影摇头：“尚没有消息。”

云辞顿时沉下脸色：“如今暗卫执事的头领是谁？办事可不太利索。”

“主子恕罪，如今的暗卫首领是……”竹影话还未说完，但见一贴身护院匆忙前来禀道：“回侯爷，方才南北边境传话过来，道是在祈城寻获神医屈方，如今已在前来的路上。”

祈城在南熙边境地带，若要赶来烟岚城，至少需要一月路途，也不知出岫可否撑得住……可云辞到底面色稍霁，对护院命道：“传令下去，务必尽快。”

房州这一场毫无征兆的瘟疫，来得快去得也快。封邑主人慕王手段铁血，将各地死患的尸身焚烧，几个率先流蹿瘟疫的村子也下令尽数烧毁。

许多人被迫背井离乡，房州开始出现成群的流民，纷纷涌入首府烟岚城。云辞为此与慕王相商数日，才最终有了定夺——在烟岚城北五十里以外另建新城，安置流民。

云氏豪掷千金，出了建城所需的近半数资金。这算是云辞偿还了慕王的人情。当初为救感染瘟疫的出岫，慕王贡献人力与药方，而如今，云辞便以真金白银相还。

建城所需的另外半数资金，则由慕王奏请统盛帝，下拨银钱八千万两，再加上房州三年赋税，才算筹措到位。慕王铁血、离信侯慈柔，聂沛涵与云辞合作无间，房州上下，从未有过如此齐心协力的时候，百姓纷纷自发前去修建新城。

而时日，也在这当中不知不觉地度过半月。

知言轩和金露堂被烧毁的两处院落，以迅雷不及掩耳之势修缮完毕，知言轩的丫鬟们纷纷搬了回去；而金露堂的丫鬟们，则因为二爷云起的禁足与禁欲，依旧要在吟香醉月园再住三个月。

出岫自从吐过一次血之后，便没了任何征兆，只是每日越发困顿不堪，总是一副睡眼惺忪的模样。云辞心疼，便减少了她的差事，许她多去休息。

自云起禁足之后，离信侯府的日子好似无甚特别，只除了一件事——太夫人闭园礼佛，诸事不闻，谁都不见。包括云辞。

对外，太夫人只宣称是为这一场瘟疫礼佛念经，专心供奉佛祖九九八十一天；可云辞知道，母亲如此一举，只是因为不想见他罢了。

她恼他身为堂堂离信侯，却为了一个身染时疫的哑女，置合府上下于不顾；她也借此拒绝给出岫一个名分，在那夜过后。云辞甚至怀疑，母亲已知道了出岫的真实身份。

他隐隐觉得，他与出岫的这条路，并不好走。

这一夜，云辞想起母亲的态度，辗转反侧夜不能寐，忽然很想念出岫，便披衣起身，独坐轮椅想去看她一眼，甚至连竹影也没有惊动。

夜已深沉，新修缮的院落四下寂静，唯有寂寥星空映着出岫的屋子还有灯火。云辞见状不禁蹙眉，兀自推着轮椅上了斜坡，轻轻叩响屋门：“出岫。”

屋内好似响起一阵沙沙的翻书声，须臾，但见出岫亟亟前来开门，神色躲闪地唤道：“侯爷……”

云辞在门前望了出岫半晌，才道：“推我进去。”

出岫应声照做，却见云辞进屋之后来回打量，似是在寻找什么。如此观察了半晌，他才指了指床铺下头：“出岫，你榻底放的是什么？”

出岫闻言支吾半晌，见实在躲不过去，才将一摞书册从床底挪出来，交由云辞。

云辞只看了几眼，已面沉如水：“你这些日子困倦难当，就是为了誊抄这些账簿？”

出岫不敢多言，低下头去。

云辞见状又生气，又心疼：“费这些工夫做什么？”

“我看各地报来的账簿，算法混乱，字迹也不大好认，只当是练字的同时，查查旧账，看是否有算错之处。”出岫越说声音越低。

云辞自然知道这理由蹩脚，她的真实意图不过是想替他分忧。这般想着，更觉心疼，不禁拉过她一双柔荑，放在掌心抚弄：“傻姑娘，这些都不许再做了。”

出岫双颊顿时羞红，在烛火的映照之下犹如飞霞，只觉云辞这动作实在太过暧昧，令她有些吃不消。

两人自那夜过后一直都恪守礼节，未再有过肌肤之亲，这也是云辞的意思，想先给出岫一个名分，再行夫妻之实。

可如今，事与愿违……想起母亲的态度，云辞不禁轻声叹气，忽然就改变了主意。他掌中把玩着出岫的纤纤玉指，想起她的字、她的琴，心中柔肠百结，逐渐情动。

“出岫，为我生个孩子。”如此一来，母亲应是没有理由再阻止了吧。

生孩子……出岫闻言呆怔一瞬。其实她并不执着于名分，只要能留在这人身边，怎样都是好的。当然，若能有个孩子……

出岫鼻尖一酸，羞怯的同时，到底还是抿唇默认。由着云辞吹熄烛火，于撩人夜色之中解开彼此的衣衫，此身、此心，再次交融……

朝阳未升，清光朦胧，出岫醒来之时，身侧已不见云辞。回想昨夜，他腿疾不便，而自己又那般情动……最后，两人都是缠绵倦怠……

只是略微回想一番，出岫已感到自己的两颊烧热起来。她强迫自己不去想昨夜之事，毕竟下定决心自此相随，肌肤相亲则必不可免。只是她未曾想到，一夜旖旎，云辞竟还能醒得如此早。

出岫明白他的心思，便默默起身，如常前往清心斋侍奉。刚一走到清心斋门前，只觉喉头一甜，连忙掩口轻咳一声。原以为无碍，只是那掌心之中……又是一抹殷红血色。

出岫大感诧异，明明自那日咳血之后，这二十余日已无甚异样，怎会今日又……恍惚之中，出岫好似抓住了什么念头，可只一瞬而过，那念头已消失无踪。

出岫怕耽搁云辞的事务，连忙挥去胡思乱想，匆匆折回院落盥洗手，又换了件衣裳。如此折腾半晌，等出岫再进清心斋时，理所当然比以往晚了近半个时辰。好在云辞没有多想，只以为是她昨夜劳倦，起得晚了。

明明已有过两次缠绵的肌肤相亲，可出岫看到云辞，仍会羞赧不已。她一双盈盈水眸衬合着满面红霞，犹如朝阳初升前的天边绯色。云辞看在眼中，无尽深眷。

"怎么不歇着？"他有心逗弄她，勾唇浅笑，好似清晖。

闻言，出岫面色更为润红，压下咳血的惶恐与惊疑，勉强一笑，并不说话。

云辞知她脸皮极薄，受不住逗弄，也知见好就收。又想起昨夜去探望她时，那一摞厚重的账本，语气一变，改为轻斥："以后可不能熬夜了，那些账簿，不是你的差事。"

出岫咬了咬唇："我不想做个无用之人。"

云辞轻声安慰："你是我喜欢的女子，怎会无用？"

出岫终于抬眸，飞快看了云辞一眼，脸色娇红欲滴："都是花架子，帮不上你。"

云辞只握住她的一只手，并不言语。

两人指尖交错，他的手心贴着她的手背，温热，厚重，有令人难以忘怀的触感。都说"十指连心"，出岫想，若当真连心，则他与她，此刻也算心心相印了。

这份感情来得太快，太猝不及防，她几乎尚未做好准备去接受。可如今，到底还是顺着云辞的意思，踏上了他为她铺好的路。此后，无论前方是艳阳高照，还是风雨交加，都有他与她携手并进，风雨兼程。她不要名分，也自知出身低微，必不能得到他最为名正言顺的妻子之位，但求如此长久相伴，余愿足矣。

两人彼此感受着来自对方的暖热，有一种相濡以沫的温情。可不知为何，出岫脑中忽然蹦出来关于这四个字的出处——

"泉涸，鱼相与处于陆，相呴以湿，相濡以沫，不如相忘于江湖。"

只一瞬之间，方才的脉脉温情已被惶恐不安所取代，出岫心底沉了一沉，再想起今早自己的咳血之兆，竟生出一种不久于人世之感。

这般胡思乱想着，却见云辞已紧了紧手劲："在想什么？"

出岫连忙回神，笑着摇头。

"你从前失声之时，总爱走神；如今虽能说话，这毛病倒是改不掉了。"云辞适时松手，温言浅笑，"心思太细，可不是好事。胡思乱想，更是伤身。若有心事，大可对我说出来。"

出岫看向云辞坦然清澈的目光，沉吟一瞬，不知是否要将自己再度咳血之事相告。正兀自斟酌，此时但听竹影在外禀道："主子，屈神医来了！"

"快请！"云辞面露几分喜色，不想这才二十余日，屈方竟已从南熙边境到了房州。他再看向出岫，笑道："一月之前你身染时疫，我命人各地去寻屈神医，原想着能为你治病，可如今时疫都过去了，人才找到。"

"那屈神医岂不是要白跑一趟。"出岫轻声笑道。

"岂会？"云辞看着她红润的面色，仍旧感到难以安心，便笑道，"还得劳驾屈神医为你看一看喉疾，可别落下什么病根。"他刻意避提咳血之事，只怕她多虑。

出岫抿唇而笑，不再说话。

片刻之后，竹影引着沈予的师傅、医中圣手屈方入内。"侯爷、出岫姑娘，许久不见。"屈方边进屋，边拱手做礼。

"屈神医客气。"云辞曾在屈方府上住过数载，与他交情已如至亲，便也不客套，略带歉意地开门见山："今次劳请神医折返烟岚城，原本是为了瘟疫之事。不过天佑房州，瘟疫已过，倒是另有几件小事要劳烦您。"

"在下既来了，便无有不从。侯爷但说无妨。"屈方难掩仆仆风尘，笑道。

"出岫经过一场时疫，如今已能开口说话。只是前些日子忽然咳过一次血，脉象虽无甚征兆，但还是想请您诊治一番。"云辞道。

"能说话了？"屈神医捋了捋胡须看向出岫，"恭喜姑娘。"

"劳烦神医记挂。"出岫低低行礼道谢。

屈神医顺势伸手相请，并不避忌男女之妨，捏住出岫的脉搏诊治一番，又就着光亮探了探她的咽喉。半晌，没有说话。

时间慢慢流逝，云辞只觉自己的心也渐渐吊了起来，唯恐屈神医断言出岫染上什么重疾。也不知这般过了多久，才听屈方笑道："姑娘咳血，应是长期失声导致喉头凝滞的淤血，并无大碍。"

出岫闻言长舒一口气。

岂料屈方又笑道："侯爷，既然在下来这一趟，也为您诊一诊平安脉吧。"

云辞顿时心中一沉，面上倒是如常，只点头道："有劳。"说着已伸出手腕。

屈方又探上云辞的脉搏，斟酌片刻道："也是无碍。"言罢他已收手而回，平静地道："前次来烟岚城是慕王相请，来去匆忙，未及见过四姨太，不知今次可有机会见她一面？"

四姨太？出岫在旁有些不解。莫说云府女眷不该轻易见人，即便是要见，屈方难道不该先见太夫人？又怎会提出要见四姨太？

说起四姨太鸾卿，出岫也是只闻其名不见其人。她对四姨太所有的印象，只来自旁人若有似无的几句话。譬如她年轻貌美，风华正盛；譬如她深居独院，不轻易外出；再譬如其他两房姨太太每日都陪太夫人用早膳，她却从不出现。

这些传闻，都将云府这位四姨太勾勒成了一个神秘人物，令人忍不住想要打探更多。出岫所知道的关于四姨太的消息中，最接地气的便是，这位姨太太住在内院西尽头的"冷波苑"。

出岫正兀自想着关于四姨太的种种传闻，但听云辞已浅笑对屈方道："四姨娘终日不踏出苑门一步，不过今日屈神医来访，想必她很乐意见上一见。"言罢已转对竹影命道："你去一趟冷波苑，只说屈神医在清心斋相请。"

竹影领命而去。

至此，出岫才晓得自己忘记为屈方奉茶。她忙进忙出刚将热茶泡好，云辞又对她笑道："我与屈神医长久不见，闲聊一阵，你先回去吧。"

出岫有些失望，她本想借此机会见四姨太一面，可她到底不能违逆云辞的意思，只得笑着告退。

见那婀娜生姿的背影已渐行渐远，云辞才缓缓敛去笑意，正色看向屈方："请神医直言，出岫可是有何不妥？"

屈方沉吟一瞬，先道："冒昧问一句，侯爷与出岫姑娘，可是有过肌肤之亲？"

云辞很是坦然地默认。

屈方见状，轻轻一叹："如今我也不敢确诊，唯有请四姨太再来诊一诊。"

要让四姨娘前来诊断？云辞心中升起不祥之感："难道是中了什么毒？"

屈方并未即刻答话，须臾回道："四姨娘出身姜族，最擅蛊毒。是与不是，她一诊便知。"

听闻此言，云辞垂目蹙眉，神色越发冷肃。屋内就此寂静下来，一种令人担忧心慌的沉默缓缓飘荡，直至竹影的禀报声再次响起："主子，四姨太来了。"

话音甫落，门外已走进一个年轻女子，着一件深蓝到近乎黑色的紧袖罗纱，裙摆荡在脚边，并不逶地。她头上盘着不常见的发髻，双耳缀着长长的描金耳坠，腰上的穿金腰带足有半尺宽，缀着狂舞的金蛇，令她整个人别有一番狂野冷艳的风情。这一身装束打扮并不似寻常妇人，甚至可以用"怪异"二字形容。

来者正是四姨太鸾卿，修眉端鼻，肤色奇白，比之出岫白里透红的雪肌，她则白得更似烟纱绸缎，尤其鼻梁极高，眼瞳几近浅褐色，犹如……猫眼。果真是出身姜族，这位四姨太鸾卿，端的有一种异域之美。

她自顾自地走入云辞书房之内，并不俯身行礼，只颔首道了一声："侯爷。"那神色冷淡，未见笑容，果真如她的住处"冷波苑"一般，周身冷波浮动。

方才竹影在路上已说过屈神医在此，鸾卿便直白相问："侯爷与屈神医唤我至此，所为何事？"

云辞尚未开口，屈神医已将出岫及云辞的症状说了一遍。

鸾卿闻言未假沉吟，伸出一只白得晃眼的玉手，对云辞道："请侯爷让我探一探脖颈处。"说着她已上前一步，略微掀开云辞襟前，看了一眼。

"侯爷与那出岫姑娘，可有肌肤之亲？"鸾卿与屈方所问，一模一样。

云辞坦诚地"嗯"了一声，眉峰蹙紧如连绵山川，毫不掩饰担忧之色："可需再唤出岫进来？"

"不必了。"鸾卿收回双手叠放腰间，神色冰冷而斩钉截铁地道，"只诊过侯爷一人，我已能确定你二人是中了情毒。"言毕停顿一刻，又补充道，"与当年老侯爷和夫人所中之毒，如出一辙。"

"如出一辙？"云辞震惊地看向鸾卿，"可能确诊？"

"若无十分把握，我绝不会说出来。"鸾卿淡淡道。

闻此一言，屈方与云辞皆是沉默。

四姨太鸾卿今年只二十五岁，十年前入府时，云辞虽不到十一岁，但已知人事，曾对父侯娶一个十五岁少女做妾的行径感到荒唐无比。

可鸾卿过门时，母亲却没有反对，这与当年父侯娶二姨娘、三姨娘时的反应判若两人。云辞知道，三姨娘跟随父侯多年，得父侯真心爱护，可在名分上，母亲宁愿让侍婢出身的花氏先入门，也不愿承认三姨娘闻氏。

为此，母亲曾与父侯闹了许久。最后还是闻氏乖顺懂事，才得了母亲的首肯，且过门时，已怀有八月身孕。这事令云辞明白，母亲纵然再善妒，再苛待，但对于云氏子嗣却无比重视。这也是云辞急于让出岫孕育子嗣的缘故。

往事历历在目，当年鸾卿入门时，母亲一反常态表示接纳，令云辞很不解。后来他才知道其中因由，原来鸾卿诊断出父侯身中情毒多年，且早已将情毒在肌肤相亲时过给了母亲，母亲又在怀有身孕时传给了他。

情毒乃姜族特有的毒术，顾名思义，男女相传。男子若身中情毒，肌肤相亲时便会传给女子，女子受孕后又会传给腹中骨肉。而且，这毒奇怪得紧，发作的征兆也因人而异。毒只能下在男子身上，只会传给中毒后与之交合的第一个女子，女子再传给腹中孕育的第一个孩子。

因此二姨太花氏、三姨太闻氏不曾中毒，云起、云羡也无甚异恙。

云辞正回想着往事，只听屈方已对他叹道："当年老侯爷及太夫人中毒之时，都无毒发征兆，唯独身为嫡长子的您出生时胎毒已深。回想在下受老侯爷所托为您祛毒，也只能摸着石头过河，只知祛毒之法，不知中毒之因。若非如此，也不会不知老侯爷及太夫人均中了毒。"

话到此处，屈方又是一叹："是在下医术不精，未能尽数祛除您体内胎毒。这才导致您为救小侯爷的性命，染上终身腿疾。"

一切皆是命，半点不由人。云辞忆起过往有些怅然，但他更担忧出岫所中之毒。不过若是情毒，也并非无药可解。

"屈神医好似偏题了。"鸾卿适时开口打断两人的思绪，"你二位不必忧心忡忡，情毒在我姜族很常见。当年老侯爷之所以身故，实在是他身中数毒，又力保太夫人性命，才会……"

云辞闻言唯有黯然不语。当年鸾卿诊断出父侯患有情毒，才被带回云府。当时自己已在屈神医府上医治三年，又为救沈予而被蛇毒诱发了腿疾，情毒已祛除大半，并无性命之忧。

但父侯与母亲，明明都没有毒发征兆，父侯却担心幕后黑手不会善罢甘休，执意让鸾卿为两人祛毒。结果，母亲解了毒，父侯却……

直到如今，母亲都只知父侯死于情毒的多年荼害，却不知父侯为何煞费苦心解毒，更不知个中内情。云辞也是后来才听鸾卿提及。

多年来母亲一直以为，父侯心中最爱之人是三姨娘闻氏，也是这股怨愤，才使她独立支撑迄今。倘若让母亲知道父侯死去的真相，只怕以她的性格必会生死相随。是以云辞接受了父侯临终前的安排，将其死因对母亲长久隐瞒下来。

有时爱会令人软弱，而恨会令人坚强。

却不承想，相同的毒，时隔二十年后又重现云府。只不过这一次，因为有过父辈的前车之鉴，云辞已能沉稳应对。

"鸾卿。"四下无人时，云辞会直呼其名，"我与出岫此次所中之毒，你可有把握能解？"

"这是自然，你二人中毒时日尚浅，若能及时解毒，再仔细调理，对身子损伤不会太大。"鸾卿神色虽冷，却很是自信。

云辞霎时放下心来，从往事及担忧中解脱，郑重对鸾卿道："既然如此，我与出岫两条性命，便交付你手中了。"

鸾卿亦是郑重点头："侯爷放心，我在云府白吃白喝，出力也是应当。只不过……"

"不过什么？"

"不过解毒尚需一味草药，唯有我家乡才有。当年我在姜地认识侯爷时，因知道他中了情毒，便将那味草药带在身上。如今若要解毒，还需再回去采摘。"鸾卿如实道。

听闻此言，云辞再次蹙眉："一来一回，需要多长时日？"

"三月即可。"鸾卿道，"那草药长在我族中圣山之上，我回去一趟，采了草药便回来。"她沉吟片刻，又道，"在这期间，为防侯爷身子有恙，最好烦请屈神医留下照料。"

"必不辱命。"未等云辞开口相请，屈方已一口应承。

"既然如此，鸾卿你回去收拾行装，明日启程可否？"云辞征求她的意见。

"好。"鸾卿平生甚少出语安慰，此刻却破天荒地对云辞道，"侯爷放心，这毒虽说常人诊断不出，可一旦发现，也并非药石无医。您与其担心中毒之事，不若想想下毒之人。"

不可否认，这话正戳中云辞心坎之上。二十年前，父侯便被人下了情毒，二十年后，又轮到自己……可见幕后主使必定与云氏脱不了干系。否则也不会早不下毒，晚不下毒，偏偏挑了自己继位之后，且还是带回了出岫。

两次下毒，前后相隔二十年，针对两任离信侯……其用心，不言而喻。

究竟会是谁？是谁处心积虑二十余年？怎奈云氏虽奉行明哲保身之策，可树大招风，到底避免不了被迫树敌。

现如今，下毒之人唯有两种可能：其一，是云氏族人觊觎离信侯之位；其二，是云氏劲敌想置嫡支于死地，更甚者，是想要云氏合族性命……

云辞不愿意在没有证据的情况下去怀疑任何人。可若要当真怀疑起来，单单是在这云府内，便不是人人清白。

屈方见云辞思索良久，眉峰越蹙越深，也出言安慰他："侯爷莫要多想了，这事不是一时半刻能查清楚的。当务之急是要注意饮食起居，切莫再给贼人可乘之机。"

云辞深以为然："如此，这段时间还要有劳屈神医了。"

屈方正待开口应承，只见竹影又来禀道："侯爷，三爷在外求见。"

是云羡？云辞看向鸾卿："你先回去收拾行装，这事我自会想个说辞，在此之前，你不要对外泄露半句。"

"我省得。"鸾卿张口应下，"我先回冷波苑。"

云辞点头，顺势再对竹影道："让云忠为屈神医安排住处，他要在府里小住几日。"

竹影领命，伸手相请屈方。鸾卿也跟在两人身后。三人出门时，恰好遇上云羡进门。云羡瞧见并排而行的竹影与屈方，足下一顿礼让一步，待见竹影与屈方出了门，才抬步往里走，怎料后头还跟着一个鸾卿，两人避之不及迎面撞上。

云羡身形一凛，下意识地伸手去扶鸾卿。待站稳脚步看清来人，才开口唤道：“四姨娘。”

鸾卿独来独往惯了，除却与云辞母子多说两句之外，几乎不与外人接触，见了云羡，只颔首道：“三爷有礼。”言罢抬步而去。

云羡看着鸾卿的背影，若有所思地蹙了蹙眉，这才重整神色步入云辞的书房，道：“大哥，近来蟾州不大太平，咱们钱庄与米行都遇到些困难，漕运也受阻。我想亲自去探探情况。”

蟾州？不正是鸾卿故乡姜族所在之地？云辞想了想，鸾卿本就不与人来往，若是突然从云府消失，必要惹人猜疑。既然云羡要去蟾州，不如……

“三弟，方才四姨娘恰好说自己思乡心切，想要回姜地一趟。既然你要去蟾州，不若带她同行，彼此也好有个照应。”云辞并不担心鸾卿会吃亏，她擅毒又擅蛊，寻常人近不了身。

再者，让云羡与鸾卿一道，也是他私心想为这个最疼爱的弟弟撇清干系。如若下毒之事与三房无关，云羡必会尽心护送鸾卿返回故乡；可如若这事与三房有关，云羡早晚会露出马脚。

这一路上，只需暗中派人相随，再吩咐各地谨慎观察，也许便能查出异动来。云辞越想越觉得此计可行，便对云羡命道：“事不宜迟，明日便启程吧。”

“宜早不宜晚，我也正是此意。”云羡点头。

二人动身很及时。云府四姨太深居简出，连府里众人也经常两三个月见不到她一面，恰好又有云羡的外出作为幌子，因而她的突然消失也算暂时瞒了下来。

然这事必定瞒不过在荣锦堂礼佛的太夫人。只是她老人家未有召见之意，云辞也只能等。

日子一天天在云辞的等候中消逝，等着太夫人的传召，等着鸾卿的动静，也等着云羡关于生意的奏报。出岫每日照常在清心斋服侍，这才逐渐知晓，云氏为何当得起“天下第一巨贾”的名号，生意又到底做得有多大。

米面、粮油、布匹、钱庄、漕运，是云氏赖以支撑的五大产业。而仅仅是这五大产业，已足够令人愕然——皆是关乎民生的支柱。况且，云氏的生意遍布南北两国。

即便出岫再懵懂无知，也能了然云氏为何执意保持中立，不偏颇南北任何一国。如此家业，若有一丝一毫的偏袒，只怕带给另一国的便是灭亡危机。

可是，许多人只看到云氏持续数百年的繁荣与富庶，却不知，要在如此敏感的政治环境下弘扬家业，需要每一任离信侯耗费多少心血，其中又要克服多少艰难。

按理说，这并非出岫该开口置喙之事，可她近几日在清心斋侍奉，每每看到一摞一摞的奏报与文书，以及云辞眉峰不展的忧虑，便也觉得自己的心被生生揪了起来。

“侯爷，您歇歇吧。”出岫将清晨采集的花间清露搁在案上，开口相劝。

“我有分寸。”云辞显得忧心忡忡，毫不避讳地叹道：“如今北熙动乱，江山易主早晚而已。南熙看似平静，几位皇子也为争储蠢蠢欲动……长此以往，只怕云氏无法再明哲保身……”

这段话出岫听得似懂非懂，却不知为何，深深记在了心中。直至许多年后再回首往事，她也不得不承认，云辞这一席话给她带来的影响极大。

只是来日尚不可窥见，为今且顾眼下。

“侯爷，太夫人有请。”屋外忽然传来一声禀报。

母亲不是闭门礼佛吗？怎又传见自己了？云辞心中斟酌一瞬，吩咐竹影随他去荣锦堂，临去前又对出岫道：“你回去休息，有事我命人唤你。”

荣锦堂内满是沉香味，有安抚心神之用，云辞深深嗅之，更觉感慨。曾几何时，父侯亲手配出的这沉香配方，是他们夫妻间的恩爱见证，可如今……

云辞适时收回思绪，进屋恭敬唤道：“母亲。”

太夫人正闭目养神，手中拨着串珠发出轻微碰响，口中还喃喃有词念着佛经。半晌，才缓缓睁开双眼，看向云辞：“今日是想起一出事，唤你前来商量。”

“恰好儿子也有一桩事，想与母亲相商。”

听闻云辞此言，太夫人目光沉静无甚波动：“你想说什么，我知道。你若答应了我的事，你心中所想，我也自然应承。”

这句话听来好似太夫人让步，可听在云辞耳中，却令他霎时变了脸色，低声唤道：“母亲……”

太夫人仿佛没瞧见亲子的神情，自顾自道：“你已二十有一，是该为侯府传承香火了。以往你不近女色，身子也不好，如今既有了出岫，这婚事便不能再拖了。”

“母亲！”这一声，云辞唤得有些不悦。

“怎么，你不愿？”太夫人拨了拨手中串珠，继续道，“你与夏家小姐指腹为婚，这些年耽搁着，那孩子恪守不渝地苦苦等你。如此贤淑品德，哪里去找？”

“可出岫……”云辞开口，只说了这三个字，又被太夫人抢白。“原先你不愿拖累夏家，想要退婚，人家可有一句怨言？转眼那孩子也十八九了，你若再不娶，才是真正拖累了她！”

云辞蹙眉不语，依然拒绝表态。

太夫人见状轻叹一声：“我知你心里想什么，你真心爱护夏家小姐，宁愿她另嫁……可你对出岫便不是拖累了？还是你想让一个妓女来做离信侯夫人？”

话到此处，太夫人渐渐拔高声调，不紧不慢地撂出三句问话：“你觉得我会允准？族中上上下下会允准？还是你身上的责任允许你如此败坏云氏的名声？”三句质问，一句比一句厉声。

母亲还是知道了出岫的真实身份！云辞只能低低道：“从前的事，不是她的错。”

“我也没说是她的错。”太夫人接话，“你们两个能遇上，她又长得这般模样，也是你二人的缘分。但是纸包不住火，她从前的事难保不会被捅出去。若当真有那一天，你是想让区区赫连氏踩到我云氏的脸门上？还是想让明氏来看我的笑话？”

太夫人沉声喝问，一字一句犹如无数利刃，刺中云辞心头。这事若放在几天前，他还能信誓旦旦地说上一句，让出岫过门，让她有一个孩子傍身。可如今，他却巴不得出岫没有怀上孩子，没有怀上一个自娘胎里便带着情毒的孩子。

前车之鉴历历在目，他怎能允许自己的孩子再遭遇与父辈相同的命运？

要将情毒之事告诉母亲吗？将他和出岫的苦楚和盘托出？不！这必定要牵扯出当年父侯的死因。身为人子，他不能在母亲心窝上捅刀子。

“情毒”二字是这府中的一个秘密，也是父侯临终前执意隐瞒的真相。若要说动母亲同意出岫过门，他必定要将情毒之事说清说透；可若要一一揭开陈年往事……以母亲的性格，会做出什么自伤之事，云辞难以想象，更没有把握。

一边是生身母亲，一边是心爱女子……个中取舍，云辞虽煎熬，却也心中有数。更何况，他身上还有不得不担负的担子。

心中如刀割一般在隐隐抽痛，逐渐蔓延遍布全身。情毒的荼害、母亲的阻挠、自己的无力……这些都是未曾预料到的事情。明明前几日还信心满满地给了出岫一个承诺，可转眼间，却成了有口难言。早知如此……

“辞儿。”见亲子长久沉默不语，太夫人终是软了些心肠，退一步道，“你喜欢她，也不是不可。但以她的身份，绝不可能有一个正经名分。只要你能保证她没有孩子，我便许她长久陪伴你，如何？”

没有孩子……让一个女人没有孩子，这是恩典还是责罚？云辞仍旧蹙眉不作声。

太夫人见状，脸色又渐渐沉冽：“如今你还有什么不满？我若想对付她，还需经你同意？大可一碗红花让她绝了育！如今她已闹得你们兄弟不睦，倘若再令你抗婚、后嗣无继……这等祸水，云氏也留不得了。”

“母亲！”云辞骇然从轮椅上站起，双手紧握成拳，一脸难以置信的表情。

而此时，太夫人却已恢复了淡然，重新合上双目，拨弄起佛珠：“你对她这般紧张做什么？你喜欢她，难道不是因为她长得像夏嫣然？如今我将正主儿许给你，你反倒不高兴了？这岂非本末倒置？”

云辞终是拂袖而去，未发一言。

“都是母子，您何苦逼得侯爷这样紧？”云辞走后，迟妈妈很是心疼。毕竟她一手带大云辞，眼见一对母子闹成如今这般，实在心中不忍。

太夫人却是面无表情，方才的沉稳、冷冽、无奈、倦累一一消失无踪，只拨弄着手中佛珠道：“不逼不行了，即便没有出岫，这婚事也不能拖了。他的身子骨若再耽搁几年，只怕会无嗣。”

迟妈妈闻言更是难受：“侯爷心里有苦……您至少该许给出岫一个名分……”

“什么名分？”太夫人忽然冷了声音，道，“她一个风尘女子，哪里能给她名分？这等有辱云氏门风之事，绝不可能发生。”言罢沉声一叹，再道，“辞儿若是寻常公卿世家、小门小户，他要纳出岫为妾，也不是不可。但，这是云府，他先是离信侯，然后才是我的儿子……”

即便是逼着自己唯一的儿子，她谢描丹也不能让云氏的家业和名声在这一代败落：“若不强硬，百年之后，我母子二人哪有脸面去见列祖列宗？”

谢太夫人一生几经风浪，早已明白自己与“情”字无缘，无论爱情、亲情，皆是疾风凋零。她的存在，仅仅是为了荣耀、地位和名誉。有生之年，只为此而活。

迟妈妈跟了太夫人几十年，自然能体会到她的心思，便问道：“侯爷的婚事，您打算何时置办？”

“自然是越快越好。”太夫人不假思索地回道，“如今辞儿刚刚知晓男女情事，这机会难得。其实要感谢出岫才是，若非是她，也不知辞儿何时才肯近女色。”

“是啊，也算无心插柳柳成荫。”迟妈妈附和道。

“只是可惜了浅韵。”太夫人垂目看着串珠，眼角的细纹泄露出几分失望，“原本是想教她来做这通房，日后有机会再扶个妾室。放她去知言轩前，也没少教导她男女之事……可惜人算不如天算。”

“浅韵姑娘这些日子，心里也不大好受。听说侯爷很冷待她。”迟妈妈回道。

太夫人只轻轻一叹：“是以我才说她可惜。这孩子太死心眼了，也是我从前对她寄望太高，逼得紧了。”

“要不……还让浅韵回来侍奉您？”迟妈妈小心翼翼地探问。

这一次，太夫人好似当真斟酌起来，片刻才道：“罢了，还是留在知言轩罢。只怕人能回来，心也回不来了。”

“还是您看得透彻。”

“是看得透彻，也才敢下这一剂狠药，命辞儿娶夏嫣然。”太夫人终是露出一抹笑意，看向迟妈妈，“你可知辞儿十三岁搬出去单住，后来为何要将园子取名‘知言轩’？”

“为何？”

“夏嫣然的小字，叫作‘品言’。”

“啪嗒”一声，太夫人已将手中串珠搁在案上，同时做了一个重要决定：“为免夜长梦多，这婚事得立刻置备，我要亲自去慕王府走一趟，请慕王来做媒证之人。”

第十四章 盛世红妆独暗殇

自荣锦堂出来之后，云辞一直敛眉沉默。他没有想到，母亲会如此反感出岫，甚至是以她的性命相胁。而真正无奈的是，面对母亲的言语逼迫，他竟然没有任何抵抗之力。他毫不怀疑母亲会说到做到。

若没有身中情毒该多好！他可以给出岫一个孩子傍身，母亲看在孩子的分儿上，必然会松口点头……

可这世上哪里来的未卜先知？

“去看看出岫在做什么。”云辞轻轻叹气，无力地对竹影命道。而当临近丫鬟所住的院落时，他又临时改变主意：“推我回清心斋，传她过来侍奉。”

若当真要另娶他人，他又何必让旁人看出岫的笑话？

片刻，这对苦命鸳鸯一前一后进了清心斋。

此时已到申时三刻，夏初昼长夜短，天色仍旧光亮。只是，云辞宁肯这屋内再暗一点，再沉一点，如此才能隐去他所有的沉重心事。他从未觉得如此亏欠过谁，先是将她捧上云端，如今又要打入地狱。即便是为形势所迫，他也无法原谅自己。

这般的无力又无奈，云辞开始后悔当初的情动。至少，她虽心如止水，但能保住性命。不似如今，无辜内染情毒，外有胁迫，且连累了名声。

“侯爷脸色很不好，可是腿疾难当？”云辞尚未出声，已听出岫关切道，“我去请屈神医过来。”

“不必。”云辞下意识地去抓出岫的手。他抬首望她，仔细记取她的娇羞与情动，无论是心有灵犀时，抑或是肌肤相亲时，她的一切都如此清晰，一如发生在昨日。

要如何开口对她说？再迂回曲折，只怕也是一个“伤”字。云辞敛去目中神色，尽量放缓语气：“出岫，我要成婚了。”

一言甫毕，云辞感到身侧那娇柔温婉的影子有些僵硬，他想出言解释与安慰，却不知该从何说起。是说她中了情毒？不宜要孩子？还是说母亲容不下她，甚至想出极端的手段？这对出岫何尝不是另一种伤害？只怕她伤心之余，更添自卑自弃，还有恐惧。

千言万语，他唯有化作一句："我有我的责任，不可推卸。"

良久，云辞听闻出岫一声浅笑，不似勉强，但不乏苦楚："您是为了成婚之事，才欲言又止？"

云辞心头一滞，不知该承认还是否认，唯听她淡淡再道："似我这般卑微身份，不敢痴心妄想，只求能在您身边长久服侍……我也希望能有一位品貌端庄、家世风光的小姐与您匹配……您放心，新夫人过门，也是我的主子。"

这几句话，出岫自问说得真心。云辞那般身份，那般地位，怎会不娶？怎能无嗣？她从不奢望自己这泥泞之人，能与云上谪仙并足比肩，况且有过那两夜，已是无上恩宠。她有这自知之明。

直到此时此刻，出岫才真正知道，何为刻骨铭心之爱。

从前与赫连齐耳鬓厮磨时，并非全无所图。她图他的山盟海誓，图他的软语承诺，一心渴盼他能为她赎身，给她以妾室名分。此后，即便他另娶正妻，她也自信能获得他一世宠爱，如此名正言顺地长相厮守。

而如今，遇上云辞之后，她才晓得自己也能这般无私。不图金银钱帛，不图名分地位，甚至不敢妄想为他生儿育女。只想着，能在这知言轩里有一席之地，哪怕终日服侍笔墨纸砚，只要能看着他，守着他，便觉是这一生的全部。

全心地喜欢着，无私地喜欢着，却也是，卑微地喜欢着。为了坚守这份喜欢，辛酸也能变作甘醇，苦涩也能变成甜美。

"侯爷无须在乎我的处境与想法，左右出岫还是出岫，还在这知言轩内，只要您不嫌弃，新夫人不嫌弃，便许我在此服侍可好？"这一句，出岫问得小心翼翼。云辞听在耳中，更觉无力。

"夏家是传承千年的书香世家……若要论起家门荣光，所经朝代比之云氏更甚。"云辞停顿片刻，才道，"最难能可贵的是，夏家从不出仕。这与云氏明哲保身之举，如出一辙。"

云辞不知为何要对出岫解释，好似这般说出来便能好受一些："云氏在南北地位敏感，又是巨贾，父侯这才迫不及待想要寻一书香世家，来遮住日渐凌盛的铜臭之气……算来我与夏家小姐，也是指腹为婚。"

"如此良缘更为难得。"出岫莞尔一笑，熏染夏初微风，"一为'云'，一为'夏'，冬云夏日，怎不匹配？"

"真心话？"他认真看她。

“真心话。”她认真回他。

“但愿你见到她时，也能明白。”云辞隐晦再道，欲言又止，只怕再在出岫心头刺上一刀，更怕她就此失望欲绝。

云府许久未有如此热闹的时日，上下洒扫，高挂红绸，府中下人月例增倍；各地管事派发红封；各支各房纷纷来贺。太夫人下令将吟香醉月园旁的宴客厅扩建一倍，打通后头相接的两个小院，只为能将五百席位扩至一千，好满足宴请宾客所需。

纳采、订盟、纳征、议期……都以不可置信的速度完成。待到宴客厅扩建完毕，已过百日，正正赶在婚期的一月之前。而云羡与鸾卿，恰好也在此时返回烟岚城。

随着云辞大婚的日子越来越近，出岫也开始将自己关在屋内练字，听从云辞的吩咐闭门不出。云府上下皆是一派喜气，张灯结彩、修葺一新，只为迎接即将到来的女主人——离信侯夫人。

听说，夏家请了当世最好的绣娘，日夜赶工，在三月内制成了一件绝无仅有的嫁衣，缀满沧浪明珠，熠熠华彩；

听说，夏家准备了九九八十一抬嫁妆、良田千亩，作为陪嫁；

听说，太夫人亲点云氏名下的云锦庄，为云辞新婚赶制织造，帷帐、被褥、窗幔……甚至是新人合卺酒上盖着的缎面绢帕，都要最好的材料与绣工；

听说，云府近日前来恭贺之人往来不绝，各地纷纷恭贺离信侯大婚，云府所收的贺礼已将整座芳菲园放满……

婚期临近，各种消息层出不穷，一派洋洋喜气。

九月初九，长长久久，是太夫人选定的大婚吉日。而今日，恰是八月十五中秋佳节。出岫默默扯下帘帐，将满园月色隔绝在眼底之外，再坐回案前，提笔写下一个“月”字。经过一年之久，她终于能将这个字写好了。

“撇如匕首，捺如切刀，竖钩细长，才得挺瘦。”他教导她的话，她一直记得。只是，不知他是否还记得，抑或，还能记多久。

“在做什么？”一抹清晖浅音唤回了出岫的神思。半敞的屋门再次被人从外头推开，正是云辞与竹影。

出岫连忙起身搁下毫笔：“侯爷。”说不喜悦是假的，如此佳节，他竟撇了合府上下，屈尊来到丫鬟所住的院落里，哪怕只来看她一眼，已是足够。

竟然爱得这么卑微。

“如此佳节，您怎会过来了？”出岫抿唇问道。

“如此佳节，我才应该过来。”云辞挥手示意竹影退下，又跳过这话题，看向桌案问道，“在写什么？”

“练字而已。”出岫淡淡作答。

话音甫落，只见云辞已自行推着轮椅近前，执起书案上搁着的纸张，垂目望向满纸的“月”字。

“怎么？”出岫强自笑问，“写得不好？”

“岂会？”云辞顿生柔肠百结，想了想，又问，“今日你我小酌一杯？嗯？”

“您不是不喝酒吗？”

“偶尔小酌，无妨。”

皓魄当空宝镜升，云间仙籁寂无声。此时此刻，窗外隐隐可闻的丝竹都是物外之事，绝不会扰了云辞和出岫的独处。琉璃夜光杯的相击之声清脆悦耳，两人交杯换盏，一饮而尽。

许是酒能壮胆，更能令人倾诉，云辞一杯饮下，脑中一热，试图说些什么：“出岫，我与夏家小姐……”

“侯爷。”出岫轻声阻止，“今夜不提此事行吗？”

云辞握着酒杯沉默一瞬：“好。”再看出岫，依旧面色如常。

“你心里可怨我？”他还是忍不住问她。

出岫垂眸叹笑：“我是不洁之躯，得您垂爱，已是天大福分。”

“出岫！”云辞嗔道。

“侯爷莫怪，是我失言了，自罚一杯。”言罢她已自斟自饮一杯，又道，“您身为离信侯，娶妻纳妾、绵延香火，无可厚非。我……从未怨过，只有感恩。”

“出岫……”同样两个字，反复在云辞齿间呢喃，每唤一次，意义皆不相同。方才是嗔怪，如今是无奈。

“说不让您提这事，我反倒又提了。”出岫自嘲而笑，“不如说说您与小侯爷的相识经过？我一直很奇怪，您与他的性子天差地别，怎能交好至此？”

提起沈予，云辞自然而然想到胎里带出的情毒。正思索着如何开口答话，却见出岫脸色一变，忽然掩口干呕起来。云辞伸手想要扶她，出岫却已反手拍了拍自己胸口，顺下一口气道：“无妨，想是方才喝酒喝得急了。”

这一次，轮到云辞变了脸色，连忙探手去捏她的脉搏，心中更是五味杂陈。曾经多么想要一个属于她和他的孩子，如今终于等到了这一刻。然而……这孩子来的不是时候。

“你已有了三个月的身孕。”云辞沉着声音道。

“身孕！”出岫先是一惊，再是一喜，她的确想为他生个孩子！可她的喜悦之情才刚升起，便被一句话尽数熄灭，“这孩子留不得。”

一句不可违逆的诅咒，刹那间将出岫打入地狱之中。她就着烛火，竭力想要看清云辞的表情。但她失败了，泪盈于睫时，水泽会模糊视线。

蒙眬中，那个白衣身影只是垂目沉声，手中紧紧握着琉璃酒杯："这孩子不能要。眼下……不是时候。"

不是时候……是啊，新夫人尚未进门，这当口的确不该有个孩子！尤其，是名不正言不顺的孩子！出岫瞬间了然，别过头哽咽道："我明白。"

三个字，一根刺，戳得两人皆疼痛不堪。

云辞默然半晌，不愿抬头去看出岫，只怕瞧见她的潸然泪水会率先缴械投降。原本他就是强迫着说服自己，倘若此刻软下心肠则会功亏一篑——

那个孩子无论男女，都会再次品尝生不如死的情毒之苦。胎里带出来的毒，即便后天如何努力都无法尽除。幸者，身体孱弱药不离身；不幸者，早早夭折。

云辞自己是嫡出世子，经受胎毒之苦尚能享受好医好药；可，出岫腹中骨肉不是嫡出，甚至连庶出都不是，即便生下来，他顾得了一时，又怎能顾得了一世？若当真有个万一……剩下他们母子二人，只怕更加艰难。

与其届时伤心欲绝，不如眼下斩断前因。云辞松开手中握着的酒杯，平静地道："以后我们还会再有孩子，失了这一个并不打紧。况且，此时不宜。"

真正的落脚点，还是最后这四个字。怪只怪这孩子来的不是时候。出岫微微合上双眸，再睁开时，眸中水意已尽数除去，只剩淡然："奴婢明白。"

她又自称"奴婢"了！可这能怪谁？他如何能忍心，如何能放心……母亲之语，言犹在耳。怕只怕即便这孩子生下来，无论生死，也轮不到出岫亲自抚育。

当初以为孩子会是她的护身符；可如今，只会是她的催命符……为免她伤身又伤心，他唯有先对自己狠心。

"明日我会亲自端药前来……"云辞直视着面前那一双潋滟清眸，刻意忽略她颊边未干的泪痕，"这些日子，你好生歇息，淡心会来照顾你。"

几乎算是落荒而逃，在这份残忍尚可控制于心时，云辞离开。身后，蜡炬成灰。

任是时光再难挨，终于还要度过这一日。九月初九，离信侯云辞大婚。

从辰时起，外头的炮声与乐声便不绝于耳，几乎可以想象出是如何热闹与隆重。知言轩的下人们走光了，每人都担有一份差事，院落空空荡荡，唯有一个女子躺在屋里的榻上，双目无神望着帐顶。

这一日的盛世光景，与自己心中的荒凉孤寂，出岫一辈子都难以忘怀。那腹中空空荡荡的冰凉之感，时时刻刻提醒着她一个生命的消逝，日日夜夜，身心煎熬。

落胎的过程她其实记不大清楚了，毕竟已过去二十余日。云辞很体贴，连端来的一碗落胎药，都酸甜可口如同汤羹，无比照顾她的味觉。可，她宁愿喝下一碗鸩毒，如此便能找到一个苦涩的借口吐掉。这醇美甘甜的滋味，是逼着她心甘情愿抛去孩子。

印象中落胎并不大疼痛，许是那配制的汤药太过高明，出岫只记得自己昏沉无力。再醒来时，下半身血流如注，榻旁唯有屈神医和淡心。云辞，不见踪影。

她心里并非没有怨气。这些日子，云辞每日来探，每次守在她榻前半个时辰，可彼此谁都不会说一句话。

外头的丝竹之音又大了一些，掺杂着振聋发聩的爆竹声，欢呼声一阵高过一阵。相比之下，出岫的屋内黯黯淡淡，如此她才能更加清晰地看到屋外。

一眼望去尽是红色，就连树杈上都绑着红绸，直将整个夜色沁出一片嫣红，宛如她落胎那日的血水。想着、看着，出岫忽觉胸口一阵气闷，便挣扎着坐起身来，低头去寻找自己的绣鞋。此时却听屋门“吱呀”一声被推开，紧接着是一声惊呼：

“出岫！你怎能下地！”淡心连忙将手中的水盆放到架子上，匆匆赶来阻止她下床。

“无妨，躺了二十余日，也该下床走走了。”出岫笑着，视线落在窗外那片接天盖地的红上，“旁人都去看这难得一见的热闹场面，唯独连累你在此照顾我。”

这话不说还好，一说出来，直教淡心眼眶泛红。她吸了吸鼻子，强自笑道：“这有什么好看的！人山人海也看不见什么，不如在此落得自在。”

出岫闻言笑笑，重新靠回榻上，不再执意下床。

淡心瞧着眼前这张毫无血色的倾国容颜，只觉刺目难受。出岫本就是尖下颌的瓜子脸，如今竟瘦得不如一个巴掌大，从前白里透红的雪肌，如今也惨白如纸。

“你别怪主子。”不自觉地，淡心脱口为云辞辩解，“主子平生不近女色，唯独对你好……这孩子落了，他心中比谁都苦。”

出岫轻轻点头：“我明白。”

“你不明白……”淡心语中已有些哭腔，“白日里主子过来探一探你便回去了，可你不知……每日夜里，竹影都会推着他过来……主子在外头一待便是大半宿，只对着你的房门出神，那神情，简直……”话到此处，淡心已说不下去，唯有垂泪。

两个当事人俱是沉默以对，什么话都憋在心中。可竹影与淡心日日瞧着，当真说不出地难受。

出岫面上仍旧没什么表情，反而伸手去替淡心拭泪：“我都没哭，你哭什么？”言罢她轻轻翻身躺下，“我有些乏了，小睡一会儿。”

“你睡吧。”淡心坐在榻前未动，瞧着出岫缓缓合上双眸。两人一个坐着一个躺着，也不知过了多久，直到出岫的呼吸均匀平稳，淡心才几不可闻地低叹一声，起身吹熄烛火，走出屋子。

屋门重新开启又关上，动静很小。榻上的出岫却在此时直愣愣睁开双眸，眼里不见半点困意和倦色。耳边是渐盛的丝竹声，她起身穿上绣鞋，想要寻找一个更偏僻的地方，可以听不到爆竹连天，更听不到宾客喧闹。

到底是九月，又是晚上，屋子外头还有一丝凉意袭来。出岫紧了紧身上的衣衫，放轻脚步走出知言轩，不知要往何处而去。此刻她心中唯有一个知觉——远离那热闹非凡之地。

这般漫无目的地走着，直至四周环境已逐渐静谧，树杈上也瞧不见绑缚的红绸，她内心好似才平静些许。晚风将阵阵花香送入鼻息，夹带着一丝若有似无的酒气，还有，一声低低的叹息。

出岫抬眸远望，但见晕染的泛黄月色之下，一个紫衣锦袍的男子正恣意斜靠在青石长凳上，仰首大口大口地灌着酒。那身姿，说不尽的风流与寂寥。

“既有缘相遇，姑娘不若与在下共饮一杯？”紫衣公子并没有侧首看来，可那隐隐潋光的双眸却犀利得很，远远瞧见出岫的白衣。

自从与云辞相识以来，出岫也开始喜穿白色。虽然于今日而言，这身白衣有煞大婚的喜庆，然她独自一人倒也无甚计较。只是没有想到，此处乃云府僻静之地，竟还有外人。

出岫斟酌一瞬决定回避，遂没有答话，转身又往来时路上回去。

“相请不如偶遇，在下并非洪水猛兽，姑娘躲什么？”紫衣公子的声音在她身后幽幽响起，带着几分沉稳与冷清，说出来的话却如此轻浮与热情。

出岫垂眸想了想，又回过身子。这一次，那紫衣公子已侧首看来，只不过仍旧保持着斜靠的姿势。他握着酒壶的右手搁在隆起的膝盖上，恣意闲适，气质无匹风流。

借着朦胧月光望去，出岫隐隐可见那男子的英俊面容。看上去倒很年轻，透露出三分邪魅五分挺拔，剩下两分是肆意与慵懒。唯有那紫袍金冠在皎洁月光下显出隐动的傲然，身份应当非富即贵。

不想也知，这人必是云辞大婚的座上贵客，只不知为何会跑来此处独自斟饮？出岫想起自己的身份尴尬非常，不便见客，便略一思索，回道：“贵客还是快回宴客厅吧，免得座上缺席，教随从担忧。”

话音甫落，一句轻哂已随之传来，紫衣公子开口笑回：“言下之意，你不若说我失了礼数，怠慢云府。”

“贵客多虑，我并非此意。”出岫也不多做解释，只淡淡道，“告退。”

“姑娘是离信侯府之人？”那紫衣公子又问。

出岫默认。

“既是侯府之人，今日还敢穿白色，也不怕招惹谢太夫人晦气？”紫衣公子口中虽如此说，但话里的调侃与讽刺不可谓不明显。

看来眼前这人与云氏不对付，至少是对太夫人不甚友睦。出岫在心中如此想着，更觉得该与其保持距离，便微微俯身行礼，欲告辞而去。

“啪啦”的清脆声响起，瓷片碎了一地。紫衣公子将手中的酒壶随意扔到地上，从青石凳上起身笑道：“出来有一阵子，也该回去了。这园子大，烦请姑娘为在下指一指路？”说着他已朝出岫的方向走来。

出岫这才发现，紫衣公子手中还握着一柄乐器，似笛非笛、似箫非箫，月光太微黯，那乐器有一半被遮藏在阴影里，实在看不清楚。待到近了，那公子的脸庞也表露出逼人的风流，令她忽略不得。

出岫尚未及反应过来，对方已先一步赞叹出声，同时停下脚步，他显然为她的美貌所慑。

出岫瞧着那双俊目中的惊艳之色，见这人实在年轻，心道又是一个纨绔子弟。话虽如此，可她到底不敢说什么，只后退一步，保持适度距离低声开口：“出了这园子一路向东，五进三转即到。”

紫衣公子仿佛这才回过神来，也不知是自言自语，还是故意想教出岫听见，笑着叹道：“姑娘看着有些眼熟……”

这搭讪之法实在不高明，出岫心中微嘲，勉强扯开一个笑容：“贵客请便。”言罢她垂眸转身，不管身后传来的那句“姑娘且慢”，快步而去。

因为与紫衣公子的一场偶遇，扰乱了出岫信步的心情，她只得无奈地返回知言轩。刚走进院落，却见自己屋里亮了灯火。就在此时，屋门“吱呀”一声开启，一个娇俏女子推门而出，亟亟问道：“出岫！你去了哪里？”正是淡心。

出岫自责地笑笑：“平白教你担心了，我躺得难受，出去走走。”她边说边迈步进屋，试着活跃气氛，“怎么，你以为我会做傻事？”

“什么傻事？”有人忽然接起话茬，那声音无比熟悉，是……

“小侯爷！”出岫望向幽暗烛火下的湖蓝身姿。近一年不见，沈予仿佛多了几分成熟与挺拔，从前那轻浮之相也减轻许多。这一次，出岫真心笑了，得见故人的喜悦令她暂时忘却了那些伤悲，就如自己从未落胎、云辞也从未另娶。

“小侯爷怎么来了？”话一出口，出岫已知自己多此一问。以沈予和云辞的交情，今日又怎会不来参加他的大婚之礼？

沈予却没有回话的意思，他挺拔的身姿隐带薄醉之意，只定定瞧着出岫：“你瘦了。”这一句问得寻常，可听在出岫耳中却很亲切，更添感动。

“小侯爷听说你的喉疾治愈了，便在宴席中途开溜出来，想见一见你。哪知你不在屋里。”淡心适时解释道。

出岫也猜出了前因后果，唯有向沈予致谢：“多谢小侯爷记挂。”

沈予面上并无半分笑意，只打量着她：“我原本想着挽之能让你开口说话，必是将你照顾得不错，哪知你憔悴如斯！”话到最后，他已带着几分不满。

是啊，怎能不憔悴？落胎不到一个月，伤了元气，尚且没有恢复过来。可这话她不能对沈予说，只敷衍道：“前些日子染了瘟疫，痊愈之后身子便一直不大好。”

“是吗？”沈予轻轻反问，带着几分毫不遮掩的直白，“我还以为你是因为挽之成婚，才伤了神。”

闻言，出岫身形一顿，勉强再笑：“许久不见，小侯爷又拿我打趣了。怎么，从前在追虹苑还没闹够吗？”

“不够。”她原本是一句玩笑话，岂料沈予如此郑重相回。

这一来，倒是令出岫哑口无言。

“我替你探探脉。”沈予终是见不得出岫这副憔悴面色，说着已伸手捏起她的皓腕。

“小侯爷！”出岫还没来得及相拒，淡心已出声阻止。然而到底是晚了一步，沈予已牢牢捉住出岫的脉搏诊断起来。片刻，他脸色越来越黑，最后已阴沉得犹如漆黑之夜。

屋内就此陷入一阵忐忑的诡异中，出岫脑中一片空白，淡心则是没来由的心虚，唯能听闻沈予越来越重的呼吸声。

“淡心你出去。我有话单独同出岫说。”沈予忽然瞥向淡心，开口道。

“小侯爷……出岫毕竟是个女子，只怕……于理不合。”这夜深人静的，淡心有些犹豫。

“出去！”沈予再次重复，头一次对淡心如此厉色，他几乎是双目赤红，好似吃人的野兽。

“小侯爷。”出岫轻声安抚他的情绪，又转对淡心使了个眼色，笑道，“小侯爷是我从前的主子，你还担心什么？”

淡心也被沈予这神色吓蒙了，心中一跳已转身退了出去。她有种不祥之感，只怕自己会降不住沈予，出了门便往宴客厅跑，想要去找竹影求救。

而出岫的屋内，则已散发出隐隐的怒火，沈予快步上好门闩，倏尔回头问道：“谁的孩子？”

“什么？”出岫睁大清眸，唇边残留着几分笑意，只不过甚是勉强。

沈予显见不买账，目光落向她皓腕处：“你这分明是小产的脉象。”他沉吟一瞬，又问："挽之的？"

出岫神色闪躲，到底是没有否认，只道："我被人下了春药，他为了救我……"

"是吗？"沈予死死盯着她，"这孩子他知道？"

出岫沉默不答。

沈予嗤笑出声："是我明知故问了……他让你打了？"

出岫唯有咬唇，别开脸道："这孩子来的不是时候。"

"不是时候？"沈予冷笑，"是他明知要成婚了，还来招惹你，还是招惹你之后才决定成婚？"

话音落下，半晌无人应答。

沈予见状，心头狠狠一抽，几乎是咬牙切齿地撂下断论："前者是禽兽，后者是禽兽不如！"

"小侯爷，你怎能……"出岫闻言有些恼怒，"您是侯爷的挚友，不该如此说他。"

"事到如今你还帮着他？"沈予心中一凉，又是愤恨又是伤心，"他竟还在此时另娶，就不顾念你半分？！"

这一句，出岫如何能代云辞回答？唯有道："他是离信侯，有他的责任。当初婚期订下时，他并不知道我有了身子。"

沈予再次冷笑一声，无比心疼地看着出岫："你的身子没有复原，不能随意外出吹风了。"

"多谢小侯爷关心。"出岫松了口气，正待问他在此逗留几日，沈予已忽然转了话题："我给你的匕首还在吗？"

"在的。"这问题终于能令出岫如常回答，她忙从枕头底下取过那异常华丽的冰冷之物，奉至沈予面前："夜夜放在枕下，只差烧香供起来。"

沈予伸手接过那把匕首，一时唏嘘不已。他慎重地抚过雕刻其上的"深"字，再问出岫："晗初，你可记得当初我赠你匕首时，曾说过的话？"

"您指的是哪一句？"出岫回想一瞬，不解其意。

闻言，沈予轻轻叹息，面上一副"早已料到"的表情。他沉吟片刻，从袖中取出另一把匕首，缓缓将两把凑成一对，搁在桌案上，道："我当初说过，你若愿意回来，这匕首便是信物。"

幽蓝摇曳的烛光下，静静躺着两柄硬冷之物，烫金雕纹，触手生寒，一把镶嵌着红色宝石，一把镶嵌着绿色宝石，说不出的小巧精致。如今这两把匕首摆在一处，出岫才看出来，原来匕鞘上雕的是鸳鸯，而这两颗宝石，恰是两只鸳鸯的眼睛。

从前她只道是被赫连齐伤透了心，便也不知沈予话中之意。可如今，经过与云辞的情思婉转，又有这对鸳鸯匕首搁在眼前，一个"情"字、一个"深"字，直教人无所遁形。饶是出岫再过蠢钝，也已明了沈予的意思。

“小侯爷……”她睁大双眸难以置信，面上满是震惊，“您是……在拿我调笑吗？”

“你都成什么样子了，我还挑这时候与你调笑？”沈予沉声回应，无一丝亵玩之意，“还是你以为，当初我冒着得罪明氏的风险将你藏在追虹苑，只是色欲熏心？”

出岫抿唇，怔怔看着一对匕首，不知该如何接话。

“怪只怪我当初……”沈予话未说完，转而又叹，“算了……你是去年十月随挽之走的，如今已是九月，这一年时间我想了很多……原本就打算来这一趟，将心思正正经经告诉你，如今反倒给了我机会。出岫，他既不珍惜你，我……”

“小侯爷。”出岫被那匕首上的红绿宝石刺中双眸，神色闪躲道，“我是不洁之躯……不值得。”

“是不值得，还是不愿意？”沈予直白相问。

这一次，出岫并未正面回答，沉吟片刻才道：“先且不论我是否愿意……您两位十几年的交情，若当真再开口讨要我回去……这份情谊焉能继续？”

出岫边说边叹：“当初侯爷向您讨我，只当我是您的婢女，而您也未曾拒绝……我若只是在他身边侍奉笔墨也就罢了，可如今我已与他有过肌肤之亲，您是否还能张得开口？”

“晗初……”沈予只呢喃出这个名字，神色复杂，似在斟酌。

重听“晗初”二字，出岫忽然有一种恍如隔世之感。她转首看向窗幔，笑中带着自嘲：“都说‘朋友妻不可欺’，我不敢自称是他的妻，可事到如今，只能他主动赠予，不能您主动讨还。这道理，您该比我更明白。”

“说到底，你还是不愿离开他，是不是？”

“是。”出岫语气坚定。

沈予唯有苦笑：“我原本想说你傻……也不知如今你我谁更傻。”

闻言，出岫倒是出言安慰：“您是怜惜我，一时鬼迷了心窍。您若当真开了口，只怕日后也要后悔的。”

“是吗？”沈予幽幽反问，但已不需要她的回答。

九月的秋风徐徐吹开窗幔一角，伴随着一阵若有似无的脚步声。沈予习武，耳力灵敏，立刻蹙眉道：“我先出去，不能毁你名声。”

他话音落下，尚未抬步，屋外已响起说话声：“出岫。”还是淡心。

沈予这才长舒一口气，转对出岫问道：“方才我对淡心发脾气了？”

“您才知道？”出岫笑着走过去拔了门闩。待看清门外站着的人，那一抹倾城笑意已来不及收回，僵硬到了唇畔。

淡心仍旧站在门前，只是她身后，还有竹影和……云辞。

刹那间，出岫眼眶一阵酸涩肿胀，只能定定瞧着那立在院中之人。也不知是用了什么药，云辞是站着的，双手背负，挺拔清俊。夜风渐渐吹起他的衣摆下角，那绣金祥云的暗红锦袍，端的是华贵合身。

相识一载以来，这是出岫第一次见云辞穿别的颜色。从前那位白衣谪仙好似换了个人，被这新郎喜服衬出几分烟火之气。倒真正像个青年贵胄了。

不得不说，这身衣裳……云辞穿着很好看。出岫有些不敢去看他的神色，更不敢猜测他为何要在大婚之夜跑来此处，连衣裳都没换。她唯有动了动唇角，扯回那残存的笑意，恭敬地行礼："恭喜侯爷。"

对面传来一声轻答，只有一个"嗯"字，辨不出悲喜。

出岫仍旧低首垂眸，瞧见一双绣着祥瑞图纹的昂贵皂靴浮现眼前，只在她面前顿足一瞬，又稳步走进屋内，连带拂起浅浅的酒气。

从前只喝花间清露的人，今夜也免不了要饮酒吧。

"子奉缘何在此？"云辞一句问话适时打断出岫的神思，他的声音很清醒，"方才席间想要捉你代酒，寻了半天不见人影，原来你偷溜出来了。"

沈予笑笑没有说话，显然还是有些情绪。

出岫听在耳中，又迎了淡心与竹影进门，笑问："前头散了？"

"没，侯爷推说出来醒酒。"竹影回道。

出岫未再作声，低眉将门关上。

而此时，云辞已望见桌案上的一对华丽匕首，眉宇一蹙："这是……"

"这是我送给晗……"

"这是小侯爷私下送您的大婚贺礼。"出岫连忙打断沈予的话，在云辞身后匆匆道，"小侯爷听说我喉疾痊愈，特地前来探视，一个没忍住，便将这双匕首抖搂出来，在我面前显摆呢。"

"是吗？"云辞微微侧首问道，却没回头，继而又看向桌对面的沈予。

沈予瞟了出岫一眼，几乎是咬牙切齿地挂上俊笑："是啊！先请出岫品鉴一番。"

云辞清冽的目光中跳动着烛火，状若无意地道："文昌侯府不是送过贺礼了？你又费心思做这巧物……倒也像是你的风格。"

沈予勉强笑回："心意而已，你喜欢就好。"

闻言，云辞施手抚上一双匕首的雕纹，拇指逐一划过两颗红绿宝石，终于浮起一丝隐晦的浅笑："既如此，却之不恭。"说着已将匕首收入袖中。

云辞也没有长久逗留的意思，又开口招呼沈予："走吧，你若再不救场，我可不行了。"

沈予干笑着应承，两人并步出了门。

再次走过出岫身前时，云辞的脚步依然稳健。从始至终，两人今夜的交集，仅止于此。

沈予向来酒量极佳，可这一晚，他几乎算得上酩酊大醉，也不知替云辞挡了多少酒。最后还是身为师傅的屈方看不下去，弄了醒酒汤，又差人将他扶去厢房。

云辞唇边始终留着浅笑，一一目送宾客离去。他面上似是漾着醉意，然仔细一看，又是清冽。

知言轩内铺天盖地皆是红色，红的绸帐，红的灯笼，树枝花草无一不系着红绳，门幔亦是百喜图，新房的窗户也贴着数个“喜”字，仿佛能将夜色淬上一层红光，接天而去。云辞缓步迈入知言轩，直被这眼底的红色耀了双眼。

婚房之内，龙凤红烛正熠熠燃烧。喜娘与丫鬟站成一排，恭喜之声不绝于耳。更衣、灭烛、解红结……待到屋内终于剩下一双新人时，云辞才肯走近床榻之前。

红枣、花生、桂圆、莲子铺了满床，取“早生贵子”之意，可又有谁知，他刚失掉一个孩子？唯有新娘静静端坐在床榻旁，看似无比温婉娴静，确然是大家闺秀，系出名门。

云辞按捺下心中情绪，执起金挑子挑起新娘盖头，入眼的精致娇颜令他瞬间恍惚。这妆容精美的绝色女子是谁？是她吗？她又何曾抹过胭脂？她应该不施粉黛才对。

可那一抹娇羞却是如出一辙，清亮双眸盈波动人，唯有眼角一滴泪痣……

“挽之哥哥。”新娘缓缓抬眸，朱唇抿笑，及时将云辞的思绪唤了回来。眼前这有八分相似的女子，是另一个人。若当真论起来，他认识她更久一些，也更熟悉一些。

“品言。”他依然习惯唤夏嫣然的小字。

只这一声称呼，足以令夏嫣然的脸色绯红欲滴。她用那双盈盈秋水的瞳眸看着他：“挽之哥哥还记得咱们七年前的赌约？”

“记得。”云辞站在床畔，俯首看她。

“真没想到，我不过是一句玩笑话，要将这园子改名字，你竟当真了。”夏嫣然掩唇含笑，“今日才知，这园子已更名为‘知言轩’……”她这句话有些欲拒还迎的意味，似在期待着什么回应。

云辞薄唇紧抿，并无笑意：“愿赌服输，当初既败给你，自然要践诺改名。”他无意在这细枝末节上多做纠缠，转身端起桌案上的合卺酒，递过一杯在夏嫣然手中，无言相邀。

夏嫣然自知其意，素手接过与之交杯对饮，面色更红。

一双龙凤红烛影影绰绰，不知何时已被吹灭。可今夜，注定有人辗转不眠……

第十五章 最难明了女人心

云辞大婚后的第一个清晨，下人们都早早起身，等着拜见侯爷夫人，就连淡心也不例外，但无人前去知会出岫。

云辞与夏嫣然先后迈入正厅之内，径直坐到主位上。后者抬眸望向两排下人，女少男多，人数寥寥，这已是知言轩的全部仆从与侍婢。

夏嫣然示意贴身丫鬟灼颜抱来一方盒子，内里各色赏赐分门别类，大丫鬟、小丫鬟、贴身侍从、护院……该赏什么分量，都有定数。

管家云忠率先上前拜见，竹影随后跟上。夏嫣然情知这两人的身份地位，不敢怠慢，笑吟吟地给了见面礼。

其后，浅韵、淡心并步上前，一齐行礼拜见。浅韵倒是无甚异样，敛眉沉静恭顺俯身；淡心却是一脸诧异，面色苍白险些失态。此后又有些丫鬟神情怪异，却到底是服侍云辞的人，都知道分寸，皆未过多表露。

夏嫣然心中生疑，不禁用余光去注意云辞的反应。

堂堂离信侯倒是神色坦然，见下人们一一拜见过，遂道："都散了，各自去忙吧。"又转对夏嫣然道："我去清心斋。"

这是在向自己交代行踪吗？夏嫣然知道他事务繁忙，也未出言挽留，只站起身："侯爷走好。"

下人们自行分出一条道路，目送云辞与竹影而去。

直看到人已走得远了，夏嫣然才重回座上，挥手对一众仆婢道："方才侯爷都吩咐了，你们散了吧。"语毕再看面色煞白的淡心一眼，道："浅韵和淡心留下。"

众人纷纷行礼称是，恭谨告退。

夏嫣然早便听闻，云辞与沈予交情非常，去年云辞承袭爵位之前，沈予曾赠他一名美婢，特从京州带了回来。可今日瞧着……仿佛没见这人。

眼见厅里已走得干干净净，夏嫣然才端起茶盏啜饮一口，云淡风轻地对两名大丫鬟笑问："今日知言轩的下人们，可都到齐了？"

淡心抿唇没有吭声，浅韵只得如实道："侯爷身边儿还有个大丫鬟，专职侍奉笔墨。她近来身子不适，侯爷已免去她每日行礼问候。"

专职侍奉笔墨？这倒是个好差事。云辞每日在清心斋的时候要占去一大半，两人岂不是要日日相对？

日日相对的结果，不是生厌，便是生情。人是特意从京州带回来的，显见是后一种。这般想着，夏嫣然似随口一问："哦？她叫什么？"

"出岫。"浅韵答道。

"若是她身子无甚大碍，便传来见一见吧。"

今日院落里甚为安静，出岫晓得众人都去拜见新夫人了。她自知该去，可未听传见，心里明白这是云辞的意思。这般想着，也只得在屋里练字打发时辰。

写了两帖字，砚台里的墨汁已干。如今就连出岫本人都已辨认不出，这到底是云辞的字，还是她自己的字。可，字是越来越相像了，心却好似越来越远。

倒不如没有这段情，至少她还能和淡心她们一样，以丫鬟的身份服侍他，站在他身后。总好过眼下这个后果，令她难以承受。

想着想着，出岫停笔自嘲起来，却听屋外忽然响起淡心的声音："你早知道了是不是？你和竹影都知道？独独瞒着我？"那声音，好似带着埋怨与哭腔。

出岫闻声推开屋门，果然瞧见淡心站在院门处数落着谁，而数落的对象是……浅韵。这两人素来情同姐妹，怎会生了龃龉？出岫连忙跨出门外，正欲开口相劝，但见浅韵的目光已看了过来，冷静且带着几分怜悯。

出岫不能确定她目光中的含义，恰好淡心也在此时住了口，眼眶红红地看了过来："出岫……"

"怎么了？"出岫笑道，"光天化日的，站在门口说闹什么？"

淡心别过头去不愿说话，倒是浅韵开口："夫人要见你。"

"见我？"出岫一出口便后悔了。主子传见下人本就无可厚非，何况自己与云辞曾经……

想到此处，出岫笑了笑："是我无礼了，原想着夫人不愿见我……待我去挽个发。"言罢便匆匆回屋收拾一番。毕竟是见云辞的正妻，她不愿太过失态。

片刻后，出岫已换了衣衫重新出门，她的表情看不出一丝悲喜，可淡心瞧着却觉得难受非常。

"出岫，要不我去对主子说说……"淡心试图阻止她去见夏嫣然。

“夫人传见园子里的下人，去叨扰侯爷做什么。”自古男主外，女主内，这是内院之事，云辞也不该轻易置喙。出岫边想边随浅韵、淡心往前厅去，“快走吧，莫要让夫人等急了。”

淡心欲言又止，想要开口说些什么，然却如鲠在喉。浅韵转身在前头领路，也未多言。三人一并来到前厅，浅韵开口禀道：“夫人，出岫到了。”

“进来吧。”一个娇婉柔腻的女声轻轻响起，很是悦耳动听。

出岫略微垂眸，目不斜视走入屋内，行礼道：“出岫来迟，请夫人恕罪。”言语不卑不亢，恭谦有礼。

请罪的话语落地许久，屋内一直无人接话。半晌，出岫才听夏嫣然笑道：“走近些，抬起头来。”

出岫只得款步走近，徐徐抬眸望向夏嫣然。四目相对的刹那，两个女子皆在对方眼中看到了震惊之色。简直是，难以置信……

夏嫣然登时从座上起身，不自觉迈步靠近出岫，似要看得更清楚些。她原本以为自己这容貌已是美极，也是仗着这份美貌才敢一直等着云辞，不信他会无动于衷……可不承想，眼前这丫鬟竟比她还要美上三分！不施粉黛已出众如此！

这张脸实在太像了！盯着出岫看了良久，夏嫣然才美目一盼，笑了起来，那笑中不乏安慰之意。

而出岫，仍然处于震惊之中，眉黛娇蹙，脸色刷白，喉头犹如炙烤一般难以发声。心头，也被猝不及防地刺中一刀。新夫人所流露出的欣慰笑意是如此刺目，隐隐透露着几许端倪，那神情分明是在告诉她——自己不过是个替身。

夜中沉琴的体谅，亲点她去东苑，治疗喉疾、教授写字……云辞的温柔体贴，又有几分缘由是为了这张相似的脸？难怪自己一介不洁之躯，他竟不计较，竟肯垂怜。原来，如此……

眼眶在一瞬间灼热难当，似有什么要汹涌而出。不能哭！绝不能哭！出岫在心中告诫自己，强忍着即将夺眶而出的泪水，咽下这刀割一般的苦涩，任凭心扉痛彻。

她要听他一句解释！纵然她看到什么听到什么，也要听他亲口说出来才肯相信！

只是，接下去她该说什么，该做什么？出岫脑中渐渐变得空白。明知这般盯着主子看是大不敬，可她的目光却无法从夏嫣然面上移开。

两个长相出奇相仿的女人对峙一般互相对望。只不过，一人妆容精美，笑靥如花；一人面色惨淡，失魂落魄。

最终，还是夏嫣然先伸手虚扶一把，对出岫浅浅笑道：“你这名字很好听，可是侯爷起的吗？”

出岫已说不出话来，唯恐出声便是哽咽，只得点了点头。

夏嫣然顺势笑叹："这名字真好！'云无心以出岫'，侯爷这是在告诫他自己，不要为美色动心呢！"她无视出岫的苍白面容，继而啧啧赞道，"你可真美！也唯有侯爷这般的男人，才能无动于衷吧。"

对方话已至此，出岫已无话可说，只得扯出一丝比哭还难看的微笑。

夏嫣然见状又笑："似你这般美貌的人儿，我可不许侯爷亏待了。若不收在他房里，难道还要便宜外人？如今我与侯爷是新婚，还不能替他做主，再过两年，我定要向侯爷开口，将你收进房中。"

"夫人……"出岫喑哑着嗓子，不知该如何回应这句话。

"夫人您这般说，奴婢可要替侯爷叫冤！"气氛正尴尬时，但见夏嫣然身后的一个丫鬟笑道，"夫人要将这位出岫姑娘收入房中，也要看侯爷愿不愿意。奴婢瞧着似侯爷那般痴情之人，不定乐意。"

"死丫头！你如何知道？"夏嫣然故作嗔怪。

"奴婢怎会不知？侯爷与您指腹为婚，青梅竹马。他为了您，连这园子都改名叫'知言轩'了，可不是在向您表明心意吗？"

那丫鬟如此说道，又转对浅韵、淡心和出岫做起了自我介绍："三位姐姐好，我是夫人从娘家带过来的，名唤灼颜。"说完这一句，她适时住了口。

淡心瞧灼颜的话没有说完，便张口欲问"知言轩"这名字的来历。然话未出口，已见浅韵眼刀递来，她只好将疑问咽了回去。

"好了好了，说话也不瞧瞧场合，没得让人笑话我不会教导丫鬟。"夏嫣然朝灼颜嗔怪道，"你瞧侯爷身边儿这三位，日后可要好生学学。"

"奴婢不过实话实说而已……"灼颜心不甘情不愿地领命称是。

今晨迄今，夏嫣然脸上的笑意从未消停过，此时她朝出岫等三人道："你们快去忙吧，别听灼颜瞎说。"她话语温和，没有一丝架子，又从发间取下一根簪子，笑吟吟递到出岫手中："你最合我眼缘，别的东西唯恐辱没了你，这簪子是我娘家给的，你务必收下。"

又是……簪子吗？出岫不合时宜地想起了明璎，还有自己那满臂簪痕。挥退这些胡思乱想，她唯有俯身行礼，恭敬地接过簪子告退。

隐隐约约间，出岫好像听到淡心在身后问话："知言轩同夫人有什么关系？"

"夫人的小字叫作'品言'。"回答之人是浅韵。

品言、知言……出岫的心蓦地抽痛，残忍而又难以遏制。她脚步虚浮地回到院落里，终于再也支撑不住，头脑一沉、呼吸凝滞，抚着心口昏倒在地……

出岫再醒来时，已是傍晚时分，黄昏的晚霞照了一屋子朦胧金光，又渐渐暗淡，有些苟延残喘的缺憾之美。她甫一睁开双眸，竟被这光亮晃了眼，微微一闭，定了定神，才看清了守在榻前之人。

“晗初。”湖蓝色的身影映着窗前的微光，已没了印象中的风流之相，无端生出几分严肃。

“小侯爷。”出岫试图起身，却被沈予伸手按下。

“你还没出小月子，逞强什么？”沈予不知是叹是斥，隐忍着道。

只这一句，已令出岫几欲落泪。时至今日，她终于肯承认，云辞不要这孩子是对的。

“如今你还执意留下吗？若是改变主意，我……”

“多谢您的美意。”未等沈予说完，出岫已淡淡打断，坐起身道，“我若借这悲痛之机来利用您，才是对您不公平。更何况，这事不怪他。”

“不怪他，难道怪你？”沈予显然已知道事情经过，霎时怒意又起，“倒是成全了他对新婚妻子的一片痴情，那你呢？你可知你昏倒迄今，他都没来看过一眼？”

“他有苦衷。”出岫如是替云辞辩解，再次合上双眸。

“晗初你真是……”沈予几乎已经咬牙切齿。

出岫又岂会不知？唯有浮起一丝苦笑：“男女授受不亲，多谢小侯爷代为照料。烦请您把淡心叫来吧。”

“她来不了。”沈予话中尽是冷嘲，“夏嫣然今日劳顿犯了头晕，身边人手不够，挽之将淡心调去服侍她了。”

听闻此言，出岫心中出奇地平静，语气也没有一丝波澜起伏：“那算了，我还想睡一睡，就不送小侯爷了。”

她说着又打算躺下。可耳畔忽然响起了急促的呼吸声，是沈予倏尔起身，再也忍无可忍：“你等着！我要去问问挽之，缘何夏嫣然犯个头晕，他就守着不动；你可是怀过孩子的人，他却连个话都没有！”

“不！别去！”出岫亟亟伸手去拽沈予，手指堪堪掠过那一角衣袍，又被他躲开。

“为何不让我去？还是你宁肯自欺欺人？晗初？”他还是习惯唤她从前的名字，仿佛这样彼此便能更贴近一些。

“不是我自欺欺人……”事到如今，出岫只得解释道，“我等他来告诉我……但我不会去问。”

“他若不主动向你解释，你就一直等下去？一直不问？”沈予额上青筋显露，周身散发着强烈的怒意，犹如惊天雷电，有所向披靡的锋利。

出岫只默默看他，双眸中尽是祈求之色：“算我求您，看在从前的情分上……别去。”

沈予堂堂一个大男人，又是侯爵之子，说来什么世面没见过？然此时此刻，面对心爱女子的苦苦哀求，他竟觉得苦楚难当。

明明知道晗初是个不撞南墙不回头的性子，从这点上看，自己与她没有什么不同。沈予唯有深吸一口气，强行压抑下心头怒火与痛苦，回道："好，我不去。"

出岫这才低低松了口气："如今……实在不宜。他才刚成婚，我一个奴婢也没资格去问。且等等吧，如若他还念着我，总会过来的。"那言语之中，不乏执着。

沈予默然半晌，叹道："晗初，你待他可真好，待我可真残忍。"他尽量说得若无其事，不愿承认自己是在喝醋，并且喝得十分难受。

果然，出岫无力地笑了笑："您这份抬爱，我唯有来世再报了。"

"不怪你……"沈予又怎舍得怪她，"当初我若早些发现，你也不至于被茶茶欺辱，又来受我的冷言冷语……我若待你好一点，你也不会跟挽之走了。"

沈予知道，如今多说无益，一切都太迟了。一次是因为赫连齐，一次是因为云辞，她与他明明仅一步之遥，却生生两次擦肩而过。她没看到他的成熟与转变，他也没等到她的回首一顾。

"我睡下了。"出岫只觉得神志困乏。还是睡着了好，如此便不用面对那血淋淋的事实，没有孩子，没有替身，也没有抛弃。更没有，沈予这番令她无以回报的剖白。

"你睡吧。"沈予知她有心回避，也不愿勉强，"我给你点支安神香。"

"嗯，多谢。"出岫背过身子侧卧榻上，不再说话。

沈予默默点了香，一直等到出岫的呼吸变得均匀平稳，才放轻脚步出了房门。一离开出岫所住的院落，他立刻加快脚步，直接冲进云辞的住处。

明明是多年好友，又是自己的救命恩人，若非云辞这次做得太过分，沈予自问绝不会开这个口。但，事关晗初，他不得不问！

"挽之！"一走进知言轩的主园，沈予一眼瞧见云辞独坐在园子里，正抬首看着月色，也不知在出神想着什么。不得不说，云辞这身白衣与神情，实在不像这烟火俗世之人。但他这次做下的事情，实在有负他谪仙之名。

沈予并不打算与云辞迂回曲折，直接走到他面前开门见山："晗初昏倒了，你知道吗？"

云辞下颌收紧，神色沉敛，并未看向来人："知道。"

"知道你还有闲情逸致在这儿赏月？！"沈予骤然拔高声调，咬牙喝问。

云辞侧首看了一眼屋内，才回道："我并非赏月，品言抱恙，我在等大夫回话。"

"那晗初呢？她就活该受罪？"沈予眯着双眼，一脸难以置信。

云辞却嗤笑一声，终于抬目与之对视："不是有你在吗？"

“嗵”的一声闷响传来，沈予一拳砸在石案之上。鲜血顺着他的骨指关节汩汩流出，殷红无匹，一如他此刻充血的赤红双目。

沈予一把揪住云辞的衣襟，将他狠狠从轮椅上拽起：“当初你带走她时，是怎么对我说的？！”

“小侯爷！”竹影不知从何处冒了出来，急忙上前欲阻止两人起冲突。

“滚开！”沈予扭头朝竹影怒喝，“你主子是个男人，不必你出手！”

竹影哪里能听人侮辱云辞，已是一个箭步冲到沈予面前，揽袖便欲出拳相击。

“退下！”云辞突然冷斥一声。竹影一拳扫在半空之中，勉强收劲而回。

院子里如此一阵动静，终是惊扰了屋里养病的人。淡心应声而出，瞧见自家主子与至交好友充满敌意的对峙，一时也慑得说不出话来。她从未见过沈小侯爷这般怒火，也从未见过主子这般……绝望。

夏嫣然身边的灼颜跟在淡心身后，见状也是一声惊呼：“侯爷！”

而两个当事人似乎恍若未闻，彼此一直看着对方。庭院中，有一种说不清的紧张气氛在隐隐流蹿。

沈予手上的鲜血早已蹭到云辞的白衣上，渐渐晕染，似雪地红梅。云辞清冷的目光回望沈予，不挣扎亦不恼怒，良久，他才垂目看向自己被血染红的衣襟，口中却对淡心命道：“带灼颜进去。”

淡心望了竹影一眼，又想起暗处藏着的护院，才稍稍放下心来，扯着灼颜返回屋内继续照顾夏嫣然。她心里隐隐觉得，今夜这事与出岫有关，若是说开了，让主子看清心意，也未必是件坏事。

眼见淡心与灼颜离开，院内只剩下竹影在旁，还有数不尽的暗卫、护院，云辞才重新看向沈予，道：“随我去清心斋。”言罢已兀自迈步而去，不理身后落下脚程的两个人。

沈予望着云辞步伐矫健的背影，生气归生气，到底还是替这位好友担忧：“他又服药了？”

竹影低头叹了口气：“自大婚以来，主子每日都服药……”

沈予眯起双眼冷笑一声，不再多言，快步跟上。

已近亥时，夜静如幕，云羡接到一封紧急文书，道是北熙已有江山易主之势，臣氏即将在闵州拔营，北上而攻，推翻原氏统治。

虽说政局变幻的是北熙，而云氏身在南熙，但云氏族人皆知，离信侯府能有今时今日的地位，与北熙原帝、南熙聂帝皆密不可分。如若原氏倒台，臣氏执掌北国江山，则云氏必要想出应对之法，遑论还有在北熙扎根数百年的生意，以及一些旁支族人的性命。

云羡越想越坐不住，顾不上夜色深沉连忙赶去知言轩，谁知却扑了个空，听淡心说云辞去了清心斋。云羡原本怕打扰大哥休息，如今知晓他仍在处理公务与生意，倒也心下稍安，又匆匆往清心斋而去。

岂料刚进了门，便被竹影拦住："三爷，主子与京州来的沈小侯爷正商谈要事，请您稍候。"

云羡蹙眉，有些不满地道："我也是要事，十万火急！"

竹影的态度却很强硬："三爷，别让属下为难。"

"混账！"云羡怒意刹起，紧紧攥住手中的奏报，高声喝道，"谁给你的狗胆拦人！"

话音刚落，书房里已响起云辞的传命："竹影，请三爷进来。"

竹影不再多说，拱手对云羡道歉，又退回暗处。

云羡冷冷拂袖，迈步往书房而去，还未走到滑坡上，突然闻见一股冷香轻飘飘从屋内传出，随之四姨太鸾卿已低眉迈步出来，两人险些又撞在一起。

"四姨娘。"云羡看清来人，连忙低声招呼。抬目却见鸾卿有些异样，眼眶泛红，薄唇紧抿，脸色比以往任何时候都要白上三分。那神情，是伤心欲绝的凄美。

云府上下皆知，四姨太向来冷若冰霜，何曾显露过这副小女儿神态？竟似哭过一般？况且，方才竹影拦下自己时，明明说是沈予在屋里与大哥谈事，为何出来的人却是四姨娘鸾卿？

云羡心中"咯噔"一声，一个大胆的念头随之浮现在脑海中：鸾卿只比大哥年长四五岁，此刻又是夜深人静，莫非……

他兀自胡思乱想着，鸾卿那双猫儿般的眼珠子已森森瞟来，似在警告他什么，语气还带着些难以言说的哽咽："三爷。"

云羡差点打了个冷战，似被她看破心事一般，心虚地颔首回应。又是一阵冷香扑鼻而来，鸾卿已快步离开。云羡稳了稳心神，想起手中急报，连忙快步走入屋内。这次，他又是一愣，屋内并不止大哥云辞一人，沈予也在其内。

原来竹影并未骗自己。可，为何还有鸾卿？云羡心中百转千回，面上却不敢再流露半分，忙将手中急报递上："方才北熙来报，臣氏已联合几路叛军直捣皇城，准备推翻原帝的统治。"

按理说这是十万火急的大事，可云辞接过奏报之后，却按在桌上并未翻看。云羡一头雾水，再看沈予，发现他也是一副阴沉面色，痛苦、怜悯、悔恨、不舍……种种情绪交织，最后化作一股浓郁的悲戚，深深弥漫在这屋内。

沈予的风流众人皆知，再联想起方才四姨娘鸾卿的神情，云羡又开始胡思乱想：莫非是沈予与四姨娘有染，被大哥逮着了？还是……

“这奏报我会处理，你回去歇着吧。有事我差人传你。”云辞的话语适时打断云羡的揣测。他的声音很沉稳，听不出丝毫别样情绪，与平时并无分别。

今夜这情况实在太过诡异，云羡也不敢多言，只得领命退下。

“子奉也回去吧。”云辞又道。

沈予却似没听见一般，仍旧失魂落魄地坐在椅子上，目光涣散不知所想。

云辞轻轻叹了口气：“三弟，替我送沈小侯爷回厢房。”

云羡情知沈予与自家大哥交情匪浅，忙回道：“来者是客，大哥放心。”言罢他已对沈予伸手相请，后者终于回过神来，又深深看了云辞一眼，沉默着随云羡离开。

庭院深深，云窗雾阁，今夜皆笼罩在寂静悲伤之中，令人无比绝望……

翌日清晨。

“妾身昨日忽感不适，让侯爷担心了。”夏嫣然眼圈红红地卧在榻上，攥着云辞修长的手指，怯生生道。

云辞站在床畔，任由她攥着手，安慰道：“昨日大夫说了，你初来烟岚城，又太过劳顿，只是水土不服，并无大碍。”

夏嫣然点头：“听说您照顾了我一宿，明明该是我服侍您才对……”说着她已有些哽咽。

云辞反手轻轻拍着夏嫣然的手背，目中漾起一丝柔情。这目光令夏嫣然心中一喜，面上更加梨花带雨起来：“侯爷……”

听闻这甜腻腻的一声称呼，云辞仿佛是为什么所触动，他的瞳眸倏然收紧，伸手拂过夏嫣然面上泪痕，沉声道：“早知如此，当初我必不会情动……”

“侯爷您说什么？”夏嫣然心底生疑。她不过是水土不服而已，为何云辞面上的神情如此悲戚？简直像哀悼死人一样。她心里忽然不太踏实，便用力拽了拽云辞的手：“您坐下陪我一会儿好吗？”

“嗯。”云辞看着夏嫣然，又似透过她在看着别人，眼神悠长而绵远。他终是无言地坐到榻旁，夏嫣然便亲密地枕在云辞腿上。

“侯爷，我这般枕着您，腿会疼吗？”她问得小心翼翼。

“不会。”云辞伸手抚过她披散着的一头青丝，有些爱不释手之感。蓦然，曾为谁涤发的场景便清晰浮现在脑海之中。

“侯爷……”夏嫣然的语气已带着撒娇意味，埋首蹭着他的腿，“我这会儿心里头，又欢喜又难受……”

闻言，云辞蹙了蹙眉，继而浅笑：“出岫，你今天话挺多。”

话音落地，屋内立时变得鸦雀无声。云辞感到枕在自己腿上的女子浑身一震，再没了方才的撒娇与闹腾。他犹未发现什么不妥，只俯身看她："怎么了？"

夏嫣然紧紧攥着云辞的手，娇滴滴道："没事，挽之哥哥。"言罢侧首抬眸，仰望着他："四下无人时，我能这般唤您吗？"

只这侧身的工夫，夏嫣然一直埋着的另外半张脸就此显露出来，右眼角下方的泪痣倏然出现，犹如一滴墨汁，从笔尖滴落在素白的宣纸之上，醒目，甚至刺目。

云辞显然是被刺中双目，立刻闭了闭眼，再睁开时，眼底已是一片清明。他下意识地直起腰身，扳过夏嫣然的脸重新放回枕头上，笑道："好，不过在外人面前，还是要唤我'侯爷'。"

夏嫣然甜笑一声，发现自己看不透云辞。他的温和，他的浅笑，他的谦谦风度与体贴关怀，明明近在眼前，明明轻重适宜，可总是令她惶惶不安。如此触手可及，却又遥不可及。

夏嫣然重新躺回榻上，将半张瓜子脸藏在被褥之中，道："今日没去向母亲请安，她老人家可会生气？"

"不会。她命我好生照顾你。"云辞的声音又沉了沉，好像不大愉悦。

夏嫣然的睫毛轻轻眨了眨，低声请道："挽之哥哥，要不我去求母亲做主，将出岫纳到您房里来？"

"你说什么？"云辞的声音从她头顶上落下，犹如暴雨前乌云密布的天气，令人压抑。

夏嫣然心中一惊，不知自己哪里说错了话，颤巍巍地掀开被褥露出脸颊："您不是喜欢她吗？"

云辞抿唇："你听谁说的？"

夏嫣然委屈地咬了咬唇瓣："从前只听说您从京州带回来个美婢，昨日才知道，她有七八分长得像我……"说着说着，她已是想要落泪，"挽之哥哥，我心里好难受，您喜欢出岫，有没有一点我的缘故？"

这一问，令云辞沉默良久："你是我的妻子，不要胡思乱想。"

"可我听说……您特意将她从京州带回来，她感染瘟疫时，您还彻夜守着，纡尊降贵地照顾她。"夏嫣然盈盈望向云辞，眼中说不清是醋意还是娇怨，很是动人。

她仔细观察云辞的表情，只见他微眯着双眼，似在回忆过往。夏嫣然看得痴了，云辞这个神情，绵长而清澈，从她初见他起，便无可救药地爱上。虽然，当时他只有十三四岁；而她，尚且比他还小两岁。

她等着云辞的回答，如同她执着地想要嫁给他，那份心性磨砺了多年，从不会被轻易挫退。良久良久，夏嫣然才等到云辞的答案，充满哀伤与悔恨："我与出岫……是个错误……”

这次夏嫣然终于满意了：“是我失言，挽之哥哥莫怪。”

“不怪你……是我没解释清楚。”云辞又道，“她近日身子不好，我才许她告假休养。你不要多想。”

“既然如此，要不您将出岫拨给我吧？我们长得相像，也是一场缘分，我很喜欢她。”夏嫣然适时开口。她承认自己有私心，她对那个叫出岫的女子无法完全放心。

毕竟清心斋是那般环境，她担心两人朝夕相对，早晚会旧情复燃。即便云辞把控得住，可谁又说得准那个出岫呢？与其将出岫放在云辞身边侍奉笔墨，不如困在自己身边。

见云辞似在斟酌，夏嫣然试图说服他：“我从娘家带来的人手不够，昨日稍感不适还要让淡心照顾。出岫那么好，您将她拨给我，如若有一日您又动了心思，从我这里要人也方便些，想必母亲不会多说什么。”

言毕，夏嫣然便瞧见云辞眉峰一蹙，开口问她：“你想让出岫做什么差事？”

夏嫣然假装思索片刻，回道：“我也舍不得让她做重活儿，不若来负责我每日的饮食起居？就如浅韵服侍您的差事一样，如何？”

服侍饮食起居，每日早晚必要到这间屋子里来，还要眼睁睁瞧着云辞与自己恩爱缠绵，行闺房之趣。想必出岫很难承受。这一招，夏嫣然昨夜想了半个晚上，自觉甚妙。

岂料她话音甫毕，便瞧见云辞的眼神凉了一凉，犹如冬日的湖水兜头浇来：“不必了，她还是留在清心斋为好。”

夏嫣然心中一凛，只怕这小伎俩会让云辞瞧出来，连忙又道：“您若觉得不合适，我再物色其他人选。”

“嗯。”云辞未再多言，径直从榻上起身，“今日我事务繁忙，你好生休息。有事遣人去清心斋找我。”

夏嫣然乖顺地点了点头，想要起身相送，被云辞拦下：“躺着，省得晚上又闹头痛。”

言罢他已转身往门外走，一只脚已迈出房门，身形又忽然顿了顿，隔着屏风对夏嫣然道：“我改变主意了，待出岫歇到下个月，便让她来服侍你吧！”

第十六章 沉酣一梦终须醒

云辞说到做到。待九月过完，他当真将出岫拨给夏嫣然，专职服侍她起居盥洗。

消息是由淡心传来的，出岫听说之后未发一言，默然应承。

翌日，出岫专程去向浅韵讨教云辞饮食起居的方方面面，又比照着那些规矩，揣摩夏嫣然的习性。十月初一，她正式结束一月余的休养，复工做事。

沈予自参加完云辞的大婚，便一直留在房州。这些日子，他没少宽慰出岫，且变着法儿地为她调理身子。对于沈予一直逗留云府的行径，出岫不愿猜测是否与自己有关，她只拿捏好其中分寸，与沈予保持着适当距离。

而沈予，再也没有提过要带她走的事。只是他时常忧心忡忡，若有所思。

日子一天天过去，出岫收起了笔墨纸砚，不再练字。云辞所赠的琴具与文房四宝，也被她束之高阁。除却早、中、晚三个时段忙碌之外，她闲暇时候大多在发呆，抑或是给其他小丫鬟们搭把手，帮帮忙。

无人知晓出岫日复一日的沉默中，到底是在想些什么，就连淡心也不敢去问。而她沉默的时候也与日俱增，甚至像再次失声一般，能整日不说一句话，只埋头做事。

今年的冬季有些特别，以往到了入冬时节，烟岚城总是艳阳高照，而今却忽然多起雨来。三两日便要淅淅沥沥下一场，如断了线的珠子一般往下落，没完没了。好似是连苍天都在为谁感伤。

一大清早卯时刚到，天上又下起雨来。出岫记不得几天未见过阳光了，这般阴雨的天气实在是令人心情压抑。她撑着伞，一路来到云辞与夏嫣然的屋子前，身后还领着两个小丫鬟，等待夏嫣然起身唤人。

浅韵比出岫晚来一刻，两人并排站在门外，皆是目不斜视，各自等着主子的传唤。

"吱呀"一声，值守丫鬟睡眼惺忪地开了门，道："两位姐姐进去吧，侯爷和夫人都醒了。”浅韵与出岫不敢耽搁，领着人前后进了屋。

涤巾、擦面、更衣、梳妆……这套工序，出岫做了一月有余，已算熟练得很。她目不斜视地为夏嫣然系好外衣上最后一根衣带，紧接着便转入屏风后，招呼梳头丫鬟为夏嫣然梳妆，自己则在旁捧着珠翠妆奁，任由主子一一挑选。

而屏风的那一侧，浅韵正半跪在地上，仔细地为云辞整理衣袍下摆。整个早上，只听到丫鬟们的脚步声，间或有衣袖摆动带起的风声，窸窸窣窣，仅此而已。

今日夏嫣然梳妆得分外仔细，直到云辞收拾妥当，她还在描眉画眼，没有半分停歇之意。

“品言，动作快些。”云辞在屏风后低声催促，“母亲想必已经起了。”

夏嫣然对着铜镜低低一笑：“知道了，您在前头先走着，一会儿我小跑赶上。”

云辞闻言又催促一声，便走出房门。

他又服药了，出岫盯着妆奁里的珠宝首饰，心中不知作何滋味。自云辞成婚之后，她再没见过他坐轮椅，好似每日都是健步如飞，看着已与常人无异。这般透支自己的身子，不惜服用那伤身的药物，又是为了什么？或者，为了谁？

“出岫。”此时夏嫣然忽然开了口，“今日灼颜身子不爽，我许她歇息一日。你将她的差事担了去吧。”

“是。”出岫敛眉回神，俯身领命。

夏嫣然便招手示意她将妆奁搁在梳妆台上：“先去将榻上收拾了，免得下人看笑话。”

出岫称是，放下妆奁走回屏风后，挑起半垂的纱笼床幔，准备拾掇床榻。刚刚掀起被褥，一股淫腻的味道便扑面而来，令她手上一顿。

不想也知，这味道暗示着什么。出岫几乎还能想象得出，这对新婚夫妻是如何在夜间极尽缠绵，遑论还有那凌乱的床单。熟悉的龙涎香是云辞独有的味道，混合着脂粉香味在空中来回飘荡，却陌生得令人心悸。

腹部好似有些绞痛之感，一股热流缓缓涌出。一瞬间，出岫腹痛难当。她强忍着疼痛将被褥、床单一一叠起，抱在怀中向夏嫣然禀道：“夫人，我将东西送去浣洗房。”

此时夏嫣然业已梳妆完毕，从屏风后的梳妆台处走出来，点头道：“今日辛苦了。我与侯爷会在太夫人那儿用早膳，你与浅韵不必招呼了。”

出岫抱着满怀的被套床单，行礼转身。

刚走了两步，却听夏嫣然在身后一声惊呼：“出岫！”

出岫不明所以地回头：“夫人还有何吩咐？”

“傻丫头！”夏嫣然笑着快步走近，附耳低声道，“你的葵水都染到裙子上了，快回去换换！”言罢又吩咐身边的梳头丫鬟，“你将出岫手中的东西送去浣洗房。”她不能让云辞瞧见，是出岫将这些秽物抱了出去。

梳头丫鬟低低称是，接过床单被褥出了门。

出岫有些意外。自从八月份小产之后，她一连两月都没来葵水，只道是自己的身子还未康复。如今终于来了葵水，那是否也意味着她的身子恢复了？抑或她还没有丧失生育功能？

难怪方才小腹一阵疼痛，原来是葵水久违而至。若不是夏嫣然好心提醒，她这一路走出去，还不知会多么丢人。出岫略微赧然地低下头：“多谢夫人。”

“你等等。”夏嫣然转去屏风后取过一件薄披风，递给出岫，“披上吧，能遮住。”语气是一如既往的温柔。

若说起这位侯爷夫人，在府内上下是一致受到好评，也许是尚未主持中馈的缘故，她待谁都和和气气，对出岫等贴身下人更不必说，三不五时便有东西赏赐下来。

服侍夏嫣然才一个多月，出岫屋子里的小妆奁，已满满堆了簪子、镯子、耳坠、手钏……不外乎是些女儿家的饰物。

这位侯爷夫人，是出了名的爱打扮、会打扮。自嫁入云府以来，每日衣衫从未穿过重样的。就连递给出岫的这件披风，也是云氏名下云锦布庄所织，天下独一无二，只此一件。

女为悦己者容，她有疼爱她的夫君，本就应该在乎容颜。出岫如此想着，也没多说客套话，系上披风跟在夏嫣然身后走出房门。

院外，云辞正由竹影撑着伞，独立霏霏细雨中等着他的新婚妻子。天色虽阴暗，他一袭白衣却鲜明得刺目。云辞目光望向夏嫣然，进而看向她的身后，见出岫身上多出一件披风，他又温柔地回看夏嫣然，似是赞许。

出岫对他夫妻间的涌动只作未觉，俯身向云辞行礼，又目送两人离开，才转身朝相反的方向走去。

云辞刚走出园子，脚步忽然一停，对夏嫣然道：“我有样东西落下了，你等我片刻。”言罢快步返回园子。

朦胧雨丝之中，依稀可辨精致披风的一角。云辞眯起双眼看着出岫的落寞背影，目光锐利地瞧见她披风下摆被风吹开，里头隐隐泛着血红。只这一眼，他已安了心，转身重新走出垂花拱门。

自始至终，竹影撑伞相随其后，主仆二人谁都没说过一句话。

出岫回到住处，连忙换了衣裳，将被葵水染红的衣裙用水涤净。云府设有浣洗房，主子们的衣裳自有浣洗房打理。出岫想起夏嫣然的披风已被自己穿过，便去了一趟浣洗房，想将这件披风清洗干净。

浣洗房的掌事名唤“荆妈妈”，见出岫是从知言轩来的，倒是二话不说接过披风。出岫与之客套了几句，才撑着伞返回知言轩。

刚走到半路，身后忽然响起一阵动静。她还没来得及看清是谁，已被人捂住口鼻拉进假山后，上下其手轻薄起来。

她的双手被牢牢制伏在身后，陌生男人的气息尽数吐在她耳畔，令出岫无比惊恐。

她奋力挣扎，支吾着想要逃脱男人的钳制，心中又惊又怕。是谁？究竟是谁在光天化日之下，胆敢在云府当众轻薄自己？出岫脑中蹦出一个人——二爷云起。

“可算逮着你了。美人儿！”陌生男人在她身后徐徐笑道。

果然是云起的声音！他要做什么？出岫嘤嘤地想要喊出声，却只换来云起更加狠劲的手风，连带咬牙切齿的话语：“你害小爷禁足百日，成为合府上下的笑柄，这笔账，咱们今日该好好算算！”

出岫的心立时跳到嗓子眼里，云起却在此刻忽然松了手。出岫深呼一口气，正待大喊救命，嘴里又被一块布给堵上了。

腾出了一只手，云起分外逍遥，开始往出岫腰上摸去，边摸边笑，很是狎亵：“我大哥和嫂嫂恩爱有加，你看着心里可难受？”他嗤笑一声，又将下巴搁在出岫肩上，嘴巴几乎贴上她的面颊，“怎么，还盼着我大哥来救你？一个失了宠的奴婢，连下堂妾都不如，还做什么美梦！”

出岫唯有支吾地哀求又抗拒，只希望云起能良心发现，放她一马。

“别挣扎了，否则我会动粗。”云起将手从出岫腰间向上滑，按在她起伏连绵的胸前，“连我大哥都没忍住，可见你滋味儿不错啊！”说着他已狠狠在出岫胸前捏了一把，啧啧着道：“小爷我等了两个月，就等你落胎之后养好身子。今日你哪儿都别想去，乖乖伺候我，还能少受些苦。”

云起边说边将舌头伸出来，舔弄着出岫的耳垂，话语近乎下流：“我大哥那个残废，怎能满足得了你？不如试试我那活儿，管教你欲仙欲死……”

此刻出岫眼里已是一片水泽，羞愤得难以自控。

云起伸手在她面上轻轻一抹，看着满手水痕，骂骂咧咧地道：“装什么贞洁烈女！我道见你怎么眼熟得紧，如今终于想起来了，你是晗初！”

闻言，出岫心中顿时一凉，不自觉地停止了挣扎。

云起再次猥琐地笑起来：“你伺候我高兴了，我自会将你要过来，这秘密我也替你守着，如何？”言罢再捏了捏出岫饱满的胸部，满意地啧叹一声：“美丽的女子实不需说话，我反倒喜欢你失声那样子。”

鼻中闻着美人特有的体香，云起早就心猿意马起来。他小腹奔涌出一股欲望，死死抵在出岫腰后，一只手也开始摸索着衣带，竟是迫不及待要就地行那猥亵之事。

眼看云起动了真格，出岫吓得几乎晕厥过去。为免贞洁不保，几近本能地，她忽然伸手探上云起的欲望，耳中听闻他一声舒坦的呻吟传来，立刻狠狠下手一捏，同时一脚踩在云起脚背之上。

惨叫声立时传来，云起再也顾不得其他，苦苦哀号。人在欲望顶端时，那地方虽硬，却也脆弱无比，何况出岫这一手下去也是毫不留情。

"贱人！"云起连忙弯腰捂住下体，恶狠狠骂道。

趁此时机，出岫挣扎着逃出假山之下，也顾不得衣衫凌乱，冒着越来越大的雨势，抬步就往外跑。

云起见这情景，哪里肯甘心，亦强忍着疼痛从假山后跑出来，大声喝道："来人！来人！抓住这贱婢！"

四周的护院闻声赶来，瞧见出岫衣衫凌乱、面有惊恐之色，皆已猜到几分。那护院头领虽同情出岫，但又不得不听命于云起，只得将出岫押起来："姑娘，得罪了。"

半个时辰后，云府刑堂。

太夫人与云辞皆是一脸阴沉，端坐两个主位之上。东侧下手，二房花舞英、四房鸾卿、神医屈方三人一字排开。刑堂正中尚有两人，一个跪着一个坐着。

跪着的是出岫，她几乎浑身湿透，一头青丝贴着面颊，尚能看清隐隐的水汽。她脸色苍白惊魂未定，双臂环在胸前，也不知是自我保护还是太冷，身子正瑟瑟发抖。

坐着的则是云起，一身衣衫俱是崭新。他脸上毫不掩饰痛楚之意，咬牙切齿愤恨不已，口中尚且轻微地呻吟。

气氛几乎是冷凝，窗外淅淅沥沥的雨声伴着刑堂的情景，无端令人心寒不已。堂内唯有二姨太花氏在低声抽泣。

"在下已为二爷诊断过，并无大碍，休养两日即可。"屈方率先开口打破沉默，将方才为云起的诊治结果回禀给太夫人与云辞。

二姨太花氏这才停止抽泣，长长舒了口气，还不忘狠狠瞪了出岫一眼。

"这究竟是怎么回事！"终于，太夫人沉声开口，威严逼人。

"母亲！您要为儿子做主！"云起连忙告状，"她……是她要让我不能人道！她对我怀恨在心，又来勾引我！"

"好好说话！"太夫人斥责云起，"好端端的，你如何与知言轩的奴婢搅在一起！"

"母亲明鉴！她哪里是什么奴婢！她是个妓女！"云起试图转移话题，"她本名晗初，是京州醉花楼的头牌！咱们都被她给骗了！”

此话一出，堂内除却太夫人和云辞之外，皆是一脸震惊，二姨太花舞英毫不掩饰鄙夷之色。

“晗初”二字一经云起说出来，出岫几乎不敢抬头，只抱臂垂眸看着冰冷的地面，咬着下唇。

云起偷偷瞟了出岫一眼，见她不说话，便继续大着胆子道：“她一个妓女，假死投奔大哥，也不知是受了何人指使，这是要用狐媚子功夫，来败坏我云府威名！”

“你如何得知她是风尘女子？”大庭广众之下，太夫人实难说出“妓女”这不雅字眼。

“儿子从前去京州办差事，曾……见过她献艺。”云起支吾着回道，“她在京州艳名远播，同九皇子、赫连氏长孙都有染，狐媚得很！”

听闻这句诋毁，出岫霎时抬头，狠狠瞪向云起：“我没有！”

“没有什么？”云起理直气壮地反驳，“赫连齐是你入幕之宾，京州人人皆知。还有九皇子为你写的艳诗，早已传遍天下！你还敢狡辩！”

云起边说边伸手指着跪地的晗初，越发理直气壮起来：“母亲、大哥。你们合该好好盘问，这贱妓到底受了谁的指使才更名换姓？来到我云府又是意欲何为？”

“我没有！”出岫睁大一双水眸亟亟否认，只是这一次，她已不是看向云起，而是望向刑堂之上的云辞。

从事发迄今，那人一直没有表过态，甚至没说过一句话，寒冽着脸色一径沉默。

“侯爷……我没有。”出岫见他连看都不看自己一眼，心中已一片冰凉，也顾不得来着葵水浑身湿透，颤抖着声音再道。

至此，云辞才抬目望向出岫，冷冰冰撂下一句问话：“你真的是京州名妓？”

四目相对，出岫看到云辞的神色，顿时哑口无言。她多么想开口否认，一直忐忑着不愿瞒他，可如今，也唯有这一句，她无论如何否认不了。

出岫终于败了，垂眸无言点头，面上是一片死寂。曾经以为跟随云辞来到云府，便能摒弃过往重获新生。他给她新的名字与身份，她也欣然接受，充满对未知的向往，还有，对他的信任。

却不承想，世事翻云覆雨，她终不能逃过“妓”之一字，不堪、下贱，甚至是淫荡。出岫居然不敢再看云辞，只怕看见他的失望与后悔。失望她这个人，后悔与她有过这段情。

早知如此，彼此剖白心迹的那一日，她便该据实以告。那句未能出口的坦白，竟变成今日这番局面……

“我就说，好人家的女儿如何能想出这种招数！竟往男人那地方下手！原来是出身风尘，难怪有这手段！”花氏想起爱子险些被弄断命根子，心中早已将出岫骂上千万遍，连忙添油加醋地道。

堂内又是寂静无声，良久，云辞的声音才幽幽响起，沉痛而冰冷：“出岫，你太让我失望了。”只这一句，已将出岫判了死刑，永世不得超生。

此时，唯有太夫人眯起双眼，不解地看向云辞。她不明白亲子的意图，他明明早知这女子就是晗初，为何还要在此做戏？太夫人心中几番思量，面上却对云辞道：“她是知言轩的人，你看着处置吧。”

太夫人一句话定下基调，堂上众人都不敢再开口。云辞缓缓合上双目，捂住胸口咳嗽一声，倏尔睁眼看向堂下：“将她关在刑堂，听候发落。”

霎时，出岫泪盈于睫。说不清的心痛汹涌来袭，盖过了所受的屈辱与委屈。服吗？恨吗？伤吗？她模糊的泪眼想看清云辞，可努力了半晌只能看到他的侧脸——

云辞正对着四姨太，无声地询问什么。

四姨太真美啊！出岫头一次见到这狂野又充满异域风情的女子。只是她不明白，今日云辞为何要唤来这位毫无干系的四姨太，难道，仅仅是想多一个人来看她受辱吗？

她不愿将人心想得如此不堪，唯有闭上双眸，任由泪水从两腮潸然滑落。再睁眼时，已能清晰直视。

出岫看到四姨太几不可见地摇了摇头，似是遗憾，又似怜悯。而云辞，面上顿生失望之色。

终究还是让他失望了！她心中的侥幸与奢想，便犹如她满臂的簪痕，支离破碎，惨不忍睹。出岫想哭，更想笑，最后只能望向刑堂正中的“铁律”二字，重重俯首：“奴婢领命。”

沈予来得很是时候，在出岫即将被这阴森潮湿的屋子关出风寒时，他带着衣裳与被褥来看她。

湿答答的衣衫紧贴着玲珑曲线，衣裙下摆又氤氲出红色的血水，出岫本人却恍若未觉，只抱臂蜷缩在屋内角落，怔怔出神。

“晗初。”沈予命人打开牢房，一眼望见出岫浑身湿透，不禁涌起一阵心疼。他快步走入，将被褥披在她身上，关切道：“快将湿衣裳换了，我在外头等你。”

出岫眸光涣散，半晌才反应过来，抬首看向来人：“小侯爷……”

沈予几乎不忍看她：“先将衣裳换了，有事一会儿再说。”言罢已走出牢房门外。

出岫没有拒绝沈予的好意，到底还是换了他带进来的干净衣衫。小腹又是一阵绞痛，令她想起自己还来着葵水，果不其然，换下来的旧衣服上又是一片血红。可这种被人瞧见的羞耻感，远远不及被人揭穿旧身份——她是一个娼妓。

“晗初，换好了吗？”沈予在外头开口相问。

“嗯。”她低低应答。

沈予闪身进来，见她换下来的衣衫带着血迹，立时一惊：“晗初！”

出岫知道他会错了意，连忙将衣衫掩住：“我……无碍。”

沈予薄唇紧抿，探手捏起她的脉搏，诊了诊，又问：“你来了葵水？”

出岫垂眸不答。

沈予见状更是心疼不已：“你怎么不爱惜自己的身子？”说着他已站起身来，怒道：“我要将这事对太夫人说说！你既然来了葵水，又怎么会去招惹云起？她自己的儿子色欲熏心，如今反倒来折磨你！”

“不！别去！”出岫连忙拽住沈予的衣袖，言语平平毫无顿挫，“不是太夫人的主意，是他的意思。”

“是挽之将你关在此地？”沈予有些诧异，转瞬又是了然，沉默半晌才换了话题，“我去给你弄些药来驱驱寒。”

“不，不必。”这一次，出岫的声音低了下去，带着几分难以启齿的羞愧。

沈予低低叹道：“你有什么不好意思的？我是医者，又是……”他苦笑一声，“又是脂粉堆儿里来来去去的，女子那点私密事儿，再没人比我更清楚了。”

他软下声音，几乎是哀劝道：“晗初，别折磨你自己，又不是你的错，何必？”

出岫只咬着下唇不言不语。唯有那双悲伤的眸子，透露出伤心欲绝。

沈予忽然想起一年多前，晗初被赫连齐抛弃时的情景。那时她将自己关在醉花楼的寝闺内，不吃不喝，也不说话，尽是被辜负，被羞辱的无言悲愤。

而如今，沈予在她眼中看不到一丝愤，只有悲，是望不见尽头的悲伤。无论云辞如何待她，她对他都无怨无恨，尽数将错误揽在自己身上……

直到此刻，沈予才明了她对云辞爱得有多深，也懂得云辞对她爱得有多苦。而这番两厢无悔的情感，无论结局如何，已注定他沈予会是一个外人，只能远观，难以介入。

“小侯爷，你说我是不是错了……当初我若早些告诉他，我是个风尘女子……也许……”出岫的双眸带着雾气，看向沈予哽咽道，“也许，他就不会生气了。”

“不要说傻话！”沈予低声安慰，心痛难当。

“是我太自私了，我不该瞒他……”出岫索性将脸埋在膝盖上，低低抽泣起来，“我该告诉他的！风尘女子与良家女子，如何能一样……是我让他失望了……”

“晗初！”沈予伸手抚过她仍旧微湿的青丝，胸腔里一阵空空荡荡。多想安慰她，告诉她实情，告诉她其实云辞早已知道她的身份。可，这话他说不出口，他不能让云辞的筹谋前功尽弃。

出岫犹自未觉沈予的异样，埋首哭了半晌，忽然抬起那张泪痕密布的容颜，祈求地看向他："小侯爷……您带我走吧。"那神情，犹如抓住了一根救命稻草，唯恐就此失去。

"你……改变主意了？"沈予心头涌起一阵苦涩。

出岫点头，抽噎着道："我若走了，也许，他还能记着我的好。不似如今，都是嫌弃与厌恶……"

"你知道你在说什么吗？"沈予闻言，骤然升起一股怒意，"你这是自欺欺人！你以为你离开了，就能当作什么都没发生过？他就没伤害过你？"

"小侯爷……"出岫合上双眸不敢看他，"对不起……是我太自私了，让你带我走，利用你……"

"自私什么？人都是自私的。"沈予好看的眉峰微微蹙起，棱角分明的侧脸有一种隐痛与失落："你利用我带你走，我不会生气。但你若存了这么自欺欺人的想法，以为一走了之就能改变一切，那就让我瞧不起了。"

他强行扳过出岫的双肩，逼迫她抬起头来："以前的晗初，即便是被赫连齐辜负，也有怨有恨；被明璎欺辱，也有骨气和骄傲。可如今呢？你别这么卑微！"

出岫摇了摇头，垂着泪道："不一样，不一样……"自遇到云辞，那些与赫连齐的爱恨纠葛注定成为前尘往事，几近灰飞烟灭。她从不奢望有个名分，但求日日守在云辞身边便觉得满足。

只不过，上天未能成全她微薄的心愿，先给了她一场甜如蜜糖、温柔似水的短暂梦境，让她沉酣其中，然后再轻易将她惊醒，给她一场凋零。

原谅她的懦弱，她终于忍不住想要离开了。也唯有离别，能将她心里的云辞定格在最好的时光里，没有背弃，没有辜负，没有失望。他还是她最喜欢的那个人，并且将在回忆里永远喜欢着。

几乎是绝望地，出岫死死拽住沈予的衣袖，苦苦哀求："小侯爷，我求求您，带我走吧。"那神色，哀婉动人，任谁都不会忍心拒绝。

一个"好"字几乎就要脱口而出，这也是沈予期待已久的情景。可经过那日与云辞的长谈，经过与云府四姨太的请教与研讨，他不能应承晗初，平白让所有人的苦心付诸东流。

那些潜藏在暗处的人，下情毒的人，他们都虎视眈眈，一旦发现云辞心尖上的人不是夏嫣然，而是出岫……沈予不敢想象，那些人会对出岫下怎样的狠手。

云辞说得对，与其给出岫一世宠爱，却换得她年华早逝；不若由他亲自动手，至少他知道分寸，不会伤她性命。云辞，在对暗处敌人一无所知的情况下，只能用这种法子去保护心爱的女子。

暗里要防着幕后黑手，明里要提防太夫人，况且，云辞肩负家业重任，还身中情毒……

想起好友的艰辛苦楚，沈予终于硬起心肠拒绝出岫："若是一月之前，你对我说这话，我必定毫不犹豫带你走。可如今，我暂时还不能离开。我……在房州有事要办。"

"是吗？"出岫闻言，眸中水光立时黯淡下去。她缓缓松开拽住沈予衣衫的手，低低道，"是我太自私了……您已经对我太好了。"

"不，不是的。"沈予索性坐在地上，躬身看向出岫，"你再等等，等时机成熟，我一定带你离开。但不是现在。"

"再等下去……"出岫低声呢喃一句，"我怕自己会绝望。"

这一句，沈予却不知该如何回应。从小到大，这般无力的时刻他只经历过两次，一次是云辞为救他而落下腿疾时；另一次便是现在。

"不要胡思乱想，好生在这待着，过几日，挽之会放你出去。"沈予不敢再面对晗初，再多逗留一刻，他怕自己会忍不住将所有内情全盘相告。几乎是咬牙强忍着，他站起身再道，"我去找些药材……你不要想太多，安心休息。"

言罢，沈予落荒而逃。

刑堂之外，云辞正独自望着堂内起笔硬冷的"铁律"二字，默然出神。沈予急促的脚步声打断了他的思绪，云辞望向这位无话不谈的至交好友，无言相询。

"她身子还好……但看样子，很伤心。"沈予简明扼要。

云辞似放下心来，幽幽一叹："还不够伤心，否则鸾卿不会对我摇头。"

沈予今日不在刑堂，自不知当时的状况，只道："那云起呢？你要如何处置他？你有没有想过，也许这情毒就是出自他手！"

"我不知道……"云辞目中浮起一丝寒凉的哀伤，"如若当真与二房有关，他今日调戏出岫便是多此一举。但也有可能是故意为之，意图混淆视听……"

云辞看向沈予，目光有一种彻骨的寒意："子奉，如今云府上下，我谁都不能信了。我只有信你。"

沈予又何尝不明白？可他仍不死心地问："就没有其他法子？非要如此？师傅也这么说？"

云辞无比绝望地笑了笑："若还有其他法子，当年父侯也不会选择死了。"

是夜，云氏当家主母、太夫人谢描丹做了一个悠长而痛苦的梦。梦境里尽是些不堪回想的陈年往事，她的夫君云黎去世的前因后果骤然清晰，再一次浮现……

“夫人，您身上的情毒已清，五脏虽损，倒也能用药调理过来。”十五六岁的鸾卿小小年纪，猫儿般的眼珠子滴溜溜转着，如实回道。

谢描丹捂住胸口从榻上起身，只觉浑身并无异样。可鸾卿是云黎专程从姜地带回来的，解毒必不会有失。在此之前，她无论如何也想不到，自己竟是中了情毒，且还将这毒过给了辞儿，导致他带着胎毒出生，如今又患腿疾。这毒于云辞而言，是先天之症，已深入骨血，将荼害他终身。

“侯爷呢？”想起夫君云黎亦中了毒，谢描丹毕竟还是担心得紧。再夫妻离心，她到底还是难以放下这人。她甚至有一种感觉，这一次清除情毒的事，会是一个契机，若她处理得当，便能与云黎重拾十多年的夫妻之情。毕竟他们也算共患难了。

想到此处，谢描丹想见夫君的心情也变得迫切起来，不禁再次问道：“侯爷呢？他的毒可解了？”

鸾卿浅褐色的双眸深深望来，面无表情地点了点头：“解了，与夫人一样，已无大碍。”

“当真？”谢描丹立时从榻上坐起，躺了一天一夜，她有些头重脚轻的晕眩感。

鸾卿眼明手快地扶了一把：“夫人当心。”

谢描丹“嗯”一声，定下心神：“侯爷人呢？”她记得昨夜两人解毒之时，云黎就躺在隔壁屋子里。

“侯爷解了毒，说是有紧急公文处理，过来看看您便走了。没说去何处。”鸾卿如是回道。

闻言，谢描丹有些担忧：“刚解过情毒，他做什么这样拼命？”言罢又看向鸾卿：“好孩子，姜地已被南熙收服，你的族人也尽数归顺。你是侯爷名正言顺娶的姨太太，以后便留在云府，必不会有人为难于你。”

鸾卿微微颔首：“谢夫人庇护。”她有些欲言又止，望了谢描丹一眼，又小心翼翼地问：“夫人，侯爷平日待您如何？”

谢描丹以为鸾卿是担心云府的姨太太不好做，便笑着安慰她：“侯爷待妻妾极好，再者你身份特殊，他不会为难你。”说着还不忘拍拍她的手，“好生回去歇着。”

鸾卿踟蹰片刻：“我先在此等一等，若是您与侯爷有何不适，我也方便入手。”

谢描丹见这异族少女很细心，也未再多说。她心中惦记着夫君云黎，便匆匆赶往书房。若说处理公务，云黎必是在清心斋。谢描丹一路盘算着要说些什么，她素来自诩性子刚烈，不会委曲求全，从前为了云黎迎娶两房姨太太，还有她娘家的一些事，两人闹得太僵。诚然，彼此都有过错，如今因为这情毒，她也算死过一回的人，有些事反而想开了。

趁此机会重修夫妻之情，最好不过。谢描丹边想边往清心斋走，刚进了垂拱门，便被云忠拦下："夫人，侯爷事务繁忙，谁都不见。"

"他身子不好，我来看一眼便走。"谢描丹强势惯了，云忠想拦也拦不住，唯有妥协放行。

谢描丹放轻脚步，往书房里去，探头一看，书案前并不见人。难道是去了别处？她正欲转身出门，却听到偏门的隔间里传来一阵动静，窸窸窣窣，夹带着令人遐想的喘息声。

"侯爷，轻一些，妾身受不住了……"三姨太闻娴的声音倏尔响起，娇喘淫腻。

"好娴儿，我去姜地三个多月，你不想我？"云黎的声音带着温存，还有撩拨。

"您不是新娶了一房姨太太回来？听说只有十五岁，年轻貌美得很。妾身是生养过孩子的，人老珠黄，如何能跟新人相比？"闻娴的话语不乏醋意，还带着娇嗔。

"这里头有故事，不是你想的那样。"云黎急忙解释，"四姨太这身份是个幌子，谢描丹中了毒，鸾卿是专程来给她解毒的。"

"中毒？"闻娴低呼出声，紧接着又是重重呻吟，"怎……怎会这样？"

显然，情潮高峰上的云黎不愿多说，只道："你跟我这么多年，我的心意你还不清楚？你放心，这次给她解了毒，我俩的夫妻情分也就到头了。我会与她和离，将你扶正，从今往后，咱们的羡儿便是世子。"

"侯爷……您这是……"闻娴嘤咛一声，断断续续地道，"那世子可怎么办？"

"辞儿残了双腿，怎能支撑我云氏家业？何况有谢描丹在，必将牝鸡司晨。"云黎端的是咬牙切齿，间隙还能听到粗重的喘息声。

"床笫之间，不提她了，你别扫兴。"云黎又是低声一笑，也不知使了什么动作，闻娴立时高声呻吟，简直不堪入耳。

听到此处，谢描丹自觉已无须再听。隔间里的肉体撞击声越来越大，令她胃部骤然涌起一股不适。谁能想到，道貌岸然的离信侯，竟会与妾室白日宣淫，且淫声艳语不绝于耳。从前他与她这个正妻在闺房之中，从来都是温存而有分寸，就如同在完成一件任务，不急不缓，没有情绪。

谢描丹以为云黎一直是如此的，却不承想，她的夫君在另一个女人面前，竟会变得激烈狎亵，床笫间的手段能让向来娴静的闻氏娇喘不已、呻吟迭起。

他说，要与她和离；他说，要扶正闻娴；他甚至要废了嫡子的世子之位，扶持庶子承袭爵位！这便是她一心想要与之和解的夫君！是她一心惦记的枕边人！今日才刚刚解了毒，他便迫不及待地在床上，同别的女人立下这保证！

她谢描丹如何能咽得下这口气！胸口骤然涌起一阵前所未有的怨愤，强烈得难以遏制，几乎摧心断肠！她抚着胸口，脚步沉重地走出清心斋，刚出了垂拱门，忽然胸口一堵，呕出一口漆黑的血块，凝在掌心里，诡异而骇人。

看着手中的血块，谢描丹笑了。有那样一瞬，她觉得就此死去也不错。她绝望地走回屋子里，没想到鸾卿居然还在。

“夫人！”鸾卿见她唇边带有黑色血迹，连忙迎了上去。

谢描丹摊手将掌心里的血块露出来，对鸾卿凄楚地笑了笑：“看来我的毒还没解。”

鸾卿眼中划出一闪而过的光亮，又立时黯下来，道：“夫人别多想，这是您喉头凝滞的淤血，并无大碍。”

“是吗？原来我还死不了啊！”谢描丹轻声一问，走至榻前和衣躺下，“我想睡一会儿，你出去吧。”

这一次，鸾卿未再坚持，用绢帕替她将唇畔的黑血擦干，便兀自出了门。

谢描丹这一睡，便是整整十二个时辰，一觉醒来已是翌日黄昏。还没等她想好要如何面对云黎，一个噩耗便传入耳中——云黎中毒日久，五脏俱损而亡。

当然，这只是对外宣称的说法。事实上，云黎情毒刚解，身子尚且虚弱，是纵欲过度而亡。可笑堂堂离信侯，多少大风大浪都挺了过来，身中情毒十余年都没死，最终，却死在了姨太太的床上。

翌年，三姨太闻娴生下了云黎的遗腹子，是个女儿，取名慕歌，便是如今的云府二小姐。

时至今日，谢描丹一直在妻妾儿女面前，维持着云黎最后的光辉形象。除了鸾卿之外，合族上下皆以为云黎是死于多年的五脏毒害，却无人得知，他死得多么有负威名。

云黎死了，谢描丹却没有一丝哀伤。他的亡夫不是说要废了云辞吗？她偏要扶自己的残废儿子继承爵位！他不是担心她牝鸡司晨吗？她偏要铁腕执掌云氏，甚至比他在世时治理得更好！

凭借着这股怨气，她谢描丹将一个繁荣昌盛的云氏交到了儿子手中，而她，也不允许另一个闻氏再次出现。她的夫君，便是死在女人的床上；她的儿子，绝不能重复这条老路！

从梦中醒来之后，谢描丹又成了谢太夫人。她缓缓从榻上起身，招呼迟妈妈道：“出岫不能再留了。不管辞儿如今怎么想，趁着眼下两人有误会，让沈予带她走吧。”

第十七章 渐行渐远渐无声

因为夜里的那个旧梦，太夫人翌日犯了头痛，便免了夏嫣然和几房姨太太的晨昏定省，只独独传见了云辞。

“出岫关在刑堂里，你打算如何处置？”对于这个儿子，她从不隐瞒自己的心思，也不愿花精力与他迂回曲折。

云辞今日倒是坐着轮椅，脸色也不大好，隐有腿疾复发之兆：“母亲想如何处置？”

“你园子里的人，怎来问我？”

“我园子里的人，您没少过问。”

云辞的这句话令太夫人笑意收敛，沉了声音：“那我也不瞒你。她毕竟怀过你的孩子，也算有过功劳的人。这次你严罚她，是给二房一个交代，我知道你心里舍不得。”

太夫人换了一串楠珠，握在手心里徐徐拨弄：“她那个容貌与性子，云府容不下。你若舍不得她死，便放她离开吧。”

“离开？”云辞轻轻重复，问道，“如何离开？”

“让沈予带她走，或是给她一笔钱，让她自谋生路。”太夫人认为自己是退让了一大步。

岂料云辞闻言却是笑了：“子奉在房州还有些庶务要处理，暂时会住在咱们这儿。至于出岫……她如今还不能走。”

“不能走？那要让她一再挑起你们兄弟不和？”太夫人声音又见冷厉，“从前老二虽荒唐，也不至于闹到府里来……咱们丢不起这人。”

“若是放她离开，您就能保证二弟会放过她？”云辞反问。

太夫人不答。

云辞见状，便垂目道：“我早晚会让出岫离开，但不是眼下。”

太夫人目光霎凛："怎么，你怕我明里放她走，暗里再去加害她不成？"

云辞否认："母亲多虑了。"

太夫人又如何会信，只冷笑道："好啊！你如今连我都猜疑起来了。"她将楠木佛珠搁在案上，"辞儿，你为了她与我作对，不是帮她，而是害她。"那语气，端的是几分委婉的威胁。

话已至此，云辞也无意长谈，遂断然终止这个话题："出岫一定会离开，我也一定会放她走。但眼下时机不对。"

这话听在太夫人耳中，令她半信半疑："你能如此想，自然最好不过。你是离信侯，应该摒弃小情小爱。"

"儿子受教。"云辞侧首欲招呼竹影，想了想，临去前又对太夫人道："今日是您主动提出让她离开的。有朝一日我若当真放她走，还请您记得今日之诺，不要再去为难她。"

太夫人眼角一抽："即便我想为难她，有你盯着，我也是有心无力。"

闻此一言，云辞似乎身形一顿，面上也浮现出几分看不清的悲伤。他沉默片刻，敛容再道："我答应了品言，今日要带她去荷塘。母亲若无事，我先告退了。"

太夫人觉得今日云辞有些奇怪，但又说不清是哪里奇怪。眼见他无心逗留，也不勉强，便抬手屏退："你去吧。"

云辞未再多言，示意竹影推自己离开荣锦堂。

一个时辰后，云辞传令到刑堂，将出岫贬去浣洗房，做洗衣女工。

转眼间，又是两个多月过去了。这个新年，出岫在揉搓大堆衣裳中度过。她从前那双抚琴弄弦的柔荑，如今已是充满疮斑、红肿不堪。被贬到浣洗房这么久，云辞不曾来过一次，也没有给过她解释的机会。她最开始还等着盼着，如今等了三两月之久，倒也麻木了。

浣洗房刚熨烫平整了一件衣裳，是夏嫣然急着要的。出岫奉命送去，面无表情往知言轩里走。离信侯府要个体面，她做过娼妓的事情并未传开，但，突然从侯爷器重的大丫鬟被贬成低等洗衣女工，此事本就引人遐想。因而知言轩的下人们看到出岫，都带着一种探究的目光。

出岫对一切只作未闻，目不斜视往夏嫣然屋子里去。灼颜正守在门口，见是出岫过来，突然掩面而笑。出岫已习惯了被她嘲讽，低声道："这是夫人的衣裳，劳烦灼颜姐姐送进去。"

灼颜淡淡瞥了出岫一眼："夫人让我在外头守着，哪儿都不许去。夫人还说，衣裳熨好了赶紧送进去，侯爷正等着夫人换好衣裳，为她作画。"

作画吗？出岫垂眸看着托盘上的锦绣烟罗裙，刺绣精美，华彩闪耀，的确是入画的不二之选。她记得云辞从不在内室沾染笔墨，不想竟也懂得这闺房之趣了。

想到此处，出岫只得屏去杂念，敲门道："夫人，衣裳送来了。"

"进来。"夏嫣然柔声招呼。

出岫低着头迈步而入，看到那袭白衣的一角，连忙俯身行礼，又转向夏嫣然道："夫人。"

"衣裳搁下吧。"夏嫣然只道了这一句，未再多言。

出岫领命称是，刚将衣裳放到案头，只听云辞淡淡说道："你去侍奉夫人更衣。"

出岫行礼领命，将案头上的衣裳掂起来，转到屏风后替夏嫣然换上，又走出来低声再道："奴婢告退。"

云辞默不作声，仿佛是准了，出岫便往门外走，岂知刚走到门口，却听他在身后道："慢着。墨干了，你来研墨。"

研墨？出岫只得转身回来，拎着小水壶往砚台里倒上水，专心致志地做起差事。身旁传来淡淡的龙涎香气，还混合着一丝药香，与她记忆中的味道一般无二。这令出岫忽然产生一种错觉，仿佛她与他仍在京州的追虹苑里，一样的人，做着一样的事，不曾有过后来的爱与恨、是与非。

只可惜，这美好的错觉尚未持续多久，已被残酷的现实打断——宣纸上是一张与出岫一般无二的面庞，被云辞细腻的笔触仔细描绘。他逐渐勾勒了锦绣烟罗裙的华彩，笔墨逶迤出一位华装美人。刹那，出岫恍惚了，以为他笔下画的是自己。

然而，那最终落在美人眼角下的一笔，画出一滴泪痣的同时，也如同最锋利的刺针戳中出岫的心房。云辞画的，是他的爱妻。

"出岫，你脸色不大好。"便在此时，夏嫣然忽然开口，语气温和，充满关切。

手指上大大小小的伤口蓦地疼痛起来，出岫几乎要握不住手中的墨锭。她抬眸对上那张与自己有七分相似的精致容颜，哑着嗓子道："多谢夫人挂怀，奴婢无碍。"

夏嫣然看了云辞一眼，试探着问："侯爷，让出岫下去吧？"

云辞自始至终埋首作画，头也未抬："笔墨的差事做完了，可这宣纸还未裁剪。"

夏嫣然朱唇浅笑："这有何难，妾身接手便是。"她边说边往书案前走，"妾身还未曾侍奉过侯爷笔墨纸砚，今日也来试试手。"

至此，云辞才终于停了停笔，抬头宠溺地看向夏嫣然："那你可仔细些，这匕首很锋利。"

匕首？裁纸何以用匕首？然未等出岫想明白，她眼前已划过一道冷冽银光，还隐隐闪耀着嫣红光泽。正是沈予所赠的鸳鸯匕首。

鸳鸯匕首，成双成对，各执一把，以表恩爱。原来，云辞将这其中一把给了夏嫣然。

出岫自觉再无留下的必要，欲告退而去。她深深吸了口气，好似要将胸腔里的悲伤尽数吐露出来："奴婢告……"

"退"字尚未出口，但听"咣当"一声脆响，那把镶嵌着红宝石的匕首已从夏嫣然手中脱落，一个弹起后，正正落在出岫脚边。

"品言！"看着夏嫣然忽然昏倒在地，云辞顾不得腿疾，连忙伸手去扶。与此同时，出岫也一步跨过脚边的匕首，探手过去，却只来得及抓住夏嫣然的一截衣袖。

"我没事。"夏嫣然被云辞从地上抱起，勉强笑道，"忽然有些头晕罢了。"

云辞抿唇，神色泄露出一丝担忧，修长的手指便往夏嫣然脉搏上探去。出岫见状，连忙起身道："我去唤人。"

话音甫落，云辞的声音已接着响起："品言，你有身孕了。"那语气不悲不喜，只是在陈述一个事实。

霎时，出岫脚下一顿，无意识地去看云辞。恰在此时，云辞的目光也碰巧望过来，带着几分探寻的意味，仿佛是在期待什么回应。

一阵难以遏制的苦涩涌上出岫心头，她听到夏嫣然惊喜地低呼："真的？多久了？我竟然……都不知道！"

云辞的目光仍旧盯着出岫，不愿错过她面上丝毫的表情变化。然口中的话，却是对着夏嫣然："也许……是有两三个月了。"

"侯爷……"夏嫣然简直要喜极而泣，埋首在云辞怀中啜泣起来，"我……我好欢喜。"

云辞这才将目光从出岫面上移开，敛目去看怀中的妻子，低声回道："我……也很欢喜。"

欢喜吗？出岫直感到脚步踉跄，不禁伸手扶住桌案一角，稳了稳心神。

曾几何时，面前这个白衣男子，也对她说过一句关于"欢喜"的话——"我有自信能比常人更令你欢喜，就好似你从前不会说话，也能令我欢喜一样。"

而如今，这份欢喜，他给了别人。出岫想笑，也自知该笑。她为他感到开心，他终于有了一个名正言顺的子嗣，嫡出、血统高贵。

"恭喜侯爷，恭喜夫人。"此时此刻，出岫只能想出这一句话来。她疮痍满目且红肿的双手，无意识地抚上自己的小腹，那里曾孕育过的一个生命，今时今日终于无情地流失。

朦胧中，出岫看到云辞的目光再次投来，深如幽潭令她看不清、摸不透。她眸中聚集起隐隐的雾气，唇边又扯出一丝笑容，重复道："恭喜……侯爷。"

云辞好似有些失望，只低声"嗯"了一下："唤竹影进来，你下去吧。"

出岫逃也似的出了门。

此后一连三天，云府上下陷入一片欢腾之中。内院下人，每人各增三月份例；外院下人，每人各增一月份例。正月的日子在喜气洋洋中度过，合府上下都无比期待侯爷这个嫡长子的到来。

众人皆知，侯爷夫人若一举得男，便是理所应当的世子殿下。为着这万众期待的一个孩子，太夫人专程请了夏嫣然娘家过来，好让她一解对亲人的思念之苦。

沈予在这期间来过浣洗房两次，无非是送些治疗手创的药膏，还无比心疼地承诺她，且再忍耐一段时间，他便带她离开。

浣洗房忽然多了许多匹布料，皆是手感柔顺的好材质，听说是云锦庄专程送来给小世子做衣裳的。但由于今冬多雨，路上有些受潮，是以拿到浣洗房的大院里晾晒一番。

接到这些布料的那天，恰好是出岫当值。她对着单子将布匹一一清点完毕，便听到一声招呼："出岫姑娘。"

出岫循声抬头，回想片刻才认出是谁。

来者是管家云忠的亲侄儿，曾向出岫求娶失败的淮南区米行总管事云逢。只不过如今，他已不再分管米行生意，而是调去云氏名下最大的绸缎庄——云锦庄，做了正正经经的当家人。这职位看似升迁了，但，自古民以食为天，米行生意是关乎民生的根本，绸缎生意自不能比。

因而，云逢手中的权力还没从前大。他看似是个大当家，可真正的决策权还是在云氏宗亲手中，毕竟，绸缎生意是与公卿贵胄往来，他根本说不上话，充其量不过是个没有实权的传话筒罢了。

短短一年之内，云逢的职位为何会调整，他与叔叔云忠皆心知肚明。因而这一次，云逢亲自押送布匹前来，便是想借此机会请叔叔铺条路，对云辞提一提，还将自己调回去做米行生意。

显然，此刻瞧见出岫在浣洗房，云逢很是惊讶："姑娘你……怎会在此？"

怎会在此？出岫笑了笑："这事说来话长，云管事若想知道内情，不妨去问云管家。"她从前是谁，做的是什么营生，绝对瞒不过管家云忠。

"你能说话了？"云逢面上划过惊喜之色。

"是啊，因缘际会能说话了。"出岫低眉笑了笑，又道，"浣洗房潮湿，您快出去吧。"

云逢本欲上前与出岫亲近，却又适时想起了什么，硬生生停下脚步，沉吟一瞬，道："我看看这些布匹便走。"他有些欲言又止，本想问问出岫为何沦落至此，但话到嘴边，还是决定私下去问叔叔云忠。

云逢胡乱检查了布匹数量，便匆匆往云忠的院落里去，他迫切地想要知道，这天仙一般的女子，到底在一年内遭遇了什么。

“你说什么？你还要求娶出岫？”管家云忠看向自己的亲侄儿，一副难以置信的模样。

云逢面色很是坚定：“去年求娶被拒，我还道侯爷对她宠爱有加。可一年不见，她都憔悴成了什么样子！那还让她留在云府做什么？”

“你可要想清楚，你去年才成婚！”云忠冷冷警告。

“我去年为何匆匆成婚，无非也是想让侯爷放心……但她现在这模样……我……”再见出岫，云逢依然惊艳，依然心动，原本压抑着的那点绮念，在这不期重逢的一刻又被强烈地勾了出来。

“混账东西！”云忠冷喝侄儿，“从前咱们不知她的身份也就罢了，如今你知道她出身风尘，又曾落过胎，你还执着什么！”

“执着什么……”云逢眯起双眼似在回忆，半晌叹道，“我也不知道。”

云忠气不打一处来：“你是在拿前程做赌注！”

云逢只沉默着坚持。

生气归生气，到底是自己的亲侄儿，云忠只道：“你要纳她做妾，你自己去对侯爷说！我可再舍不下这张老脸了！”

云逢大喜，躬身对亲叔叔行了一礼：“多谢叔叔成全。侄儿不是想纳她做妾，是想……娶她做平妻！”

毫无意外，云逢的再次求娶，又被云辞断然拒绝。然他并不灰心，每日都来清心斋求见。如此坚持了四五天，云辞终于发现这一次云逢异常坚定，已不惜押上身家前程。于是，云辞去了一趟浣洗房，在出岫被贬百日之后。

暮霭沉沉之中，还能听闻“沙沙”的揉搓声，仅有的几个女工都坐在井边，趁天色还有最后一丝光亮，不停地洗着衣裳。出岫无疑是其中最出众的一个，云辞一眼瞧见她正半蹲半坐在小凳子上，头也不抬地搓着衣裳。

一股锥心的疼痛突然袭来，尽管做足了心理准备，可云辞依然不忍面对这番情景。在门口平复良久，他才示意竹影推他进去。

“你们先下去，出岫留下。”竹影适时开口命道。几个女工依言鱼贯而出，唯有出岫直起酸胀的腰身，俯身向云辞行礼，又向竹影行礼。

眼前这一幕，就连竹影也看不下去了，不禁别过头去退出门外，守在门口。

偌大的庭院里，终于只剩下云辞和出岫两人，还有架子上搭着的各式衣衫。空气中飘荡着浆粉的味道，明明是一股清新，却又夹杂着无力与哀伤。

“近日云逢接连求见，想再次求娶你。”云辞故作凝声。

出岫闻言微感惊讶，回想一瞬才反应过来：“您是说，云管家的侄儿？”

“嗯。”

出岫咬了咬唇，看向脚边那盆还没洗完的衣裳，问道：“侯爷今日来这儿的意思，是恩准奴婢自行选择吗？”

这一次，云辞没有纠正她以“奴婢”自称，只问道：“你是何意？”

出岫看了看架子上随风轻动的衣裳，有片刻出神。她是想离开的，尤其在知晓夏嫣然怀了孩子后，她离开的念头是如此强烈。

云辞，再也不需要自己了。一个妓女、一个替身，大约已倒尽了他的胃口。想到此处，出岫只笑了笑：“既然云管事求娶……若侯爷垂怜，还请您成全了吧。”

“成全？”云辞嗓子一紧，话语出口已带着些喑哑。

“奴婢想离开，如若您还念着一丝……旧情，便允了吧。左右我这龌龊的身份也不适宜留下，平白玷污了您。”出岫这话说的平静，没有丝毫怨愤。

“你就这么恨我？不惜糟蹋自己？”黄昏的最后一缕光晕在这句话的末尾闪过，黑夜突如其来，沉暗得令人窒息。

出岫抬首望了望天色，心中是一片死寂：“不，我不恨。恨一个人太难受了，况且是我隐瞒在先……是我做错了。”

“于是你为了离开云府，情愿委身云逢？”云辞的质问中带着一丝轻嘲，“你可别忘了，云逢与他叔叔都是云氏家奴，世代如此。”

“云管事两次求娶，怕也是真心实意。他不嫌弃我已是我的福气，无论为妻为妾，总好过在这浣洗房做个洗衣女工，备受冷嘲热讽。”

出岫的这个选择，与云辞料想中差太远，他原以为，出岫更愿意重新回到沈予身边，而他也是这般安排的。兀自品尝着苦涩滋味，云辞唯有再问：“你当真这么想？”

风声飒飒袭来，吹着晾晒的布匹阵阵翻动，出岫幽幽的声音便随着这风声四散，如同没有灵魂一般：“聪明人从不怨恨，会匆匆离去从头再来。我已跌过两次，如今也想学聪明了。”

聪明人从不怨恨，会匆匆离去从头再来……她说得极好，超乎他的预料。这一刻云辞是欣慰的，出岫比他想象中要坚强许多。即便日后再伤害她，再辜负她，甚至于他溘然长逝，她大约都能坚强地活下来。

这般想着，云辞长久没有回声。如若此时天色还敞亮着，出岫定然会瞧见他眼中那一抹悲凉的欣慰。可是，云辞之所以选择在黄昏的末尾前来，便是想就着夕阳西下的光景，再清晰地看看她。而后，让这如约而来的漆黑夜色，掩去他最后的深情与不舍。

显然，他做到了，她终于死心了。

再看出岫，她一直在等着云辞。最初是等他原谅自己，后来是等他听自己解释，如今是等他一句应承。她不愿去恨，但并不代表还愿意去面对，沈予不给她救赎，也许她还能自救一场。

可等了半晌，她只等到云辞的断然否决：“云逢不行，我不答应。”

出岫闻言苦笑：“我实在摸不清您的心思。我的卖身契在您手里，又是嫁给云逢，说来说去还是云府的奴婢。与其如今两看生厌，您不如放我离开，难道不好吗？”

两看生厌……原来她已能淡然地说出这四个字。云辞张了张口，发觉自己无力反驳，正待寻个借口让出岫放弃云逢，却见竹影慌慌张张地跑进来，身后还跟着灼颜，两人皆是一脸焦急。

“启禀侯爷，夫人她……不见了！”

夏嫣然不见了？这意思是……云辞当即沉下脸来，怒喝道：“好好说话！”

竹影看向身后，灼颜立时上前一步，眼眶微红亟亟禀道：“回侯爷，夫人下午说头晕想吐，要出去走走，还说太多人跟着心里发闷，只让奴婢随侍左右。可走了好长一段路后，夫人又推说冷得慌，命奴婢折回知言轩拿件披风，等奴婢再跑回去时，夫人就不见了。”

“何时不见的？”云辞蹙眉，抓住了灼颜话中重点。

事到如今，灼颜岂敢再隐瞒下去：“足有……一个时辰了。”

一个时辰？云辞在心中斟酌起来。以夏嫣然那般傲娇矜贵的性子，既然大着肚子出去，也该前呼后拥让一群人跟着才对，又为何要独自外出？况且她做事极有分寸，出去这么久都没回来，委实有些不寻常。尤其，听灼颜这意思，夏嫣然是特意撇开众人的？

即便是有心闹着玩，消失一个时辰也太久了。云辞抬首再看这漆黑天色，终是有些担忧起来。即便对夏嫣然情分浅薄，那毕竟是他的妻，肚里怀的是他的孩子。

云辞终是顾不得再与出岫说话，转对竹影道：“加派人手在合府上下搜寻。再问问正门、侧门与后门的值守，可见过夫人外出。”

天色已晚，寻人多有不便。可如若今晚找不到人，只能说明夏嫣然被人暗中盯上了。也许，与下情毒的人是同一拨也未可知！毕竟夏嫣然这一怀孕，生下的便是个健健康康的世子了！

想到此处，云辞又深深看了出岫一眼。他忽然感到无比庆幸，庆幸他将她贬到这看似辛苦的浣洗房来。这证明他的思路是对的，这个法子已麻痹了暗处的敌人，让他们将视线转到了夏嫣然身上！

“你待在这里，哪儿都不要去。”云辞对出岫道。他让竹影调来两个暗卫守在浣洗房外头，然后便迅速离开，去寻找夏嫣然。

这一整个晚上，出岫听从云辞的吩咐，在浣洗房里坐着等着。可纵然不出门，她也知晓云府已闹翻了天。那些寻人的呼声，还有灯笼的光亮，同时充斥着她的听觉与视觉，令她一阵阵地心悸。

浣洗房本就是潮湿之地，到了午夜更有一种森然入骨的诡异，端的是阴冷恐怖。晾衣架上花花绿绿的锦缎随风舞动，像极了阴曹地府里四处飘荡的鬼魂。

出岫忽然升起一股不祥的念头，预感到即将会发生什么骇人的事情。她竭力安抚自己不要胡思乱想，如此也不知过了多久，才听到门外传来一阵脚步声。

房门开启的同时，浅韵和竹影提着灯笼并步而来，对出岫道："侯爷传你去刑堂问话。"

又是刑堂？出岫心中"咯噔"一声，脱口便问："夫人找到了？"

浅韵与竹影俱是凝重神色，尤其浅韵，平时冷冰冰的脸上竟有些难以承受的神情。出岫的心瞬间被狠狠揪了起来，她听到浅韵哽咽着开口："夫人的尸身从静园荷塘里打捞上来，小腹上插着一把匕首……已泡得……面目全非。"

"轰"的一声，出岫只觉脑中炸了开来，一个踉跄险要晕倒："你说什么？"

浅韵已无力再重复一遍，只道："你别耽搁了，侯爷传你去刑堂，快走吧。"

出岫也顾不得计较云辞传召自己的意思，连忙提着灯笼随两人一道赶去。

时隔三个多月后再次来到刑堂，出岫有一种恍如隔世之感。这次堂内的人更少了一些，唯有云辞在主位上坐着，下手是四姨太鸾卿、神医屈方；太夫人及二房三房，不见人影。

照常理而言，出了这样大的事，云府上下都该到场才是，何以唯有这几人？出岫暗自思索，忽听云辞对她厉声喝道："跪下！"

出岫乍然一惊，看向丹墀主位上的云辞，见他面容苍白，双目赤红，悲伤之色毫不掩饰。此情此景，出岫感到自己也要落下泪来，她没有多想云辞的异常，只当他是悲恸欲绝，便依言跪了下来，喑哑着嗓子道："侯爷节哀。"

闻言，云辞一声冷笑，无比刺耳。出岫不解地抬起头来，发现他手中捏着一样东西，湿答答的，好似是件……衣裳？正想着，"扑"的一声轻响，云辞已将手中的衣裳撂在刑堂正中央，恰好落在出岫眼前。她俯身看去，这才发现是件披风，样式精美，华彩异常，并且……十分眼熟。

"这披风是……"出岫喃喃道。

"你认得这披风！"云辞的声音一如森冷的湖泊，寒彻心骨，"我记得你穿过，品言给的。"

"是。"出岫点头承认，这披风正是她被云起调戏那日，来葵水时，夏嫣然给她的那件。当日她还专程送去浣洗房清洗了一番。出岫仔细看向地上的披风，上头湿淋淋的，还沾着几根水草……难道说，这是夏嫣然穿着的那件？

疑问刚起，云辞已冷冷解答："这披风，是品言尸身上的。"

出岫终于明白，云辞为何会招她来刑堂。如此一想，她嘴角不禁勾起一丝嘲讽的笑："这披风是夫人借给奴婢穿的，后来奴婢送去浣洗房洗了，便再也没有见过。"

"浣洗房的掌事妈妈可并非如此说。"云辞憔悴的面容上是铁青神色，额上青筋隐约可见，"她说这披风洗干净后交给你了。"

"什么？"出岫霎时抬眸辩解，"不！绝没有！那日之后，我再没见过这件披风！"

"是吗？"云辞一双赤目犹如森林里的野兽，再也不见往日的谦谦温和，"那这把匕首你又如何解释！"

话音落地的同时，一道冷光已朝出岫袭面而来，屈方眼明手快伸手一挡，"咣当"一声，一把匕首已落在地上。出岫眯起双眼望去，但见那匕首上的红宝石殷红闪烁，而刺中她双目的，是锋刃上的隐隐血色。

这匕首……分明是沈予所赠的鸳鸯匕首！云辞已将这把镶嵌红宝石的给了夏嫣然。恍然间，出岫想起了方才来时路上，浅韵曾说过的话——夏嫣然尸身之上，小腹位置，正正插着一把匕首。

难道就是这把？但出岫不明白，这匕首与自己有何干系？她一句问话正打算出口，竹影却突然迈入刑堂，将另一把鸳鸯匕首奉上："禀侯爷，另外这把匕首，是从出岫姑娘房中搜出来的。"

"这不可能！"出岫睁大双眸，看向竹影手中那隐隐发绿的宝石，急忙对云辞辩白，"鸳鸯匕首成双成对，是沈小侯爷私下赠您的新婚贺礼。我曾亲眼见过，您将那把镶嵌红宝石的匕首给了夫人，按理而言，这把镶嵌绿宝石的，应在您手中才对。"

出岫说的是事实。鸳鸯匕首必是分赠给夫妻二人持有，她又怎会去偷拿其中一把？

然而，云辞没有听进去这解释，已伸手一掌击在桌案上，怒道："难道是我故意陷害你？将这匕首放到你屋内？"

出岫否认："奴婢并非此意。"

"那便是了。"云辞面上写满悲戚，冷冷问她，"眼下太夫人与几位姨娘都不在场，你老实说，品言之死可与你有关？"

只这一问，已令出岫的心沉入了无尽深渊。她未曾想到，方才还令暗卫在浣洗房外头保护她的云辞，转瞬又给她安上这天大的罪名！

谋害离信侯夫人？她怎么敢？虽不知浣洗房的妈妈为何要污蔑她持有那件披风，更不知鸳鸯匕首为何会出现在她房中，但，这置人于死地的冤屈，她如何能咽得下去？

"不！夫人之死与我无关！"出岫铿锵作答，看向云辞再道："侯爷难道忘了？今晚黄昏时分，我与您同在浣洗房……静园与浣洗房相隔半个时辰的路，我怎么可能行凶？再将夫人推入荷塘中？”事到如今，她已顾不上云辞的威名，不得已将两人私下见面之事公然道出。

“你倒会算计，找我来为你做证。”云辞冷然反驳，“我去见你时，夕阳已落。当时品言已失踪一个时辰，这之前你有足够时间作案。”

出岫简直难以置信云辞的草率：“仅凭一件披风、一把匕首、一份不知真假的供词，您就要定下我的罪名？”她倔强地与云辞对视，一在丹墀之上，一在丹墀之下，两两相望之际，皆从彼此眼中看到了决绝之情。

良久，还是云辞率先垂目，冷声回道：“仅凭这些证据的确不够将你定罪，但合府上下你最有动机。你曾是我的宠婢，更曾怀过孩子。是我为了与品言成婚，才逼你拿掉孩子。如今品言有了身孕，你未尝不是怀恨在心，意图报复，骗她出去暗中行凶。”

话到此处，云辞终于再看出岫，那眼神是不容置疑的犀利，似要将她牢牢钉死在这罪名之上：“品言的小腹正中插着匕首。若不是对她腹中骨肉痛恨至极，何以要下此毒手？”

此时此刻，云辞的这段定罪之语，犹如一把未开锋的钝刀，重重地砍在出岫心头。手起刀落之后，痛虽痛，却不能轻易致死。

出岫看着云辞笑了，愤怒地笑了！这便是她一心一意喜欢着的男人！是她自以为知她懂她的男人！是曾对她温存有加的男人！是她爱到卑微、爱到骨子里的男人！

这又是怎样一个男人，竟不分青红皂白地冤枉她至此！在他心中，自己竟是个因嫉妒而杀人的女魔头！她可以忍受辜负、抛弃、失望，甚至鄙夷……但，绝不包括冤屈！杀人的冤屈！

窒息之痛骤然袭来，出岫强忍着胸中怒意，想要再为自己辩解最后一句。她挺直了腰身，缓缓从地上站起来，今日这个罪名，无论是谁陷害她，她也绝不会承认，更不会为此下跪：“纵然我去杀人，也绝不可能用这把匕首。这一点，沈小侯爷可为我做证。”

“你是知道子奉今日不在府中吧？”云辞眯起双眼，几乎是愤恨地道，“他是你从前的主子，对你多有照拂，他过来必会为你叫屈！再者我与子奉相交多年，他若开口求情，我怎能不放你一马？你又岂会不知，他今日去了慕王府赴宴？”

“赴宴？！”出岫被这句话噎得哑口无言。低眉想了想，她终于了然，无论今日如何辩解，这罪名她都背定了。行凶之人算好日子，又安排了人证物证，便是要让她百口莫辩。

但此刻，对于那个陷害她的人，出岫没有一丝怨愤。她的满腔愤怒，尽数对准了丹墀上高高在上的离信侯。一年半光景，足以令她看清一个人。若说从前她将云辞奉为神祇，则今日，他已从她心中跌下神坛。

"原来我在侯爷心中，竟如此不堪。"出岫的目光缓缓划过刑堂里的每一个人，云辞、鸾卿、屈方、竹影、浅韵……每一个人，都变得如此陌生、冷酷、不分是非黑白。

而她，终于心如死灰。

出岫笔直地站在刑堂正中，是前所未有的铿锵傲然，凄厉笑道："算我瞎了眼，看错了人，如今这结局……我自作自受！"

恍然间，出岫看到了云辞修长的手指，正紧紧握住座椅的一侧扶手，似在极力克制着某种情绪。云辞的目光，就像平静的瀚海，暗藏波涛、深不可测。她发现自己从没看懂这个人，是她将他想得太高、太好，爱上了自己心中勾勒出的虚幻影子。

当山盟海誓早已摧拉枯朽，当深情温存变作镜花水月……出岫头一次感到万分后悔，如若再选择一次，她宁愿留在追虹苑，即便一辈子受尽茶茶的欺辱，至少，她能保有对云辞的美好念想，足以支撑她度过许久。

出岫缓缓抚上自己的小腹，合上双眸尽是冷嘲："侯爷是对的，这孩子不该要。他有这样一个父亲，只会是耻辱。"

她没有睁开眼，只将袖中的双手紧握成拳，极力漾起绝望的微笑："今次是我自食其果。这条性命我可以留下，但这罪名，我绝不承认！"

仿佛是有凄厉的怨愤响彻天际，空荡荡的刑堂之内，尽是出岫字字有力的回声。"我绝不承认"五个字宛如一个诅咒，生生套在每个人的心头，令人窒息。

出岫捧着自己越发疼痛的心口，拔出头上的发簪直指咽喉，看向云辞凄然重复："'侠士勿轻结，美人勿轻盟，恐其轻为我死也。'云辞，这句话我今日还给你，从此之后，你我生死不复相见！"

"见"字一出口，她手上骤然发力，发簪的尖端已抵入咽喉。可这一刺还没深入，紧接着胸腔便涌起一阵锥心刺骨的疼痛，简直是让她肝肠寸断。出岫感到喉头一甜，下意识地伸手掩口，一个黑色的血块就此呕了出来。继而，她脑中也是一阵剧痛，整个人已顺势向后跌倒。

恍惚中，出岫似乎看到了云辞略带惊喜的面庞。可她不懂，他因何而喜，竟然喜到要以手掩口。若非云辞眉宇间那一抹安慰的笑意，她几乎要以为他也吐血了。

出岫感到自己倒在了一个温热的怀抱中，耳畔再度传来云辞的声音，似欣慰，似欢喜，似不舍，似悲戚，最后统统化作两个字："出岫……"一滴水泽落在她颊上，带着浓重的血腥气，她能断定，云辞落的绝不是泪。

意识消失之前，出岫听到有人在喊："终于解了！"

第十八章 云辞人间泪长挽

沈予一接到云府送来的口信，便匆匆从慕王府往回赶，连车辇都顾不上乘坐，牵了马飞驰而回。甫一至云府门口，便瞧见竹影已在门前候着。沈予亟亟下马问道：“这究竟是怎么一回事？夏嫣然怎会……”

话还未说完，他已瞧见灯笼映照之下，竹影悲恸欲绝的神色。后者双目赤红、声音嘶哑地道：“您先去清心斋吧。主子他……要见您最后一面。”

最后一面！沈予心中陡然一震，仿佛是被谁狠狠剜了一刀，立刻朝清心斋方向飞奔而去。

一路上，竹影大致将前因后果讲了一遍，沈予知晓个中缘由，更是不胜悲痛。若云辞当真将晗初的那口怨气给逼了出来，则他本人的性命，也定然到了尽头。

情毒配上诛心蛊，唯有绝情弃爱，呕出心头那一口蛊血，方能解毒。只是，两人心头的蛊虫相依相偎，相寄而生，怨愤的那一方吐出蛊血解了毒，另一方则会……就此殒命。

何其歹毒！何其狠辣！这蛊以命换命，当真断肠诛心！鸾卿与云羡不过去了姜地短短三个月，期间便有人又给云辞和晗初下了诛心蛊！沈予几乎可以断定，那幕后黑手就在云府无疑！而且，主使者多半是个女人！

唯有女人，才能想出这般阴狠残酷的招数。

沈予越想越是悲愤，待走到清心斋门口，已不自禁地红了眼眶。师傅屈方、四姨太鸾卿，还有浅韵都在，各个皆是神色悲戚。他往里一看，正正瞧见书房隔间榻上躺着的人，只一眼，沈予已几乎迈不动步子，双脚似灌了铅。

榻上之人那一袭白衣，襟前已被鲜血染透，明明是命悬一线，面白如纸，还偏偏护着最后一口气，等着交代未了心愿。

沈予踉跄着闯到云辞榻前，强忍哽咽开口唤道：“挽之。”

云辞听见来人出声，才睁开那双曾经洞察人心的幽潭深眸，无力地看向沈予：“今日事发突然，品言忽遭不测……我若不利用这机会，只怕还要再等。”

沈予躬身跪在云辞榻前，握住他垂下的那只手，半是埋怨半是心痛：“再等等也无妨，你这般心急做什么！”

闻言，云辞勉强一笑：“错过这机会，还要继续苛待她，我不舍得……”

他的呼吸渐渐急促，似是难以维系这性命，停顿片刻才继续道：“我是短命之人，再拖下去……只怕她的下场会与品言一样。”

听到这番话，沈予已不忍再闻，别过脸去强忍痛楚：“太夫人她……知道吗？”

“还瞒着。”云辞低低咳嗽一声，唇畔又汩汩流出一小股鲜血。沈予连忙用袖子替他擦干净，低声劝道：“你说慢些，我都听着。”

“来不及了，我的身体我自己清楚。”云辞的声音逐渐微弱，任谁都知道他是在勉力支撑。他试图去握沈予的手，“母亲亲口承诺过我，会放她走。你……明日就带她走吧。”

明日！如此之快！沈予唯有连连点头，再也说不出话来。

“子奉。”云辞语中难掩悔恨与哀伤，“是我对不住你……那日我瞧见鸳鸯匕首，已明白你是真心喜欢她。是我夺人所爱。”

沈予连忙摇头否认：“是我一厢情愿罢了。再者若不是我，你何至于残了双腿……”话到此处，沈予终是落下男儿之泪，滴滴掉落在云辞手背上，犹如淌血的河流，令人不忍目睹。

云辞感到手背上的温热渐渐转凉，才缓缓笑道：“不，我得感谢你，让我遇上她。这一生……也算值得。”

云辞的面色越发苍白，目光却潋潋更胜从前，连深夜的烛火都不及它晃眼，已有回光返照之意：“出岫很苦，赫连齐负她，我也无法护她……你……往后照顾好她。”

他把晗初托付给自己了！沈予知道，云辞话语虽轻，可这句临终之言却重于泰山。这世间有多少男人，甘愿以命换命？更何况以云辞的身份，要舍弃的更多。

家族、责任、亲人、地位……统统毫无留恋地斩断，只为了换取晗初的生命。那是云辞爱逾性命的女子！

“挽之……”沈予再难掩饰自己的自责与心痛，千言万语，只化作手心里重重一握，还有重逾千斤的承诺，“你放心！从今往后，晗初的命便是我的命，我会拼死护她周全。”

云辞安慰地笑了笑，继续交代：“前些日子品言怀孕，夏家来人探视，我已与她的父母商议过，会收出岫作义女。夏家是千年书香门第，文昌侯府也是文仕文臣……出岫以夏家之女的身份嫁给你，也不算辱没文昌侯。”

夏家义女……云辞居然不动声色地将一切都打点妥当了！就连他与晗初的未来都铺好了路，扫清了障碍，只怕让她再受半分委屈。

沈予不得不承认，云辞其人，不止品行品格高他一筹，就连对晗初的这份深情与远虑，他也远远不及！

这令他怎能不惭愧？怎能不感慨？而他所能做的，便是收拾起所有的负面情绪，肃然应诺："挽之，你以妻相托，我……定不负你。若违此誓，教我永生永世坠落阿鼻地狱，永不超生！"

一声几不可闻的笑声传来，云辞虚弱地勾了勾唇角："为何要起毒誓？你平日虽放浪形骸，可关键时候……咳咳咳……"

一句话未完，云辞又是一阵咳嗽，汩汩的鲜血再次顺着唇角滑到枕畔，氤氲出一朵朵彼岸之花，美妙，虚幻，催人性命。

他这一咳，竟是半天也遏制不住，令在场众人都慌了神。屈方立时探上他的鼻息，回天乏力地摇了摇头："侯爷，您可要再见太夫人一面？"

云辞缓缓闭上双眼："好。"

话音刚落，门外响起一阵急匆匆的脚步声，太夫人已由迟妈妈搀扶着进了门。她鬓发凌乱，老泪纵横，仿佛一夜之间苍老了十岁不止。她颤巍巍走至云辞榻前，无比凄楚地愤愤道："你竟为了一个女人，搭上自己的性命，置云氏一族于不顾！"

云辞早知母亲会如此呵斥，仍旧合着双目，只叹道："请母亲宽恕……儿子虽死无怨。"

"虽死……无怨……"太夫人胸前一阵颤动，也不知是哭是笑，盯着亲生爱子越发苍白的面容，怒问，"你早有计划了是不是？你早就打算为她死了？"

临终时刻，云辞再无隐瞒，微翕着嘴唇坦诚回应："是。"

"啪啦啦"一地脆响传来，太夫人已将榻前的珠帘扯碎一地，指甲也狠狠掐入掌心："你们父子！你们父子！都要死在这张榻上！都要为了女人去死！我嫁的好夫君！生养的好儿子！"

她的话音在室内荡起一阵凄厉。可，无人接话。诡异的沉默令太夫人心中更颤，死死攥着已散落一地的珠帘串线，无比悲愤："你早想寻死，又为何让她打掉孩子！即便是恨我，难道你要让云氏嫡支断了香火？"

听闻此言，云辞终是睁开双目，可这次，已没了神采，只留下一片墨黑："若那孩子生下来，母亲还会放她走吗？即便您让她走，只怕她惦记孩子，也不会走了……我不能让她在云府守寡。"

"云辞！"太夫人唯有在怒极之时，才会唤出独子的全名。此刻，她已不知是怒是悲。

云辞唇畔还勾着淡嘲，有意提醒太夫人：“您别忘了，是您亲口答应放她走的，恳请母亲不要反悔。”

太夫人愣了一瞬，终是想起，自己的确亲口答应过。在云起调戏出岫的第二日，在她梦到陈年往事的第二日，她亲口提出要赶出岫离开，却被云辞一口回绝，道是时机不对。

可她未曾料到，原来今时今日，才是最好的时机！

“为了她，你连命都不要了？你可别忘了，嫣然才是你的妻！”想起被亲生儿子以性命算计，太夫人怨愤之中更添心寒。

“我的妻子只有一个。”云辞没有指明是谁，可在场所有人都知道是谁。他倏尔又转移话题，对太夫人再道，“恕儿子死前说句大不敬之语。您这一生，作为谢太夫人，无人超越；可作为人妻人母，失败至极。”

云辞眼角瞥见太夫人踉跄一步。他回想自己这般不孝，临终还要吐露对母亲的怨愤，也不禁悲从中来：“品言之死颇有蹊跷。她素来爱穿华服，尸身上却穿着素淡……披风上也无甚血迹，必定是死后被人穿上的……”

云辞停顿片刻，深深叹息：“倘若我猜得不错，品言大约是想冒充出岫去见谁，后又不慎遭了意外……还请母亲盯着二房，还夏家一个交代……”

“那谁来给我一个交代！”太夫人凄厉打断云辞的话语，“我中年守寡，老来丧子，膝下无儿无孙，谁又来给我一个交代！”

她边说边往云辞的榻上冲去，仿佛要将一腔悲愤尽数发泄出来。幸而沈予和竹影眼明手快，一左一右拦住她，才勉强将这位失去理智的当家主母拦下来。

“母亲莫怪，这副担子，还是让三弟挑去吧。抑或您从旁支里过继个子嗣，好好抚育。以您的能力，云氏至少能再撑二十年……”这话说出来，云辞坦然之余也是内疚，目光渐渐涣散。

“二十年……”太夫人终于失声痛泣，“白发人送黑发人，我哪里还有二十年！”

“有的……”云辞对他的母亲极有自信，“云氏不能永远明哲保身，北熙已成臣氏天下，母亲，咱们扶持南熙吧。”

“你若有这主意，便自己爬起来做主！”太夫人滚烫的泪水贴颊落下，“你这不肖子孙！你这……”这便是她倾注一生心血所换来的下场！夫君说她牝鸡司晨，亲生爱子又将抛她而去……

这一世，怎能甘心！千言万语的痛斥，到最后唯有化作滴滴血泪，太夫人亲口唤出爱子之名：“辞儿……”

云辞听闻母亲的哭泣声，却已无力回应。他的双目渐渐看不清，意识也开始消弭，最后的最后，却还要拼着一口气，再嘱咐一句：“子奉，一定带她走。”

沈予重重点头。

虽看不到挚友的回应，可云辞渐渐放了心，又轻声道：“竹影，我知你喜欢浅韵，来日且让母亲做主成全你们……也算是，主仆一场的情分。”

“主子……”竹影与浅韵同时出声，尤其浅韵，咬紧牙关不敢哭出声响，只是摇头。可惜，她心中的那个人永远看不到了。

该交代的，都已交代完毕。云辞倏尔觉得浑身发冷，仿佛坠入冰冷的湖泊之中动弹不得。可，心却是暖着的，为爱而生的那颗鲜活之心，犹如一团烈火一般灼烧着，支撑他走到今日，走到此时此刻。

因爱故生忧，因爱故生怖。原来，这才是命中注定。上天让他遇上那个女子，让他从清心寡欲的人生里，渐渐沉沦至万丈红尘。

如若可能，他宁肯一辈子留在追虹苑，不问世事，只与她旁若无人地相处。可，当初不知前路荆棘，本以为能够一往无前，最后却只剩下森森血泪与无尽创痛……

他终不能与她携手漫漫人生，只能在这戛然而止的半途中，看着她渐行渐远。而他，会在天上守着她，在冥冥之中护着她。

若有来世，他必以一具毫无病痛的强健体魄，为她挡下一世风雨。不求荣华富贵，但求天涯厮守。

“挽之……”沈予的声音再次传来，“你是否要，再见晗初一面。”

再见她一面吗？云辞虚弱地摇头。此刻他已目不能视，又如何看得见她？再者自己这垂死病容，他也不忍让她看见。

“不必了。”云辞勉力一笑，无比平静，“再见她一面，只怕我舍不得死了……”

无须再见，因为，从不曾离开。

初遇时，她夜中沉琴的潋滟与悲愤；

再遇时，她提笔问他“云无心以出岫”；

偷习瘦金体时，她告诉他簪花小楷“没有风骨”；

落胎时，她裙下开出朵朵殷红血花……

纵然云辞眼前漆黑一片，可出岫的容颜却在他心中前所未有地清晰起来。她的一言一语，一颦一笑，都是他短暂人生中最宝贵的财富，无论生死，何时追忆都历历如昨。

手指骤然收紧，云辞极力想要抓住些什么。可，什么也没有。他只能摸索到榻上垂下的床单，一如心上女子的浓密青丝，光滑如缎。

就让他带着爱与守护，安静地死去吧！这一年多光景里的情与爱，已足够他在身后继续汲取，用以温暖他死去的灵魂。他相信，纵横情场的沈予，必定会为她收心，待她极好。

垂死前的最后一叹，是云辞说不尽的哀伤与不舍。初春的夜风乍暖还寒，忽然破门而入散落一地凄凉。屋内暗淡的烛火随风摇曳，明明灭灭，又忽得红焰吐火，终于燃到了尽头。

也昭示着云辞的生命，已然油尽灯枯。

这曾惊才绝艳的白衣谪仙，云氏一族最年轻也最早逝的一任离信侯，在这无边无际的黑暗之中，合上双目，溘然长逝。

风声过后，浮生如梦。花开花落，斑斓斑驳。

今别云辞，世间再无情痴。

第十九章 初嫁已是未亡人

出岫在混混沌沌中醒来，只觉得困顿难当，胸腔中空空荡荡，好似缺了一块血肉。她想要开口说话，咽喉却传来轻微的刺痛，她这才想起自己用簪子自尽未遂，后来便吐血晕倒了。

既然还知道痛，那便应该没死吧。出岫挣扎着想要从榻上坐起，身边却传来一阵动静："你醒了？"是淡心。

出岫抬眸看去，见她眼眶红肿，面容憔悴，神色端的伤心欲绝。出岫强忍着咽喉之痛，喑哑着问道："我……我睡了多久？"

"一天一夜。"

出岫抚着额头坐起身，细细回想刑堂里发生的一切，再问："侯爷这是……饶过我了？"

出岫不傻，她咽喉上被簪子刺破的伤口已被上药包扎，看这屋子的格局，也是她从前在知言轩住的那间，眼前又得淡心照料……若非云辞的允准，自己一个"杀人犯"怎能享有这般待遇？

纵然出岫心里已经猜到了，可她还是想听淡心亲口作答。然而，淡心却别过脸去，哽咽着道："你别问了……沈小侯爷会带你走的。"

沈予要带自己走？这么突然？出岫只道是他对自己施以援手，向云辞求了情。如此一想，她心里也好受些。至少，沈予肯相信她，也肯念着旧情。不似某人，铁石心肠，全无信任。

想到云辞，出岫难免心头一窒，微微合上双眸，再问："小侯爷呢？"

屋内有一瞬的沉默，淡心并未正面回答，只忍着泪意道："我去请他过来。"言罢逃也似的出了门。

从淡心回话到离开，出岫一直合目靠在榻上，心中是一片愤恨与死寂，便也没察觉出什么异样。

要走了呢！在这离信侯府待了短短一年，她已将半生爱恨葬送于此，从今往后，心如空城。咽喉处仿佛又有些灼痛，出岫不禁颦蹙娥眉，抬手抚了抚脖颈。手指刚刚触碰到颈上的肌肤，但听屋门"吱呀"一声重新开启。

应是淡心领着沈予来了吧？出岫轻轻侧过身子，撩起床幔朝外看去，只见一角素白衣裙映入眼帘，在烛火的映照下显得冷寂彻骨。

"浅韵？"出岫看她一袭素服，面有悲愤之色，不禁问道，"你这是怎么了？"

话问出口的同时，浅韵已绕过屏风走到榻前，双手一直背负身后。她低眉望着榻上憔悴不堪的出岫，使劲闭了闭眼，再睁开时，一滴泪已从眼角滑落："出岫，我送你去见主子。"

主子？见什么主子？出岫的疑惑尚未出口，浅韵已忽然俯下身来，将藏在身后的双手缓缓伸出。出岫顿觉眼前一道寒光倏然闪过，她连忙下意识地向后一躲，与此同时，耳畔传来浅韵凄厉的怒喝："你去死！你最该死！"

抬手起落之间，一把匕首已朝出岫的心房狠狠戳了下去，甚至能听到锋刃割开血肉的声音。由于反应及时，出岫躲过一劫，但左肩上仍被生生刺中一刀。突如其来的发肤之痛伴随着浅韵凄厉的哭喊，令出岫脑中一蒙，几乎要失去意识。

"是你害死了主子！我要杀了你！我要杀了你！"一小股鲜血自出岫肩上涌出，飞溅到浅韵脸上，后者却恍若未知，越发哭得凄厉。浅韵使劲将匕首从出岫肩上拔出，发疯似的想要再捅一刀。

出岫忍着肩上剧痛，几乎忘了反抗，耳中只剩那句"是你害死了主子！"她抬眸望向逆光的浅韵，一刹那竟能体会到对方的愤恨与伤痛。同为女子，出岫几能断定，浅韵不是伪装。

就在出岫愣神的空当，屋内忽然一阵光影明灭，一截燃烧的红烛已朝浅韵飞撞而来，恰好击中她执着匕首的右手。浅韵猝不及防被烫了一下，那截红烛便与匕首一并掉在地上，幽兰橘红的光色"唰"地一灭，室内瞬间变得暗淡。

"出岫！"淡心的担忧之声匆匆响起，紧接着沈予的气息扑面而来。黑暗中浅韵传来一声喊叫，应是被沈予制服了，可她仍然愤愤地哭道："我要杀了她！我要为主子报仇！我要……"

往下的话，浅韵未能说出口，已被沈予捂住了嘴。他立刻将发疯的浅韵往门外拖拽，还不忘对淡心嘱咐："你去看看出岫！"

淡心会意，连忙擦亮随身携带的火折子，上前询问出岫的伤势："你伤在哪儿了？"话一出口，她已看清出岫的模样——出岫整个左肩猩红一片，鲜血不停地流着。

淡心霎时慌乱起来，正欲去寻绷带，却被出岫死死拽住左臂："侯爷怎么了？"

淡心心中一惊，故作冷静地深吸一口气，回道："夫人去世，主子悲痛不已，如今……正在休养。"

可出岫哪里会信？捂着伤口哑声追问："浅韵为何说我害死了他？"

面对出岫死死探究的目光，淡心脑子里也是一片混乱，勉强解释道："夫人去世，浅韵姐姐伤心过度，神志不大清醒了……你又不是不知道，她素来不太喜欢你……"

淡心说着说着，想起云府如今的情况，也不禁落下泪来。夫人一尸两命，主子为情而死，太夫人心力交瘁，浅韵又疯癫失常……真真是祸不单行！可她一介丫鬟所能做的，便是尽心办好主子交代的差事，好好照顾出岫。

为了这句交代，她甚至错过了见主子最后一面！

淡心忽然不敢面对出岫了，她怕自己会不经意流露出愤恨，惹出岫生疑；她更怕自己忍不住，将实情全盘相告，毁了主子生前的安排。想到此处，她迫不及待找了个借口离开："我去瞧瞧浅韵姐姐，再让小侯爷来替你治伤。"

"嗯。"出岫没再追问，似乎是信了淡心的说辞，靠在榻上不言不语，由于失血过多，竟也昏昏沉沉睡了过去。

她是痛醒的，左肩上被蜇得一阵生疼。出岫竭力睁开双眸，看见自己贴身的寝衣被撕去一角，沈予正在为自己上药。

出岫下意识地一躲，又被沈予按了回去："浅韵有些精神失常，你不要计较。"他一面敷药，一面沉声道，"明日我带你离开房州。"

要离开了吗？出岫有些恍惚，感觉有什么念头在心里一闪而过，却没能抓住。她极力回想着，忽然，浅韵的凄厉怒喊浮现在了脑海中，她为爱断情伤所蒙蔽的心智豁然开朗！

出岫惊恐地看向沈予，突然抓住他正在上药的手："小侯爷，我要再见他一面。"

沈予身形一顿："他不会见你的。"

"是吗？"出岫忍着咽喉与肩上的阵阵疼痛，清丽的眸光瞬间黯淡，几乎是颤抖着问道，"你告诉我，他是不是……死了？"

"咣当"一声，沈予失手把药瓶摔在了地上。他连忙俯身去捡，借此掩饰自己的悲伤与慌张，回道："不是。"

"他是死了！"沈予刚一否认，但见太夫人已一身素衣出现在房门口，这一次，无人搀扶。她透过低矮的屏风望向出岫，面无表情地冷声道，"我的儿子云辞，为了救你，死了！"

"太夫人！"沈予立刻循声看去，发现太夫人交叠的双手之中，还攥着一张薄纸，他连忙起身挡在出岫面前，道，"您不该来这儿！"

"这是云府，老身为何不能来？"太夫人沉着脸色，烛火下尚能看清她的如霜鬓发，与一身素服惨烈地辉映着。她脚步沉稳地迈入房内，面上不见一丝悲戚，仿佛一夜之间，又恢复成为那个执掌云氏的谢太夫人。

"太夫人！"沈予亟亟迈步到她面前，一边伸手阻拦，一边低声提醒，"您不要忘记答应过挽之……"

"老身没忘。"太夫人毫不客气地直视沈予，"我与出岫说几句话，届时她是走是留，云府绝不拦着。"

沈予闻言有些急了，更压低了声音："挽之尸骨未寒，您是要让他死不瞑目？"

"正是我儿尸骨未寒，老身才要来这一趟！"太夫人周身散发着强势的气场，话语与神情皆不可违逆，她扬手推了沈予一把，"让开！"

沈予没有提防，竟被推得闪了个趔趄，待站稳身形，只见太夫人已大步走到出岫榻前。

再看出岫，正捂着肩伤强撑着起身。当瞧见太夫人今日也是一身素白，她心头陡然一惊，终于忍不住咳嗽起来。

太夫人目中似怨似怒，似伤似怜，见沈予又想过来阻止，便冷声喝道："来人！"

门外齐刷刷响起一声回禀："主母！"听着竟有数十人之多。太夫人顺势转身再看沈予："辞儿刚刚过身，尸骨未寒，我不愿在府内行拳脚之事。你若识趣，便自行回避吧。"

沈予瞬间明了外头那些并非一般护院，而是云氏豢养的铁面暗卫。可他受了云辞的嘱托，又怎会惧怕这些人？他拼了性命也要护着晗初的！因而沈予脚步未动，站在原地铮铮道："即便我今日血溅当场，也恕难从命。"

闻言，太夫人双眼微眯，似是意外，又似欣慰，上上下下打量了沈予一遍，才缓缓点头："好！不愧是辞儿的挚友，不错。"

室内的烛火忽明忽暗，隐隐潜藏着危险的对峙。便在此刻，出岫忽然幽幽开口："恰好我也有事与太夫人说，小侯爷，请您暂且回避吧。"

"晗初！"沈予蹙眉望向榻上，他只能隐隐约约看到出岫半个身子。她的容颜、神情以及左肩的伤口，都一并隐在了烛光照不到的阴影中。沈予心中担忧，仍然站着不动，"有什么事，等你养好伤再说不迟。"

"请您回避。"出岫重复一遍，声音似比方才更为喑哑。早在太夫人说出云辞"尸骨未寒"这四个字时，她已明了一切，而今，她也迫切需要和太夫人单独说一说话。

出岫轻咳一声，掩在阴影里的身子动了动，再对沈予道："今日若不让我问个明白，只怕您救了我一时，也救不了一世。"

这是以命相胁了！沈予心中大惊，种种恐惧涌上心头。偏他知晓出岫的性子执拗，便也只能无奈妥协，咬着牙关对太夫人暗示：“她伤势未愈，情绪不宜波动。”

太夫人冷冷扫了沈予一眼，并不接话。

有这样一位母亲，沈予不知该替云辞喜还是悲。他不情愿地迈出屋子张望，果见院落里跪着四十个暗卫，一排八人，一共五列，清一色戴着银光假面，齐齐整整跪地领命。

其中一个头领模样的暗卫见沈予出来，率先从地上起身，拱手道：“得罪了。”言罢打了个手势，一群暗卫便将沈予团团围住，倒也未动手脚。而当事人却毫无反应，只一径盯着屋门，目中泄露无尽担忧……

屋内良久没有动静，但沈予能猜到太夫人说了什么。他正自担心不已，一阵撕心裂肺的哭声忽然传了出来，恸人心魂。

是晗初！纵然那嗓音暗哑不堪，沈予也能听出来。他生怕出岫发生意外，亟亟迈步欲往屋里闯，被暗卫们抽刀拦下。至此，沈予终于不堪忍受，一拳直击离自己最近的暗卫头部，湖蓝衣袖飞速一挥，一道冷光已划过那暗卫的咽喉。

几乎是迅雷不及掩耳之势，他伸手夺过暗卫手中长剑，看着他在自己眼皮子底下殒命。其余三十九个暗卫顿时震惊，一则没想到沈予当真会动手，二则也是低估了他的身手。眼见同伴瞬息被杀，暗卫们齐齐朝沈予袭来，但招招不敢致命。

沈予身形几个起落，以退为主，左右躲闪，赤红着双目怒喝：“太夫人！”

“住手！”屋内适时传来一阵喝令，太夫人人未出现，声已传来，“放他进来。”

暗卫们得令，让出一条道路。沈予疾步奔入屋内，一眼瞧见出岫在榻上蜷成一团，面无表情双手抱膝。沈予发现她的身子正在簌簌颤抖，左手手心里还攥着一张泛黄的纸。正是太夫人带来的。

沈予立时扳过出岫的肩膀，探手去看她的左肩，还好，伤口没有裂开。再看太夫人，面上稍有戚色，倒还是那副冷静模样。

“我要立刻带晗初走！”他再也顾不得什么长幼尊卑，对太夫人肃然道，“我敬重您是挽之的母亲，也请您……尊重他的遗愿。”

闻言，太夫人仍旧无甚反应，甚至都没有看他一眼，只道：“她是去是留，你说的不算。”

沈予双拳死死握紧，软下声音哄着出岫：“你不是让我带你走吗？咱们现在就走，马上离开这里。”

出岫缓缓抬起头来，双眸盈满泪光看向沈予：“好，我走。”

沈予立时松了口气：“一言为定。”

“嗯。”出岫失魂落魄地点点头，又看向太夫人，“让您失望了，既是侯爷生前的安排，我选择遵照他的遗愿。”

太夫人面上不乏失望神色，微合双目道：“是我看错了人，也高估了你对辞儿的感情……既然如此，你走吧。”

“我想等侯爷过完头七再走，还请您允准。”出岫卑微地恳求。

太夫人已无心再去为难她，便干脆利落地点了点头：“好。”

出岫闻言没再说话，只挣扎着下了床，不顾沈予的阻拦，执意给太夫人磕了个头。

太夫人面无表情地受下这礼，转身缓缓往屋外走。刚走了两步，又回过头来对出岫道：“那张纸，留给你做纪念吧！”

只这一句，已令出岫的泪珠簌簌而落。她很想哭出声，怎奈此刻已是声嘶力竭，唯有望着太夫人离去的背影跪地不起。她的手在剧烈颤抖，再也使不上半分力气，只能眼睁睁看着那张纸从指间滑落。

略微泛黄的纸张之上写着密密麻麻的几排小字，烛火摇曳，沈予看不清内容，只能瞧见纸张最后并排写着两个名字，工工整整的瘦金字体——云辞、出岫。这两个名字后头，还按着两个鲜红的手印。

沈予从地上拾起这张薄纸，极力稳住心神去看，这才发现其上赫然写就两个大字——“婚书”。一刹那间，沈予明白了，这是云辞一直珍藏着的，要给晗初的一个名分。

只是，承诺仍在，人已长逝。徒留一纸没有兑现的婚书，是这段绝恋的见证，也是云辞最珍贵的遗物。

山盟仍在，锦书难托。

自那日太夫人来过之后，出岫变得越发沉默憔悴，每日按时敷药、喝药，不吵不嚷，也不见悲痛流泪。

沈予看在眼里虽然欣慰，却又隐隐觉得哪里不对劲，仿佛出岫这个人失去了光彩，也失去了灵魂，变成了一具行尸走肉。

转眼间，云辞的头七即将过去，这些日子里，南熙世家公卿、云氏旁支连夜赶来祭奠英年早逝的离信侯；同在房州的慕王亦代表南熙宗室前来祭拜；身在北熙的旁支则还在赶往烟岚城的路上。

时值北熙江山之争的攻坚时刻，叛军臣氏一路北上，已将北熙四州攻下三州，如今正往皇城黎都开进。因而对于云辞之死，北熙原帝自顾不暇，宗室也没人前来凭吊。

离信侯夫妇在一夜之间同时死亡，为保家族颜面，太夫人对外宣称是夏嫣然怀有身孕期间溺水而亡，一尸两命；云辞爱妻心切，悲痛不已，引发旧疾骤然离世。外人都知道离信侯身体孱弱，旧疾缠身，也多少听闻过夏嫣然与之青梅竹马，感情甚笃。因而太夫人这番说辞，倒也暂时瞒住了一些人。

只是眼下除了离信侯风光大葬之外，还有一件万分棘手之事——挑选爵位继承人。云辞膝下无后已是不争的事实，可离信侯之位必须有人承袭，尤其是在这南北对峙、北熙内乱的关键时刻，云氏的存在甚为微妙，是能够钳制南北的最后一步棋。

此时此刻，无论是南熙统盛帝，还是即将夺得北熙帝位的臣氏，都不愿看到云氏的倒台与没落。于是，在云辞头七未满之际，那些名为祭奠的云氏旁支，也受到各自的利益帮派指使，纷纷向太夫人进言，希望尽快指定侯位人选。

在这件事上，云氏一族分成了三派。

顺位派，认为应由云辞的手足按照长幼之序承袭爵位，即云起和云羡；

立贤派，希望在云氏族内寻觅德才兼备的子孙承袭爵位；

立嗣派，拥护嫡脉，主张从旁支里挑选子孙过继到云辞膝下，以嫡系嫡支的身份承袭爵位。

…………

太夫人眼看族人在云辞头七未满之际，便觊觎着离信侯之位，心中不可谓不寒凉，她唯有用一个招数拖下去——佯装悲恸欲绝。谢太夫人痛失爱子，悲戚之余不问外事，众人也只得收敛。

太夫人便在暗中观察族人的态度，只是出乎她意料的是，在这件事上，二房、三房表现得异常平静，只有云起偷偷见过几个家族老人，却也没有下文。

“今夜子时，是侯爷的头七之刻，你务必吩咐合府众人和衣入眠，不得在府内游荡。即便睡不着，也不能离开各自房内一步。”太夫人在佛堂吩咐管家云忠。

南熙自古有俗，在死者故去的第七日，他的魂魄会返回家中。倘若魂魄看到家人还未歇息，便会产生记挂，不能安心去投胎。故而，太夫人才会按照旧俗，命令今夜子时时分合府尽数不得外出。

云管家自然领命称是，匆匆退下去吩咐众人。这边厢他刚刚离开，那边厢沈予已闯入佛堂，对太夫人道：“晗初不见了！”

太夫人握着佛珠的手顿了一顿，从蒲团上起身反问：“她人不见了，与我云府何干？”

沈予心头着急，又不知如何反驳，唯有道：“她这几日一直无恙，明明说好过了挽之的头七，她便随我离开……”

“你以为，是我将她掳走了？”太夫人倏然冷眸一扫，沉声喝问。

沈予哑然片刻，解释道："我并非此意，只是想劳烦您派人在府上找一找。"

太夫人似听到了什么笑话："今日是辞儿头七，合府皆要回避，我如何能派人去找？况且，她是害死辞儿的罪魁祸首，若是有个三长两短，恰好去给辞儿陪葬。"

"太夫人！"沈予见劝不动，当真急了，"旁的不说，即便为了挽之，您也不能坐视不理！何况……那天是您亲自拿来的婚书！"

婚书吗？太夫人双眼微眯，平静反驳："那婚书诚然是辞儿的遗物，可并无媒证之人签字盖印，便不算生效。"

"太夫人何苦咄咄相逼！"沈予终是顾不得礼数，欺身上前怒问她，"挽之费尽心思才保下晗初性命，您难道忍心让他身后不得安宁？"

"不得安宁？"太夫人凄声厉道，"是他让我不得安宁才对！他没留下子嗣，倒将这个烂摊子丢给我！"此时此刻，太夫人亦是怒上心头，在外人面前接连隐忍了几日的怒意，终是被沈予激发出来。

听闻这番话，沈予棱角分明的俊颜很是凝重，"川"字眉峰泄露出无尽担忧。他望着好友的母亲，云氏备受尊崇的谢太夫人，倏然下跪请求道："请您饶了晗初，放她……一条生路。"

太夫人见沈予这般动作，很是诧异，便敛去冷笑看向他，唏嘘道："男儿膝下有黄金，似沈小侯爷这般骄傲之人，竟肯为了一个女人下跪？"

"您是挽之的母亲，亦是我的长辈。对您下跪也是自然……何况为了晗初，我心甘情愿。"此刻沈予已忍到极限，双手藏于袖中紧握成拳，只差磕头相求。

"说到底，你还是以为我将她藏起来了。"谢太夫人幽幽一叹，道出心中所想，"我没有对付她，也不知她在哪儿……不过你若答应我一个条件，我便吩咐寻人。无论她是生是死，我都给你个交代。"

"什么条件？"沈予跪在地上立时抬首，目中毫不掩饰迫切与焦虑。而这目光看在太夫人眼中，生生让她晃了眼。自她知晓云辞的死因之后，便也明白了夫君云黎的死因。是鸾卿亲口证实，情毒加上诛心蛊，唯有绝情弃爱方能解毒。

她的夫君为了让她活下来，不惜上演香艳一幕，只因他懂她，知道她平生最恨男人四处留情、负心薄幸。可当背后的深情真相被戳破，她这股憋了十几年的怨愤又能往哪里发泄？

云辞死后无嗣，离信侯之位悬而未决，毒害她夫君、爱子的幕后真凶还潜藏在暗处，她怎能倒下！若就此言败，她有何颜面去九泉之下见列祖列宗！又怎对得起夫君为她以命换命！

太夫人定定瞧着沈予，心中飞快转过千百思绪。她相信，若是她的夫君、爱子在天有灵，也一定会赞同她的决定！想到此处，太夫人再无隐瞒，直白道出自己的计划："我要你来做辞儿与出岫的媒证之人，让那纸婚书立刻生效！"

做媒证！沈予"唰"地从地上起身，眉眼倏尔散发冷意："您要让晗初与挽之冥婚？在云府为他守寡？"

"不！"谢太夫人断然否认，"我若想找个女人为辞儿守寡，天下闺秀信手拈来，无论如何也轮不上她！"太夫人目中精光毕现，带着几分恨意与算计，道："我要她以离信侯遗孀的身份留在云府做饵，钓出幕后黑手！"

"您这是把她往死路上推！"沈予岂能同意，愤而拒绝，"挽之临终前一再交代……"

"交代什么？"太夫人沉声打断沈予，"辞儿为救她，连性命都不要了！如今我只让她做个饵，又过分了？"

听到此处，沈予恍然大悟："那日您单独与晗初说话，就是为了这个？"

"不错。"太夫人似无力，又似遗憾，"出岫太懦弱了！我看得出来，她没有多少心气儿去为辞儿报仇，只怕是存了生死相随之意。"

"生死相随？！"沈予大惊。

太夫人点头，幽幽叹道："当日我见她那番模样，已知她心有死意。你可要快些决定，否则再犹豫下去，兴许她已经上了黄泉路了。"

此话一出，沈予心中骤然一紧，却犹自挣扎道："我不信，她若想寻短见，大可不必等到今日……"他忽然不敢再说下去了，只怕太夫人会一语成谶。若是晗初当真存了死志，他又要如何面对云辞？

沈予正想着，但听太夫人又道："今日是辞儿头七，也是他阴魂最盛之日，出岫选在今日寻死，不是没有道理。"她边说边看沈予，"你想好了吗？"

面对太夫人的咄咄说辞，沈予终于发现，他低估了对方的手段！太夫人早便知道晗初萌生死志，却不出言阻拦，一则是想等她自己想清楚，二则便是为了逼迫自己签那纸婚书！

云氏的这位当家主母，暂且不论心肠如何，只这一份算计与心思，他沈予这个花花公子，是拍马也远远及不上！

"太夫人不愧执掌云氏十数年，心思之深令人自叹不如。"沈予似讽刺，又似叹服，但更多的是难以遏制的伤情。他发现自己从来不懂晗初，无论是从前，还是今时今日。

太夫人生平阅人无数，眼见沈予沉着脸色暗自斟酌，遂又下了一剂狠药："我不是要出岫一辈子守寡，我只想找出幕后真凶，但这个饵只有她能做。你若签了这婚书，辞儿和出岫的媒证便是你，婚书是否有效，也全凭你说的算。事成之后你若想带她走，也不存在任何纠纷。"

太夫人眯起双眼，继续劝道："你可想清楚了，你来做媒证，主动权便在你手里。"

不可否认，沈予动摇了，但他还是半信半疑。毕竟在这位谢太夫人面前，他的心智犹如稚童："您当真会放她走？"

太夫人有些不耐了："难道你还不明白？我之所以要你做这媒证，一则是尊重辞儿的遗愿；二则是方便你和出岫离开。若非如此，这媒证还轮得到你来做？我拿了婚书去找慕王，难道他会推辞不成？"

闻言，沈予慎重地斟酌起来。自古大户人家结亲，皆要找一颇有威望的人来担任媒证，如此婚书才算按律生效。诚如太夫人所言，若是他自己来做这媒证，届时婚书是否有效，便在他掌握之中，想让晗初改嫁，也不是不可……

想到此处，沈予终于下定决心，对太夫人应允道："好，我答应您，但前提是您要确保晗初的安全。"

太夫人冷笑一声："有你师傅和鸾卿在，她还能有什么闪失？我谢描丹也没这么傻，让人一而再，再而三地玩弄云氏于股掌之中！"

事到如今，沈予不得不倚仗太夫人："既如此，还请您尽快下令寻找晗初的下落。"

"这是自然。"太夫人走出佛堂，看了看渐晚的天色，问道，"你最后一次看见出岫，是什么时候？"

沈予摇了摇头，提不起半分精神："我好几个时辰没见过她了……但一个时辰前，有人瞧见她在灵堂徘徊，可我找遍了，还是找不到。"

太夫人霎时变色："走！去灵堂！"

素白的挽幔悬于灵堂内外，处处可见吊唁人所赠的祭幛，六尺灵桌上高高摆着祭物与香烛，桌前停放着云辞的棺椁。云氏虽家大业大，可整个灵堂却布置的肃穆简洁，一如亡者生前的为人喜好。

太夫人和沈予一前一后步入灵堂，皆为这气氛所感染，不约而同回想起了云辞离世时的情景。由于云辞去世突然，许多族人尚未赶来祭拜，因而这棺椁便一直停放在此，等过了头七再入殓下葬。为此，太夫人特意寻来世所罕见的香料置于棺内，可保云辞的尸身半月不腐不烂。

然而，这灵堂大厅一眼便能望到尽头，又哪里看得到晗初的影子？沈予越想越急，只怕再听到什么噩耗。便在此时，太夫人忽然眯起双眼，看向云辞的棺椁，命道："来人！开棺！"

开棺！此二字一出，连沈予也是大为震惊，忙郑重劝道："重开棺木，是对死者大不敬。我知道您的意思，可这棺盖重逾百斤，晗初一介女流如何能抬得动？

您……还是莫要打扰挽之的亡魂，让他安息吧。”

“那你是小瞧女人的能耐了。”太夫人扫了沈予一眼，冷冷道，“你连开棺的胆量都没有，我倒怀疑，辞儿临终前可是选对了人？”

这一次，轮到沈予变了脸色。他素来骄傲，听惯男男女女的阿谀奉承，怎能受得了这等小觑？

“我是辞儿之母，你是他生前好友，你我二人开棺，也不算惊扰亡魂。”太夫人沉声再道，直接朝着云辞的棺椁走去。

事已至此，沈予亦不敢再耽搁下去，连忙大步走到棺椁前，对太夫人道：“还是我来吧！”说着他已挽起衣袖，双手置于棺盖之上骤然发力，但听低沉的木材摩擦声缓缓响起，片刻之后，棺盖被推开一半。

两人俯首看去，只见紫檀木制成的上等棺椁中，并排躺着一男一女。男子面色苍白不掩清俊，周身散发异香，是死去七日之久的云辞；而女子侧卧在男子身旁，面色红润，倾国倾城，正是出岫无疑。

她竟然当真躺进了云辞的棺椁中！生不同衾死同穴！这等骇然而深沉的殉情，世上又有几个女子能做得出来？沈予顿感惊怒交织，且兼动容，他连忙俯身去探出岫的鼻息，强忍伤痛道：“晗初被活活闷死了！”否则面色也不会如此红润异样。

然而太夫人却冷声道：“将她抱出来！这等没出息的女人，怎配与辞儿同享棺椁！”

沈予怔怔未动，太夫人又看向他道：“也许还有救，这棺椁并非下葬所用，棺身上钻有透气小孔，但很细微。”

听闻此言，沈予立刻将出岫抱出棺椁，又按上她的人中穴开始施救。这一刻，他无比庆幸自己是个医者……

如此费了半盏茶的工夫，沈予已是满头大汗，“啪嗒”一滴汗水恰好落在出岫眼帘之上。电光石火之间，出岫的长睫倏然闪动，一声细微的咳嗽随之响起，她终于幽幽转醒，只不过双眸无神。

“看来还没死透。”太夫人站到出岫面前，突然伸手一巴掌甩了过去。只听“啪”一声脆响，出岫面上立刻留下五指红印，“我儿拼死救你，你却要殉情？！”

“太夫人！”沈予揽着出岫，想要伸手阻止却为时已晚。

静静的灵堂内只能听到出岫微弱的气息，她好似这才反应过来，死寂地看向太夫人，双眸渐渐浮出悲恸欲绝之色。

“如今云氏族人虎视眈眈，各个盯着离信侯之位。你不想着如何保下这位置，不想着如何替辞儿报仇，你对得起他吗？！”太夫人越说越是愤怒，身形颤动几乎要昏倒过去。

“晗初……”沈予将下颌抵在她额头之上，似怨怪、似疼惜，痛声道，“你如此不爱惜自己，挽之地下有灵，要如何安息？”

与此同时，太夫人朝沈予使了个眼色：“咱们走吧！她有勇气去死，却不敢替辞儿报仇，岂不是辞儿爱错了人！白白为她丢了性命！”

话语掷地有声，太夫人瞧见出岫动了动神色，再对她斥道：“云氏传承数百年，每一任当家主母皆胆识过人，似你这般卑微懦弱的女人，还妄想进我云氏家门？我可没工夫为你一个外人耗着！”说罢，太夫人再无一丝犹豫，连云辞半开的棺椁都不顾，大步出了灵堂。

太夫人说走就走，沈予唯恐出岫再寻短见，他想劝，但苦于辞穷，千言万语只能唤出她的名字：“晗初……”

这一声旧称，出岫恍若未闻，只缓缓起身走向棺椁旁。躺在其中的那个人，神态安详，唇畔勾笑，清颜仍旧栩栩如生，似是走的了无遗憾。可，他清冷孤寂地走了，黄泉路上无人相伴，为何要留她在世间踽踽独行？

出岫颤抖地伸手去触摸云辞，从他的眉峰、鼻骨，直至脸颊、薄唇，无一遗漏，生怕错过这最后的肌肤相贴。一行清泪掉入棺椁，恰好滴落在云辞衣襟之上，白衣立刻氤氲开一片水痕，是她流在他身上最后的眼泪。

出岫未曾想到，当日那句“生死不复相见”，竟是一语成谶！从此以后他们阴阳两隔，就连死而同穴都没有机会！这世事环环相扣，这宿命翻云覆雨，竟至残忍如斯……

出岫抚着棺椁哭跪在地，方才还微弱的鼻息，尽数被这场恸哭讨了回来！这是最后一次，且容她再看他最后一眼，从此以后，生死不再是距离，她会为他恪守不渝，在余下的日子里，每日企盼能在梦中相会！

也不知哭了多久，出岫才擦去泪水，施手摩挲着棺盖上的祥云雕花，神色虔诚而郑重。半晌，她看向身后一直守着她的沈予，道：“劳烦小侯爷与我一起，为侯爷盖棺。”

沈予沉默着上前握住出岫的双手，使力将棺盖慢慢合上。云辞风清霁月的面庞从两人眼底缓缓消失，重新掩藏在紫檀棺木之下。而一并掩去的，还有出岫那颗懦弱、自私、逃避的心。

太夫人说得对，云氏的媳妇都是胆识过人，她如此懦弱不堪，简直枉费了云辞的生死深情！太夫人丧夫丧子尚能坚强如斯，她若一意随云辞去了，留下他的母亲苦苦支撑，岂不是让他无法安息！

出岫从怀中取出那纸未能兑现的婚书，当日云辞诓骗她签字的场景仍旧历历在目……她缓缓合起悲戚欲绝的双眸，再睁开时，眼底已是一片清明。

“我不能随你走了，小侯爷。”出岫攥紧手中的婚书，轻声而又坚定地道，“我要留下，为他报仇。”

翌日。离信侯府，前厅。

来自南熙的云氏各支当家人齐齐会聚在此，为了袭爵之事各抒己见，最终以致争吵不休。

“侯爷头七刚过，你们便迫不及待争这爵位，是要反了吗？”太夫人的声音从丹墀上冷冷传来，慑住了厅内众人。

“母亲息怒！几位叔伯也是关心则乱。”云起装模作样先行开口。他自认有资格在这当口出声，一来是作为主人的待客之道，二来也是借此调解之机，让各支瞧瞧他的实力。

太夫人一一扫过厅内各怀心思的族人，包括亟亟表现的云起和一言不发的云羡，才叹了口气，道：“老身头痛得很，今日你们散了吧。”

“太夫人！此事万万拖不得了！再拖下去，待到北熙各支前来，人多口杂，便更不好决断了！”

“顺位最好！二爷与三爷都是老侯爷的子嗣，血统纯正仅次于侯爷，最为合适。”

“按长幼之序继承爵位，自古有之！”

“云氏多的是贤能之辈，若要云氏长久维系，必要选一德才兼备的子孙！”

“嫡系嫡支不可侵犯，侯爷无嗣又如何？挑一房过继了便可！”

…………

耳中听闻众人的吵嚷，太夫人终是忍无可忍，打断厅内的聒噪，厉声喝道：“老身还没死呢！”

“死”字一出，厅内立刻鸦雀无声，紧接着，众人连忙跪地请罪：“太夫人息怒。”

太夫人瞧着一众装模作样之人，只觉得恶心：“袭爵之事，有人主张顺位，有人主张选贤，有人主张继嗣，各说各有理，岂是一时片刻能决断的？如今南熙各支贸然商议，撇开北熙族人，难道又合理了？”

“侯爷无嗣虽是事实，可我老太婆还有几十年要活！究竟要将云氏交到何人手中，此事需从长计议，你们都……”

“谁说侯爷无嗣！”太夫人话未说完，但听一个冷脆的女声忽然响起。众人望向门口，只见一位身着白衣的绝美女子款步入内，双眸焕发着别样光彩，眉宇间又是一抹冷意。

女子缓缓行至厅前，对太夫人下跪道：“奴婢出岫见过太夫人。”

太夫人瞧见来人，又看了看随即入内的沈予，眼中迅速划过一丝涟漪，佯作呵斥："你一个知言轩的丫鬟，不好好做差事，闯进来做什么？"一句话，点明出岫的身份来历。

出岫深深吸了口气，跪地回话："太夫人恕罪，奴婢不得不来……只因奴婢已有了两月身孕。"她停顿片刻，眼角余光飞速掠过众人，补充道："是侯爷的遗腹子。"

话音甫落，厅内立时哗然。有人惊讶，有人质疑，有人欣慰，有人已出言不逊。然出岫恍若未闻，那眸光中所隐隐闪动的是什么，她相信阅人无数的太夫人能看懂。

果然，太夫人直了直身子，面色不改道："好生回话。"

出岫便重重磕了个头，继续道："前几日奴婢已将有了身孕的事向侯爷禀告，侯爷见夫人与奴婢都有了身子，欢喜之余，承诺要给奴婢名分。奴婢自幼父母双亡，为此侯爷曾与夫人的娘家说好，让夏家收奴婢为义女，好让奴婢能顺利过门……怎料……"

话到此处，出岫刻意哽咽着声音道："怎料事出突然，侯爷与夫人接连过世，这消息还未及向您老人家禀告。不过……夏家必然是知情的，您若不信，可传夏老爷一问。"

出岫边说边从袖中掏出一张薄纸，奉过头顶："夫人溺水而亡，侯爷悲恸欲绝。他过身之前，情知奴婢肚子里是他唯一的子嗣，便亲笔写下婚书将奴婢扶正。还望太夫人过目。"

这突如其来的绝美女子，说出的话犹如平地惊雷，轰然在前厅炸了开来。众人齐齐望向丹墀上的谢太夫人，只等她看了婚书做个决断。

太夫人的视线在厅内一扫而过，将各人的神情瞧在眼中，最后才看向出岫，命道："将婚书呈上来。"管家云忠连忙照办。

太夫人接过婚书，佯作仔细地看了一遍："这字迹倒像出自侯爷之手。可这手泥……"她顿了顿声，对厅内众人道："你们都是各支的当家人，也都见过侯爷的印鉴和手泥，还请诸位辨一辨这婚书的真伪。"

她示意云忠将婚书递给众人传阅，便听其中一人道："我们这次都是来为侯爷奔丧，身上也不曾带着文书信件，实在无从辨认真伪。"

太夫人闻言沉吟片刻，对云忠道："去清心斋找一找相关文书，拿过来比对一番。"

岂知云忠却道："老奴的侄儿云逢日前在府内待命，他是云锦庄的当家人，这次也随身带了侯爷的文书，您可传他前来一问。"

"那还耽搁什么，快传！"

半盏茶后，云逢匆匆入了前厅。他在路上已听叔叔云忠说了事情经过，便也不多话，取过婚书仔细对比，回道："太夫人、诸位当家人，这的确是侯爷亲笔所书无疑，上头的手泥也和侯爷以前的文书一模一样。”

众人见云逢力证，又有信件文书比对的结果，一时便各自陷入沉思之中，或猜疑，或揣测，或相信。

便在此时，一直未发一语的云羡忽然开口：“可否将婚书拿来让我瞧瞧？”

云逢恭恭敬敬地将婚书递了过去。

云羡只扫了一眼，便提出关键：“方才出岫姑娘说，这婚书是大哥临终前写下的，可我看这纸张却已泛黄发旧，足有些年头了，不知姑娘作何解释？”

出岫对此早有准备，立刻回道：“侯爷临终之前，取过奴婢的户籍册，交代奴婢务必去找夏老爷认作义父。后来，侯爷便随手从户籍册上拆下一张纸，写了这婚书。三爷若不信，可派人将奴婢的户籍册取出，一看便知。”

这话说得毫无破绽，太夫人亦是表态：“事关重大，既然老三有异议，便取过来看看也无妨。云忠，再差人请房州官籍部的人过来瞧瞧。”

这一次，云逢自告奋勇跑了一趟。

众人都等着，不愿放过出岫话中的任何一个破绽。毕竟兹事体大，若她所言句句属实，一旦生下来是个男胎，便是毫无疑问的世子了！

“母亲，儿子也有异议！”见云逢久去未回，云起也有些等不及了，“据我所知，出岫在去年八月刚落过胎，那孩子诚然是大哥的，可如今才过半年，她又被诊出两月身孕，这岂非不合常理？”

云起的话一问出来，出岫立刻嗤笑一声：“二爷您也说了，奴婢是半年前落的胎，而且是侯爷的孩子。奴婢将养四月，如今再怀有两月身孕，难道不合常理吗？”

云起闻言咬了咬牙，他明明觉得其中大有蹊跷，却又说不上来哪里不妥，想了想，唯有愤愤道：“府内上下皆知，你被大哥贬去了浣洗房，大哥又岂会再复宠你，让你怀上孩子？”

又是一声嗤笑传来，出岫冷冷讽刺：“奴婢为何被贬去浣洗房，难道二爷不清楚？您可要奴婢将内情说出来？”

这一句质问，令云起心中一惊。是了，出岫被贬去浣洗房，盖因他的轻薄之举。今日南熙各支的当家人皆会聚在此，若是让人知道他曾调戏大哥的女人……近日的努力岂不是要前功尽弃？

云起慎重斟酌一番，无奈只得转移话题：“就算大哥复宠你，可谁又能保证，你肚子里的孩子是大哥的？”

“二爷！”出岫愤然怒道，“您这不但是侮辱奴婢，也是侮辱侯爷！难道侯爷连自己的子嗣都分不清吗？您这是有辱他的英明！”出岫边说边淌着泪，端的是几分楚楚可怜。

厅内众人心思各异，但听云起又张口质疑："这事不对！据我所知，大嫂落水那日，大哥曾传出岫去刑堂问话，更怀疑出岫与大嫂落水之事有关，他又怎会签下婚书？"

这一句话，出岫等了太久！她死死将指甲掐入手心之中，猝然起身："那日奴婢被传入刑堂问话，只有四姨太、屈神医、竹影、浅韵在场。就连太夫人都不知，敢问二爷是如何知道的？"

"二爷是暗中盯着奴婢？还是暗中盯着夫人？抑或是暗中盯着侯爷？"出岫美眸微眯，隐隐散发着冷冽之意，再配上这几句咄咄逼问，一瞬间，竟令云起想到了太夫人。

他哑然在出岫的质问中，后悔得直想咬断舌头。云起当然不会承认，只得回道："我也是……猜测而已。"

"当日在刑堂内发生何事，我可以做证。"自跟随出岫进了前厅之后，沈予一直保持缄默，此刻，他终于开口替出岫解围，"在下沈予，家父文昌侯。"

"原来是沈小侯爷！"厅内响起一阵后知后觉之声。

沈予也不多做客套，接着道："在下乃圣上螟蛉之子，当夜恰好受邀去慕王府赴宴，因而错过了刑堂之事，待我回来时，挽之已命悬一线。在下这才知晓，原来当夜出岫姑娘在刑堂之内，由我师傅屈方亲自诊出怀有身孕，挽之想让在下为这纸婚书做个媒证，好让出岫姑娘有个名分，能顺利产下后嗣。"

此话一出，又为这桩婚事增添了几分可信之处。一来，出岫怀有身孕是名医屈方亲自诊的脉；二来，云辞临终前已交代好友为这桩婚事佐证。

至此，几位颇有分量之人都发了话，还有什么可质疑的？恰在此时，云逢也带着房州的官籍长入内，由官籍长亲自辨认，出岫的户籍是真。并且翻开她的户籍册，最后恰好缺了一页，撕痕正与这纸婚书相契合。

"如今，诸位可对这婚书还有异议？"太夫人瞧着厅内众人面面相觑，径直开口询问。

"母亲，我……"云起再次发声，却被太夫人瞟了一眼。

她岂会不知云起的心思，这分明是要戳穿出岫的真实身份了！太夫人便隐晦地对众人道："云氏子孙，自当以云氏为荣，那些损毁云府声望的谣言，还是不要说出来了，免得脏了大家的耳朵。"

听闻此言，云起只得闭了嘴。事到如今，他也分得清轻重。再扯下去，出岫的名声不保，他自己也要跟着遭殃。

太夫人见厅内再无人说话，才暗暗松了口气，对沈予道："沈小侯爷，你是辞儿生前至交好友，又是统盛帝的螟蛉之子，做这媒证也算合宜。今日，烦请你当着云氏族人之面，将这婚书签下吧。”

话音刚落，云忠已端着笔墨纸砚和红泥前来。沈予伏案提笔，右手抖了一抖，终是郑重地、一笔一画地签下姓名，又将手泥重重按上。这一举，表明婚书正式生效。

云忠将婚书再次奉至太夫人手中，她低眉摩挲了片刻，眼底终是闪过泪花，对众人唏嘘道：“三日后，合府上下、各地旁支，都来拜见侯爷夫人吧！”

四日后。

知言轩垂花拱门旁，站了两个女子。一人素白衣裙，不施粉黛，正是服丧期内的出岫；另一人做丫鬟装扮，白衣白裙，乃是淡心。婚书生效的当日，太夫人便一声命令，调拨淡心来服侍出岫。

如今看到出岫被扶正，淡心只觉悲喜交织。悲的是出岫正值妙龄，却成了寡居之身；喜的是主子与出岫这段姻缘，有了个看似圆满的结果。

“夫人，咱们去荣锦堂吧，时辰不早了。”今日太夫人单独传唤出岫，淡心生怕她错过了时辰，惹来太夫人不满。

出岫应声点头，便往荣锦堂方向走去。路上遇见不少仆从侍婢，纷纷向她俯身行礼，毕恭毕敬地唤一声“夫人”。

就在昨日，云氏各支及离信侯府上下，一并拜见了出岫，太夫人也做主将她的名字写入族谱，算是正式承认了她的身份。

夏嫣然的娘家父母也匆匆赶来，两位老人瞧见出岫，几乎痛哭失声，都以为是爱女死而复生。夏老爷公然承认云辞曾请他收出岫做义女，也算堵住了一些质疑者之口。然而，出岫拒绝了认夏老爷作义父，她只想单纯以出岫的身份活在这世上。

幸而，对于这番婉拒，夏家很体谅，夏老爷虽老泪纵横，但也未再勉强。出岫一直以为是太夫人使了什么手段，夏家才没有追究夏嫣然的突然死亡。直到很久以后，她才辗转知道个中真相。当然，这是后话。

再说眼前。出岫走了一路，也想了一路，如此到了荣锦堂。这一次，太夫人是在内厅等候，还遣了丫鬟出来相迎。

“见过太夫人。”明知自己是饵，出岫也有那份自知之明，并不称呼太夫人为“母亲”。

太夫人仍是一身素服，也不与出岫多做客套，屏退左右留她单独说话：“屋子里就咱们两人，我也开门见山。这几日你表现得很好，但你没与我商量，就擅自做了假孕那出戏。我问你，这事你要如何收场？你要从哪里抱个孩子过来？”

那天出岫为了能一击即中，令云氏族人承认她，遂亟亟用了怀孕当借口，也是自信有沈予作保，不会有人产生怀疑。这几日她仔细斟酌过，这法子其实很可行，便向太夫人道出自己的计划："暗中谋害两任侯爷之人，无非是看中了离信侯之位。我假孕在身，必会引出幕后之人再次行动，只要我故意留下破绽，便能引他们上钩。"

"你说得不对。"太夫人立刻出语指点，"对方既能潜藏二十年不动声色，必是个狠角色。你若故意露出破绽，反而令人起疑……你该严加防范，而且，你防范得越严密，幕后之人便越觉得棘手，也更容易露出马脚。"

不愧是谢太夫人，的确手段高超。出岫点头表示受教。

太夫人没再多说，好像有意考验出岫似的，只道："届时你见机行事吧！不要有什么顾虑，整个云府都是你的后盾。"她眉宇划过一丝冷意，几乎是咬牙切齿地说，"只要能揪出幕后黑手，我云氏不惜一切代价！"

出岫自然明白太夫人的决心，立刻应下："您放心，无论那人是谁，我拼了性命也要让他血债血偿！"

太夫人点了点头，平复心情又换了个话题，对出岫道："嫣然之死也有诸多疑点。她最爱排场，出门喜欢前呼后拥，那日却连灼颜都撇下了，且还怀着身子……她尸身上的衣装很朴素，辞儿临终前亲口对我说，他怀疑嫣然是冒充你外出见人。"

冒充自己外出见人？这番内情出岫尚不知晓，忙问道："夏夫人想冒充我去见何人？"如今，出岫是云辞的继室，而夏嫣然是云辞的亡妻，她便称夏嫣然为"夏夫人"。

太夫人看着出岫不解的目光，点拨她道："嫣然冒充的是你，那你不如想想，你与谁说话是见不得天日的？又有谁接了你的约见，是要偷偷摸摸单独去赴约？"

出岫闻言秀眉微蹙，立时喃喃地分析起来："我一个丫鬟，除却与二爷有些过节之外，并不曾与知言轩、浣洗房以外的人来往过。若是约见知言轩和浣洗房的人，我必是光明正大……"

话到此处，出岫目光一闪，醒悟道："二爷曾对我有过……觊觎，闹得府中人人皆知。我若要见他，必然得私下约见，而且二爷多半会来赴约！"

"你还不算太笨。"太夫人眯着双眼，冷冷道，"原先我一直怀疑老二深藏不露，可倘若嫣然之死是他所为，那我反倒高估了他。"

"也许夏夫人之死并非二爷所为，是有人刻意引二爷上钩，想转移咱们的视线呢？"出岫忽然想到这种可能，连忙开口补充。

太夫人挑眉看了看她，又叹了口气："你倒机灵，一点即透……其实嫣然也很聪明，不过都是些小聪明，反而害她丢了性命。"

这句话出岫接不下去，唯有无言以对。

"无论如何，嫣然之死都是条线索，咱们顺藤摸瓜，定能摸出个所以然来。"

太夫人又对出岫嘱咐道。后者应声称是。

屋内突然安静下来，婆媳二人都没有再另起话题。许是这沉默的气氛太过压抑，太夫人渐渐表露出几分伤感。面对夫君与独子接连死亡，她纵然再坚强铁腕，也承受不住这番打击。

就在出岫以为她疲倦了，正欲告退之际，才听她再次开口：“京州来人了，今夜抵达烟岚城，要与慕王一道来祭拜辞儿，你作为遗孀，合该见上一见。”太夫人边说边状若无意地去看出岫，补上一句：“来者是南熙统盛帝第九子，去年刚册封的诚郡王，聂沛潇。”

九皇子要来烟岚城？出岫有些疑惑：“他此番前来，难道单单是为了祭拜侯爷？”

“你太天真了！”太夫人笑着解释，“慕王在南熙宗室行七，但他出身不高，其母早逝，是聂九的母妃叶贵妃收养了他。近年他屡建军功，封王列土来到房州，也是叶贵妃在背后为他撑腰。此次聂九不期而来，又值南熙立储之际，这来意必定不简单。”

话到此处，太夫人略有停顿，又深深看了出岫一眼，续道：“不过他人既然来了，又提出要祭拜辞儿，你与老二、老三也不能失了礼数，便随我见一见他吧。”

出岫朱唇微启，一个“好”字已到唇边，却忽然瞧见了太夫人的神色——慎重且带着几分观测。只一瞬，出岫明白过来，太夫人这是在考验她！

是了，当年九皇子为名妓晗初所写的一首《朱弦断》传遍天下，世人都以为这两者之间有些瓜葛。只有出岫自己知晓，她与九皇子之间清清白白，甚至素未谋面。可太夫人并不知道这些，若是此番她与九皇子贸然相见，岂不是给太夫人落下话柄？

尤其，云起知道她就是晗初，必定会趁机煽风点火，大做文章……

出岫暗自庆幸自己多转了个心思，忙对太夫人拒绝道：“我虽是侯爷遗孀，可这名分来得不踏实，还是……不见客了。有二爷、三爷陪您出面足矣。”

闻此一言，太夫人毫不掩饰满意之色，点头赞许道：“你能如此考虑，可见是用了心思，也懂得察言观色。”

此时出岫只觉得背上渗出层层冷汗，勉强笑道：“是我出身低微，过往不堪，辱没了侯爷和云氏的名声。请您放心，晗初已死，从前那些故人，我会一概避谈避见。”

太夫人“嗯”了一声，表示赞同：“府里虽值丧葬期间，可聂九毕竟是南熙宗室，咱们也不能怠慢。我会让老二、老三陪他在前厅开宴，你若无事，不要轻易离开知言轩。”

出岫连忙领命称是，又听太夫人问她：“如今知言轩的下人可够使唤？”这一问，语气明显轻柔许多。

“从前侯爷的人都调教得宜，我反倒觉得使不完……不如，看哪一房缺人手，分出去一些？”出岫顺势提议。

岂料此话一出，方才还放轻语气的太夫人立刻沉下脸色，开口薄斥：“嫡长房的下人哪能随意分出去？那是贬斥！是打他们的脸面！纵然吃闲饭，也都要留在知言轩！回头让他们去伺候‘世子’吧！”

这话说得极为严厉，出岫也听得战战兢兢，她未曾料到，太夫人竟如此维护嫡系的权威，甚至连下人都不让随意调用。而且那话中之意，分明是同意立嗣派的意见，主张为云辞过继子嗣了！

这倒与出岫的意见一致，她连忙请罪：“是我失言，请您责罚。”

太夫人见出岫蹙眉抿唇，看起来很是紧张，这才给了她一个台阶下：“你来府里时日尚浅，从前是丫鬟，也没人教你。可如今你是离信侯夫人，有些东西便要弄明白。”

出岫羞愧不已，深深颔首表示受教。

太夫人借机再道：“莫怪我待你忽冷忽热，驭人之术便是如此，有时严苛，有时也要怀柔。这其中分寸，你多体会吧。”

“是。”出岫俯身行礼，又听太夫人训了几句话，便告退离开荣锦堂。

第二十章 曾经沧海难为水

转眼间，到了日暮时分，慕王聂七和诚郡王聂九如约而至。沈予作为南熙统盛帝的螟蛉之子，与两位皇子也算沾亲带故，因而太夫人特意邀他前来作陪。

太夫人和沈予都曾见过两位皇子，但云起和云羡只见过同城的慕王，不曾见过九皇子聂沛潇。去年云辞大婚之时，宾客实在太多，兄弟两人又各有待客任务在身，便也无暇与九皇子结交，今日见他登门前来，都有意结识一番。

为表诚意，云起和云羡早早便在府门相候。未几，远远瞧见一辆低调的车辇驶来，缓缓停在府邸门前。车上随之走下两人，一人黑衣一人紫衣，正是慕亲王聂沛涵、诚郡王聂沛潇。只不过聂沛潇封王日子尚浅，如今又没有封邑，众人便习惯性地称呼他为“九皇子”。

云起与云羡见过慕王多次，自不必说，便都暗中打量起九皇子。见他十八九岁的年纪，暗紫衣衫，身姿挺拔，衣襟、袖口都缀了黑色蛇纹，腰间也系着一条绫金的黑腰带，可见是专程佩戴的，算是表达对亡者的尊重。

相传九皇子箫不离身，一管长箫不知吹过多少绕梁之曲，也不知掳过多少闺秀芳心。只不过，这位九皇子争名逐利之心不重，曾多次拒绝其父的指婚，自言府中只豢养姬妾，绝不任人摆布娶妻纳妃——哪怕是他的父皇也绝不妥协。

九皇子本就是南熙宗室最年幼的皇子，也是统盛帝的老来子，又因这份闲散与洒脱，倒使统盛帝对这个儿子极为偏爱，便也由他胡闹去了。即便九皇子成日出入皇城，结交风流子弟，涉足烟花柳巷……统盛帝也都是睁一只眼闭一只眼。

若论魅惑绝世、阴柔狠戾，慕王当之无愧；若论风流贵气、俊朗阳刚，九皇子更胜一筹——这是云起和云羡对比了两位皇子后的评价。

只不过，看归看，想归想，无人敢小觑这位九皇子。只因他十几岁跟着其兄慕王行走军中，一套“蹑云逐月十六式”剑法威震八方，曾在讨伐姜地时一剑斩下姜族首领，自此名声大作。

想到此处，兄弟二人不约而同想起了四姨太鸾卿。若当真论起来，这位九皇子聂沛潇，也算是鸾卿的灭族仇人了。

云羡率先回过神来，生怕聂沛潇在门口站得久了，消息会传到鸾卿耳朵里，于是他连忙伸手相邀："两位贵客有请，家母等候多时。"

慕王与九皇子也不多做客套，拱手还礼进入云府，先是祭拜了云辞，又转入吟香醉月园赴宴。有沈予这等酒场高手在席间调节气氛，一顿私宴也算宾主尽欢。待到宴至尾声，已是月上中天，两位皇子便借口时辰已晚，告辞出府。

太夫人明白，这两位皇子明里是来祭拜云辞，实则是想让云氏支持慕王争夺储位。她瞧出二者的来意，却也只是一笑置之，不软不硬地挡了回去。

直到九皇子走后，出岫才敢从知言轩出来。她忽然想起云辞与她品评《朱弦断》时的情形，也想起了云辞赠给她的那具琴。自从来到云府之后，她已许久没摸过琴了，今夜思绪纷乱，她忽然生起抚琴的兴致。

眼见夜深人静，知言轩上下都睡了，出岫才抱着琴，在竹影的护卫下走出去，想找个地方抚上一曲，寄托哀思。她信步走着，终于寻到一处僻静之地，看着还有些眼熟。出岫记起自己曾在云辞大婚时来过此地，且还遇见了一个言语轻浮的紫衣公子。却不承想，今夜漫无目的地走着，旧地重游了。

"夫人，这里是静园。"竹影开口提醒道。

静园，果真担得起一个"静"字，实在僻静得很。出岫反应过来，夏嫣然失足落水之地，正是静园荷塘！她不禁抬目四望，此时尚为三月，荷塘荒芜一片，倒为这园子更添几分静谧与寂寥。

"夫人……不如换个地方？"竹影担心出岫害怕，便开口询问。

"不必，这里很好。"出岫很坦然，走到凉亭的石桌前，摆下琴具抚弄起来。在追虹苑弹过的那首《少年游》再次响起，不仅是她本人对云辞的思念，更令重听此曲的竹影感慨不已。

"离多最是，东西流水，终解两相逢。
浅情终似，行云无定，犹到梦魂中。
可怜人意，薄于云水，佳会更难重。
细想从来，断肠多处，不与今番同。"

怅然的琴声从出岫指尖缓缓流淌，无限深情，引人唏嘘。倏尔，墙外传进幽幽箫声，亦是这首古曲的节拍曲调，竟与出岫的琴音天衣无缝地相和起来！便好似抚琴与吹箫的两个人，曾配合过千百遍一般。

初开始，出岫的心思都在这琴上，便也没发现有人与她的琴声相和。然而，当她同曲反复重弹之时，墙外的箫声忽然渐起渐高，似幽幽呜咽，透墙而过令她无法忽略。

“噌”的一声，出岫的双手骤然停下，琴声便也戛然而止。竹影原本沉浸在这琴箫合奏的绵绵悲戚之中，见琴音倏停，只余箫声，他连忙去看抚琴的出岫。

但见皎洁月光之下，出岫的右手食指断了指甲，一片月牙状的断甲恰好卡在两条琴弦之间，好似两道终不能交汇的河流，被搭起了一座弯弯的小桥。

“夫人……”竹影有些担忧。

出岫缓缓收回右手，低眉看着断甲处，苦笑道：“无妨，方才心中大恸，一时失神用力过猛了。”

话音刚落，墙外的箫声也缓缓消退，残留的呜咽飘入出岫与竹影耳中，仿佛在诉说着无人相和的苦闷，又似遗憾这戛然而止的古曲。出岫望了望箫声传来的地方，问竹影：“会是谁在此吹箫相和？”

竹影想了想：“会不会是沈小侯爷？”

“他不擅音律。”出岫摇头否认。

“那是……”竹影忽然想到今晚临门的两位贵客，这其中有一位可是极为擅箫，连名字的谐音都是“佩箫”。可，会是九皇子吗？他分明已乘车离开了……难道，他知道了出岫的真实身份，是特意来表白心迹的？

竹影决定隐瞒心中所想，便敷衍着回道：“许是哪家的公子小姐夜不能寐，听到夫人这首好曲，受到感染悲上心头，才吹箫相和吧。”

“是吗？”出岫眸光潋滟望向远处的院墙，一张绝色容颜在月光下美得好似流光溢彩，又悲戚落寞，“我觉得，这吹箫之人是个有故事的，好似有一份难过压在心头。抑或是空虚？”

她这话说的更像呢喃自语，有些低沉轻悄，竹影没听清最后几个字，便又回道：“属下不懂音律，也无从分辨吹箫之人的心情。”

“你若不懂音律，又如何面有戚色，悲从中来？”出岫侧首看向竹影，不解反问。

竹影沉吟一瞬，才如实道：“当日在追虹苑，夫人您夜中弹奏此曲时，属下正陪在主子身边，恰好走到您房门外。”

听闻此言，出岫立刻合上双眸，强忍着不让泪水滑落。正如同那唱词一般“浅情终似，行云无定，犹到梦魂中”，她与云辞，当真唯有在梦中相会了！每念及此，那肝肠寸断之感，竟要生生将她撕裂开来。

心头又是一阵难以遏制的疼，出岫抚了抚心口，叹道：“回去吧。”她边说边站起身，从琴弦上捻起那片断甲，正欲收琴离开，却听墙外又响起了箫声。

吹箫之人还未离开吗？出岫侧耳细听，这一次，传来的是另外一首古曲，但吹到一半却忽然停止。只是停顿的地方，恰好是一句唱词——“相隔千里问君安，思无言，可无恙？”

出岫收琴的手就此顿了顿，她感知到了吹箫人的担心之意。想来那人是听到自己戛然而止的琴声，又等了半晌不见复弹，才会吹曲询问吧？

心思如此细腻，可见是个女子。出岫认为，单是这琴箫相和的默契，自己也该回应一番。更何况，这吹箫人还一直在墙外等着。想到此处，出岫又重新坐定在石案前，缓缓起调回应起来。她弹的是首小调《一世安》，曲子很短，也不欢快，被她弹得稳真平淡，恰如她此刻想要表达之意——尚算安好。

因为右手断了片指甲，弹这首曲子时，出岫稍显无力了些。可到底曲子不长，她能勉强弹完，最后，还刻意在尾音上施手一划，弹出一个连音用以结尾，算是她对吹箫人的致谢。

果然，琴声甫落，墙外箫声又起，只三五个音节，犹如黄鹂鸣翠，又如仲春暖风，似是对弹琴之人的鼓励。出岫闻在耳中，今夜头一次真心实意地笑了出来，缓缓收好琴具对竹影道：“回去吧。”

因着这夜箫声中所传达的默契、关切与鼓励，出岫在云辞死后，头一次沉沉睡去，没有夜半惊醒，更无辗转失眠。

而墙外那吹箫之人，却不如此走运了。聂沛潇今夜在云府喝了些酒，又想起云辞的英年早逝，便被那醉意勾着，突发了些感慨与惆怅。聂沛潇自问与云辞并不相熟，但与沈予却是京州的酒肉朋友，何况沈予是他父皇的义子，与他也算有手足之谊。他早听沈予提过云辞腿疾的由来，也对云辞生出些钦佩。

云辞大婚之时，他奉父皇之命前来道贺，顺势探望七哥。

纵然云辞大婚整晚一直在笑，在觥筹交错，但聂沛潇感觉到，云辞并不是发自内心的欢喜，想必这婚事也是所谓的联姻之举。当时思及此处，他便觉得是看到了自己的将来，只怕也逃不过“权势联姻”的下场。

当时他越想越觉得不是滋味，便偷偷从婚宴上溜了出来，想找个僻静之处独自喝酒消遣，不料正兴起时，被个女子打断……

想到此处，聂沛潇不禁叹了口气。他怎么也没想到，前后不过七个月而已，云辞居然死了！他原本还想与云辞深交一番，岂知初见是新婚，重见变亡魂……

今夜再来云府时，他的本意是想再去一趟那个园子，再凭吊一番当时的心境。怎奈席上气氛微妙，他实在寻不到机会脱身，便只得在离开云府之后，让七哥慕王先行回府，自己则弃车信步而行，带着贴身护卫，按记忆摸索到那园子之外。

只是不承想，这一次，院墙内竟有人在弹琴，悲戚无力，又掺杂着绵绵思念。就连他自诩精通音律，也被这琴声感染，不自觉地吹箫相和。然而合奏仅仅过了一半，墙内的琴声却戛然而止，令他怅然若失。

纵是知晓离信侯府乃铜墙铁壁，他依然担忧那弹琴之人是否出了意外。因而才会吹起一调隐晦相询，原本只想侥幸试探，谁知墙内的弹琴人很快回应了！

这简直堪称是知音之举了！聂沛潇窃喜，他更加确定墙内弹琴之人是个女子，而且，是个甚为年轻的女子！也唯有妙龄少女，才喜欢在曲子的末尾，使用连音这种花俏手段。

聂沛潇不禁失笑。他以往听到的琴声，或刻意逢迎，或故作深沉，或有技无心，或勉强入耳……总是缺少那份能打动他的诚意与情怀。自从晗初香消玉殒之后，他有多久没听过这般动人的绕梁之音了？

能在半夜弹琴之人，必不会是云府下人……有那样一瞬间，聂沛潇几乎要跳进高墙内一探佳人芳踪，可冷静想了想，他此次前来是为了七哥的争储大业，如今前路未卜，胜败不知，若当真唐突了佳人，他又该如何维系这段知音的缘分？

更何况，眼前不是别的世家，而是云氏。只为了这敏感的姓氏，他也不能轻举妄动。如此一分析，聂沛潇遗憾地笑了笑，转对贴身护卫问道："云府之中，有几位小姐？"

护卫细想片刻，回道："有两位庶出的小姐，闺名唤作云想容、云慕歌。"

"云想容、云慕歌？"聂沛潇喃喃念着两人的名字，又问，"都多大了？"

"云想容年十六，云慕歌……大约十一二岁。"

听那琴声，应当不会是十一二岁的小姑娘所弹吧？聂沛潇再看一眼云府高高的院墙，语中似确信，又似疑惑："云想容吗？"

语毕，他一袭暗紫衣袍已渐行渐远，最终消失在寂寥的月色之中……

这一夜出岫睡得极沉，一觉醒来已是天色大明。由淡心服侍着起身盥洗，她按例前往荣锦堂向太夫人请安。在云辞头七过后，云府上下又回到了从前的日子，许多旧习也寻了回来，譬如两房姨太太陪太夫人用早膳。出岫无意耽搁她老人家用饭，请了安便欲返回知言轩。

"既然来了，就留下一并用膳吧。"太夫人说的随意，可出岫知道，这顿饭必定别有深意。她陪同太夫人一道进入膳厅，果然瞧见两位姨太太面露微讶之色，只是三房闻娴很快反应过来，率先行礼："太夫人、夫人早。"

二房花舞英这才紧跟着道："太夫人早，夫人……早。"那话语说的端不自在，也笑得勉强。

太夫人微微点头，出岫顺势开口回礼："二姨娘、三姨娘客气。"

话音刚落，太夫人已先行入座，又特意拍了拍身侧的位置，出岫会意，随之入座。几位姨太太也陆续坐定。出岫忍不住抬眸望去，这桌上四个女人，说来都算云府的主子，当中却有三个是奴婢出身——二姨太花舞英是太夫人的奴婢，三姨太闻娴是老侯爷的奴婢，她自己则是云辞的奴婢。

出岫忽然有些感同身受，明白太夫人为何如此注重身份地位了。试想她堂堂谢家的嫡出小姐，又是名满天下的云氏主母，如今却与三个奴婢出身的女人共桌吃饭，她心中必然是添堵的。

正暗自想着，那厢已开始传菜，只听太夫人颇为慈蔼地说道："你是有身子的人，头三个月最怕出岔子。今日陪我用过早膳也就罢了，从明日起，晨昏定省还是免了。我若有事，自会传见你。"

出岫闻言微诧，又顿时明白过来，太夫人是与她一唱一和，增添"身孕"的真实性了，于是她连忙称是，故作受宠若惊的模样。

两位姨太太见状，也说了些嘱咐的话，一顿早膳便在各怀心思中度过。用完早膳，几人都默默坐着不敢离去，等着太夫人进一步示下。直到此时，她老人家才不慌不忙地以巾拭口、以水涤手，闲适地对出岫道："让迟妈妈去照顾你这一胎吧。"语毕她没给众人开口的机会，对两房姨太太摆手挥退："你们散了吧。"

太夫人竟让荣锦堂的迟妈妈去照顾出岫！须知迟妈妈乃云辞的乳娘，还是太夫人从娘家带过来的，在这云府之中，除了太夫人，尚且无人敢使唤她，合府都将迟妈妈当作半个主子了！这是给了出岫多大的荣耀！花舞英与闻娴飞快地对望一眼，齐齐称是告退。

见两房姨太太去得远了，太夫人才缓缓起身，与出岫一并走出膳厅："你可知道我用意何在？"

出岫点头："您是在两位姨娘面前替我立威。"

"我是替你立威了，可这'威'能维系多久，还得靠你自己。"太夫人直白点明。

出岫沉默片刻，才低声道："您那日说过的驭人之术我时刻铭记在心，故而今日也有一事相求……浅韵这些日子一直关在刑堂，我想让她重回知言轩。"

听闻此言，太夫人倏然停下脚步："浅韵如今恨你至极，甚至要举刀杀你，你还替她求情？"

出岫垂眸轻叹："侯爷是被我害死的，浅韵要杀我，反倒更说明她对侯爷的忠心。"

太夫人挑眉："我只怕你降不住她。"

出岫勉强一笑，试图说服太夫人："您曾教导过我，对下人几时苛待几时怀柔，要拿捏好分寸。她如今在刑堂已待了多日，算是受过苛待……再者她是您的人，又曾侍奉过侯爷，我不大忍心。"

"你几时这么能言善辩了？拿我的话来做文章？"太夫人略一沉吟，不再反对，"浅韵性子烈，你若想用她，自己当心吧。"

出岫达成所愿，正欲道谢，却见太夫人又是沉吟一瞬，说道："竹影虽是辞儿的贴身护卫，可到底是个男人，跟着你也不方便。我再配个女护卫给你，明日就去知言轩。"

出岫连忙道谢，不禁暗叹太夫人心思缜密、考虑周详。两人又说了会儿话，她便亲自去了刑堂。

幽暗的刑堂牢房，素来是关押云府犯错的下人。可巧的是，关押浅韵的这一间，恰好也是从前关过出岫的地方。牢内的浅韵哪里还有疯癫模样，只双目无神地呆坐地上，那身服丧的白裙早已污浊得看不出原本颜色。出岫仿佛从她身上看到四个字：了无生机。

听到牢门开启，浅韵抬头看了出岫一眼，那原本无神的双目渐渐焕发出凛然恨意。她张了张口，想要说话，可十数日不曾开过口，所发出的声音已嘶哑不堪："你杀了我吧。"

纵然知晓浅韵不喜欢自己，可瞧见她这副模样，出岫还是鼻尖一酸，低声反问："我为何要杀你？"

浅韵冷笑，不再言语。

出岫想了想，又道："如今我是侯爷的遗孀。"

"遗孀？"果然，浅韵听到这两个字，面上大为惊讶。

出岫抚上小腹，解释道："我有了侯爷的遗腹子……"

她原本以为这话会引起浅韵更多的嫉妒与恨意，岂知对方只怔怔看着她的小腹，喃喃道："侯爷的孩子……"渐渐地，浅韵目中的恨意变作了悔色，又哽咽着叹道，"天啊！我竟险些害了主子的骨肉！"

出岫原本不想骗浅韵，可如今她不得不扯这个谎。她将双手叠放在小腹上，对浅韵道："太夫人已恩准你重回知言轩……从明日起，迟妈妈要来为我安胎，我希望你能回来帮我。"

"帮你什么？"浅韵终于回过神来，又恢复了冰冷神色，但比方才多了一丝生气。

出岫见她似有所动，忙道："从今往后，我想让你负责我的吃穿用度，不让歹人有机会伤害我的孩子。"

“你让我服侍你？”浅韵与出岫对视，冷言啐道，“你做梦！”

“不是服侍我，是照顾侯爷的孩子。”出岫面色不改，“这也是你欠侯爷的。”

“我欠侯爷的？”浅韵不解，“你休想往我身上泼脏水！”

“我不是往你身上泼脏水。”出岫沉声说出事实，“侯爷中的是情毒，这毒必须通过日常起居才能下手。一直以来，侯爷穿的衣裳、吃的饭菜、喝的酒水……都是由你负责。若非你失职，他又怎会中毒？”

这句质问，犹如一根利刺正正戳进浅韵的心房：“居然……是我疏忽……”她的双目再次涣散起来，难以掩饰的愧疚神色随之浮现，伴随着两行清泪，到最后变作了失声痛哭，撕心裂肺。

原本出岫无意去戳开那些痛楚，毕竟，伤人亦自伤。她不愿继续待在这牢房里，唯恐自己多停留一刻，那颗故作坚强的心便会被瞬间击溃。出岫转身迈出牢房，最后对浅韵道：“我许你三日时间休整，三日过后，你来接手淡心的差事。”

白色裙裾随着步伐轻微扬起，出岫已快步走出刑堂，朝知言轩方向返回。胸腔里一片空空荡荡，直到此刻她才敢于承认，她是怨恨云辞的，怨他自作主张以命换命……而她，成了最后一个知道残酷真相的人，再想去悔恨与挽回，为时已晚。

出岫悲戚地返回知言轩，刚刚平复下心绪，便瞧见值守的丫鬟匆匆来禀：“夫人，沈小侯爷等您多时了。”

沈予来了？出岫连忙去往知言轩的待客厅，果见那英俊男子面色凝重，眉峰微蹙，颀长身姿站在厅内，正定定望着案上冒轻烟的茶盏，似有所想。

“小侯爷。”出岫浅浅一笑，迎面招呼道。

沈予迅速回神看过来，目中是浓重的关切与思念：“这几日你忙得很，我都瞧不见你了。”

出岫垂眸：“是我瞧不见您才对，这几日您不常在府里，是准备动身回京州吗？”

沈予摇了摇头，并不回答，反而问道：“你肩伤如何了？”

若非对方问起，出岫都快忘了，十四日前，浅韵曾用匕首扎在她的左肩。也不知沈予给的是什么药膏，伤口愈合得极快，平日若不抬臂使力，倒也不觉得疼。

“每日一早一晚，淡心都为我敷药，您若不说，我都忘了自己还负着伤呢！”出岫试图用轻快的语气与沈予交谈，也想以此暗示他，她过得极好。

沈予闻言笑了笑，从怀中取出一个瓷白药瓶，递到出岫手中：“想着你那瓶药也该用完了，这一瓶不仅有助伤口愈合，还有除疤的功效，你不妨试试。”

出岫接过药瓶，尚能感受到瓶身上的余温，那是来自沈予怀中的温热，仿佛他交给她的不是一瓶药，而是他的一颗真心。出岫忽然觉得这药瓶异常烫手，几乎令她握不住。她定了定神，强迫自己不去多想，客气地向他致谢：“多谢小侯爷惦记。”

这份突如其来的疏远之词，沈予敏感地察觉到了，遂摇头苦笑一声：“晗初，我们非要如此客套吗？”

出岫佯作听不懂：“小侯爷唤错了，我是出岫。”她顿了顿，补充道，“也是离信侯的遗孀。”

“遗孀”二字一出，沈予目中顿时闪现悲哀之色，浮在那双墨黑潋潋的瞳仁中，浓得化不开。他沉默片刻，下定决心不给出岫逃避的机会，直直问她：“倘若为挽之报了仇，你还愿意随我离开吗？”

听闻此言，出岫不假思索地坦诚道：“在知晓真相之后，我已决定生死相随……即便不能去黄泉路上陪他，我也要守着他这份家业，恪尽不渝。”

经历过最壮丽辽阔的一份爱，便如见识过最美的风景，往后，又有什么感情能比得过这份生死相许的深情？云辞虽已离去，可他留给她的那份情如此完美，如此刻骨铭心，这世上，已没有第二个人能走入她的心底。

曾经沧海难为水，有云辞，她此生足矣。想着想着，出岫又要落下泪来，她刻意抬眸去看厅里的匾额，试图克制着不让泪珠从眼眶滑落，也克制着不去看沈予的神情。

“如今挽之才刚刚离世，你放不下也是正常。”沈予并不气馁，他毫不掩饰自己的痴迷与执着，“我不会再放弃了，这也是挽之的遗愿，他并不愿意你为他守寡。不论是为了挽之临终所托，还是为了我自己，我都等着你。”

眼前名为“晗初”的女子，仿佛是一个诅咒，诅咒沈予再不会爱上别人。不是没有尝试过解脱，在她离开追虹苑之后，他比以往更加恣意荒淫，然而心底的思念与悔恨也令他越发空虚。

大家闺秀、小家碧玉、刁蛮活泼、温婉贤淑……女人他不知看了多少，竟然再无一人比得上她。他又何尝不是“曾经沧海难为水”？

“晗初，别让我觉得自己像个废人。”想着想着，沈予已然双目赤红，极力忍着某种汹涌袭来的情绪，“若是累了，不妨回首看看，你身后还有我。”

这话一出，出岫立刻转过身子背对沈予，不愿让他瞧见自己落泪：“小侯爷请回吧，咱们独处时间久了，容易招惹话柄。”

气氛在这一刻陡然凝滞起来，沈予脸色微黯，继而长叹：“无论这次你说什么，也休想赶我走了。方才你不是问我这些日子去哪儿了？我在看园子……”

他坚定的话语充斥着出岫的双耳，似要将她团团包围：“我已向父侯修书禀报，从此以后，我要长住烟岚城。”

长住烟岚城！一刹那，出岫震惊不已，又急忙转身问道：“文昌侯怎会允许？”

“怎不允许？挽之留下寡母寡妻和偌大家业，我对父侯说我要留下照拂。”沈予又是一声苦笑，“挽之为我患上腿疾，文昌侯府欠了云氏天大的人情，父侯不会不允。”

此时出岫已不知该如何接话了。她沉默片刻，正欲再劝，但听沈予又道：“我想过了，如今你是离信侯遗孀，我长住云府对你名声不好……故而我在外头买了个园子，距此只有两个街口，也方便照应。”

“小侯爷……”也不知是感动于沈予的这份情，还是愧疚于自己无以为报，出岫只得别过脸去，无力地摇头。

沈予见她这副样子，却是笑了，笑里有几分风流与无赖，仿佛又变回了那个流连风月的沈小侯爷：“别劝我回京州，你也劝不动。”

事到如今，出岫也明白难以改变他的心意：“太夫人知道吗？”

“知道。”沈予痛快地回答，“我向太夫人禀报过了，等我买的园子收拾利索便搬出去。在这之前，我还会暂住云府一个月。”

“太夫人……没问你为何留下？”

“她没问，也不需要问。”沈予仍旧笑着，“以她老人家的精明，怎会瞧不出来？”

不可否认，沈予这人虽然性子执拗，可要逗弄起人来，尤其是女人，也有几分真本事。出岫见他如今成熟稳重许多，是由衷地替他开心，可转念想起促使他改变的原因，又不禁悲从中来。

两人俱是一阵沉默，各有各的悲伤。气氛正有些尴尬之时，淡心却突然匆匆来禀：“夫人，大小姐来了。”

云想容来了？出岫有些疑惑，她自问与这位云府大小姐从无交集，可既然人已经来了，她也不能不见。

出岫与沈予对望一眼，后者察觉应当避嫌，便不舍地道：“那我先走了。”

出岫点点头，连忙让淡心为自己整理仪容。沈予见状不再多言，转身便走，一只脚刚跨出房门，迎面瞧见一个十五六岁的少女娉婷而来。容貌清妍、眉眼别致，不想也知，必然是云辞的庶妹，云府大小姐云想容。更何况，她身后还跟着丫鬟。

沈予斟酌着是否要招呼她一声，又想起男女有别，且彼此不曾认识，便弃了这念头。岂料，云想容反而款款走至他面前，脸色绯红盈盈施礼道：“想容见过小侯爷。”

云想容怎会认识自己？沈予有一瞬间的诧异，然转念一想，许是方才淡心告诉过她自己在此，于是了然地回礼：“大小姐。”

这三个字沈予自问说得如常，可云想容的脸色却变得更为红润，连耳根子也红了起来。她是大门不出二门不迈的大家闺秀，许是不常见到陌生男子，才会觉得羞赧。如此一分析，沈予也未感有异，又一颔首便抬步离开。

直看着沈予走得远了，云想容才定神走入待客厅，俯身行礼：“嫂嫂。”

出岫这是第二次以离信侯夫人的身份见云想容，上一次还是合府拜见之时。除此之外，两人从未私下说过话，因而出岫未曾想到，云想容肯唤她一声“嫂嫂”。

无论是出于真心还是假意，这多少都令出岫有些动容，她连忙上前虚扶一把，笑道：“大小姐客气了。”

云想容抿唇一笑：“嫂嫂太见外，唤我想容即可。”

出岫不禁打量起这个比自己小一岁的女孩子。别看二姨太花舞英平日总打扮得珠光宝气，可云想容似乎没有继承其母的性子与喜好。她今日穿着一袭淡蓝衣裙，干干净净，清清爽爽，又不失少女的柔媚，直教人想起天边一朵绵云，很是心旷神怡。

出岫并未与云想容多做客套，笑着问她：“大小姐前来所为何事？”

云想容有些犹犹豫豫，咬着饱满的樱唇似在斟酌，半晌，才道明来意：“我想问嫂嫂要个人。”

“谁？”

“从前夏嫂嫂身边的丫鬟灼颜。”云想容边说边看出岫的脸色，解释道，“灼颜随夏嫂嫂嫁过来时，已打定主意要做云府的人，连卖身契都带了过来……如今夏嫂嫂去世，她这贴身丫鬟也没差事，若是嫂嫂您用不上她，不如将她调去我那儿吧。”

灼颜何时与云想容有了交情？出岫有些意外，因为在她印象之中，灼颜是个媚上欺下的丫鬟，不能说人品不好，但不像浅韵、淡心一样爱憎分明、一心为主。显然，云想容一个良善温顺的大家闺秀，与灼颜并不是一路人。除非，是灼颜使了什么手段刻意接近云想容……

这般想着，出岫心中不禁升起几分警惕。莫说如今夏嫣然的死因尚未水落石出，灼颜不能离开知言轩；即便是为了云想容着想，她也不愿让灼颜过去侍奉。更何况太夫人发过话，知言轩的下人不能随意调走。

出岫便对云想容婉拒道：“不瞒你说，我原本也觉得知言轩人手太多，想要拨给各房……但太夫人不乐意，说我如今怀了身子，日后多有用人之处，不许将下人拨出去。”

听闻此言，云想容却不放弃，想了想，又道：“母亲指的是从前侍奉大哥的人，可灼颜是夏嫂嫂带来的，应当不在此列。”

这话一出，出岫更是诧异。她听云想容话中之意，分明是打定主意要带灼颜走了。当真怪哉！云想容若只是随口问问也就罢了，可自己已经将话说到这份儿上，一般人也该识趣了……由此可见，云想容与灼颜应当有些交情。

出岫不禁想起太夫人的揣测……若夏嫣然之死当真与二房有关，莫非，云想容知道了什么？毕竟她与云起一母同胞，倘若察觉出什么内情，想要为兄长加以掩饰也无可厚非。

如此一斟酌，出岫更不能让云想容带走灼颜，便假作为难地叹了口气："如今在太夫人跟前，我还说不上话。大小姐若真想讨要灼颜，不妨自己去张口，会比我更有分量。"

一提起太夫人，云想容犹豫了："那还是……算了吧。如今大哥与夏嫂嫂过身不久，各地一年一度报账的时候又该到了……待过了三月再说吧。"

出岫暗自松了口气，口中却道："实在对不住，我人微言轻，也是无能为力。"

云想容摇了摇头："没有这事，如今说嫂嫂人微言轻的，日后看到您这胎一举得男，他们都要悔得咬断舌头。"她边说边从座上起身，告辞道："您有孕在身，一定多加休息。我不打扰您了。"

云想容来得快去得也快，出岫起身送客："我让淡心送你回去。"

"不必了，我的丫鬟在外头候着。"云想容低身行礼，"今日是我冒昧了，嫂嫂莫怪。"

"没帮上你，是我的错。"出岫客气回道，执意要将云想容送出门。

果然，外头站着一个丫鬟，见云想容出来连忙行礼。那丫鬟看到出岫，莫名地脸色一白，又迅速恢复过来，开口问候："给夫人请安。"

出岫点头，看了那丫鬟一眼。弯弯的眉眼似两道月牙，白皙的肌肤显得剔透，虽说云府美婢如云，可放眼整个府内，单以这丫鬟的容貌气韵，也算个中翘楚了。尤其是那弯如月牙的眉眼，看着有几分盈盈笑意，真真是眼熟得紧。出岫心中忽然晃过一个影子——玥鞠！

云起身边的丫鬟玥鞠！那个与自己同染瘟疫，却最终没能保住性命的女孩子。出岫疑惑地看向那个丫鬟，不由自主地开口问道："你叫什么？"

"回夫人，奴婢叫'玥菀'。"丫鬟低眉顺眼地回道。

"玥鞠是你的姐妹？"

出岫本是随口一问，岂料玥菀面上忽然浮现戚色，月牙般的眸子里闪过泪花，哽咽回道："玥鞠正是奴婢的亲姐姐，夫人您还记得她……姐姐地下有知，也该安慰了。"

出岫怎会不记得玥鞠？若不是那个名为"玥鞠"的丫鬟，她不会染上瘟疫被移至别院疗养，云辞不会衣不解带地照顾她，更不会对她表明心迹……也正是玥鞠送来的锦盒里暗藏春药，云辞才会与她发生肌肤之亲……

想起那如花少女的早逝，出岫不胜唏嘘："难怪长得如此相像，原来是亲姐妹。你姐姐很好，只是……瘟疫太过凶险，谁又说的准生死呢？"

此刻玥菀早已垂泪不止："夫人好福气，当时能得侯爷亲自照料，救回性命。可，我姐姐她命苦福薄……"

"玥菀！"云想容突然开口呵斥，"你太失礼了！"

玥菀这才回过神来，连忙用袖子擦干眼泪，惶恐着认错："奴婢知错。"

云想容又瞪了她一眼，才转对出岫致歉："嫂嫂莫怪，是我没管教好下人。"

"痛失至亲的滋味你我都尝过，由己及人，如今也能体会一二。"出岫委婉地为玥菀解围。

玥菀向出岫投来感激的一眼，便听云想容又道："玥鞠和玥菀两姐妹，一个拨给二哥，一个拨到我这里。平日也不见她与玥鞠太亲厚，今日不知怎的……"那话中之意，分明暗指玥菀在出岫面前扮可怜，借机博取同情。

出岫没往下接话，浅笑转移话题道："天色不早了，你快回去吧。一会儿屈神医要来为我请脉，你尚未出阁，撞见他多有不便。"

这倒是令云想容谨慎起来，耳根子又是一红，微微点头道："那我先回去了，嫂嫂保重。"

出岫正欲再次开口作别，又听云想容低声问自己："嫂嫂说的这位屈神医，是沈小侯爷的师傅吗？"

"正是。"出岫不解她为何有此一问。

然而云想容只莞尔一笑，未再多说，领着玥菀告辞离去。

这事过后，知言轩倒是风平浪静地过了几天，人手也是有增无减。

先是迟妈妈受太夫人指派，来帮出岫"安胎"；继而浅韵也重回知言轩，分担了淡心的差事；紧接着，太夫人调拨了一个名唤"竹扬"的女护卫过来。日子看似平淡地流逝着，合府再没出现什么动静……

直至女护卫来到知言轩的第五天，有人暗中将一张字条夹在浣洗房送来的衣物里，没有指明给谁，字条上只写着一句话——

"今夜亥时，内花园假山，请君看戏。"

第二十一章 好戏连台请君看

浅韵是头一个发现字条的人，立刻呈给了出岫。只见其上的字迹歪歪扭扭，一看便是有人故意为之，不想泄露自己的笔迹。

“今夜亥时，内花园假山，请君看戏。”出岫又喃喃念了一遍这字条，心中斟酌着是否该去一探究竟……须知内花园假山介于两条抄手游廊之间，东西两侧所连接的园子，分别是云起所住的金露堂，和云想容所住的霓裳阁。

云起、云想容……出岫心中飞快闪过一个念头，她隐隐觉得今夜这“戏”与云起有关，保不准也与云想容有关，毕竟，这位大小姐几日前才来过知言轩，讨要的丫鬟恰好是灼颜……

到底该不该去？万一是个圈套呢？出岫仔细分析，倘若来者只是针对她自己，则最毒辣的陷害只能是两个方面：要么污蔑她不守妇道，要么残害云辞的“遗腹子”。

如此一想，出岫反倒不怕了。一则“不守妇道”这个罪名太夫人不会相信；二则她是假孕，也不怕有人害她落胎。

出岫决定走这一趟。但赴约之前，她先招来浅韵，郑重嘱咐道：“你今夜不要早睡，在我屋子里等着。倘若我子时还没回来，你便去荣锦堂据实禀告，请太夫人派人寻我。”

浅韵干脆地领命。

出岫又传了新来的女护卫竹扬：“今夜内花园当值的护院有几人？你能打听到吗？”

竹扬思索片刻，回道：“应是二爷园子里的人当值，亥时交接换班。”

听了这话，出岫更觉今夜非走这一趟不可，但独自前往又实在危险。如此斟酌一番，她对竹扬道：“你是太夫人亲自挑的人，我自然最信你。不瞒你说，今夜我要去一趟内花园，也许有些危险，想请你随我一道。”

竹扬痛快点头：“但听夫人吩咐。”

“你没听懂我的意思。”出岫顿了顿，解释道，“我是说，这事先瞒着太夫人。你能做到吗？”

这一次，竹扬的神色微妙起来，并未即刻回答。

这是不悦？还是不从？出岫说不上来，只觉她这种不置可否的态度，不如浅韵、淡心的爱憎分明让人痛快。其实竹扬很年轻，看似只比浅韵、淡心大上一两岁，虽说不够娇柔妩媚，可那股子英气却很独特，也为她平添了一分独特的神韵和……神秘感。

见竹扬一直犹豫着，出岫决定放弃她：“罢了，你听命于太夫人，我本不该让你为难。”

竹扬仍未接话，而是反问道：“属下若不随您去，您还能寻到旁人吗？”

“能。”出岫想到了竹影，事实上相比较竹扬，她更相信竹影的身手。可竹影毕竟是个男人，如今太夫人既调拨了女护卫过来，便也是隐晦提醒她注意男女之别。出岫又岂会不懂？

只是，她实在太想去“看戏”了！如若她运气好，也许夏嫣然之死，更甚是云辞之死，今夜都能有些意外收获。这个风险，出岫自问值得去冒。

想到此处，她对竹扬又添了一句：“你不必担心，竹影身手不错，应能护我周全。”

“竹影？”竹扬一挑眉，忽而凝了神色，片刻后改口道，“夫人还是让属下去吧，同为女子，遇事也方便一些。”言罢她又刻意强调：“属下自认拳脚功夫不逊于男人。”那语气很是自信。

“如此最好不过，但请你先瞒着太夫人。”不到万不得已，出岫不想惊动她老人家。

“属下是夫人的护卫，自然以夫人的意志为重。”竹扬回道。

听了这话，出岫心中也踏实许多，又与竹扬细细交代一番，两人便等着亥时降临……

三月初的夜风尚有些凉意，更衬得这诡异夜晚令人毛骨悚然。戌时三刻刚过，出岫与竹扬皆换了一袭黑衣，悄然从知言轩的后门离开。

出岫不知竹扬使了什么法子，又用了什么说辞，总之她两人一路走过来，知言轩的值守与暗卫皆无动静，没人询问，更无人阻拦。可饶是如此，出岫还是觉得后背发凉。

竹扬看出了她的逞强，便低低道：“要不夫人回去吧，您若信得过属下，便让属下代为一探。”

“不，我必须亲自走一趟才安心。”出岫不假思索断然回绝，“再者，我也不能让你单独涉险。”

“属下的职责，不就是保护您的安全？”竹扬说得不紧不慢，很是沉稳，“我看您一直在发抖，既然如此，又为何逼着自己去？”

出岫连忙拢了拢衣襟，倔强回道：“我只是有些冷而已。”

“您若觉得冷，不妨回去加件衣裳。”竹扬给了她一个台阶下。

“来不及了。”出岫摇头，她不愿在一个与她年纪相仿的女孩子面前表露惧意，尤其，还是太夫人派过来的人。

“夫人真是无所畏惧，不怕阴谋诡计，也不怕冷。”竹扬边走边笑，那神情端的是几分轻松自在。

“你难道不怕吗？”出岫将心中所想问了出来。

竹扬习惯性地挑眉：“为何要怕？您小觑了‘竹’字辈的身手。”

“‘竹’字辈？”是了，竹影也是“竹”字辈。可眼前这竹扬姑娘只有十八九岁，身段笔直又纤细，难道身手能与竹影相提并论？出岫有些不信。

竹扬看出了出岫的疑惑，适时回道：“唯有一等护卫，才是‘竹’字辈。”她在陈述事实，听不出半分骄傲或艰辛，语气平淡至极。

一等护卫？出岫暗道自己“有眼不识泰山”了。既有竹扬这般高手在旁，她不禁加快脚步往内花园而去，生怕错过什么“好戏”。待走到花园入口，竹扬却忽然拦住她，道：“您在此等我片刻，我去去就回。”

出岫亟亟拉住她：“我随你一起。”

竹扬无奈地看了她一眼：“我去将那些值守‘解决’掉。”

“解决？”难道要杀人？出岫大惊。

“我有迷香，去去就回。”竹扬简要解释，一个闪身已失去踪影。

出岫独自藏身在内花园的暗门外，越发觉得风声鹤唳、草木皆兵。明明竹扬才离开片刻工夫，但她觉得已过了很久。幸而，竹扬没让她久等，当真是“去去就回”，返回时也是一派轻松，没有负伤，连呼吸都是均匀有力。

“走吧。”没等出岫反应过来，竹扬已拉着她的右臂纵身一跃。出岫只觉颈处生风蓦地一冷，再定神时，她人已被拍到院墙之上，而且，正正离假山不远。

出岫有些恐高，连忙用双手掩唇，唯恐自己会惊呼出声。她脚下刚站稳，便听竹扬“嘘”了一声：“有人来了。”

出岫立刻定睛往假山方向看，果然瞧见从内花园外门跑进来一个窈窕身影，看身段是个女子无疑。而与此同时，西边的抄手游廊处，也脚步匆匆走来一个男子。这一男一女似乎极有默契，前后脚走入假山之后，看样子，绝不是头一次在此密会了。

瞧见这一幕，出岫忍不住侧首看向竹扬，后者正眯着双眼倾身细听。假山之后传来轻悄的说话声，窸窸窣窣，出岫实在听不清楚，不禁有些焦急。

竹扬分神看到出岫的表情，知她之意，便伸手从墙头的桃树上折下一枝花枝，挥手直直扔向假山之后。

“什么人？”只听男子忽然开口喝问，不仅声音变大，且还带着几分谨慎与担惊受怕。

是二爷云起！出岫立时反应过来。这个男人的出现在她意料之中，可，从外头进来的女子又会是谁？漆黑深夜之中，光色黯淡至极，但见那女子从假山的阴影里探出一只手臂，拉住云起的衣袖，娇滴滴道：“二爷别急，是掉下的树枝而已。”

这女子的声音很耳熟，可出岫一时想不起在哪儿听过，她脑海中隐约浮现个名字，又不敢妄加揣测。

此后，云起与那女子又恢复了小声说话，一阵悄声耳语过后，女子还娇喘了两声，似是遭了云起的“轻薄”。未几，两人一前一后从假山后迈出，云起快步往内园西侧而去，拐进抄手游廊，应是回了金露堂。

再看那女子，仍旧穿着斗篷蒙着头，匆匆从假山后出来。她边走边整理裙裾，显然，方才两人虽没行龌龊之事，但搂搂抱抱、卿卿我我之举是免不了的。

事已至此，可见今晚这场“戏”是结束了，不过出岫有些疑惑，难道传字条的人就是让她来看这场“私情”？她十分不解，又见此地并非长留之处，便对竹扬道：“你先走一步，瞧瞧那女子进了哪个园子。”

竹扬二话不说护着出岫从墙头跃下，两人快步走出内花园，前者才开口道：“夫人自个儿当心，园子里到处都是当值的护院，有事您务必大呼出声。”言罢她已脚底生风而去。

出岫只盼竹扬能追上那女子，看看到底是谁。想着想着，她不禁生出一身冷汗，心中也突突跳着，唯有加快脚步往知言轩返回。

夜色深浓，晚风徐来，四周的树木风摇影动，在地上氤氲出片片黑影，仿佛是许多不轨之徒藏在暗处，想趁月黑风高出来作恶。树叶的“沙沙”声间或传来，合着满地满墙的阴影将出岫包围其中，令她感到阵阵窒息。她觉得自己抓住了什么，只差临门一脚便能找到真相，推开那扇隐藏阴谋的暗门……

一路之上，因为缺乏竹扬的陪伴，有几个护院从暗处跳出来请命。出岫不知自己是如何回的话，她几乎是失魂落魄地回到知言轩。

浅韵早已在屋内等候多时，见出岫回来，连忙迎了上去：“夫人可有受伤？方才竹扬已经回来了。”

竹扬回来了？难道跟丢了？出岫定了定神，对浅韵回道：“我没事，你回去歇着吧。”

浅韵领命，放轻脚步离开出岫的屋子，却迎面和竹扬撞上。她知趣地没有多问，略一点头便回去就寝。

竹扬则神色不变，沉稳地进屋回禀道："那女子的脸我瞧见了，但我来的时日太短，并不认得她是谁。"

出岫松了口气，忙问道："可瞧见她进了哪个园子？"

"她进了……知言轩，住在后院东起的第二间房。"

夜中"看戏"的第二日，出岫脸色极差，大约是一夜未眠所致。她这胎虽然是假，但迟妈妈还是装了装样子，对浅韵道："你去请屈神医开个安神的方子，不伤胎的。"

浅韵领命，不多久捧着药方回来，又吩咐药材库的人按方子抓药，她亲自熬了满满一盅，端进出岫屋内。

出岫接过汤药，只喝了几口，立时脸色大变："这汤……有问题！"

"有问题？"浅韵娥眉顿蹙，"这汤是我亲自熬的，之前也特意尝过，怎会……"

"浅韵……"出岫捂着小腹，只觉得阵阵绞痛传来，已是痛得无力言语。

"啪"的一声响起，迟妈妈不由分说给了浅韵一巴掌，呵斥道："你做什么？难道不知夫人怀的是小世子吗？"

浅韵大感意外，捂着火辣辣的脸颊叫了一声："迟妈妈……"她也是太夫人身边儿出来的，从前在荣锦堂，迟妈妈一直对她慈蔼有加，如今这一巴掌她自认受得冤枉，便反驳道："您怎知是我做的手脚？"

"若不是你，难道是神医的方子有问题吗？"迟妈妈唯恐出岫有闪失，再对浅韵斥道，"前次你意图行刺夫人，是夫人不计前嫌将你从刑堂放出来，又让你重回知言轩，你就是这么报答她的？"

浅韵仿佛明白了什么，抿唇冷笑不语。

"竹扬！将她押出去！"迟妈妈立刻下了命令。

浅韵手无缚鸡之力，又怎敌得过竹扬的功夫？几乎瞬间就被制伏了。被押出去的同时，她双眸直直瞪着出岫，冷笑道："我早该明白，你怎会如此大度？原来你一直记恨我，想要置我于死地。"

而此时，出岫已疼得说不出话来，哪有工夫搭理浅韵？她眼睁睁瞧着浅韵被带走，迟妈妈也匆匆命人去请屈神医。

未几，屈神医赶来，眼见出岫面色苍白，连忙将手搭在她皓腕之上，诊断片刻道："无妨。是有人下了不干净的东西，但手脚不利索，放的剂量不够，夫人没有性命之忧。"

迟妈妈见厅内聚集了几个下人，便对屈方使了个眼色，故意问道："那这一胎……"

屈方立时会意，回道：“夫人这胎无碍。”他开了几帖药，让下人熬给出岫喝了。如此忙活到正午时分，出岫沉沉睡去，再醒来时她已然无恙，只是身上没有力气。

这件事到底惊动了太夫人，幸好沈予近日不常在府中，尚且还不知情。出岫对屈神医千叮万嘱，请他务必瞒着沈予。屈神医自然知道爱徒的心思，见出岫并无大碍，便应承了下来。

如此将养了一日，迟妈妈告诉出岫：“太夫人做主，把浅韵打发到刑堂待罪了。”

出岫沉吟须臾，回道：“劳烦您在太夫人面前求个情，看在浅韵侍奉过侯爷的份上，把她从刑堂放出来，贬成三等丫鬟吧！”

迟妈妈叹了口气：“您觉得浅韵是无辜的？”

出岫摇了摇头：“我不知道……但我不想随意处置侯爷的人。”

闻言，迟妈妈看了出岫片刻，隐晦提醒道：“您对浅韵发善心可以，但切莫看走了眼，对敌人也心慈手软。”

“谨记妈妈教导。”

浅韵只在刑堂待了不到一天，出来时也是毫发无损。她被贬去知言轩外园做了杂役活计，主要负责劈柴烧火。浅韵平日虽寡言少语，但为人极度骄傲，因而被贬之后，她只专心做个烧火丫头，从不解释什么，对旁人的质疑、闲话一概置之不理，就连淡心也渐渐疏远了。

转眼间，浅韵已遭贬斥四十余日，这期间她对一切人或事都充耳不闻，仿佛是认了命。竹影曾来探视过两次，甚至提出要根据云辞的遗愿娶她过门，助她脱离三等丫鬟的身份。然而浅韵断然拒绝，对竹影极为冷淡，渐渐地，竹影也不在她面前出现了。

就在知言轩下人们都对浅韵避之不及时，灼颜却出乎意料地向她表示了友好，当然，人前还是装作不相熟的样子。出奇的是，向来独来独往，只与淡心、竹影交好的浅韵，竟对灼颜的接近默许下来，不仅没有表露出抗拒，反而有一搭没一搭地与她说起私密话。

“好端端的一桩姻缘，姐姐为何要拒绝呢？”觑了个四下无人的时机，灼颜悄悄询问浅韵。

“你觉得嫁一个侍卫，就是好姻缘了？”浅韵拧干帕子擦了脸，淡淡反问。

灼颜笑了笑：“要看是哪个侍卫，竹影是侯爷生前最信任的贴身护卫，在这府里谁不高看他三分？如今云管家也老了，保不准下一任总管就是他了。”

“竹影自幼习武，不懂文书和经营，做不了云府管家。”浅韵很是笃定。

“原来姐姐嫌他前程不好？”灼颜“噗”地笑出声来，“也是，从前侯爷在时还好，如今侯爷去了，竹影这身份也有些尴尬……”

"不要提侯爷！"不知怎的，浅韵忽而变了脸色，"逝者已去，闲事莫提。"

灼颜一怔，暗嗤浅韵小题大做。突然，她又想起了一件事，便小心翼翼地求证："从前夫人在世时，呃，我是说我家小姐刚入门时，曾听迟妈妈说过，您是太夫人给侯爷准备的通房……可有此事？"

"你多话了！"浅韵瞥了她一眼，端着方才洗脸的水盆走到门前，"哗"的一声泼到院子里。动作干脆利落，仿佛还带着几分不甘心。

灼颜发现每次提起云辞，浅韵都是面色不善，遂更加笃定自己的揣测，再道："姐姐莫怪我多话……出岫自始至终都是沾了我家小姐的光，也不知使了什么法子怀上身孕！别说姐姐你气不过，我也替我家小姐气不过呢！"

浅韵并未附和，抿唇道："妄议主子，可是要被打入刑堂的。"

灼颜撇了撇嘴："眼下就你我二人，姐姐怕什么？那狐媚子女人敢做出来，还怕别人说吗？侯爷在世时，她分明已经失宠，又哪里冒出来的身孕？也不知是和谁怀的野种，妄图谋夺云氏家业！"

"灼颜，你够了！"浅韵冷着脸呵斥，"若再多说一句，你就出去！"

"姐姐难道甘心吗？以你这等姿容，委屈在知言轩做个三等丫鬟？"灼颜似无知无畏，偏继续说道，"以姐姐的人品，岂会在汤药里下毒害人？分明是出岫存心报复你，先将你从刑堂里放出来，给个甜头，再让你永世不得翻身！她自己倒好，落个'宽待下人'的好名声！"

话到此处，灼颜又是冷笑一声，凉凉续道："谋害侯爷的遗腹子，这罪名可不小啊！有了这一次，便会有第二次第三次，姐姐难道要永远处于被动之中，受制于出岫那贱婢？"

浅韵从前不知，原来灼颜如此牙尖嘴利。明知这是挑拨，她也不想回应，只道："夫人已将我从刑堂里放出来，也没再追究，你别说了。"

"事到如今，你还叫她'夫人'？她是哪门子的夫人？"灼颜见浅韵似有动摇，又补上一句，"姐姐你不想嫁竹影，那这府里的下人，你必定都瞧不上了。"

闻言，浅韵眉间划过一丝黯然，再也忍不住哽咽道："我侍奉侯爷多年，眼里再容不下其他人了……"说着已要垂下泪来。

灼颜附和长叹："是啊！既然无法跟着所爱之人，姐姐为何还要屈居人下，遭受这不白之辱？"

屈居人下？浅韵这才发觉自己小瞧了灼颜的心思，忙擦干眼泪疑惑问道："你的意思是？"

灼颜没有即刻接话，她先瞧了瞧窗子外头，又起身将门窗关严，才放低声音道："我的意思是，无论如何，在这云府之中，也要做上半个主子！姐姐若信我，今夜便随我去个地方。”

她边说边将一个纸条塞入浅韵手中，谨慎叮嘱道：“为免惹人起疑，我不能久留，今夜咱们便在此处相见，我保管不让姐姐失望。”

浅韵接过纸条，草草扫了一眼，没再言语。灼颜别有深意地一笑，又替她将紧闭的门窗都推开透气，才告辞离去。

灼颜走后，浅韵将纸条收入袖中，透过窗户瞧了瞧天色，便起身去做差事。伙房里油烟熏天，燥气逼人，浅韵劈了柴，抱在怀中逐根往炉灶里扔，这差事虽做了四十余日，可她还是觉得有些吃力。

好不容易烧完柴，浅韵将袖中的纸条取出，最后看了一遍，挥手扔进炉灶之中。幽蓝橘红的火舌瞬间将纸条舔尽，烧成黑色的纸灰，一丝丝火星微微扬起，最终飞灰湮灭归于无物，好似从未存在过。

浅韵使力做完一天的活计，晚上早早回到房内睡下。与她同住的尚有另外一个三等丫鬟，见她今日躺下得早，有些奇怪：“姐姐往常都是翻来覆去睡不着，睡得晚起得早，今日怎么反常了？”

浅韵攥着被角的手指骨节发白，半张容颜掩盖在被褥之中，闷声道：“今日累了，不大舒服。”说完翻了个身，合目入眠。

自此一夜无话。翌日浅韵醒来之时，天边已泛起了鱼肚白。知言轩里仿佛有些诡异的气氛，浅韵照例去劈柴烧火，厨房的管事妈妈却过来吩咐道：“今儿个可以少劈些柴，夫人不在园子里用早饭。”

自从太夫人免了晨昏定省之后，出岫每日一早必定按时用饭。按理说今日异常也是应该，浅韵决定佯作不知，点头回道：“奴婢明白，谢妈妈提醒。”

话虽如此说，她还是沉下心思劈了柴、打了水，做的差事分量与往常一样，并不偷懒。这般忙碌了一晌午，待到用午饭时，厨房的管事妈妈和一众三等丫鬟围桌吃饭，浅韵刚扒了几口菜，便听到一个丫鬟悄声说：

“今早我去后门收菜，听大小姐身边的丫鬟说，昨夜内花园闹鬼了，灼颜被鬼附身，如今已失了常性。”

“内花园闹鬼？竟然传到大小姐园子里去了？”另一个丫鬟亟亟接话。

“你有所不知，听说闹鬼的地方在内花园假山后，那地方东西两侧的抄手游廊，恰好连着二爷和大小姐的两个园子，这事儿自然传得快。”

“哼！不做亏心事，不怕鬼敲门。灼颜好端端的，为何会被吓疯了？再说她是知言轩的丫鬟，三更半夜跑去内花园做什么？这事蹊跷。”

“听说鬼魂都爱附身恶人，因为他们身上没有正气。从前夏夫人在世时，灼颜便仗着自己是陪嫁丫鬟，不将咱们看在眼里，趾高气扬、攀高踩低，必是行止不端！”

…………

一时间，饭桌上几个丫鬟议论纷纷，连厨房的掌事妈妈都听得津津有味。说来说去，除却诧异与恐惧之外，大家对灼颜的疯癫都持幸灾乐祸的态度，并没有人予以同情。

唯有浅韵默默吃饭，不参与一众丫鬟的讨论，“咣当”一声将碗撂下：“我吃饱了，你们慢用。”说着已起身离开。她刚转过身，便听到背后传来一句小声嘀咕：“都别说了！不知道浅韵和灼颜走得近吗？”

浅韵只作未闻，连脚步都不停，轻飘飘出了门……

又过了一日，管家云忠来知言轩训话，道是灼颜一夜之间患了失心疯，为防止她失手伤人，便暂时将她关押在刑堂隔离起来。浅韵听了这消息，脑中唯有一个念头——失心疯吗？自己好像也患过这病症呢！

此后的半月里，云府一直处在一片诡异的静默之中，那种顺遂的静默令身处风暴中心的几个人都担心不已。山雨欲来风满楼。五月初五端午佳节，城里有一年一度的赛龙舟。烟岚城环山而建，城中唯有一条河流，河水湍急，倒也清澈，是寻常百姓的饮水之源。而赛龙舟，便是在这条河上举行。

一大早，太夫人吩咐下去，各房除了留守的仆婢之外，都可以去观看这一年一次的热闹事儿。因而，许多不当值的下人都去看赛龙舟了，但各房的主子大都留在了府中，只有二爷云起带着几个丫鬟外出。

知言轩的下人也走了好几个，主园之内空空荡荡。浅韵抱着一把新鲜的菖蒲、艾叶，挨个房门插上。这是端午节的习俗，节前节后，合府上下每日都要插艾叶，而且是当天采摘的新鲜艾叶。

浅韵走一路插一路，行至竹影的屋子前，刚把艾叶插好，却被突然开合的房门给摇掉了。只见淡心红着眼眶从屋子里出来，瞧见浅韵站在门外，立时一惊，手足无措地垂下头去：“浅韵姐姐。”

自从被贬斥做了烧火丫鬟，浅韵便刻意疏远了淡心，只对她轻轻颔首。淡心瞧见地上掉落的艾叶，连忙俯身拾起，勉强笑道：“方才来与竹影说几句话，起了些争执，教姐姐看笑话了。”她边说边将捡起的艾叶递给浅韵，一溜烟儿地逃了。

淡心前脚刚走，屋内的竹影也听到动静，连忙出来解释道：“你不要多想，我与淡心是……”

浅韵看着竹影的尴尬神色，幽幽打断：“淡心是个好姑娘。”

竹影面上划过一丝黯然：“你明明知道我的心意，连主子都看出来了，他临终前还说……”

“主子说归说，要看我嫁不嫁。”浅韵再次打断竹影的话，语调平淡没有丝毫起伏，“主子临终前还说让小侯爷带走出岫，可她却执意留下。可见主子的遗命不是都要遵守的。”

“浅韵，你这是何苦……”竹影平日总是沉默寡言，这一次却破天荒地剖白道，“若是从前，你愿意守着主子也就罢了。如今他已故去，你又遭到贬斥，何必再吃这苦头。何况，你我也算自小一起长大……”

“你与淡心才是青梅竹马，我自小侍奉在太夫人身边……”浅韵断然否认，终究还是痛下决心，“自太夫人将我拨来知言轩当差，我便将自己当成是主子的人了，太夫人也是这般教导我的。如今主子去了，我自然是……终身不嫁。”

终身不嫁！竹影大惊：“浅韵！你若不喜欢我，我定不纠缠，你实在不必找这种借口，这太……残忍。”

“不，这并非借口。”浅韵疏离淡漠的眼神忽而浮起一抹哀伤，“我的心跟着主子死了，纵然没这名分，我也决意终身不嫁。”

之所以终身不嫁，只因在她心里，她早已将自己嫁了。踏入知言轩的那一日，白衣谪仙笑着问她：“从今往后，你就叫‘浅韵’如何？”从那一刻起，她已将他敬若神明，祭上了自己的全副身心。

“是我不好，辜负了你。”浅韵又是低眉一叹，看向淡心离开的方向，道，“我看的出来，淡心喜欢你。即便没有主子，就算为了我与她这场姐妹情分，我也不可能嫁给你，让她伤心。”

“那你就要将我推给淡心？”竹影有些光火，蹙眉质问，“为了你二人的姐妹情分，你要把我推出去？”

闻言，浅韵低低垂眸，似是被怀中的艾草熏出了眼泪：“姐妹情分只是其一，关键是我不喜欢你。”

一声苦笑传来，竹影轻轻摇头叹道：“你可知淡心今日来找我做什么？”他摊开左手掌心，将一个红绳编织的同心结示于浅韵眼前：“她将这东西给我，祝你我永结同心。”

“淡心她……”浅韵看着眼前异常精美的同心结，只觉嗓子一干，说不出话来。

竹影再次叹气：“你与她姐妹情深，她又何尝不是？你素日里待人冰冷，她又岂会没有傲骨？”竹影边说边缓缓握拳，将掌中的同心结收紧，“淡心不会领你的情，你们姐妹俩不必再推来推去……其实我挺高兴的，希望你们一直都是好姐妹。”

竹影这话说的既欣慰又苦涩，浅韵向来不爱落泪，但这一刻也止不住地想要哭泣。可眼眶刚一酸涩，却忽听一声淡淡的招呼传来：“竹影。”

两人循声望去，见是新来的女护卫竹扬。其实竹影与竹扬早就相识，从前都在一处学武，只是……数年过去，彼此一直不大相熟。竹影看着那英姿飒爽的黑衣身姿，问她："今日不是你当值吗？"

竹扬随意地瞥了他一眼，道："我不是来找你，我来找浅韵。夫人要见她。"竹扬方才去浅韵屋子里找她，丫鬟们说她出来插艾叶了。无法，竹扬只得顺着知言轩的屋子挨个找，直至找到这一间，才抓了个正着。

"走吧，别再耽搁了。"竹扬颇具深意地催促浅韵。

竹影登时有些尴尬，顺势接过浅韵手中的菖蒲和艾叶，道："你随竹扬去吧，别教夫人等急了，剩下的屋子我替你插完。"

浅韵不想在外人面前与竹影纠缠，便与竹扬一并去见出岫，路上忍不住问道："夫人为何要见我？"

竹扬也没多做隐瞒，如实回道："刑堂里方才传话过来，灼颜有孕了。大约是为了这事。"

"有孕？！"浅韵大感诧异，却到底抑制住了心中疑虑，一路沉默着去见出岫。

四十余日不见，出岫的小腹已微微隆起，算算日子，怀胎也该四个多月了，身形的确圆润许多，但那张绝美的容颜却没什么变化，仍旧是尖尖的瓜子脸，盈白而剔透。浅韵上前俯身行礼："奴婢见过夫人。"

出岫顺势屏退左右，才开口对浅韵道："这些日子委屈你了……你做得很好。"

浅韵淡淡回道："我是为了侯爷。"

出岫闻言只轻轻一叹，便直入正题："那夜我刻意去内花园吓唬灼颜，原以为她会胡言乱语泄露端倪，岂料她那张嘴巴严实得很，如今我也只能对外说她疯癫了，先将她关入刑堂。"

"原来灼颜没疯。"浅韵喃喃道，也不知是失望还是怎的，"从她身上，还能套出什么话来？"

出岫摇了摇头，表示没有进展："更令人措手不及的是，她今早宣称有了身孕，大夫特意去刑堂为她诊脉，的确是真。"

"是谁的孩子？可有头绪？"浅韵又问。

出岫这才沉了脸色："她一口咬定是侯爷的。可赶巧，侯爷去世两月余，她怀胎恰好三个月……"

"怎么可能是侯爷的！"浅韵立刻愤愤斥道，"她怎能污蔑侯爷的英名？侯爷……侯爷怎会看上她！"浅韵心里是一百个不相信。她纵然对出岫有所怨愤，但事到如今也不得不承认，云辞喜欢的唯有出岫一人。即便从前夏嫣然怀有身孕，也不过是转移众人视线的幌子罢了。

莫说浅韵不信，出岫当然也不相信。可灼颜是夏嫣然的陪嫁丫鬟，若按照旧例，做了通房再寻常不过。虽然知晓云辞绝不会碰灼颜，可如今灼颜一口咬定，死无对证，谁也没法子否认……

想到此处，出岫面上划过罕见的冰冷神色，压低了声音道："我原本还想着，看在夏老爷的面子上放她一马。如今她既然胆敢损毁侯爷的英名，我也无须再对她轻饶。"

"夫人要如何拆穿灼颜？"

出岫没有立刻回答，只沉着脸色，双手叠放在小腹之上，不知在想些什么。半晌，才冰冷回道："她既然说是侯爷的孩子，那便不能将她关在刑堂了。我不仅要放她出来，还要好吃好喝伺候着她……"

出岫潋滟的美目中闪过一道莫名寒光，直教浅韵打了个寒战。

当日，出岫将灼颜有身孕之事禀报给了太夫人，由太夫人做主，将人从刑堂里放了出来，许她暂回知言轩调养。灼颜在刑堂内待了几日，人有些怯怯的，任人搀扶着回到知言轩。

彼时，出岫正斜靠在美人榻上饮着花间晨露，见迟妈妈引了灼颜进来请安，便慵懒地抬起眼帘瞥去，闲适而问："回来了？"那神情与语气，颇有几分像夏嫣然。

灼颜见状，"扑通"一声跪倒在地，似受了惊一般亟亟禀道："夫人恕罪……那晚奴婢不知您在场，说话冲撞多有得罪……"

"啪嗒"一声轻响打断了灼颜的话，是出岫将茶盏搁在了桌案上，她轻笑道："那夜我孕中失眠，去内花园散步，怎的你见了我，就如同见了鬼一般？"

"夫人……"灼颜咬了咬唇，想起那晚在内花园假山后头见到出岫时的感觉，真真是诡异至极。出岫穿一身素淡衣裙，披着件披风不施粉黛，眼角点了颗泪痣，手中还捏着把匕首……当时她被匕首上的红宝石闪了眼，又瞧见那颗泪痣，便吓得双腿一软，跌在地上起不来了。

当时她真是吓怕了，犹如疯子一般不知说了些什么，继而便被打入刑堂。可这些日子人在刑堂，灼颜已想得透透彻彻，这分明是出岫设下的陷阱，要套她的话！如此一想，灼颜反倒稳下心神。只要没有真凭实据，即便说过什么胡话，出岫又能拿她怎样？再者，她还有肚子里的孩子！这孩子，便是她扭转乾坤的关键！

在刑堂的这几日里，灼颜早已想好说辞，此刻便假作怯懦地道："那夜，奴婢思念我家小姐，便跑去内花园想要为她祈福，岂知冲撞了夫人……当时奴婢吓坏了，才会口不择言，还望夫人恕罪。"

灼颜话音刚落，便听到一声轻笑传来，抬头只见出岫从美人榻上款款起身，莲步轻移至她面前，亲自将她扶了起来。灼颜佯作受宠若惊："夫人……使不得……"

"如何使不得？"出岫淡笑，"这些日子委屈你了，是我的错。如今你怀有侯爷的遗腹子，咱们同为奴婢出身，我自然知道你的艰难。我已命人将知言轩的南厢房收拾出来，你暂且住进去吧，咱们也好一并养胎。"

一并养胎？不知为何，灼颜听了这话眼皮一跳，下意识地护住小腹："夫人……"

出岫樱唇勾起一抹倾城笑意："别怕，太夫人吩咐了，你这一胎交给迟妈妈照顾。若是在知言轩内出了意外，她老人家可要唯我是问呢！"

听闻此言，灼颜终于松了口气。太夫人最为看重子嗣，既然吩咐迟妈妈来为她安胎，又如此出言"警告"，想必出岫不敢轻举妄动。如此一分析，灼颜也展开笑容："多谢夫人体恤。"

出岫笑着摆了摆手："你快去歇着吧！待这孩子生下来，无论男女，都不会让你的身份不明不白了。"

这话的意思是……灼颜乍喜，连连道谢："多谢夫人！"

"不必谢我，是你自己肚子争气。"出岫再笑，"今日天色已晚，你好生休养，想吃什么就让厨房去做。明日一早，再去荣锦堂向她老人家谢恩吧！"

灼颜低低俯身领命，正要开口告退，出岫却又像想起什么似的，补充道："对了，我瞧你近日多与浅韵亲近，便让她专职服侍你吧。"

让浅韵来服侍自己？这是警告？还是监视？还是意欲图谋不轨？灼颜再次紧张起来，抿唇看向出岫。

出岫对她的抗拒假作不知，笑靥如花温婉再道："浅韵是知言轩最好的苗子，好歹从前侍奉过侯爷，手艺是有的……如今贬去做了快两个月的烧火丫头，也算得到教训，这次将她调回来，她必会对你感恩戴德，尽心服侍。"

灼颜闻言只想冷笑。试想浅韵若当真与她亲近，那日在假山后出现的人，又怎会是出岫？这分明就是计中计！浅韵一直都是出岫的人！可如今人在屋檐下，她没办法拒绝出岫的安排！

"咯噔"一声，灼颜心里似被敲破了一面鼓。出岫这一招虚虚实实，似好似坏，真是让她恨得咬牙切齿！灼颜暗里腹诽，面上却堆着笑容，对出岫千恩万谢："夫人这般为奴婢考虑，奴婢感激不尽。"

"马上要做主子的人了，还自称什么'奴婢'？"出岫娇柔薄斥，又摆摆手道，"住厢房是有些委屈你，待这孩子生下来，有了名分，你便有自己的园子了……快回去歇着吧！"说完出岫便让迟妈妈送灼颜去了南厢房。

"夫人，您这一番话恩威并施，我瞧灼颜已经吓蒙了。"淡心见人已走远，才掩面笑了出来。

出岫面上还残留着几分虚伪的笑意，听了淡心此言，才缓缓敛容，变作面无表情："你亲自去找小侯爷，请他务必在半月之内寻个落胎的死婴。"她幽幽吩咐淡心，末了又补上一句，"最好是男胎。"

第二十二章 水落难见真石出

半月后，五月二十。荣锦堂膳厅。

太夫人坐在一桌主位，左手依次是出岫、灼颜，右手依次是二房花舞英、三房闻娴、四房鸾卿。太夫人面有和蔼之色，满意地瞧了瞧桌上众人，颔首笑道：“这是人最齐全的一次，我老太婆许久没有如此热闹地用过早膳了。”

几位姨太太皆不发话，但听出岫笑言：“那是您体恤我有孕在身，免了这晨昏定省。其实我巴不得每日来陪您用早膳。”

出岫此言一出，桌上众人俱感意外。从何时起，沉默寡言、每日沉浸在哀痛之中的离信侯遗孀，竟变得如此能言会道了？而且，还笑语嫣然的？刹那间，几房姨太太都以为瞧见了夏嫣然。

果然，太夫人亦是眯起双眼看向出岫，似有深意地笑回：“当真是要做母亲的人，不仅性子变了，嘴也甜了。”

“这原是做媳妇的本分，也是您调教得好。”出岫盈盈再笑。

“说你胖，你还喘上了！”太夫人被逗得笑出了声，连连点头赞许道，“很好，作为离信侯夫人，就该如此大大方方的，你没让我失望。”言罢又看了看灼颜，再道：“灼颜的事也处置妥当，很有风范。”

太夫人甚少夸奖别人，尤其夸赞的对象还是出岫，几房姨太太都在暗中揣测，太夫人何时对出岫改了观？

众人各有心思，但见太夫人却已望向灼颜，敛了几分笑意，道：“今日若不是出岫主动提出来，你也上不了这一桌！往后若生下孩子，无论是男是女，都不可恃子而骄。明白吗？”

灼颜惶恐地连连点头：“夫人待奴婢极好，奴婢必当知恩图报。”

太夫人听着这话很是顺耳，越发唏嘘：“原以为侯爷英年早逝，这府里要冷清了，谁想出岫与灼颜接二连三诊出喜脉，也算为他留了后嗣……可见老天还是开眼的！”她说着眼角一湿，险要流下泪来。

出岫与灼颜都接不下话，尤其出岫，又是浮起一脸黯然。反倒三房闻娴开口劝慰太夫人：“这本是双喜临门之事，侯爷地下有知，高兴还来不及呢！您可别难受。”

太夫人这才勉强换上笑容：“人老了，总是多思多虑的。想我从前是个什么样的人，如今老来丧子，竟也脆弱起来。”

这话说完，迟妈妈极有眼色地上前缓和气氛，转移话题道：“太夫人，今日夫人特地吩咐知言轩新来的厨子，煲了几盅不同品种的汤品，您可要尝尝？”

“是吗？”太夫人再看出岫，“难为你有这份心，端上来吧！”

出岫立刻掩去黯然神色，换上浅笑：“原是我孕中贪吃，听说这厨子煲的汤不油不腻，且还滋补，便私自做主请进了知言轩。岂知他手艺当真不错，会的汤种也多，今日端上来的，都是用小火煨了两天两夜，足足入了味。”

“光是听着都流口水。”三房闻娴率先赞道。

她话音刚落，只见淡心与浅韵已齐齐进门，手中各自端了个托盘，上头的汤碗还冒着轻烟，香气四溢。淡心素来嘴甜，盈盈走到太夫人跟前，禀道：“您这一碗，可有滋补养身、延年益寿的功效。”说着她已将一个画着雍容牡丹的琉璃白釉碗搁在太夫人面前。

太夫人微微颔首，细细端详面前的汤碗，笑道：“这汤如何还不知道，这碗瞧着是不错。”

淡心应景地一笑，又走到花舞英与闻娴身后，笑道：“几位姨太太用的，都是美容养颜的汤底，滋润得很呢！”说着她又将两只汤碗一一放下，材质与太夫人的汤碗一样，只是上头的花纹有所区别。

给花舞英的碗是石榴花，给闻娴的碗是桂花。倒也与两人的性情相符，一个招红采绿，一个淡香怡人。最后，淡心将托盘里仅剩的一只碗搁在四房鸾卿面前，花样是连翘。

鸾卿看了这碗，破天荒地露出笑颜：“连翘能入药，味苦性寒，可清热解毒，我很喜欢。”她看向对桌的出岫，微微点头道谢，“夫人蕙质兰心。”

出岫只莞尔一笑。

这厢淡心布完汤碗，那厢浅韵已接着道：“奴婢手中这两碗，皆有滋养安胎的功效。”她边说边将手中两个碗逐一放到出岫与灼颜面前。

出岫的碗是一朵白芍药；灼颜的碗上画着三面美人蝶。

出岫顺势端起汤碗，笑道：“太夫人、几位姨娘，都快尝尝这汤味道如何，若是过了关，这厨子便长久留下了！”

桌上适时响起一阵轻笑声，太夫人、出岫、闻娴，甚至几个服侍的丫鬟都笑了出来。出岫便低眉执起汤勺，又偏头看了灼颜一眼，关切问道："怎么，不合胃口？前几日我瞧你挺喜欢喝这汤的。"

灼颜面色紧绷，盯着这碗由浅韵亲自呈过来的补汤，抿唇不语。

太夫人见状，立时变了脸色："这一桌哪个不是主子，你给谁摆谱？"

灼颜见太夫人动了怒，哪里还敢计较，连忙端起手中的汤碗，想要舀一勺往嘴里送，可就是手抖得厉害，无论如何也送不到嘴里。电光石火之间，她忽然灵机一动，看了看手中画着三面美人蝶的汤碗，对出岫问道："夫人，您的碗上画的是什么？"

"是芍药，白芍。"出岫笑回。

"啪"，灼颜将手中的碗重新放回案上，道："您贵为离信侯夫人，芍药是不是太素气了？分明我这碗才该是您的，三面美人蝶，嗯，您的美貌倾国倾城，难道不该配上美人蝶吗？"灼颜看向身后的浅韵，嗔怪道："你把芍药给夫人，把美人蝶给我？这是要让我惶恐吗？"

浅韵莫名其妙被训斥一番，睁大双眼似要反驳，可到底还是欲言又止地低头认错："奴婢知错。"

灼颜勉强"嗯"了一声，这才看回出岫，又笑："是我该与夫人换换才是，浅韵失手端错了碗，请您莫怪。"

出岫倒也并未计较，将手中的白芍汤碗推给灼颜，笑道："无妨，别为了这等小事动了胎气。左右汤是一样的，都是安胎的方子。"

灼颜立刻将面前的碗端起来，毕恭毕敬递了过去："夫人大度，不予计较，实在是知言轩上下的福气。"

出岫未再多言，接过灼颜的汤碗试了试温度，便舀起一勺往嘴里送。这一个段子就此揭过，桌上众人也都开始用汤，不停称赞厨子的好手艺，还有这套白瓷釉碗的别出心裁。

一顿早膳结束，大家也算其乐融融。太夫人照旧以巾拭口、以水涤手，缓缓道："今日屈神医要来荣锦堂请平安脉，既然你们都在，也别慌着走，让他一并诊了脉，也不用再往各个园子奔波了。"

众人从命留下。

太夫人起身便往膳厅外走，岂知刚走了两步，却听闻身后一阵亟亟惊呼："夫人！"太夫人立刻回首望去，只见出岫面色苍白护着小腹，脚步踉跄着要往地上倒去。而她下身的白裙，已隐隐沾了血色……

"这是怎的了？"太夫人刹那脸色大变。

出岫此刻已是痛苦不堪，唇无血色，斜倚在淡心身上，虚弱道："我……

孩子……”

太夫人神色一凛，朝着膳厅高声道：“所有碗碟不许收拾！”言罢转向浅韵命道：“还愣着做什么！快去请屈神医！”

话音刚落，拱门处齐齐走来两个男子，一位年长者，正是来请平安脉的屈方；另一位年轻男子，是打算向太夫人辞行的沈予。两人刚一迈入拱门，便远远望见膳厅门前发生的事，立刻跑了过去。

“屈神医来了！”闻娴眼尖，最先喊出来。

屈方也不多言，看了一眼出岫裙上的血迹，连忙探手为她把脉：“夫人服用了落胎的药物。”

“落胎！”太夫人抚着额头向后趔趄，似是难以承受这打击。

屈神医面色凝重，再道：“哪里有房间，先让夫人躺下。”

这时候，沈予也顾不得什么男女之妨，连忙上前一步打横抱起出岫，便往最近的厢房里走。

“小侯爷怎会在此？”二房花舞英忽然开口问道。

太夫人与闻娴齐刷刷向她看去，似在责怪她说话不分场合。

花舞英自知失言，有些尴尬，却听屈方开口代为解释：“子奉的园子已收拾妥当，今日特意来向太夫人辞行。”说完他匆匆追上沈予，去为出岫保胎。

太夫人哪里还顾得上沈予的来意？转头交代鸾卿：“你去守着膳厅，桌上的饭菜碗碟一律不许别人插手。”

鸾卿立刻称是，转身回了膳厅。

太夫人又对迟妈妈命道：“你去吩咐护院总管，今日府里上下一律不得外出！”她顿了顿，特意强调：“无论主仆。”

迟妈妈一脸凝重，领命而去。

太夫人这才看向另外两房姨太太和灼颜，冷声道：“你们几人，今日寸步不离跟着我！”言罢抬步跟上屈神医。

余下几人面面相觑，皆是又惊又疑，可到底不敢多言。三房闻娴深深看了灼颜一眼，叹道：“走吧！莫要再耽搁了！”

半个时辰后，出岫落下一个近五月大的死婴，已隐隐瞧出是个男孩。

太夫人得知之后，老泪纵横险要晕倒，几房姨太太也是低眉垂泪。不多时，膳厅里传来消息，四姨太鸾卿在出岫喝汤的那只美人蝶碗中，测出了夹竹桃的成分。夹竹桃，性寒凉，孕妇忌食。

消息一传到太夫人耳中，从熬汤的厨子、送汤的下人、端汤的浅韵、直至换碗的灼颜，立刻被传往刑堂受审。这一次，沈予没有陪在出岫身边，而是随太夫人去了刑堂审案，只留下屈方、淡心和迟妈妈三人，照顾伤心过度以致昏迷不醒的出岫。

阴森冰冷的刑堂之内，二房花舞英、三房闻娴、灼颜、浅韵、管家云忠、刑堂总管，还有沈予，满满一屋子人。除了太夫人谢描丹坐在主位之上，在场众人皆是站着，战战兢兢、沉默不语，气氛凝滞得连一根针掉在地上都能听见。

此刻只见太夫人扶着座椅扶手，沉声厉色："究竟是谁如此狠心！连侯爷的遗腹子都不放过！"

刑堂内半晌无人作声，唯有闻娴颇为沉痛地道："太夫人节哀，幸好还有灼颜这一胎。"

不提灼颜还好，一提灼颜，太夫人立刻瞪向她，神色狠戾不语。灼颜见状心底一跳，不自觉地咽了口唾沫，怯怯道："太夫人您……节哀。"

"哗啦啦"一阵脆响，太夫人已将手边的茶盏拂落在地，对灼颜命道："跪下！"

灼颜不明所以，但还是立刻下跪："太夫人……"

"四姨太在汤碗里发现了夹竹桃，那碗汤是你执意要与出岫换的，灼颜，你嫌疑极大。"太夫人冷冷道。

灼颜睁大双眸似不可置信，半晌才反应过来："不！这是嫁祸！奴婢没有！就算奴婢要害夫人，又岂会这么傻，在众目睽睽之下与她换碗！"灼颜边说边慌乱地转了转眼珠，想要在刑堂里找到一个更加可疑的人物。

她扫了片刻，抬眸直指浅韵："太夫人！一定是浅韵做的！这汤是她端上来的！她最痛恨出岫了！一定是她想害出岫，再来嫁祸于我！"

灼颜原本以为这是出岫的苦肉计，可转念一想，即便出岫要陷害她，又怎会拿腹中骨肉来冒险？须知那孩子可是云辞唯一的子嗣，生下来无论男女，都是金贵非常的！如此一想，灼颜便怀疑是浅韵从中作梗。她自然不知，出岫怀胎之事从头至尾是个幌子。

再看浅韵，此刻早已娥眉蹙起，表情愤愤："我浅韵为人如何，云府上下皆知！即便要害谁，我也是光明正大，绝不偷偷摸摸！更何况，夫人肚子里是侯爷的孩子，我岂会害她……"说着说着，浅韵已语调一变，哽咽起来。

在场众人，都知道浅韵对云辞的忠心，也知道她平日为人如何。即便听说过她刺杀出岫的传闻，也更觉得这女子性烈如火，必不会做这偷偷摸摸的暗害之事。因而灼颜这一推脱嫁祸之辞，在场无人相信。

太夫人亦是冷冷道："浅韵是我亲自调教出来的，她品行如何我很清楚，照你这话的意思，是我察人不清、用人失当，害了侯爷的子嗣？"

灼颜哪里担得起这等罪名，忙叩首道："奴婢不敢！但奴婢的确冤枉！"

"冤枉？在这关口，你连交好的浅韵都能嫁祸，品行如何已毋庸置疑！"沈予忽然冷冽开口，目中是一片嗜血猩红，似要用目光将灼颜千刀万剐："那是挽之的孩子！"

沈予双手紧握成拳，转而看向丹墀上的太夫人："若是出岫这一胎没了，最得利的是谁？必是灼颜这贱婢！若是出岫有了意外，她肚子里便是挽之唯一的后嗣！她母凭子贵也指日可待！"

此话一出，众人皆是恍然醒悟。如此说来，当真是灼颜最有动机了！

"不！不！太夫人！您别听小侯爷胡说！他……他……"灼颜想说沈予与出岫有私情，可转念一想，沈予好歹是文昌侯之子，也是当今圣上的螟蛉义子，她一个奴婢万万得罪不得。于是灼颜又急急住口，一时间，竟不知该如何为自己辩白。

究竟是谁？是谁设计了这一石二鸟之计？既能害了出岫，又能害了她，究竟是谁最能得利？灼颜看着堂上众人，没有丝毫头绪。虽说二房得利，可自己怀的便是云起的骨肉，二房母子又何必多此一举？

难道是三房？这念头一经跳出来，灼颜立刻高声道："太夫人！这是有人陷害奴婢！如此一石二鸟，将奴婢与夫人一网打尽，有人好坐收渔翁之利！"

听闻此言，太夫人当真蹙眉斟酌起来，仿佛在考虑她话中真假。灼颜见状，心中升起一丝希望，继续剖白道："太夫人！奴婢是怀着身子的人，即便为了腹中孩儿，也要积德积福，又怎会做出这等狠辣之事！"

"就凭你方才信口雌黄污蔑浅韵，难道还敢说是积德积福？"沈予冷笑一声，墨黑瞳仁闪着愤怒的光泽，"你分明是打好算盘，知道即便恶行被揭发出来，太夫人看在你腹中骨肉的面子上，也会饶你一命。如此你才有恃无恐！"

"小侯爷为何咄咄相逼？"灼颜亦是恼了，终于迎面还击，"再者，这是云府家事，你置喙什么？"

"我受挽之临终嘱托，为他照看寡母寡妻，又是他与出岫的媒证，我怎能袖手旁观？难道要眼睁睁看你这恶毒女人害死出岫？"沈予一番话语掷地铿锵。

"是吗？恐怕您的心思可没这么简单！"灼颜气恼不过，唯有讽刺说道。

这一句话引得沈予怒火中烧，已顾不得礼教之术，疾步从地上拽起灼颜，抄手便要揍上去。

灼颜下意识地紧闭双眼惊呼救命，耳边同时响起一阵阻止声："小侯爷息怒！"

意料中的拳头迟迟没有落下，灼颜偷偷睁开眼，只见沈予的右拳停在半空中，离自己的左颊仅有几寸距离。再看沈予额上已是青筋暴露，咬牙克制着打人的冲动："看在挽之的面子上我不动手……但我警告你，收起你那龌龊心思！不要毁人清白！"

灼颜为这威胁所慑，受了惊，脸色惨白不敢再说话。

"好了！都成何体统！"太夫人见刑堂已乱作一团，只得对沈予道："小侯爷回避吧！你行事光明磊落，甚至不惜为了云府长住房州，这等情义，老身自然心中有数。"

言罢她又双眼微眯看向灼颜："你倒是懂得分散众人的注意，方才是陷害浅韵，如今又想侮辱出岫的清白？凭你这点心思，还敢说没有害人的意图？"

"奴婢当真冤枉！"灼颜想要挣脱开沈予的钳制，奈何他拽得极紧，她唯有辩解道，"奴婢有自知之明，又怎会做出这等害人性命的事！"

"你怎会做不出？只因你野心更大！心思更毒！"就在此时，刑堂门外忽然响起一个清脆的女声，声音虽沉敛，但听着年纪不大。众人循声望去，只见一个长相极美、侍婢打扮的少女疾步而入，跪地行礼大声道，"奴婢霓裳阁玥菀，有事向太夫人禀报！"

"你是想容身边儿的？"太夫人见玥菀报上"霓裳阁"三字，问道。

"奴婢正是大小姐跟前一等丫鬟，玥菀。"

"你好好说话。"太夫人沉声警告，"灼颜虽是奴婢身份，但也怀了侯爷的子嗣，你若信口污蔑她，我定不轻饶！"

玥菀闻言不卑不亢，仍旧大声道："奴婢没有污蔑灼颜，她的确心怀不轨，而且，她腹中骨肉并非侯爷血脉，而是……与二爷珠胎暗结！"

此话一出，堂内众人俱是一惊。在场众人齐齐看向二房花舞英，而她本人也是一脸惊疑之色，抖着右手指向玥菀，呵斥道："放肆！谁给你的胆子污蔑二爷！"

"奴婢并非污蔑，灼颜与二爷确有私情，这是奴婢亲眼所见。"玥菀话到此处，顿了一顿，长吸一口气再道，"灼颜与二爷有私情，意图以腹中骨肉混淆嫡支血脉，谋夺世子之位。再没有人比她心思更歹毒的了！奴婢恳请复查夏夫人死因，必然不是溺水而亡，多半也与灼颜有关！"

玥菀句句所指，都是不可饶恕的罪名！与人私通致孕、杀害侯爷夫人、混淆嫡支血脉、谋夺世子之位……再然后，便是要让云起的骨肉坐上离信侯之位了！

这明明是一个难以置信的理由，却又大胆而合理，令人不得不信服。再说云起的品行实在是……

一时间，刑堂内无人敢言，可听了玥菀这一席话，再配合今日发生之事，众人也不由信了三分。也许人心便是如此，对于这秘情阴谋，大多数人都会不自觉地想要相信。

而此刻，灼颜已是乱了分寸，面上划过慌乱之色。她仍旧被沈予钳制着，却又拼命挣扎，嘶声直指玥菀，意图掩饰自己的慌张情绪："你胡说！你血口喷人！贱人！"

沈予用力拽住灼颜，防止她上前对玥菀动手，见她奋力挣扎，衣袖带起一阵异香，不由心中一动，立刻捉住她的双手看去，怒喝道："事到如今你还想狡辩！你指甲里藏的是什么！"

指甲里能藏什么？灼颜看向自己的蔻丹十指。从前她做奴婢时，不敢留指甲，如今仗着有了身孕，便也留起了长指甲，修剪得细长而圆润，还用蔻丹将指甲盖儿染上明红色。

灼颜不解沈予之意，见他死死扣住自己的十根手指，尚未反应过来，便听他已沉声道："你指甲里残留有夹竹桃粉！"

夹竹桃粉！这怎么可能！她连夹竹桃长什么样子都分不清楚！"不！不！这是污蔑！"灼颜强忍着手腕上的剧痛，惊恐地高呼出声，"这是蓄意陷害！有人想要害我！你又怎能确定这是夹竹桃？"

沈予面上尽是狠戾之色，手上又使了几分劲道："我是医者，师从神医屈方，难道还分不清夹竹桃吗？"他深眸看向灼颜，狠狠质问，"从荣锦堂膳厅至今，可曾有人近过你身？否则，又有谁能往你指甲里塞夹竹桃粉？"

灼颜立刻醒悟，转了眼珠子回想一番，看向沈予："眼下除了你，没有人再接近过我。"

沈予闻言冷笑，一张俊颜已是沉冽至极："如此说来，是我往你指甲里塞了夹竹桃粉？是我要谋害挽之的子嗣？"

"不！我不是这个意思！"灼颜亟亟否认。

两人正争执不下，但听浅韵冷冷开口："灼颜以前从不留指甲，近日不仅修剪得长，且还涂上蔻丹加以掩饰，难道不是早有计划，想在指甲里藏东西害人吗？"她双眸直直看向灼颜，似在报复她方才的信口陷害。

"不！不是的，我只是……只是喜欢涂蔻丹而已……"灼颜连忙辩解道。她眼风扫过跪在刑堂中央的玥菀，面上醒悟过来什么，又是高声尖叫："是三房！先是害了出岫的孩子，再嫁祸我与二爷有染……最得利的，唯有三房！"

三房！刹那间，闻娴脸色大变，连忙诚惶诚恐地走到刑堂中央，跪在玥菀身边道："太夫人明鉴！我与三爷母子二人，绝无谋逆之心！"

太夫人胸口起伏不停，几乎要气得岔气儿，半晌，抄起腕上一直带着的佛珠，猛地往灼颜身上砸去，正正砸在她额头中央，又"啪"的一声落在地上："贱婢！事到如今，你还嫌牵扯的人不够多！"

太夫人再难遏制心中惊怒，气地从主座上站起，怒指灼颜："先是陷害浅韵，再是沈小侯爷，如今又是三房！你简直是条乱咬人的疯狗！"

灼颜已哑然在这片愤怒的指责当中，再也说不出话来，只一味摇头想要掩藏自己的心虚。

此时但听玥菀又道："灼颜与二爷勾结已久，两人合谋混淆嫡支血脉，由此可推，夏夫人之死必也与其有关！还望太夫人明察！"

玥菀的话铿锵有力，可太夫人并非意气用事之人，她仔仔细细观察了玥菀一番，才开口问道："我为何要信你说的话？你是想容身边儿的丫鬟，却要反咬老二一口？须知他二人是亲兄妹！"

太夫人目光如炬看向玥菀，万分冷静地分析："仅凭你一面之词，便要将堂堂云府二爷治罪，未免太过儿戏。如今我反而要怀疑你的动机，焉知你不是受人指使，特意假作供词污蔑二房？"

玥菀见太夫人不信，咬唇挣扎良久，才下定决心坦白道："太夫人明鉴！二爷与灼颜有私情之事，大小姐也知道，但她并不知晓二爷与灼颜的图谋。大小姐担心这桩私情会被发现，还特意去过知言轩，想将灼颜要到霓裳阁来！太夫人您若不信，不妨传大小姐一问，便知奴婢所言是真是假。"

这话一出，太夫人再无顾虑，立刻对刑堂总管命道："你去霓裳阁把大小姐请过来！"

"太夫人，还是让我去吧！"沈予忽然自告奋勇地道，"云府中人难免会有私心，万一有人将此事泄露给大小姐知道，她护兄心切，这路上很可能再想出什么辩解之辞！请您允准我去霓裳阁。"

"也好，那就劳烦沈小侯爷走这一趟。"太夫人不假思索地赞同。

沈予领命而去，不过半盏茶的工夫，已带着云想容回来。

"扑通"一声，云想容进门便立刻跪下，向太夫人请罪："母亲恕罪！想容知错……"

"哦？你何错之有？"太夫人幽幽反问。

云想容不敢抬眸，眼风扫了扫身旁同跪的玥菀，低声回道："灼颜……的确与二哥有染，被我发现了。我原本想着夏嫂嫂已死，灼颜与二哥来往容易被人发现……便有心替他俩掩饰一番。"

云想容叹了口气，知道瞒不下去了："两月前，我曾亲自去知言轩找过出岫嫂嫂，想将灼颜要到霓裳阁当差。岂知出岫嫂嫂说您有命，知言轩的下人一概不能外调，于是这事儿便不了了之……"

云想容没有再说下去，刑堂内忽然沉默起来。半晌，忽见花舞英踉跄一步向后栽去，带着哭腔道："想容……"

"娘……"云想容欲从地上起身去扶花舞英，可碍于太夫人在场，终究还是身形一顿，迟疑了一瞬。只这刹那工夫，闻娴已伸手相扶一把，但没有说话。

花舞英此时已心魂俱失，似要喘不过气来，面上厚重的脂粉早已哭花："想容，这不是真的……"

云想容业已垂泪："是女儿不好，若早将这事说出来，也不至于……如今出岫嫂嫂这胎没了，我怎么对得起大哥在天之灵！"说着她已双手掩面，跪坐在地上痛声低泣。

"如此说来，你也知道灼颜这胎是老二的？"太夫人脸色已然难看到极点，"你明明知道灼颜怀的不是嫡系骨肉，却还瞒着！"

云想容哭着摇头否认："之前我只知道他二人有私情，但并不知灼颜已有了身孕。后来……后来听说这事，也曾怀疑过，可我想不到二哥能有这胆量……我私心里盼着她怀的是大哥的孩子，也能让我减轻罪孽……"

云想容话已至此，事实也摆在眼前了。太夫人微合双目，语中满是悲戚与失望："舞英，你生养的一双好儿女！"

一句话，太夫人已将云起和云想容定了罪。旁的不说，单单混淆嫡支血脉这一条，已是罪无可赦。更何况，按照方才玥菀所言，两人还意图谋夺世子之位乃至离信侯爵位。事已至此，即便云起在场，不承认也是不行了。

然而灼颜却还想做最后一搏，苟延残喘道："不！太夫人！奴婢这一胎是侯爷的！我与二爷是……是二爷强迫我的！我肚里的孩子，千真万确是侯爷的子嗣！"

一声冷笑传来，太夫人哪里肯信："若是没有今日这一出，我尚且能信你三分。你若当真服侍过侯爷，我问你，侯爷右臂上有颗米粒大小的朱砂红痣，乃云氏嫡传，你可知长在何处？"末了又警告一句，"想清楚了再答。"

"右臂……朱砂红痣……"灼颜支吾半晌，才心虚地道，"奴婢夜里瞧不清明。"

太夫人冷叹一声："事到如今，你还这么恬不知耻！"

灼颜死死咬唇，脸色刷白。

"太夫人，我有一计。"此时沈予忽然出声，状若轻描淡写地道，"既然灼颜不肯承认，您就让她将孩子生下来，家师屈方乃当世神医，滴血验亲的法子也熟悉得很。您是挽之的亲生母亲，与挽之血脉相连，只要您一滴血，便能知道这孩子是不是您的亲孙儿。"

沈予边说边看向灼颜，目光犀利又带着怜悯："若这孩子是挽之的亲骨肉，太夫人您就将孩子抱给出岫抚养，再以通奸之罪将二爷和灼颜浸猪笼；若这孩子不是挽之的骨肉……哼！混淆离信侯血脉之罪，必要经过一番剥皮噬骨的酷刑，教他二人千刀万剐生不如死！"

"啊"的一声尖叫响起，灼颜为沈予说的可怖手段所慑，低头在刑堂中呕吐起来。腌臜的呕声一阵接着一阵，地上被吐了一片污物，皆是她在荣锦堂用过的早膳。

太夫人一脸嫌恶之色，带着细纹的眼角再次溢出精光，对灼颜道："就照小侯爷说的办，留你一条贱命，待这孩子生出来滴血认亲。你想好了，无论你这一胎是侯爷的，还是老二的，都是我云氏子嗣。如若今日你肯说实话，兴许我看在孩子的份儿上，能饶你一命。"

"太夫人饶命！"灼颜已被滴血认亲的说法吓破了胆，也顾不得满地的污物，连连磕头请罪："奴婢认罪！奴婢知错！还望您看在奴婢腹中孩儿的分儿上，饶奴婢一命！"

"你终于肯认了！"太夫人冷冷叹道，"如此说来，嫣然的性命也是你害的？"

灼颜哪里还有力气分辩，无力地点了点头："但今日出岫夫人落胎之事，的确与奴婢无关！"

"不要转移说辞，我是问你嫣然的性命！"太夫人呵斥。

灼颜已然涕泪交加，也不知是悔悟还是绝望，如实道："去年年底，奴婢无意中与二爷相识，后来……有了私情。二爷说侯爷身子骨不好，活不长久，不如将计就计，让我怀上他的孩子，再主动勾引侯爷，届时便声称腹中骨肉是侯爷的子嗣，如此便可名正言顺养在嫡支，往后再想法子让孩子做世子。"

"我被哄得也有些异想天开，想着只要有二爷襄助，也许我的孩子当真能瞒天过海做世子，我就能成为正正经经的主子……岂料小姐忽然怀了身孕，我与二爷措手不及，便意欲合谋让小姐落胎……"

"是你故意将嫣然骗到僻静处，推她落了水？"太夫人厉声质问。

此刻灼颜已哭得岔了气儿，闻言摇了半晌头，才道："不，不是。我与二爷原本计划让小姐落胎，可计谋尚未实施，小姐却主动约二爷出来见面……她知道二爷一直对出岫心存觊觎，便与二爷约定，由她出面制造时机，让二爷毁了出岫的清白。"

灼颜一面顺气儿，一面哭着继续道："小姐心里恨极了出岫，便想出这个计策，让二爷占了出岫的身子，再以兄弟相争的祸水之名，提请太夫人发落出岫……约见二爷那天，小姐特意撇下仆从出门，半道还以身子着凉为由，将我支开去取披风。但我早听二爷提过他们要在静园见面，便佯作不知回了知言轩，待取完披风再去找小姐时……二爷已将她推入水中。"

"贱婢！你还想拖二爷下水！一定是你谋害了自己的主子，再嫁祸于人！"花舞英抚着额头，气急败坏地指责，冲动地想要上前扇她一巴掌。

灼颜畏惧地看了花舞英一眼，哭着道："事到如今，我还骗人做什么？我纵是再恶毒，也不会害我家小姐性命，只想让她不孕而已……是小姐自己不怀好意，她担心与二爷见面会被人瞧见，便特意穿了素色衣衫外出，打扮成出岫的模样……"

"后来还是二爷对我提起，小姐心肠太过歹毒，若有朝一日被她发现我二人的图谋，只怕不会轻易饶过我们。于是二爷一不做二不休，趁机夺过她防身的匕首将她灭口，又把尸首推到水里。”

“然后你偷出另一把匕首，悄悄放入出岫的屋子，嫁祸于她？”太夫人愤怒再问。

灼颜不敢否认：“二爷说，总要有人来背这黑锅，出岫来背，于情于理最合适……”

事已至此，再说旁的细枝末节也是徒劳，夏嫣然到底是死在了自己的小聪明里。

太夫人眯着双眼似有所想，目光一一掠过堂上众人：难以承受事实真相的花舞英、悲戚怜悯的闻娴、愤恨不已的沈予、悔悟垂泪的云想容、无所畏惧的玥菀……

“玥菀，今日你虽然举发有功，可你出卖了自己的主子，这在云府是大忌讳。焉知有朝一日，你不会同灼颜一样，居心叵测害主求荣？”太夫人忽而将矛头指向玥菀，沉声质问。

听闻此言，玥菀也不再隐瞒，只得解释道：“禀太夫人，奴婢有个姐姐名唤玥鞠，从前跟着二爷甚是得宠。去年房州闹瘟疫时，二爷受命出城去寻侯爷，回来之后宠幸了我姐姐……二爷用珍贵药材前前后后预防了几日，出城一趟身子未受损伤，可姐姐却没那么幸运，反而因为与二爷亲近染上了瘟疫……”

玥菀边说边哽咽着垂泪：“后来，姐姐受二爷指派去给夫人送礼，就是当时的出岫姑娘，还不小心将瘟疫传给了她。侯爷为了出岫姑娘，不惜搬到别院亲自照顾；可，二爷却怕姐姐将瘟疫传给别人，又怕姐姐把他给出岫姑娘下春药的事儿说出去……便一张草席将姐姐卷了，扔去城外等死……”

“可怜我姐姐十六岁的如花年纪，跟在二爷身边尽心侍奉，最终却连一碗汤药都没喝上……二爷对外说是姐姐私自外出才感染了瘟疫，其实她是因为二爷才得的！二爷不但见死不救，还将她扔出去等死！这等怨气，奴婢怎能咽得下！今日自然要揭穿二爷，为姐姐讨个公道！”

玥菀仍旧跪在地上，眼泪滴滴掉落，她一番控诉声情并茂，令人不得不相信确有其事。

太夫人听了此事，敛目沉吟半晌才道：“奴婢就是奴婢，生死都是云府之人，老二要如何处置玥鞠，便由他做主。你说出这番旧事，虽有情可原，但今日之事事关重大，我要将你暂且关押起来。”

玥菀面上并无任何惊怒不忿，仿佛已预料到这个结局，又重重磕了个头，道：“奴婢一心为冤死的姐姐报仇，也是觉得侯爷宅心仁厚、出岫夫人秉性纯善，不愿嫡支血统遭到玷污。如今奴婢心愿已了，但凭太夫人处置。”

太夫人沉沉一叹，点头：“也算是个烈性丫头，你先去牢里坐几日吧，待此事了断之后再行发落。”

此话甫毕，刑堂执事已听令上前，押着玥菀告退而去。自始至终，她都是一副大义凛然的模样，没再多说一句。

太夫人谢描丹出身高门，一生最看重家门荣耀，也最爱惜颜面，从前为此，甚至不惜与夫与子生出龃龉，而如今，她还是这个性子。虽然云起已被供出，但家丑不可外扬，她私心里还是不愿让下人们看二房的笑话。想到此处，太夫人便对闻娴道：“让老三辛苦一趟，带几个可信之人去搜搜老二的园子，把人带过来。记住，切莫声张。”

闻娴立刻差人将云羡请来刑堂，云羡得知前后始末，大为震怒，二话不说带着几个亲信护卫，便往云起所住的金露堂而去。

由于太夫人下了命令，出岫落胎之事都瞒着合府，今日又是极为隐蔽的审讯，因而直到此时，云府上下还都不晓得究竟发生了什么，也无人敢向云起报信。

云羡几乎可以想象得到，此时此刻，天色正值晌午，云起必定是在用午膳，抑或搂着宠婢午后小睡。如此边想边走，刚到金露堂门口，却瞧见一个发髻凌乱的年轻女子，正捏着衣襟领口，慌慌张张地从里头走出来。

云羡似被这女子的白皙肌肤闪了眼，只觉得阵阵刺目。他突然止住脚步，站在垂花拱门前不动，待那衣衫不整的女子快走到跟前，才迎面沉声问候道：“四姨娘。”

听了这句称呼，鸾卿明显脚步一顿，抬眸看向云羡，那双浅淡的瞳眸在日照下闪着幽幽金光，诡异而迷人。

云羡张了张口，想要询问她为何在此，又为何衣衫不整，可酝酿片刻，那句质问终究卡在了嗓子里，不上不下，难以道出。

便在此时，拢着衣襟的鸾卿瞥了云羡身后一眼，那七八名亲信护卫连忙低下头去不敢再看。她这才整回神色，冷冰冰地对云羡道：“三爷小心祸从口出。”

这一句，似提醒，又似警告，云羡听后不禁蹙眉。岂知鸾卿未再多言，埋首匆匆与他擦肩而去。

那股子异族独有的冷香顷刻入鼻，令云羡的心思莫名变得烦躁起来。最初他曾怀疑过鸾卿与大哥云辞有私，后来又瞧见她与沈予前后脚离开清心斋，便揣测她与沈予有私，却原来……是二哥云起！但他宁愿鸾卿喜欢的是前二者！

说不清是失望还是怎的，云羡在原地站了片刻，吩咐身后的亲随：“方才你们什么都没瞧见。”几个亲随齐声称是，才跟着他一并迈入金露堂。

云羡果然没有猜错，此时此刻，他的二哥云起正左拥右抱，搂着两个美婢在用午膳，其中一个还坐在云起腿上，搂搂抱抱地公然喂食。

云羡见此情景，忽然又想起了鸾卿。一想到那个素来冷冰冰的异族孤女，也许方才也这般坐在云起腿上，他心中的怒气便勃然而发。

原本还想与云起客套一番再行事，但此刻，云羡准备好的一腔说辞只化作五个字："二哥，得罪了。"话音落下，他已长臂一挥，命令亲信护卫将云起钳制起来。

"三弟，你做什么！"云起惊恐地挣扎，一旁几个奴婢也吓得跑到一边。

"奉母亲之命，请二哥到刑堂走一趟。"云羡冷眼睨着要上来护主的金露堂护卫，喝道，"太夫人之命，谁敢不从？若敢动手，便是忤逆之罪！"

护卫们闻言顿了步子，都迟疑着没有再上前。紧接着云羡又是一声令下："搜园子！"

半个时辰后，云起被带往刑堂。一并被带走的，还有从他园子里搜出的奇特丹药，样样都透露着不寻常。太夫人瞧着那些瓶瓶罐罐，面上逐渐浮起冷凝之色，甚至是……狠戾。

"去请屈神医和四姨太过来。"太夫人沉声对刑堂掌事命道。

无人质疑屈方和鸾卿在这上头的权威，他们一个善医，一个擅毒，说出来的话自然分量最重。可当云羡听到要请鸾卿过来时，他却蓦地心中一跳，方才与之偶遇的情形便再次出现在他脑海中。

若鸾卿过来分辨丹药，可会帮二哥云起做伪证？若她当真偏袒二哥，他是否要将两人的私情说出来？姨娘和庶子，这已非寻常丑闻，是有悖纲常人伦！他若当真说出来，鸾卿一个孤苦无依的姜族女子，可有颜面再在云府待下去？

一时之间，刑堂内静默一片，唯能听闻云起瑟瑟的发抖，还有灼颜告饶的低泣。而云羡，则深深陷入挣扎之中……

不多时，屈方与鸾卿前后脚到了刑堂，开始仔细分辨那些丹药。从鸾卿一进门，云羡的视线便落在她身上，见她已换了衣裙，重新梳了头发，又回到从前那个冷若冰霜的四姨太。可只要一想起在金露堂外看到的情形，云羡心中便如吃了个苍蝇一般难受。

而此时鸾卿却对云羡的想法一概不知，她正面无表情地拔开一个个药瓶，或闻或尝或看，很是专注。也不知这般过了多久，鸾卿猫儿似的浅色瞳仁中忽然划过一丝涟漪，继而又归于寂静。

她将手中的几个药瓶递给屈方，两人附耳低语了几句，屈方便开口道："太夫人，这些丹药之中，有三种烈性春药，两种壮阳药，四种滋补药，还有一种防止女子怀胎的药物。其他的皆是毒药，四姨太比在下更懂这些，还是由她来说吧！"

听闻这番话，众人都被屈方口中的"毒药"二字所惊，齐齐将目光投向鸾卿。她本人则捏着几个瓷白药瓶，语调无甚起伏地道："这些毒药之中，有情毒的药引，还有诛心蛊的蛊虫，但应是喂养不得当，或是长久不喂养的缘故，蛊虫皆已死亡。"

此话一出，有人听了个热闹，有人听了个真切。那些不知云辞去世真相的人还是一头雾水，可太夫人、沈予等人几乎要情绪失控！他们都未曾料到，原本只是想揭穿灼颜和云起的私情，如今竟扯出这桩惊天大案！

但见太夫人“唰”地从座上起身，面上又恨又怒又惊，几乎是颤抖着强抑下去种种情绪。她伸手想要拿起什么砸向云起，可怎奈手边已空无一物，茶盏和串珠方才都扔出去了。

再看云起，此刻也是一脸惊惧，抖唇半晌才哆哆嗦嗦说出一句：“不……不是我，我还没来得及动手，大哥已经……”

他话还没说完，已被沈予一把上前揪住衣襟。沈予一拳打在他面上，又反手钳制住他的咽喉，咬牙切齿道：“原来是你害死了挽之！我要杀了你！”那模样，已距疯癫不远。

屈方与云羡见状，不约而同出声阻止：“小侯爷！”后者连忙上前，想要掰开沈予的手腕：“你再不放手，二哥要被你掐死了！”

谁也不曾见过沈予如此失态，他额上青筋暴露，赤红的双目隐泛血丝，好似已入了魔障。他死死盯着云起憋得满面紫红的脸，良久，终于缓缓松了手劲，一把将人推在地上：“杀你，我嫌脏了手！掐死你，我嫌太便宜！”

自始至终整个过程，太夫人一直站在丹墀上冷眼旁观，没说过一句阻止的话，也没有半分呵斥沈予的意思。“事到如今，有些事我也瞒不住了。今日这物证俱在，两代离信侯的真正死因，让鸾卿告诉大家吧。”太夫人的声音带着不易察觉的颤抖，她已无力再去回忆夫君爱子之死，那是她心上最血淋淋的痛。

鸾卿闻言也不推却，便将云黎、云辞父子的死因大概说了一番。至此，堂内众人才恍然大悟，更是不胜唏嘘。

借此时机，太夫人也平复半晌，冷静下来接过话茬。她目光犀利直指二房母子，凝声道：“老侯爷中毒是在二十年前，绝不可能是老二所为。舞英，你认不认罪？”

第二十三章 手腕娇柔摧狠辣

“小姐！小姐！此事与二爷无关，全是我一人所为！”花舞英眼见事情败露，连忙跪地请罪，连称呼都忘了改，不自觉唤出对谢太夫人出嫁前的旧称，“都是我不好，是我的错……我也不知最后会害了老侯爷……”

花舞英一面垂泪，一面向太夫人坦白：“当年是我异想天开，妄图坐上正妻位置，才在外头请了个江湖术士，想让您怀不上孩子……但我不知他是给您下了毒，更不知这情毒会男女相传……”

“后来您怀有身孕，与老侯爷置气回了娘家，老侯爷心里生气饮酒过度，我便趁机……当时我想着，您肚子里那个中了毒，生下来必然是个死胎……只要我一举得男，便能翻身！可又怕您发现情毒有药可解，才再次找到那江湖术士，请他补救。哪晓得……他竟下了诛心蛊，反害老侯爷丢掉性命！”

花舞英一脸悔恨之色，语不成调地解释道：“当时您生下世子，性子又倔，为娘家的荣耀与老侯爷几番争执，还不让闻娴过门……我以为，老侯爷必会心灰意冷，绝情弃爱。只要他恨您，他的毒也就解了，哪知道等了十年，纵然你们夫妻离心，可老侯爷还是没有恨透您；世子虽孱弱，也活了下来……后来我就死心了……”

花舞英自顾自说着，太夫人已是泪流满面，头一次不顾仪容威严，在众人面前痛哭失声。她想要说些什么，但碍于眼下这情景，又只得生生咽了回去。

闻娴亦是长泪不止，“扑通”一声跪地哭道：“太夫人，老侯爷心里只有您一个！我跟在他身边这么多年，他虽怜惜，却从未提出要给我名分。后来，也是因为与您置气，才执意纳我为妾……他，他心里头是憋着一股子怨气啊！”

堂内痛哭不止的三个女人，曾共享同一个丈夫。而在她们断断续续的话语之中，众人也明白了前因后果——

花舞英心怀不轨妄图正妻之位，便请了江湖术士加害太夫人，怎料老侯爷念着夫妻之情，这情毒与诛心蛊便一直没有发作，云辞也艰难地活了下来。再后来，鸾卿偶然认识老侯爷，发现他与太夫人中了情毒，老侯爷选择舍己救妻，便拿夫妻间十几年的恩怨做幌子，骗过太夫人绝情弃爱……

至此，这桩潜藏了二十余年的旧事终于水落石出。却不承想，二十年后，花舞英的儿子云起故技重施，想让自己的骨肉坐上离信侯之位，便给云辞下了情毒和诛心蛊，又伙同灼颜害死夏嫣然……

若不是出岫使了个落胎之计，这其中内情，也不知要多久才能真相大白。

二十年，宿命正好是一个轮回往复。两任离信侯为情而死，两个丫鬟谋害自家小姐……情毒配上诛心蛊，真真是这世上最无情最狠辣的手段！

“小姐！这都是我的错！我不该将那些旧事告诉二爷，让他起了野心，想故技重施效仿于我……二爷好歹也是老侯爷的骨肉，请您网开一面给他条生路，我愿以命偿命。”花舞英重重磕头在地，以一个母亲的身份，想要为儿子求得一个出路。

“娘……”云起与云想容齐齐出声，一个气急败坏，一个失望至极。

花舞英对儿女的呼喊充耳不闻，继续对太夫人磕着头：“此事想容毫不知情。有我这样的母亲，是她的耻辱……您若为此迁怒于她，就请您早早将她嫁出去，眼不见为净，求您不要伤她性命……”

“娘！”云想容梨花带雨，已是无话可说。有这样的亲生母亲和同胞哥哥，是多么耻辱，一直令她在府中抬不起头来。可就是这样一位母亲，在临死之前，还要为她安排前程，唯恐太夫人害了她的性命！

云想容一径摇头垂泪，裙裾上是一片重重的泪痕，已将布料湿透。纵然再不愿意选择出身，但毕竟血浓于水，这份亲情如何能轻易割舍？“求母亲饶恕我娘和二哥！”她也不知该如何恳求，唯有哭着说道。

太夫人冷笑不止：“事到如今，还敢与我讲条件？两任侯爷死在你们手里，你以为，你母子三人还能活命？！”

太夫人面上泪痕残留，已恢复了冷静，对刑堂执事命道：“将二房全部押入牢中，我得好好想想，这笔账要如何清算！”

“母亲！我是冤枉的！”方才云起被沈予一拳击中，脸盘已高高肿起，连开口说话的力气也无。眼见自己即将丢掉性命，他终于觑了空闲辩白道，“我没有害大哥！我承认我存了心思，可还没出手，大哥已经……”

“你还敢狡辩！”太夫人锐目一凛，似能剜出他的心，“狼心狗肺的东西，也不瞧瞧自己的斤两，居然敢谋逆爵位！你等着被千刀万剐吧！”

“母亲！我真的没有……”

“别叫我母亲！”云起还想再辩解，却被太夫人一语喝止，“你是什么出身？

还敢叫我母亲？我早该知道，花舞英那个贱婢能生养出什么好东西，都是猪狗不如的畜生！”

听闻此言，云起当真惊慌失措，见太夫人杀意已起，立刻求救般地看向三房，对云羡道：“三弟，你我感情一向和睦，你快帮我向母亲求求情！”

“你弑兄杀嫂，我为何要帮你说情？！”云羡在旁听了半晌，早已是一脸愤恨与嫌恶。

他话音刚落，一个清冷的女声已幽幽接话：“杀兄未遂与罪名坐实，可是两码子事儿。我若是二爷，如今也要狡辩一番，说自己未及得手。”

说话之人正是鸾卿，语调清淡，却隐隐带着几分令人毛骨悚然的犀利。这话听着很有道理，也解释了云起为何一直狡辩自己没能得手。

然而云羡闻言却很诧异：鸾卿不该与二哥有私情吗？怎的从她出现开始，不仅没有一句相帮的话，还句句火上浇油？

他正想着，但听太夫人已疲惫地道：“今日都散了吧。容我好生想想如何处置二房。”前后不过几个时辰，太夫人已失了那股精气神，好似是被黑白无常抽去了半个灵魂。

众人在这短短半日之内，经历了几番匪夷所思的大悲，个个也都心力交瘁，欲告辞而去。谁知便在此时，却听刑堂门外忽然传来一声阻止：“各位主子且慢，夫人有话要说！”正是淡心的声音。

众人循声望去，但见出岫一脸苍白毫无血色，虚弱地倚在淡心身上，正缓缓往刑堂里走过来。

三姨太闻娴眼明手快，连忙上前搀扶一把：“夫人你才落了孩子，怎能出来吹风？这刑堂阴冷，可要损伤你的身子！”

出岫看向闻娴，勉力一笑：“多谢三姨娘关心，我方才在外头听了很久，实在忍不住进来了。”她脚步不停，边说边往刑堂正中走，无视堂内一众目光，只看着丹墀上的太夫人，道：“恳请您将二房母子，交予媳妇发落。”

“交予你发落？”太夫人闻言，又提起了几分精神，问道，“你要如何发落？”

“按刑律、按族规、按家法，三者选一。”出岫虚弱回道。

“刑律如何？族规如何？家法又如何？”这一刻，已不仅仅是太夫人，众人的注意力都被出岫的话吸引，等着她说出一个令人信服的发落手段。

太夫人示意云羡搬来一把软椅，让出岫坐下说话。后者面上还有几许泪痕，但已看不出伤心与悲愤，只凉凉回道：“若按律法，杀人偿命，二房母子皆要以命抵命，送去房州大牢；若按族规，便请各支的当家与元老会聚一堂，公开审理，无论是否偿命，先将他母子二人逐出宗籍，再行商榷。”

“那家法呢？”这一次，不等太夫人开口，花舞英已带着无比强烈的生还渴盼，亟亟问道。

“若按家法，二姨娘与二爷毕竟是云府之人，血浓于水，或可饶他二人性命……”出岫停顿片刻，将花舞英和云起的喜色看在眼中，才又徐徐说道，“但死罪可免活罪难逃，我主张二爷受重刑。”

话到此处，她的语调猛然一沉：“阉刑。”

“阉刑！”这一次，不仅二房母子，堂上众人也大感诧异，倒吸着气儿齐齐惊呼出声。

“不错，受阉刑。”出岫看似虚弱无力，可神情与语调是越发冷硬。

“你竟如此歹毒！要用阉刑？！”云起捂着高肿的半面脸颊，惊恐地伸手指向出岫。

出岫一个眼刀狠狠看去，冷声回道：“我歹毒？你加害侯爷时，推夏夫人入水时，三番四次羞辱我时，歹不歹毒？若说歹毒，这云府上下，谁能比得上你云起！”

出岫故作按住小腹，似是受了一阵难以忍受的疼痛，转而再看太夫人：“二房害死两任侯爷，又伙同灼颜害我落胎，还妄图混淆嫡支血脉……如今侯爷后嗣无继，盖因这母子二人，必须严惩！刑律、族规、家法，还请您做个决断。”

太夫人并未即刻回话，反而将目光流连在出岫面容之上，见那一双水眸蕴藏着无尽波澜，似有惊涛骇浪即将侵袭而来。看了那双眼睛，太夫人已明白，无论选择哪种处置方式，出岫都不会手下留情。于是她斟酌片刻，回道：“这次是你失了夫君与孩子，如今你是堂堂正正的侯爷夫人，便由你做主处置！”

出岫要的正是这句话，便连忙斜倚在软椅上谢恩，又抬手拭去颊边泪痕，看向二房母子：“二姨娘、二爷，这三种处置，你们任选吧。”

任选？怎么任选？按刑律处置是死；按族规处置是逐出宗籍，只怕也是个死；按家法，比死还难受……云起心中又惊又惧，忍不住高声质问：“这是哪门子的家法？”

“是新立的家法！”出岫冷眸看去，幽幽说道，“云氏当家主母在上，此刻新立一条家法，也是合规合矩的。”

这话一出，花舞英恍然大悟，立刻恶狠狠地指向出岫：“你是故意的！你故意不给我母子活路！”

“我自然是故意的，你们先杀我夫，再杀我子，难道还要我手下留情吗？我不是舍己度人的佛祖，也做不到以德报怨！”出岫脸色苍白地反驳，一番话处处透着堪怜堪悲，怨恨而不失体面，悲愤而不失分寸。

她缓了缓情绪，见无人应声，才继续道：“其实二姨娘说错了，我是给你们一条活路。只要二爷肯接受家法处置，你与他都能保住性命……并且，我当即奏请太夫人封锁此事，除却今日刑堂内的知情之人，再不会有人知道你们做下的歹事。”

花舞英听了这话，张口意欲反驳，却听浅韵忽然恶狠狠接道：“夫人这是太轻饶了！老侯爷与侯爷的性命，怎是一个阉刑能偿还的！必是要以命抵命！”

浅韵一言甫毕，云羡亦表示赞同：“还说什么阉刑不阉刑的，我支持按族规处置，这等心肠歹毒的母子，绝不能留在云氏！必然要逐出宗籍，再以命偿命！”

浅韵与云羡的这番话，出岫听后却不为所动，只定定瞧着二房母子，再道：“二爷、二姨娘，你们即刻拿个主意吧。”

花舞英抿唇想了又想，情知自己受制于人，生还无望，还试图讨价还价：“我来偿命，放二爷一条生路行吗？”

出岫断然拒绝：“二爷这种人，即便子债母偿，他也不会悔改。你母子二十余年‘同心同德’妄图谋逆，如今东窗事发，理应‘生死与共’。”

她仿佛是有些精神不济，说话声音越发低沉，再次提醒道：“请二姨娘快做个选择。”

“按刑律不行！”花舞英尚未开口，太夫人忽然出声否决，“若移交房州大牢处置，便是将这桩事公之于世！家丑不可外扬，我云氏丢不起这人！”

听闻此言，出岫看了一眼丹墀上的太夫人，低声回道：“是我欠缺考虑。”言罢再看花舞英：“刑律不成，还有族规与家法可选。”

按族规……若当真将各支的当家人请来会审此事，他母子必然会被逐出宗籍，至于是生是死，大约还能论断一番。如此抱着几分幻想，云起咬了咬牙，不等花舞英开口，已率先回话：“我选族规！大丈夫死则死矣，绝不受那阉刑的侮辱！”

“不能选族规！”云起话音刚落，花舞英已慌忙开口反驳，对爱子道，“若被逐出宗籍，出了这家门一样得死！就凭你得罪过的那些人……你若不姓云，他们早来寻你报仇了！”

棒打落水狗，这话不假。花舞英虽平日看着鲁莽糊涂，但也未尝不是她的保命之法，如今反是她看得更明白。

云起听闻亲母之言，果然生出惊恐之心，可仍旧不愿改口：“不能选家法！娘，我还没成亲，还没留后……我……”

“谁说没留后？”出岫轻飘飘地打断他，“灼颜肚子里，不是你留的后吗？二爷可要想好了，若选族规，你便不再是云氏子孙，二姨娘、灼颜，还有她肚子里的孩子，出了这家门都是个死。”

出岫说到这里，稍稍停顿片刻，又叹道：“你若选了家法，不过受些皮肉之苦，但你还是离信侯府的二爷，二姨娘地位不变，灼颜这一胎便是二房长子长女，也不会丢了性命。”

这是要逼着云起选阉刑了！出岫一挑明，众人都明白过来！若选族规，全部都得死；若选家法，一条命根子，能换来几条性命！这一招，实在是……若要说狠，分明手下留情；若要说善，可又如此阴毒！

“不！不！我不想死，我不想死！”灼颜惊恐地看向出岫，连连磕头，“夫人恕罪！从前都是我的错，是我不知好歹……我……我不想死！”

“你求我做什么？该求二姨娘和二爷才对，选族规还是选家法，他们说的才算。”

出岫冷冰冰地与灼颜对视，忽而绽放出讽刺一笑：“其实我也赞成选家法，二爷若受阉割之刑，往后便无法娶妻，你肚子里就是二房唯一的一胎，我会奏请太夫人做主，让你嫁给二爷为妻，做个名正言顺的主子。”

“这也算圆了你的梦，你这一辈子，不就想做个正经主子吗？”出岫的声音犹如鬼魅，一字一句飘入灼颜耳中，令她毛骨悚然。嫁给二爷为妻……嫁给一个废人！这是圆了哪门子的梦！这是要毁了她的后半生啊！出岫这一举当真狠辣至极！

灼颜总算清醒地发现，云起若选族规，不仅要连累几条人命，且还将背上骂名，永生永世都是云氏鄙夷唾弃的脱籍子孙！可若选家法，云起便会受阉割之刑，再也不能人道！虽说能保住二房的名分与性命，但这日子也生不如死了！更何况，她肚子里的会是云起唯一的孩子，从此她必将被拴在云府，跟着个废人过一辈子！

“最毒妇人心，好狠毒的手段！”灼颜抬起那涂满鲜红蔻丹的右手食指，狠狠指向出岫，“你是要彻底毁了二房！彻底毁了我们！”

“人必自毁而后人毁之。”出岫并没有被激怒，相反很镇定地道：“世上哪有这么好的事儿，杀了人不用偿命，还不用吃些苦头？以你们这般恶毒心肠，没有被千刀万剐已该谢天谢地，还妄想舒舒坦坦地活下去？”

出岫微微合上双眸，双手按在小腹之上：“一个母亲，为了孩子的性命，即便死了也无所畏惧。可我偏要你们都活着，看自己的孩子如何饱受折磨，生不如死！”

“死”字刚脱口，出岫赫然睁眸瞪去，对花舞英冷笑道：“我偏要你儿子做个阉人，要你瞧着他受尽鄙夷嘲弄，不生不死！想必二姨娘你作母亲的，会觉得滋味儿很好。”

言罢她又再看灼颜，继续噙着冷笑：“我偿你心愿，要你做回主子，生下的孩子无论男女，都是云氏二房长子长女，以你们这对歹毒的父母为耻！”

出岫这番话说出来，刑堂之内鸦雀无声。包括沈予在内的所有人都注视着她，都在惊讶她的变化，这般冷酷，这般理智，这般……狠辣。

让云起受阉刑，看似惩罚的是他本人，但其实，这折磨远远要比一死了之更狠毒！花舞英将永远心痛爱子，灼颜将嫁给一个阉人，她肚里的孩子也将抬不起头，遑论云起本是个酒色之人，从此以后将再也不能人道！

“还是不选吗？”出岫终于再次看向太夫人，眼中也再次沁出了泪光。此时此刻，唯有太夫人知道她落泪的含义。这是痛快的眼泪，是了却心愿的眼泪，也是生无可恋的眼泪……

今日这个落胎计策，无意中找到了下情毒的幕后真凶，也慰藉了云辞的在天之灵。从此以后，出岫对这人世将再无留恋。

想到此处，太夫人险要哽咽，她缓缓深吸一口气，直直看向出岫，说出的话也很隐晦：“有时候，活着要比死更艰难。活着的人，总要问心无愧地活，才对得起自己的良心。”

太夫人说的话，众人都以为是指二房，出岫却明白她话中深意，不禁垂眸止泪，再对太夫人道：“既然二房不选，还请您做个决断！”

太夫人长叹一声，合上双目：“依我看，就选家法吧！”

在太夫人的强势干预下，二房迫不得已接受了“家法”处置。虽然云起将被阉割，但二房皆以保得名分，未被逐出宗籍。花舞英仍旧是离信侯府的二姨太，云起也依然是二爷。只有灼颜受了些牵连，从知言轩搬去金露堂，被合府得知她是与云起通奸所致有孕。

一桩明面上的私情，转移了云府上下的视线。大家纷纷议论灼颜的事儿，有鄙夷，有妒忌，有冷眼旁观，也有人称颂太夫人和出岫心地仁善。

刑堂审讯的两日后，出岫定下云起受刑的日子，五月三十。消息传来的当天，云起吓昏在刑堂牢房之内，此后他一直状若疯癫，每日除了吃睡便是傻笑；花舞英更是悔恨不已，在牢内哭嚷着向太夫人告饶；而云想容，则提出了一个大胆的要求——她要见沈予。

刑堂关押重犯的所在，是三重玄铁牢门。为防止二房再商议出什么诡计，太夫人下令将他们母子三人分别关押。第三重牢门也是最深的一层，关着云起；第二重关着花舞英；第一重玄铁门后是云想容。

沈予收到云想容的消息，特意去问过出岫的意思才来见她。冰冷黑凝的第一扇玄铁牢门重逾几百斤，需要三个刑堂执事合力才能打开。牢门被沉沉推起之后，几个执事都知趣地退了出去，毕竟云想容手无缚鸡之力，无人怀疑她能以武力制服沈小侯爷。

沈予一迈进牢房，便瞧见云想容面色憔悴、鬓发凌乱、一双眼睛红肿不堪，已不知哭了多久。许是他天性同情弱女子，这一刻他心里其实有些不忍，也知道二房母子的阴谋与云想容无关。可只要想起云辞为何而死，出岫为此流了多少眼泪，沈予便又不自觉地想要迁怒于她。

云想容见沈予一进来便盯着自己似有所想，连忙用手捋了捋乱发，亟亟跪地道：“小侯爷……”那声音，娇软无力，当真楚楚可怜。

她一双柔荑拽着沈予的锦袍下摆，低泣着道：“那天您让我去指认灼颜和二哥有私情，还说您欠我一个人情……如今我恳求您，替我娘和我二哥说说话。”

“大小姐。”沈予说不清面对云想容该是什么滋味儿，俯身将她从地上扶起，“当时我说欠你一个人情，是只知二爷与灼颜有私……想必你自己也猜不到，后来竟会牵扯出你大哥的死，甚至是你父侯的死……”

沈予轻叹一声，摇了摇头：“你这个请求是云府家事，我无权置喙。即便我说得上话，也不会答应你。他们害死挽之，我恨都来不及，又怎会替他们求情？”

云想容闻言，眼泪又如断了线的珠子一般往下落：“小侯爷，您现在一定也恨死我了，我有这样的娘和哥哥，我无颜再面对您……”

沈予见不得女人掉泪，再者这事云想容实在无辜，他便劝道：“太夫人和出岫夫人公私分明，都知道此事与你无关。待你哥哥受完刑，你们就会被放出去了。”

“放出去又如何？”云想容依旧哭泣不止，“我哥哥废了，我娘也……我在这个家里还怎么过下去！不如死了算了。”

“说什么傻话！你才十六岁，开口闭口提什么‘死’字。”沈予软语安慰她，“我答应你，待此事风头过去，今年底、至多明年，我一定请太夫人为你挑一户好人家，让你风风光光嫁出去。”

“好人家……好人家还能看上我吗？”云想容已哭得语不成调，“有这样的母兄，我在婆家怎能抬得起头来？”

“你想的太多了。”沈予那富有磁性的嗓音在牢房里彻彻回响，煞是好听，“太夫人已经说了，这事不会传出去，于你的名声也不会有损。只要你不说，又有谁知道你哥哥是……”

“阉人”二字险些要说出口时，沈予顿了顿话语，转而再劝：“如今太夫人和出岫夫人都在气头上，我也不好开口求情放你出去。我原本是忙着搬园子，因这事儿也耽搁下来，你若有什么不便之处，大可差人给我捎个口信。”

“搬园子……”云想容喃喃重复一遍，目中闪过一丝渴盼的光，改为拽住沈予的衣袖，“您要搬园子是吗？请您带我走吧，这云府我实在待不下去了……”

带她走？沈予有些失神。曾几何时，有个女子也曾在这座刑堂里，对他说过这句话。只是天意弄人，他当时很想带她走，却碍于情毒没有成行……

恍惚中，沈予似乎看到了出岫在向自己苦苦哀求，他心中突然感到一阵柔软与抽痛，遂缓缓伸出一只温热的手掌，想要触碰他心底的那张容颜……

云想容就如此渴盼着，抬着一双水眸望向沈予，并不躲闪。可，就在那只手快要触摸到她时，沈予却倏然停手，眼底又恢复了一片清明。

“大小姐说笑了，我知道你如今心里难受，但也不能随意说出这种话来，坏了自己的名声。”沈予理智地再劝，“日后你会后悔的。”

“不！我不会后悔！”云想容连忙剖白，“我愿意随您离开，只要不在云府，去哪儿都行。您这么重情重义的一个人，跟着您我是甘愿的！”

听闻此言，沈予终是诧异起来。他未曾想到，一个深闺之中的大家小姐，竟会直白地说出这种话来……是出于真心？还是将自己当成了救赎？沈予不禁沉吟起来，想要寻一个最好的理由来拒绝云想容，既不伤她的心，也能言辞达意。

可他这副神情在云想容看来，是犹豫！是动摇！云想容按捺不住心中的颤抖，哭得更加楚楚可怜：“小侯爷……若是让我因此匆匆嫁人，我岂会甘心！您不是还欠我一个人情吗？既然您不能为我娘和哥哥求情，那请您带我走吧！”

跟沈予离开，这才是云想容的本意，而第一次开口的那个请求，不过是她博取同情的铺垫。沈予承诺过欠她一个人情，既然不能为她的母兄求情，这个要求他不应再拒绝。

“你知道这话是什么意思吗？”沈予终于蹙起眉峰，一双墨黑瞳仁直直盯着云想容红肿的水眸，“大小姐，这话不该是一个闺秀说的。”他刻意曲解她的意思，表示婉拒，“其实你该找三爷，毕竟他也是你哥哥，倘若日后你过得艰难，以他的品格不会置之不理。”

“如今三哥还能瞧得上我吗？”云想容垂眸拭泪，“三姨娘恬淡娴静，三哥光明磊落，慕歌妹妹也活泼娇柔……三房原本就比我们讨喜，如今……以三哥那性子，只怕以后该对我避之不及了。”

“三爷不是这种人。”沈予很笃定地道，“你若有难处不便开口，我可以替你与三爷说……但你不能拿我做救命稻草，我是个风流成性的，如今你一时冲动，日后必会后悔。”

云想容连连摇头：“不，小侯爷，我不是拿您做救命稻草，也不是随便说出这话……我对您……”她咬了咬唇，下了极大的决心才说出来，“其实，倘若那天不是您来找我，我未必会供出二哥与灼颜的私情。”

此话一出，云想容眸中忽然生出炽热火光，热烈而大胆地看向沈予。她说的如此明白，她不信他还不明白。果然，沈予大为吃惊，他隐隐觉得云想容对他很是依赖，有时说话都会脸红娇羞，原本想着只是男女有别的好感……未承想，她竟已对自己芳心暗许！

若不是他去找她，她未必会供出自己的哥哥。这话若反过来想……云想容为了个毫无关系的男人，便能出卖亲兄长？

沈予的心思沉了一沉，对云想容的怜惜也减去大半。无论是为了晗初，还是为了别的，他都不想再与云府的女孩子有牵扯，省得以后给他和晗初平添阻力。

想到此处，沈予断然拒绝云想容："若是我从前有言行失当之处，让大小姐你产生误会，今日我在此向你赔罪。挽之是我的好友，他的妹妹我也是当成妹妹看的。"

这番直白相拒，让云想容的眸光立刻黯然。她缓缓松开拽住沈予衣袖的双手，低低垂下交握在身后："您是为了出岫嫂嫂吗？"

"你说什么？"沈予心中一跳。

"您长住烟岚城，究竟是为了大哥的遗命，还是为了出岫嫂嫂？我听说，嫂嫂从前是您私邸的奴婢，大哥在京州将养时，您把嫂嫂送给了他，这事儿是真的吗？"云想容面上泪痕已干，垂眸幽幽问道。

沈予薄唇紧抿，沉声而回："她的确曾是我府中奴婢，但我留下与她无关。"在晗初没有点头离开云府之前，他不想毁她名声，更不想为云辞的英名抹黑。

云想容听后似信非信，未再多问。

沈予仍旧有所顾虑，便再行解释："你在房州离得远，不知我从前在京州是什么名声……我不想害你一世。"

"我知道，您是风流之人。可如今哪个世家子弟是专情的？就连我二哥也……"云想容早已看透此事，"如大哥和三哥这般的好男人，这世上为数不多了。您虽风流，但重情重义，对喜欢过的女子也念着旧情，这已足够。"

原来云想容早把他的底细摸透了！这令沈予有些毛骨悚然，越想越觉得云辞这个庶妹心术不浅，颇懂得以柔克刚。有茶茶的前车之鉴，沈予对这种女子早已避之不及，连忙再拒："我欠大小姐的人情，只要不违反人情道义，来日必定赴汤蹈火偿还。可大小姐识错人了，我绝非良配。告辞。"

说着他已决然转身，大步迈出玄铁牢房。

第二十四章 言辞惊醒梦中人

五月三十，云起秘密接受阉割之刑。花舞英与云想容哭破喉咙，嘶声力竭，也未能改变太夫人及出岫的心意。云起受刑之事，由竹影亲自在旁督视，云府上下，除却二房之外无人观刑。

辰时刚过，刑堂派出执事前往荣锦堂回话，同时，竹影返回知言轩，向出岫禀报行刑结束。云府看似又恢复了一片平静，对外只道二爷云起忽染重病，在金露堂静养；花舞英请了几名大夫为云起疗伤；神医屈方则萌生离去之意，又怕出岫不愿放人，便带着沈予来做说客。

沈予知道出岫不会为难师傅屈方，但他太想见出岫一面了，便也跟着来了知言轩。

“在下原是方外之人，四处行医，偶尔承以人情救人。这次在府上也算为夫人您破例了。如今此间事了，两位侯爷大仇得报，还望夫人允准在下离开。”屈方一番告辞之语说的有些无奈，但又显得诚挚。

出岫明白屈方的难处，这一次，虽然初衷是查清灼颜与云起的私情，还嫡支血脉一个清白，可屈方帮着自己假孕瞒胎，到底是违背了医德，以他如今的名望与心境来说，这事必然是不情愿做的。

出岫不知屈方与云府到底有何关系，可他曾尽心为云辞祛除胎毒，如今又帮她隐瞒假孕之事，这些都已超出普通医患之间的交情了。她非但不会咄咄相逼，反而很感激屈方的帮助，更尊重他的意愿，便回道：“屈神医数次相帮，我都不知该如何报答您……往后您但有所命，只要我能力所及，必当效劳。”

屈方未曾料到出岫如此痛快，又想起关门弟子沈予对其痴心一片，便隐晦地笑言：“夫人客气了。子奉尽得在下真传，今后他长住房州，若有岐黄之事，您大可教他代劳。”这也算是明面上为沈予铺了条路。

出岫自然知道屈方的意思，抿唇而笑没有接话，转问道：“神医欲何时启程？

去往何处呢？”

屈方摇了摇头：“在下居无定所习惯了，如今孑然一身，趁着骨头未老，还想多出去走动走动，将古人传下的药书增补一番。”

出岫面上顿生几分崇敬之意：“神医德高望重，悬壶济世，令人敬佩。”

屈方顺势摆摆手，正待再说什么，忽听淡心在外禀道：“夫人，霓裳阁玥菀来了。”

玥菀是出岫唤来的。十日前，玥菀在刑堂公然揭发云起与灼颜的私情，又供出云想容知情，便注定了她难以再在云府待下去。二房定罪之后，出岫做主将她从刑堂里释放出来。太夫人的本意，是将她打发到云氏的其他别院里当差，可只要是在云氏产业的范围内，到底不能让人安心。出岫怕二房对玥菀打击报复，便呈请太夫人，放她离开云府自寻生路。

岂料对玥菀提及此事，玥菀却说想学医，出岫见屈方亦有去意，便顺势搭个桥，将玥菀唤来，至于她是否能打动屈方，便看她自己的本事了。

正想着，但见玥菀已迈步而入，大大方方对出岫磕了个头：“奴婢见过夫人、小侯爷、屈神医。”

“你如今已是自由之身，无须自称‘奴婢’。”出岫笑回。

只这一句，已令玥菀哽咽：“夫人能记住仅有一面之缘的家姊玥鞠，又给奴婢机会替姐姐报仇，如今还放奴婢离开云府，单凭这几份大恩，奴婢已将您看作主子了。”

出岫闻言不知如何回话，忽见屈方想要起身回避，便连忙再问玥菀：“不提这些了，你日后有何打算？”

“这……”玥菀瞧了瞧厅内座上的屈方，坦诚道，“奴婢想学医。若屈神医不嫌弃奴婢笨手笨脚，奴婢想拜他为师……”

这话一出，屈方有些惊讶。他挑眉看向出岫，却见对方神色平稳，便晓得出岫事先知情，并且想促成此事。于是屈方捋了捋胡须，对玥菀问道：“你为何想要学医？”

玥菀连忙转首看向屈方，回道：“奴婢自幼家贫，父母皆是病故，便与姐姐卖身云府之中。岂知姐姐花样年纪，因感染瘟疫而亡，可见生老病死无人能够幸免。奴婢由己及人，也希望能学得一手好医术来治病救人，不让太多人像奴婢一样痛失至亲。”

这一番话没有华丽辞藻，却说得真诚至极。屈方缓缓叹气，再看出岫，毫不客气地问：“夫人，这话不是你教的吧？”

出岫哭笑不得：“原来在屈神医眼中，我也算是伶牙俐齿之人？”

屈方长叹一声，答非所问：“夫人对玥菀一个丫鬟都如此关照，还望您能守住本心，不要因恨意而生出贪嗔之念，无法回头。”

出岫自然知晓，屈方此言是因为她近日里的种种表现。她想了想，眉目沉敛郑重回道："您的这番话，我会牢记于心。"

屈方这才点了点头，对玥菀回道："你有心学医，老夫很安慰。只是……当年老夫收沈小侯爷为徒时，已言明他是关门弟子，从此以后不再收徒。"

这是拒绝了！玥菀面上霎时划过失望神色，但也很得体地回道："您是神医，多少公卿子弟想要拜入您门下，奴婢出身低微，原本就是异想天开，还请您原谅这唐突之举。"

屈方只笑："如今行医者大都是男子，虽说在医者心中无分男女，可遇上女患者时，还是多有不便。你年纪轻轻有志学医，这是好事。"

玥菀以为这只是句客套话，便也客套地回道："多谢您教诲……"

"不过……"屈神医忽然转了语气，原来他后头还有话要说，玥菀连忙提起神来，听他再笑，"老夫一生行医，孑然一身无妻无子，如今老了反倒觉得孤独。虽说不收徒弟了，但收个义女还成，玥菀姑娘若不介意，从此便跟着老夫吧，但会吃些苦头。"

义女！屈神医愿意收玥菀做义女！这当真是个意外之喜！出岫与沈予都大吃一惊，由衷地替玥菀感到高兴。再看玥菀本人，面上更是一副难以置信的模样，呆愣得犹坠梦里。

"玥菀！还不拜见义父！"出岫连忙出声提醒。

玥菀这才回过神来，几乎是要喜极而泣，连连跪地向屈方磕头："玥菀不怕吃苦！玥菀拜见义父！"

至此，就连久久不语的沈予也笑道："师傅素来眼高于顶，收徒弟也挑剔得很，如今我们师兄弟各个学成离去，我还惦记您养老之事。这下可好了，有玥菀师妹承欢膝下，徒儿们不必记挂了。"

屈方私心里也很满意这个义女，看向玥菀再笑："你不图富贵安逸，一心为姊报仇，如今又能由己及人生出学医之心，也是你我的缘分。"言罢屈方又看向沈予，隐晦地调侃："即便看在你的分儿上，为师也不能抹了出岫夫人的面子。"

沈予顺势看向出岫，后者却似没听见一般，只定定瞧着玥菀，那神情……竟有些了无牵挂的解脱之意！

了无牵挂！沈予为脑海里蹦出来的这四个字所慑，唯恐出岫如今收拾了二房，又替玥菀安排好出路，会再起殉情的心思。想到此处，沈予不禁万分紧张起来，立刻对屈方使了个眼色。

屈方会意，便对玥菀道："我明日便要启程，你先回去收拾包袱吧。"

玥菀连忙称是，又向出岫千恩万谢一番，施施然而去。屈方亦随之而出，只留下沈予与出岫两人在屋内。不等出岫开口，沈予已主动承认："今日是我跟着师傅来的，我想见你一面。”

这反倒令出岫不好再说什么，唯有长睫微闪，寻了个话茬：“小侯爷何时搬园子呢？”

“这么着急让我离开？”沈予会错了意，苦笑叹问。

出岫默然，不愿回应。她若说不是，岂不又该给他以希望？

“也不知是你傻还是我傻……”沈予又是一声长叹，看向出岫道，“你答应我，无论你接不接受我，你都不许再有殉情的想法。”

“谁要殉情？”不待出岫回答，只听一个苍老而威严的声音已在门外响起。太夫人凝着脸色跨入门内，目光如炬看向出岫：“我还指望你挑选旁支子嗣过继给辞儿，代行母职教导世子，你若又想寻死，也把世子给我教好了再说！”

太夫人从进门开始，便将出岫劈头盖脸训斥了一番，不分青红皂白，不管有的没的，尽数说成反面的，直把出岫数落得不敢还口，默然承受。如此数落了小半个时辰，太夫人才像刚瞧见沈予似的，瞥了他一眼：“哦，小侯爷也在。”

沈予张了张口，也不知是心疼出岫还是怎的，哭笑不得地拱手行礼：“见过太夫人。”

太夫人撇了撇嘴角，顺了口气儿问他：“你何时变得这么有礼数了？”

沈予尴尬地轻咳一声：“您是挽之的母亲，我待您也如母亲无异。”

太夫人“噗”地笑出来：“待我如母亲？当真是因为辞儿？”

沈予顿时不知该如何回话。

太夫人这才又转向出岫，见她仍旧无甚表情，便冷了脸色：“成天哭丧着脸给谁看？戏都演完了还走不出来？你这是离信侯夫人该有的样子？”

出岫被几番数落，终是垂眸认错：“出岫知错，请您莫怪。”

太夫人非常懂得“给一巴掌再给甜头”的驭人之术，稍稍蔼下声音又问：“从前辞儿不是教过你算账和管铺子？”

出岫有些疑惑：“教是教过，不过都是些浅显的……”

“教过就成了。”太夫人点头，“师傅领进门，修行在个人，知道浅显，自己不会往深处挖吗？再不济，还有我这老太婆看着。”

出岫闻言更为不解：“您的意思是……”

太夫人表情不变：“每年三月中下旬，是各地各行业管事前来报账的时候，今年因着辞儿去世，府里乱成一锅粥，我已下令让他们年中再过来。如今大仇得报、大事已了，该接手的庶务你得尽快学会！先将中馈接了去，我老太婆既主外又主内，还得分心教导世子，早晚要折寿！”

这是让晗初主持云府中馈吗？当事人尚未反应过来，沈予已是一惊，又是一喜，再是担忧……喜的是太夫人已认可了晗初，须知主持中馈乃是家中女主人的象征，太夫人既然愿意放手中馈，足见是承认晗初的地位了。

可，晗初若当真深陷云府庶务之中，待过几年，他还能带她走吗？抑或，太夫人可会放她走？沈予越想越觉得苦闷，在太夫人与出岫面前也毫无掩饰。

出岫直至此刻还有些恍惚，意外了半晌才反应过来，鼻尖一酸盈盈拜道：“谢您看重。”

太夫人“嗯”了一声：“瞧你处置二房的手段，也知你不是个懦弱的女人。别怪我没提醒你，你既然将二房几条性命留下，日后可要提防他们东山再起，或是被拉个垫背。”

话到此处，太夫人又特意看了沈予一眼，颇具深意地道：“花舞英与云起受的打击极大，料想再也生不出什么事端；灼颜也是个没成色的，不足为惧；你多注意想容的动静吧！”

云想容吗？那个正直又温婉的女子？出岫有些诧异，但太夫人数十年的识人眼光必不会有错，她也不禁郑重地点头记下。

再看沈予，面色却比方才还要尴尬几分，尴尬之中又带忧虑，也不知在想些什么。

太夫人见两人皆是一副沉思模样，不禁轻咳一声打断他们，又对出岫道：“你假孕落胎，这才过了十日，最近还要继续‘养身子’，不妨趁着清静多学学中馈事宜，待出了小月子，要恢复晨昏定省，每日早晚来荣锦堂各学一个时辰。”

出岫连忙称是。

太夫人至此已有去意：“我走了，方才说的话你可要仔细想想，漏了哪句将来都要吃苦头。”说着又看沈予：“我今日有些乏了，小侯爷若无事，烦请送我老太婆一程。”这意思，是要让沈予随她一起走。

沈予本想与出岫再单独说说话，可看太夫人分明也是有话要说，便只得客气地应下，搀扶着她老人家出了门。

太夫人一只脚已迈出门槛，又想起了什么，转身再对出岫道：“我已吩咐下去，七月初让各支送几个成器的孩子，届时你与我一道选选。毕竟你会是他的母亲。”

这么快就要选孩子过继给云辞吗？出岫终于提起精神，郑重回道：“您放心，在这之前，我会尽快接手中馈。”

太夫人点头：“别让人以为你不中用！”

听到此处，出岫才明白过来太夫人的苦心。想自己本就是个继室，又是奴婢出身，当初是对外宣称有了云辞的“遗腹子”才被扶正。各地各支送孩子来云府，必定都是挑最好的人才，那孩子未必瞧得上自己这微贱出身。太夫人选在此时将中馈交给自己，也是有意抬举，届时无论谁当了世子，都得恭恭敬敬唤自己“母亲”，不敢再有小觑之心。

是了，虽没有血浓于水的亲情维系，但若是自己手中握有主持中馈的实权……不怕孩子不来讨好。

太夫人这顿足回头的一句话，看似只是随意补充，却是最最重要的一句！出岫如当头棒喝，连连对太夫人拜道："您用心良苦为我筹谋，我一定不辜负您的期望。"

这一次，太夫人连个回应都懒得给，伸手拽了愣怔在旁的沈予一把："快走吧，我老太婆腿都要站断了。"

沈予回过神来，搀着这位精明老太太出了门。两人一路往荣锦堂方向走，几个妈妈、丫鬟都很有眼色地滞后几步，太夫人又对沈予训斥："若不是方才我恰好进了门，听见你对出岫的那番劝，只怕过几天她是怎么死的你都不知道！"

沈予大感惊疑："您这话的意思是……"

"你到如今还没发现？出岫是个吃硬不吃软的。你这么软语温言地劝她，只会适得其反！"

沈予霎时大悟："难怪您方才不留情面地训斥她，还让她接手中馈、抚养世子，这是逼着她给自己找活路！"

太夫人瞥了沈予一眼，只嫌他反应慢，又毫不客气地继续打击："你也不用三天两头惦记了，她如今没心思跟你走，你要等得就继续等，等不得就赶紧走，成天在人眼前晃，没得败坏我云府名声！"

沈予立刻郑重以回："我等得起。"

"既然等得起，她接受中馈期间，你就不要来打扰她，赶快择日搬出云府。"

"太夫人……"沈予蹙了眉，一副不情愿不舍得的模样。

"如今她瞧见你，只会想起辞儿，你还嫌她伤心难过不够多？"太夫人叹了口气，"如今她做了我云家的媳妇，已算鱼跃龙门，即便往后改嫁，也不是随随便便什么人都能配上她。你吃喝玩乐在行，对她的心意也有，可是否与她般配，你自己还得掂量掂量。"

这一番话说的，让沈予有些着恼："您总是瞧不起我。"

"我没瞧不起你。但我的确没瞧出来，你除了医术尚可之外，还有什么可取之处！"太夫人直白讽刺，"还是说，你想炫耀你玩乐的本事，你有过多少女人？"

"太夫人！"沈予闻言，只觉心口憋着一股子闷气，又无法开口反驳，当真难受至极。

"从明天起，我要重新当起这个家！"太夫人铆足劲头再道，"我不是不让你见她，你搬出去之后，每次过来，须得先去荣锦堂拜见我！哪天我瞧你顺眼儿了，就安排你二人见上一见，否则免谈！"

"太夫人！"沈予听出她话中之意，又惊又喜，"您不反对？我还以为……"

"你以为什么？以为我要将她困在云府？"太夫人索性也不走了，停下脚步抬头看他，"就看你自个儿有没有本事让她点头跟你！还有，不许你败坏云氏的名声！"

"多谢太夫人！我明白了！"这一次，沈予是真心拜服。眼前这位老太太，虽然对外人精明狠辣，对"自己人"倒也不算太坏。不仅三言两语让出岫恢复了斗志，也点醒了自己……

"瞧你这样子，没一点世家子弟的沉稳，别说辞儿，连老三的性情都比不上！"太夫人啐道，"你赶紧去修炼修炼！"

沈予哪里还敢多嘴说话，只连连点头受下。

至此，太夫人也没了兴致再为难他，只重复道："你别磨蹭，赶紧搬园子，别让我再催你。"想了想又道，"屈神医离开我就不送了，让出岫去送送吧！"

翌日，屈神医带着玥菀告辞，太夫人没有前来相送，这令出岫有些奇怪。不过除了太夫人之外，沈予、云羡、鸾卿等都在场，众人先是依依不舍了一番，又恭贺神医收得义女，场面也算热闹。

待送走了屈神医，各回各的园子，沈予和出岫慢悠悠地走在最后，前者才悄声道："以师傅这种出世的性情，本该不理外物才对。可云府但有所命，师傅无有不从，哪怕扯谎也愿意，你不觉得奇怪吗？"

"屈神医与云府有什么渊源？"出岫一直是如此想的。

沈予别有深意地笑了笑："从前我也这么想，不过昨日太夫人特地交代说，她今日不来送师傅了，我才明白。"他见出岫尚未反应过来，又低声暗示道，"师傅他一生未婚呢！"

"你是说……"出岫娥眉微蹙，警告他，"你不要乱说，没得败坏他两位的清誉！"

"我说什么了？我可什么都没说，全是你自己想出来的。再者，即便有什么，只怕也是师傅一厢情愿。"沈予耍赖地笑了笑，"不过太夫人能令老侯爷倾心，魅力自然不容小觑，师傅倘若心存爱慕乃至终身不娶，也不无可能。"

"越说越离谱了！"出岫薄嗔。

沈予"哈哈"大笑起来，忽然又转为一声长叹："我总觉得，我会步师傅的后尘……你觉得我会吗？"他说这话时，一双墨黑眸子一瞬不动盯着出岫，似小心试探，又似表白心迹。

出岫足下停步，垂眸不再看他："即便您想一生不娶，文昌侯也不会答应。"

"那我就等着。"沈予不再迂回曲折，"人心都是肉长的，我不信你一辈子铁石心肠。"

出岫无奈摇头："您这又是何必……过几年我容颜凋零、年老色衰，您也就……"

"我又不是独爱你的容颜。"沈予立刻解释，"自然，爱美之心人皆有之，初见你是觉得惊艳。可到了如今，我又岂是那肤浅之人？若单论美色，你虽是南熙第一，也不是一辈子第一，长江后浪推前浪，自有后来者取而代之。"

沈予不给出岫开口的机会，又叹道："看了挽之如何对你，我也顿悟了。为了他临终所托，也为了我自己……我只差剖心给你看了。"

剖心……出岫只觉嗓子一哽，到底还是残忍地拒道："可我已经决定……"

"眼下你才十七，别急着下决定。"沈予又打断她，"一辈子路还很长，我等得起，你别拦着。"

"小侯爷，你疯了！"出岫低低惊呼，难以承受这片深情厚谊。

"自你离开追虹苑，我就已经疯了。"沈予有些无赖的样子，几乎是厚着脸皮玩笑道，"你别怕，近期我不会来烦你，我得尽快搬出去。既然决定长住烟岚城，总要找点事情做。旁的不说，交友是免不了的，多认识几个人不是坏事。"

交友？话说到此，出岫忽然想起了什么，问道："令姐是不是嫁给了四皇子？"

"不是四皇子，我姐夫可是有亲王封号的，是'福王'。"沈予纠正道，"姐姐沈萱是去年嫁的，那时你已来了房州，所以没瞧见。姐姐是福王正妻，当初嫁人时那排场……啧啧……"

他"啧啧"两声，却见出岫冷了脸色，还以为她想起云辞留下的一纸婚书，连忙住了嘴："晗初，我不是有心的。"

出岫见沈予会错了意，便轻叹一声摇了摇头："小侯爷，自大皇子薨逝后，福王和慕王一直是南熙储位最有力的竞争者。你姐夫福王有文臣支持，慕王是军功显赫，你注定要站到福王的队伍里，对慕王……你要当心。"

这件事，沈予从来没想过："我当初写家书告知父侯我要长住在此，他也没提醒啊！"

"这种事岂能写在书信里？若是半路给人截了去，岂不麻烦？"出岫慎重地道，"也许文昌侯想着你有云氏照应，不会有失……不过，福王与慕王各有优势，云氏大约会暂时持观望态度，但你却要当心了。"

见沈予似懂非懂，出岫气得咬了咬牙："你还不明白吗？房州是慕王的封邑，你留在此地，若有朝一日争储事发，慕王第一个便会挟持你，向你父侯提条件！若文昌侯府一意支持福王，他会杀了你以儆效尤！"

出岫说得如此明白，沈予终于听懂了。想他成日花天酒地不务正事，哪里想得到这许多？可晗初出身风尘，竟然比他还懂！沈予不禁重新审视起面前这绝美女子。

出岫见沈予探寻的目光望来，知他所想，便解释道：“从前在醉花楼里，恩客们时常分析南北时事，我多少听过一些……后来到了云府，是听他三言两语说起的。”

听闻此言，沈予的情绪很低落。太夫人说的对，以他现下的心智才能，实在没有能让人瞧得起的地方，比之云辞还差得太远太远，又怎能打动晗初的芳心？

“为了文昌侯府，也为了你自己的安危，小侯爷，赶紧回京州吧！”但听出岫忧心忡忡地再劝。

沈予依旧看着出岫，见她的担忧之情很真挚，心中忽然盈满感动，只觉为她死了也值得。他便状若随意地笑道：“你担心的太早了，我心里有数。”

出岫见他胸有成竹，也不好多说，两人一路无话，由沈予将她送回知言轩。

第二十五章 慎重选嗣传香火

此后又过了三日，沈予正式搬了出去，他买的园子距离云府只有两个街口，来往也很方便。

而出岫则按照太夫人的吩咐，全面接手中馈，开始未出“小月子”时，只在知言轩里看旧账，学旧例。待出了“小月子”，她便每日早晚都去一趟荣锦堂，聆听太夫人训诫，学习府中庶务。

她本就跟随云辞学过账目，又聪慧过人，因此上手很快。再者中馈之事虽烦琐，说来说去不过就是银钱与人情，只要这两样把握准了，许多事情都有旧例可循，并不算太难。

对于出岫而言，银钱之事尚且好说，左右按着账目走就行了；可人情世故并非一时半刻就能学会，更何况云府家大业大，往来开销实在厉害，什么样的事情该给什么样的分量，什么时候赏赐，什么时候克扣，倒是一门学问。

太夫人三言两语交代了，又给了出岫一张单子，上头罗列着南北两国重要的世家及人物，谁是当家人、谁是掌权者、哪位夫人得宠、哪位夫人失势，单子上一目了然分外清晰。自然，沈予的家族文昌侯府也在其上。

出岫生来有过目不忘的本领，记住这单子不难，遑论其他账目。因而这一个月下来，云府进进出出的庶务与银钱，从她手中过一遍，也没有太大差错。太夫人见出岫学得快，嘴上虽不夸赞，心里还是满意的。

这边厢出岫正为中馈的事忙碌不已，那边厢荣锦堂又来传话：七月十八，南北各地的旁支将会聚离信侯府，带着族中未及志学的出众男丁，给太夫人过目。

挑选世子为云辞传继香火，是眼下云氏最大的一桩事，因而各支都是蠢蠢欲动、跃跃欲试，生怕自己这一支里最好的孩子没被挑上。

早在六月底，出岫便吩咐下去将几个空置的园子收拾出来，安顿族人。又仔细问过这其中的人情往来，哪一支与哪一支交好？哪一支与哪一支有宿怨？她都打听得清清楚楚，尽量避免将不睦的两支安排在一起吃住，以免大家发生不愉快。

转眼七月十八将至，各支一共挑了十六七个孩子过来，其中还有两支在路上耽搁了，未能如约而至。这些孩子中，小到两三岁、大到十二三岁都有，皆是身强体健、眉眼俊俏，其中不乏几人长得像云辞或老侯爷云黎。看来是各有各的招数。

云氏合族上下，已许久没有如此同心期待过某个日子了。这一次离信侯府选嗣，就连南北两国的几大世家，甚至是皇室宗亲，都为之瞩目。

到了七月十八这一天，太夫人让各支的当家人带着孩子聚集到外园，她与族中元老们，再加上三爷云羡，率先进行了一番初选。众人见出岫不在场，云府二爷也不在场，心里多少都明白过来，这两人是失势的。

七月十八初选过后，各支都回到园子里等消息，出岫因为没参加初选，也没人来知言轩打探消息，算是彻底清净下来。可云羡的长风轩却是络绎不绝、人满为患。

如此挨了两日，初选结果才公之于众。最终太夫人只挑了六个孩子出来，其余落选的，都给了价值不菲、分量相同的赏赐，也不算让他们白来一趟。

而余下经过初选的孩子们，太夫人则令人严密照顾，避免有投毒陷害的事情发生，防患于未然。

七月二十二一大早，太夫人传唤出岫陪她用早膳，过后便在荣锦堂里，对余下的孩子再进行一番筛选。这一次来内堂的，除却太夫人和六个孩子之外，唯有她在场。

出岫放眼望去，发现一个奇怪的现象，各支带来的孩子，有的才两三岁，但如今通过初选的，都是有身量的，最小也有四五岁，大的个头已然长成，十来岁总有。出岫有些不解，孩子不该是越小越好教导吗？这些都开了心智的孩子，难道不怕他们将来生出异心？

太夫人知道出岫心中所想，不待她问出来，已幽幽道："这是离信侯府选嗣，选的是世子，不是找个孩子让你给他当奶娘。"

出岫被噎得不知如何回话，便听太夫人又道："大一些的孩子好，心地如何、智谋如何，都能看出个大概。要那两三岁的有何用？如今瞧着好，谁知往后长成什么样子？"

"不是有句俗话说，'三岁看到老'吗？"出岫不解。

"那是瞎扯！"太夫人冷哼一声，"若是'三岁看到老'，云起小时候又知事又尊老又嘴甜，比辞儿和老三不知强多少。你再看如今？"

出岫明白了。其实她不需要对这个孩子隐瞒身世，相反还要告诉他是过继来的，只要孩子心地纯善，知恩图报，不愁他不努力奋进，孝顺长辈。

"不多说了，我不会告诉你这些孩子都是谁家送来的，你只管看孩子，看中哪个就对我说。”太夫人一副交出大权的模样，对出岫努了努下巴，便低头看起佛经。

这可难倒了出岫，别说她是没做过母亲的人，就是这一时半刻，又怎能看出个一二三四？出岫一眼扫去，但见六个孩子按高低个头一字排开，皆是眉目俊秀身穿锦袍，一副恭顺模样等着问话。

出岫看了片刻，越看越提不起精神，不知为何，她总觉得这几个孩子好像欠缺了什么。也许是心中太爱云辞的缘故，她对世子人选也有了个大概轮廓——无论长相、性情、才干，都该像云辞那般，才配得上做离信侯府的世子。

出岫有些茫然，虽然知道孩子们年纪小，性情、气质还没养成，可她希望从他们身上看到一些熟悉的地方，可是……她失望了。出岫轻轻叹了口气，又将难题交还给太夫人：“还是您来做主吧，我实在看不出什么。”

太夫人面色不变，连眼皮子都不带抬一下，翻过一页佛经回道：“是你选儿子，又不是我选。往后这孩子是你教养，你看着顺眼便好。”

出岫闻言更加为难，正欲再说些什么，却忽听门外传来一声禀报，来自竹影：“禀太夫人、夫人，北熙闵州一支在路上耽搁了几日，眼下刚到府中，也带了孩子过来，说是要向您二位请安。”

请安？这词儿用的倒好，不说抱怨，不说参选，只说请安。出岫小心翼翼看向太夫人，等待她的指示。

太夫人随手将佛经搁到案上，缓缓道：“无论是什么缘由，错过初选就是错过了，给他们一份赏赐，打发了吧。”

“太夫人……”出岫有些不忍，犹犹豫豫地道，“方才竹影说，这一支来自北熙闵州。如今北熙时值战事，闵州正是叛军臣氏的大营，只怕他们路上没少吃苦头。既然不远万里过来，也是想为选嗣之事尽心，不若您见一见吧。”

出岫想了想，又补上一句：“兴许有意外之喜也未可知。”

听闻此言，太夫人挑眉笑问：“这几个孩子你都没瞧上吧？才想看看闵州那支？”

出岫抿唇默认。

太夫人这才“嗯”了一声：“闵州这支被战乱耽搁是假，遇袭是真。既然有人不想让他们来选嗣，估摸是孩子不错。你若想见，便见见吧。”说着太夫人已示意竹影将人带上来。

闵州一支很知事，闲杂人等都没进入荣锦堂，唯有当家人带着孩子入得门来，一大一小跪地拜见：“闵州旁支云潭，携子云彬，给太夫人、夫人请安。路上因战乱来迟，还望恕罪。”

太夫人与出岫对望一眼，都有些诧异这云潭没有告状，甚至只字未提遇袭之事，只推说是战乱耽搁了行程。太夫人又见这父子两人俱是一袭黑衣，并不似其他各支锦衣打扮，倒也心存两分好感，刻意问道："你二人怎穿黑衣？难道亲近之人遭遇了不幸？"

云潭头也不抬，回道："多谢太夫人关怀，路上未有死伤，这黑衣……是为侯爷穿的。"

此话一出，出岫立刻鼻尖微酸，只听云潭再道："侯爷薨逝之时，闵州一支来得晚了，错过丧期，云潭心中一直内疚不已。"

"也不是你的错，北熙山高路远，闵州又逢战乱，来一趟不容易。你们起来说话吧！"太夫人软语叹道。

云潭领命从地上起身，出岫顺势打量，见他三十岁左右，面目轮廓分明，也算一表人才。她再看云潭身边的黑衣少年，八九岁的年纪，只微微颔首垂目，不似别的孩子那样畏惧恭谨，但也不觉得无礼过分。

许是云潭的分寸拿捏得极好，出岫对这黑衣少年也颇有好感，正打算命他抬起头来，恰好这少年抬眉放目，视线正与出岫对上。出岫心中立时"咯噔"一声，不自觉地站起身子，耳畔已听太夫人恍惚说道："辞儿……"

出岫侧首看去，但见太夫人双目微眯似有所想。再看那黑衣少年，一双深潭黑眸波光粼粼，恰如她初见云辞时的印象！还有那鼻骨、那脸型，甚至是下颌，都与云辞很是相似！

出岫攥着帕子的柔荑微微收紧，一时间竟要垂下泪来，而太夫人此时亦目不转睛盯着那少年看，口中还喃喃道："像，真像……与辞儿小时候一模一样。"

刹那间，婆媳两人四目相对，都已知晓彼此的想法。可太夫人毕竟不是感情用事之人，见那名为云彬的少年自行抬目，便问他："旁人都知非礼勿视，不听传唤不能抬头，你怎不知礼数？"

少年蹙眉一想，并无惶恐或不安，很是沉稳地回道："晚辈初次得见太夫人与夫人，心存敬慕才不自觉抬头，的确于礼数有欠，万望恕罪。"

这少年说话不脱稚气，但胜在应对沉稳，话语真诚。尤其他自称"晚辈"，应是不知道该按什么辈分开口称呼，又怕太过唐突失去礼数，才如此自称吧。

算是个谨慎有礼的孩子。太夫人做如是想法，又看向出岫，示意她开口问话。

出岫沉吟片刻，问云潭："这孩子的母亲可来了？"若要瞧出一个孩子如何，必不能忽略其母。

岂知云潭面有哀色，回道："他母亲福薄，四年前已然去世了。我身为闵州一支的当家人，平日事务缠身疏于对犬子管教。今次接到太夫人选嗣之命，都是族人抬爱，才将犬子举荐过来……"

短短几句话，已透露出许多信息，看来这云潭在闵州一支颇具威望，不想他年纪轻轻不过三十多岁，不仅坐上旁支当家人的位置，且还在妻子去世的情况下，将孩子教得不错。而且，这孩子生母早逝，日后若过继而来，必当与嗣母亲近。

太夫人在心里盘算着，对于云潭，她还知道一个十分重要的消息。北熙闵州如今是叛军臣氏的据点，他作为当地的云氏当家人，不仅要安抚族人之心，还要应对臣氏的威逼利诱。可一直以来传到她耳中的消息，闵州这支都十分平稳，没有什么异动，足见云潭的能力。

这般一想，太夫人又对云潭父子高看几眼，转而再问他："妻子过世，你没有续弦？"

云潭垂目而回："家中有房妾室在打理庶务，至于续弦……暂无考虑。"他面色已恢复平静，并无方才提及妻子去世时的哀伤，应是刻意克制。

看来也是个痴情人呢！云氏多出重情重义之辈，有父如此，这孩子的资质应是不错，何况又与云辞长得如此相像，也是缘分。

太夫人看了一眼出岫，见她亦是点头，便对云潭道："你可要想好了，从此之后，这孩子只认离信侯为父，拜出岫夫人为母，与你再无关系。"

云潭身形一顿，似是不舍又似凛然："这是犬子的福分。放在您身边，总比留在闵州好。"他脸上没有喜色，不像个攀附富贵之人，无论是真情流露还是假装，都算难得。

为子考虑，是天下父母的心愿，本也无可厚非。太夫人对这父子俩很满意："做离信侯世子须得胆识过人、杀伐决断，就凭他方才敢抬头看我，已很令人中意。留下吧。"

第二十六章 乱世初揭风欲起

选嗣一事在这出意外之喜中落下帷幕。此后又过了一个月，八月二十，离信侯府举行了盛大的过嗣典仪，正式将云彬过继到云辞膝下，绵延香火。太夫人为之赐名“承”，用意不言而喻。

纳族谱，入宗籍，跪拜列祖列宗，册封世子……整整一日的典仪，程序烦琐复杂，云承这孩子道道谨慎，无有差错。

可这件大事却未能给离信侯府带来更多的喜悦——就在云承过继典仪的那一日，臣氏攻入北熙皇城，直捣皇宫序央宫。北熙原帝在序央宫中服毒自尽，当着叛军首领的面，在大殿龙椅之上，咽下最后一口气。

原氏大势已去，再无翻身之机。

消息传来南熙之后，太夫人当机立断，让云潭暗中潜回北熙安抚各支，再将不必要的铺子暂时关闭，明哲保身。

众所周知，云氏如今的荣耀，全赖与原氏、聂氏之间数百年的亲厚渊源。当初原氏祖先统一天下建立大熙王朝时，更曾说过要与云氏“共享天下”这等豪言壮语。即便后来大熙王朝南北分裂，云氏也一直与两国保持着交情，不偏不倚。

而如今，北熙原氏倒台，自然会牵扯到云氏一族。

“今时不同往日，咱们若再不想想法子，只怕臣氏下一个矛头，便会对准咱们。”太夫人忧心忡忡，将出岫与云羡唤至荣锦堂，以期能商量出个对策。云承作为世子，也在一旁恭听学习南北时政。

“母亲稍安勿躁，如今臣氏刚刚攻下北熙，尚未登基，必定以肃清原帝亲信为主，短期内还无暇顾及云氏。咱们至少有两年的工夫能喘口气，并不急于一时。”云羡率先开口。

他以为，即便臣氏在北熙登基，肃清余党、重整朝纲也都需要时间，更何况还要安抚北熙国内百姓。因而云氏还能撑几年。

可显然，太夫人更为深谋远虑：“话虽如此，但若不未雨绸缪，届时只怕被动得很。咱们在北熙的族人、生意不少，银钱上的损失是小，只怕臣氏会对我族人发难，软硬兼施。”

太夫人越想越是焦虑：“云氏传承了几百年，难道要毁在我老太婆手中？那我还有何颜面去见列祖列宗，去见……老侯爷与侯爷？”

提及“侯爷”二字，出岫亦是眼眶微热：“从前我在清心斋侍奉笔墨时，侯爷早有此顾虑。”

出岫一直记得云辞说过的那句话——“如今北熙动乱，江山易主早晚而已。南熙看似平静，几位皇子也为争储蠢蠢欲动……长此以往，只怕云氏无法再明哲保身……”

未曾想到，云辞一语成谶，早已看出原氏不敌臣氏，必将败落。再想起南熙日渐明朗的储位之争……出岫亦为云氏的将来无限担忧。虽然明知自己身份低微，但她还是将心中所想如实道出：“太夫人，咱们不若趁此机会，彻底弃了北熙吧！”

“你说什么？”未等太夫人反应，云羡已毫不客气地反驳：“你疯了吗？咱们在北熙的根基数百年，岂能说弃就弃了？简直荒谬！”

“老三，听出岫说完。”太夫人忽然开口喝止云羡，转而对出岫问道，“你为何如此想？”

出岫看了云羡一眼，到底还是一股脑儿道出：“据说臣氏从前并不姓臣，当年为表合族对原帝的忠心，才特意改了姓氏为‘臣’。原帝为此大为动容，还特意赐予了世袭的‘镇国王’封号，按道理讲也算厚待。可如今，臣氏子孙还是推翻了自己的主子……可见也是忘恩负义之辈。”

出岫顿了顿，见太夫人没有打断之意，便继续道：“臣氏连自己的主子都能背弃，您还指望他能给云氏一个好下场吗？咱们与北熙关系匪浅，早晚要受牵连，即便眼下臣氏忌惮咱们，焉知有朝一日不会过河拆桥？咱们只能依靠南熙聂氏，这是几百年的亲厚交情，自然要比臣氏可信得多。”

听闻此言，太夫人目光闪烁，半晌又问：“你主张主动向南熙示好？”

“不，不是主动，但也不能再端着架子。”出岫解释道，“臣氏野心勃勃，必然想要统一南北。南熙大约会趁着臣帝根基不稳时主动出击……南熙聂帝膝下七皇子、九皇子皆是戎马之人，若上了战场未必就会败给臣氏……”

“唯有足够强大的家族，才能在乱世之中保持中立。但如今，云氏早已不是如此，这巨额财富与名望必遭觊觎，族人又一盘散沙内斗得厉害……倘若云氏再观望下去，届时将南北两国都得罪了，早晚会成为俎上之鱼，也许会被南北瓜分也未可知！”出岫大胆说道，话语掷地有声。

这几番话一说出，太夫人目中精光毕现，云羡也是一脸讶异：“嫂嫂，这话是你……自己想出来的？”

出岫黯然地摇了摇头：“是侯爷……他从前总提起来。如若他在世，必能想到万全之策。”

云羡闻言也难掩哀伤：“大哥惊才绝艳、深谋远虑，可惜……”

他话音刚落，太夫人突然接过话茬，对出岫道：“你说的没错，唯有足够强大的家族才能在乱世之中保持中立，如今云氏内斗厉害，咱们只不过强撑着面子罢了！若不早早做出决定，届时被有心人挑拨，只怕还未看清时局，已让自己人斗死了！”

太夫人边说边看恭敬垂立的云承，再道：“单看这次选嗣之事便知道了，各支不仅各出奇招，还敢公然下手阻挠别家……若不是云潭应变迅速，承儿只怕没这个机缘进府了。”

“可也不能草率决定投靠聂氏。北熙臣氏虽是叛军，但从前也颇有威名，臣氏父子足智多谋、治军严明，我反倒觉得令人信服。”云羡素来性情谨慎，不愿轻易表示支持。

“你说臣氏更君子吗？依我看是他们还未登上权力顶峰。”出岫幽幽叹道，“古往今来，多少英雄豪杰，起事时仁义慷慨、豪情万丈；成事后却纵情声色、忘恩负义，甚至亲佞远贤，滥杀猜疑……三爷且看将来，等臣氏坐稳这北国帝位之后，是否还能励精图治？”

“嫂嫂……”云羡难以置信地看向出岫，万分讶异这番见解竟会出自一个女子之口，且还是奴婢出身的年轻女子！

这一次，不仅云羡，就连一旁的云承也忍不住开口：“母亲！”那神情，分明是钦佩。

然而出岫对这一切恍若未闻，只定定看着太夫人，言辞恳切再道：“云氏与原、聂渊源甚久，若改为支持叛军臣氏，那在世人眼中便会沦为忘恩负义之辈。更何况，臣氏既能推翻旧主原氏，日后也能钳制云氏！”

太夫人的目光在出岫面上流连不去，似要将她生生戳出一个洞。半晌，才面无表情地问道：“那依你看，要如何亲近聂氏？北熙那边儿，又当如何交代？”

这问倒出岫了，她只是有这个想法，可具体要如何实施，还需长久商议。但有一点是不能再拖了：“先趁着北熙时局未稳，借口将咱们名下的铺子全部关掉，所有银钱也不必运回来，不如让北熙族人分了吧！乱世之中，多些银钱傍身总没有错。”

“把银钱分了？”云羡立刻阻止，“嫂嫂可知咱们在北熙的产业有多少吗？那些财资足够买下一整支军队！你如今让他们就地分了？”

“这消息瞒不住，即便咱们想运回来，臣氏能愿意吗？北熙各支不觉得寒心吗？大批银钱运回来，路上能安全吗？只怕还没到南熙境内，已被各路劫匪瓜分了去，还要伤及族人性命！”出岫理直气壮驳斥云羡。

太夫人从未见过出岫这般果决，也许出岫自己也未曾想到，在面对云辞的家业时，在完成云辞的未竟之志时，她竟有如此勇气，最后说道：“当断不断，必受其乱。今日舍不下这些产业与银钱，来日必留后患！”

出岫话音落下，屋内良久都没有声音。也不知过了多久，太夫人才应了这话：“就照你的意思办，如今你是离信侯夫人，便由你来下这道命令！倘若日后有何差池，我老太婆余威仍在，还能出面补救。”

太夫人这是把出岫当挡箭牌了，连云羡都听出来她话中之意，可出岫本人却无甚抗拒，一口答应。

短短半日之内，云羡对出岫几乎是刮目相看。若说从前他对出岫还有些偏见，可今日他却不得不说，大哥云辞喜欢出岫绝对是独具慧眼，也绝不是看中她的美貌。出岫的远见卓识不知要在多少闺阁千金之上，也远远超过那些纸上谈兵的意气书生，就连他自己都自愧不如。

从前那个懦弱优柔、逆来顺受的哑婢，已蜕变成如今的果断决绝，若长此以往，这个女人的成就将不亚于太夫人！这是云羡对出岫的预估，也是他对出岫的称赞。

从这一刻起，他才真正对她改观，真正出自真心实意地唤她一句“嫂嫂”，而并非出于礼教之术。

事后，太夫人命云羡和云承先走一步，唯独留下出岫说话。直到此刻，她才敢换上几分欣慰与悲戚，将人前的锐利威严卸了下来，叹道：“辞儿是有眼光的，你很好。”

短短“很好”二字，出岫已不知等了多久！有太夫人的这句认可，她几乎要哭出来，只觉立刻死去也了无遗憾！

太夫人更是不胜唏嘘：“那日在刑堂之上，你的表现已令我大吃一惊；主持中馈以来，府中也井然有序，没听到什么异动与怨言；今日这番对南北时事的见解，也和我想到了一起……辞儿在天之灵，瞧见你如此本事，想必会很安慰。”

是啊！无论上天入地、碧落黄泉，她总是对得起云辞的。一想起这个人，出岫再也止不住地默默垂泪。

“当初辞儿教你读书写字、算账管家，如今都派上了用场。也不知是冥冥之中自有天意，还是他早有筹谋要娶你为妻……”话到此处，太夫人神色一怔，转而摇头轻叹，“倒是可惜了沈予，对你一片痴心……”

“太夫人！莫说他是侯爷生前好友……如今我心里也容不下第二个人了。”出岫的眼泪越发不断，滴滴坠落犹如沧海明珠，夺目而美丽。

太夫人拾起案上的帕子递到她手中：“儿女私情暂且不提，先将眼前这难关渡过。若按照你的意思，将北熙的生意都结束，那族人们又该如何自处？”

出岫连忙将眼泪擦干，低眉想了想，回道：“如今北熙的族人少说也有几百人，若将他们全部迁来南熙，阻力太大。我的意思是，既然将银钱分出去了，便让他们自谋出路。左右他们手中无权，又时逢乱世，即便被人利用也有限，只要各地的当家人能拿捏住分寸，想必不会出太大的乱子。”

太夫人慎重思索了一会儿，点头回道：“这主意是不错，但面子上……离信侯府必然要遭非议，说咱们置族人于不顾。”

又是面子……出岫有些无奈，只得道：“面子再重要，也重不过人命。以如今离信侯府的微妙地位而言，对族人管得越多，反而是坏事。再者……”

“再者什么？”

“再者，倘若咱们押错了宝，南北之争是臣氏胜出的话……至少，也给北熙族人留了条后路，不会被咱们牵连。”出岫坦诚地道。

是啊！倘若一意支持南熙聂氏，而聂氏又不敌臣氏的话，则整个云氏合族难保。若舍弃一部分族人，也许反倒救了他们。只不过，在南北之争尘埃落定以前，这个决定恐怕不会被族人理解。

“你是如何想出的这个主意？”太夫人又问。

“是侯爷。”出岫强忍着泪意，“当初他怕贼人暗中毒害我，不惜疏远我贬斥我，还与夏夫人故作恩爱，不就是为了转移贼人视线，保我性命？如今，我不过是将这法子借来一用罢了。”

“捧杀捧杀，捧得越高，不是爱之而是害之。对待族人……也该如此。”说到最后，出岫终是忍不住再次落泪，任凭往事如潮水一般涌上心头。

“难道真是辞儿显灵了？”太夫人喃喃念叨着，最终下定决心道：“照你说的办吧！传令北熙各支，他们名下分管的生意，务必在半年之内全部结束，盈亏自负。”

出岫领命称是，又听太夫人再道：“承儿的生父云潭是个人才，又是闵州一支的当家人，你不妨让他留意着北熙的动向，招呼各支不要出了纰漏。如今既然承儿做了世子，不怕他不效忠！”

想到云潭与云承的关系，出岫也提起精神表示赞同：“单看对承儿这九年来的教导，可知云潭是下了真功夫。”

太夫人点头：“是啊！云潭看着不错，好生用他。”

说到此处，出岫又想起来一事，有些欲言又止：“承儿今年九岁，只比我小八岁……我想让他明年就单独搬出去住。”

“我明白你的顾虑。”太夫人摇了摇头，“但老祖宗的规矩不能破，离信侯府子孙都是年满十三岁才单独开园，你让他十岁就搬出去住，只会被人捏住话柄，要么说你苛待嗣子，要么说你罔顾族规。身正不怕影子斜，就让他住在知言轩吧，你也好教导他。”

有太夫人这句话，出岫稍感安心：“我已请了房州最有名的西席教他读书。只是习武的师傅，尚没找到合适人选。”

太夫人闻言，仔细思索了一番，回道：“你去问问沈予，他若愿意教，其实是最好的。”

“小侯爷？”这一次，换作出岫大为惊讶。

“沈予当初之所以被南熙聂帝看重，收作螟蛉之子，全赖他一身武艺和对兵法的见解。只不过文昌侯爱子心切，不舍得放他去军中历练。再说沈予尽得屈神医真传，若能一并教会承儿岐黄之术，则好上添好。”太夫人挑眉看向出岫，“怎么，你不愿？”

“不是不愿，只是……”出岫有所顾虑，“他堂堂文昌侯之子，来教承儿，只怕不大合适。”

“有什么不合适的？又不是让他名正言顺来当师傅。他是辞儿的生前至交，算来承儿也该唤他一声‘叔叔’。叔叔教导侄儿习武学医，有何不可？”太夫人坦荡地看向出岫，“我都不担心，你还担心什么？”

“我明白您的意思了。”出岫心里暗舒一口气。她不晓得太夫人此举何意，但眼下都以承儿的教导为重，既然是她老人家钦点了沈予，出岫自然无话可说，唯有应承。

不过当务之急，还是安置北熙族人的事儿，她也要给云潭写一封密信，请他代为照顾各支。想到这些，出岫便道：“您若无事，我先告退了，等拟好了传令，再呈来让您过目。”

太夫人点了点头：“你去吧。”

“是，您也早些休息。”出岫俯身行礼，欲告退而去。

刚后退两步想要转身，太夫人又唤住了她：“且慢。”

出岫抬眸，恭谨问道：“您还有何吩咐？”

太夫人身形动了动，面上虽无表情，却隐约透露些不自在：“往后不要唤我‘太夫人’了，没得让承儿和府里下人们看笑话。你该唤我‘母亲’。”

太夫人终于认可自己了！等了这么久，盼了这么久，她终于等到这一天了！出岫激动地说不出话，“母亲”二字卡在嗓中无论如何也喊不出来。

"你又哭什么！怎么，你不愿意？"太夫人故作不耐地道。

出岫摇了摇头，依旧处在激动的短暂失声之中。

太夫人却在此时忽然正了神色："你别哭，我又想起来一桩正事……方才你说要结束北熙所有的生意，就地分家，老三驳斥了你。你知道，他舍不得那些银钱。"

"生意人本该谨慎。我还不了解云氏究竟有多少家底，倘若摸清了，兴许我也舍不得了。"出岫委婉地替云羡说话。

太夫人这才微微一笑："老三对云氏的家底多多少少知道一些，但并不十分确切。"她停顿片刻，又道，"若是北熙的生意统统停掉，其实也只有云氏的一两成底子。"

"一两成？"出岫忍不住惊呼。她以为，北熙的生意至少要占据云氏产业的三成靠上，甚至四成！

"咱们从前与北熙漕帮多有来往，早几年赚的银钱，都通过水路运回来了。但从前年开始，漕帮逐渐势大，又有南北宗室势力在暗中把控，我便没再与之联系。"太夫人直起背脊，很骄傲自己的先见之明，"这事儿进行得隐秘，府里除了我和辞儿，唯有云忠知晓。如今留在北熙的，只是近三年的收益。"

"天哪！"出岫简直难以置信，这样大笔大笔的银钱，竟能瞒着众人运回来！这得花费多少心血？又要如何对外隐瞒？还有，倘若北熙留下的银钱只有一两成，那些族人怎会满足？又岂会安分？

仿佛是猜到她心中所想，太夫人胸有成竹地一笑："你放心，只那一两成家底，足以让北熙上百族人眼红。更何况，他们这些年来中饱私囊，我都是睁一只眼闭一只眼，谁敢出来叫嚣分得少，第一个按族规处置！"

太夫人恩威并施，出岫只有叹服的份儿。

岂料她老人家还有后招，又眯起双眼，指了指这屋子的地砖："我云氏数百年基业，除却各地的生意进账和钱庄之外，最最根本的家底，都存在两处。"她放低声音，示意出岫上前一步，悄声道，"一处是我荣锦堂园子下头，还有一处是……静园荷塘之内。"

出岫听了这些话，简直又惊又喜。喜的是太夫人终于承认了她，还把关乎云氏命脉的秘密据实以告；惊的是云氏当真"富可敌国"，比她想象得更加富有！她到底还是估得保守了！

难怪太夫人天天守着荣锦堂，原来这园子下头还有地窖；难怪整个离信侯府守卫森严，唯独静园荒无人烟，原来荷塘下头别有洞天……想来是太夫人怕人多眼杂，才刻意荒废了那个园子。

出岫不禁向太夫人投去敬佩的目光，后者面上焕发出骄傲的光彩，语势逼人：

“云氏手中掌握的财富，是两国垂涎的根本。富可敌国绝非夸大其词，早几年，只要云氏动一动手指，一国的经济命脉说断就断了……”

话到此处，太夫人别有深意地看向出岫：“眼下两国搬不动离信侯府，便积极笼络各地旁支，离散了不少人心。你虽具天赋，但这里头水深，时政如何、生意如何、账目如何、人情如何……桩桩件件关系重大，可想而知我这十几年是怎么过来的，辞儿又是如何操劳。”

最后这段话，太夫人说的语调平淡，却让出岫听出了个中辛酸。想他们孤儿寡母守着偌大家业，外有觊觎内有忧患，必定难熬至极。

这一夜，怀揣着云府的惊天秘密，出岫辗转失眠了。

三日后，一道指令从离信侯府迅速传往北熙各地，引起了轩然大波。云氏族人对这位忽然出现的离信侯遗孀，都带着不忿、瞧不起，甚至是鄙夷。

尤其，出岫下的是“红扎指令”，即云氏最高、最重要、最不容反抗的指令，若有违者，各地旁支可先杀后奏。

一夜之间，“出岫夫人”四字名传天下，有骂者，有赞者，有观望者，有惊疑不定者。但有一点毋庸置疑——云氏又一个铁腕主母横空出世了！

出岫夫人要效仿她的婆婆谢太夫人，牝鸡司晨执掌云氏——这一传言随着红扎指令的颁布，迅速散开。

就在出岫饱受争议之时，闵州一支在云潭的带领下，率先遵守红扎手令，短短两月之内便结束了辖区内的所有生意，并且分家得当。谁接管钱庄、谁接管米行、谁接管云锦庄、谁接管房田……有的拿现钱、有的拿实物、有的拿房契地契，分的清清楚楚明明白白。

各支见闵州此举，才发现分家是个发财之机，遂纷纷开始效仿。时间在对出岫的争议之中迅速流逝，这期间，太夫人一直在幕后看着，没有发出过一句质疑，但也没有一声支持，便如消失了一般，避不见客。

转眼间，近四个月已过，又是一年年关将近。云氏在北熙的生意，七成已然结束或在收手之中，还有三成要等到年后。听说为了分家，发生过几起流血冲突，死了几个族人，但所幸没有大的血光之灾。

第二十七章 拨云见日真相白

“承儿，你如今射箭比我还准！”沈予与云承各持弓箭，从云府后园的靶场上归来。叔侄两人俱是一袭劲装，满头大汗，不过精神尚佳，毫无倦色。

知言轩内，早早凉了各式茶水，浅韵带着几个小丫鬟进进出出服侍着，又派人去向出岫禀报。

“叔叔的箭法神准，侄儿不过学到皮毛而已，哪敢在您面前班门弄斧。”云承很是谦虚，抹了抹头上大汗，端起凉茶往嘴里送。

沈予俊目笑睨着云承，说不出的感叹。这世上当真有缘分一事吧，否则云承的血脉与云辞相去甚远，两人怎会长得如此相像？沈予仿佛又看到了年少时的云辞。但显然，眼前只有九岁的云承，要比当年的云辞体魄强健。正因如此，沈予才更加用心地教导云承，恨不能将一身武艺都传授给这个世侄，用以弥补当年的遗憾。

出岫入门时，便瞧见这叔侄两人有说有笑，全然不顾一身淋漓大汗。云承正虚心向沈予请教着什么招式，沈予也耐心解释着，完全不是平日那副吊儿郎当的模样，看着当真像是个长辈了。

一刹那间，出岫有些恍惚，甚至不忍上前打扰这叔侄二人。她以为自己瞧见了一出父慈子孝的场景。

等等，父慈子孝！这念头乍一生出来，出岫吓了一跳，被自己惊得不知所措。所幸沈予与云承并未发现异样，见她出现在门口，两人双双起身。

“母亲。”云承恭谨唤道。

“你来了。”沈予亦是清爽一笑。

出岫整了整神思，故作轻松地迈步进去，坐到这叔侄二人的对面。她掏出两张帕子分别递了过去：“都先擦擦汗，也不怕滴到茶杯里。”

沈予“哈哈”大笑起来，没有接话；云承则笑回：“浅韵给擦了，只是方才我与叔叔说话起劲，又说得一头汗。”

出岫笑着看向云承道：“快回去沐浴更衣，下午你还要跟着夫子学课业。”

云承点头称是，将最后一口糕点塞入嘴中，起身向沈予告辞。

“跑慢点儿！”出岫看着他的背影，轻声叮嘱。

沈予摇头轻笑：“有浅韵跟着，你还担心什么，怕他摔着吗？”

自从云承袭了世子之位后，浅韵便主动请命去服侍他。出岫明白浅韵对云辞的一片痴心，便也应下了。如今瞧着，浅韵对云承的确事事上心。

怎能不上心呢？云承是云辞唯一的香火了。出岫眸中划过一丝黯然，沈予却没瞧出来，只以为她太过疲倦：“累了？”

“还好。”出岫打起精神回道。

沈予颇有些心疼：“女人本该相夫教子，太夫人怎让你挑起这重担来？如今倒好，她在幕后做好人，将你推到风口浪尖上，被云氏族人诋毁诟骂。”

出岫浑不在意地笑笑：“本就是我的主意，我来下这道红扎指令也是应该。”

沈予大感惊讶：“当真是你的主意？”他何曾想到出岫不仅能轻松接下云府中馈，还能顾及外头的生意！

沈予细细端详着，见出岫娥眉微锁，眼底隐隐泛青，面容也比以往更苍白几分。虽说还是倾国之色，可看着却像个病美人。沈予看着看着，不禁更加心疼，言语中也是对谢太夫人的抱怨：“她老人家到底给你灌了什么迷魂汤？”

出岫低眉笑出声来，与他一同分享了那份喜悦：“太夫人让我唤她‘母亲’。”

沈予挑眉：“她这是……”一句话未完，他又沉下脸色，“太夫人让你喊一声‘母亲’，就累得你如此为她卖命？甚至背负骂名？”

沈予冷哼一声，语中颇有责难：“再没有比谢太夫人更加驭人有术的了。晗初，你会不会太傻？”

出岫又如何不知，太夫人最擅长驭人之术？可如今她自己很是满足，也心甘情愿。

沈予见出岫不言不语，情知木已成舟，再说无用。他心底忽然有些燥热，便拾起方才出岫搁在案上的帕子，埋头擦汗，不再说话。

每月教授云承习武的这十二天，是沈予最期待的日子。他能够名正言顺地来到云府，先指导云承骑射之术，多半也能光明正大地见一见出岫。偶有一两次见不到，他会刻意寻个理由与云承说说话，大约坐到晚膳时，便能瞧见她了。

然后，出岫会客套地留他用饭，云承也会开口帮腔，他便顺势应承，三人共桌吃饭。除了服侍布菜的丫鬟之外，也没有旁人打扰。每到这时，沈予都会产生一种错觉，他们是一家三口，气氛和睦、恬淡安静。

其实在饭桌上，三人都不多话，偶尔云承和他说些什么，出岫也只是微笑旁听，甚少接话。可就是这样一幅画面，却是沈予渴盼已久的。

并不是渴盼有妻有子，而是渴盼身边有她。云辞的孩子，他当然也会视如己出，虽然云承是过继来的，但并不影响他对这少年的关爱。尤其，这少年的嗣母还是出岫。

想着想着，沈予越发沉默起来。其实多半时候，对着出岫他也是沉默的，在饭桌上，抑或两人独处时，他已经没什么可说的了。该说的已说过千百遍不止，他只怕再多说几次，出岫会反感，会逃避。倒不如不说，至少两人面对面坐着，他看着她已觉得满足。

因为方才说起谢太夫人"驭人有术"的话题，沈予觉得自己把气氛搅坏了。他张口想要道歉，抬目却见出岫一副心不在焉的表情，于是心底烦躁更盛，脱口便问："在想什么？"

"啊？"出岫回过神来，笑了笑，"没什么，瞧你不说话，我也走走神。"

二人正说着，竹影忽然带了个锦盒进来，禀报道："夫人，北熙丰州的当家人，给您送来了几盒胭脂香粉，说是如今臣帝整肃丰州，香花斋已然没落，恐怕以后买不到了。"

今年十月间，北熙叛军首领臣往正式在皇城黎都登基为帝，改国号为"宣"，时称"北宣"。这也意味着南北割据局势进一步加剧，北宣正式占据九州的半壁江山。北熙亡国，沦为史书上的淡然一笔。

北熙丰州自古盛产胭脂，其中位于嫣城的"香花斋"胭脂更是北熙贡品，专供皇族使用。如今臣帝登基，自然要拿这些所谓的皇商开刀。

"如此说来，这几盒胭脂香粉还真是绝品了！"出岫从竹影手中接过锦盒打开来看，只一瞬间，淡淡的香气扑面而来。她从中挑出一盒最精致的瞧了瞧，"这是什么，我倒没见过。"

沈予瞟了一眼，回道："有种花名为'百夜媚'，每年花开百日，而且只开在夜间。这是它的夜光花粉。"

"夜光花粉……有什么用呢？"出岫又问。

"没什么用，就是好看罢了，也没什么香味儿。"沈予解释道，"夜光花粉价值千金，寻常市面上不常见，如今香花斋又没落，估摸这一盒也算绝品了。"

出岫捏着外观精美的花粉盒，笑着看向沈予："小侯爷对女儿家的事物很有研究呢！"

本是一句玩笑话，却惹得沈予有些尴尬。他从前是欢场常客，没少拿这些稀罕玩意儿哄骗女子芳心。说起胭脂香粉、衣裙绫罗乃至珠宝首饰，他的确很有心得。

如今听了出岫这番揶揄，沈予直想咬断自己的舌头。明知她是无心，可……他反倒希望她有些不悦，至少说明她上了心、吃了醋。然而他还是失望了，她只是揶揄而已。

沈予刹时变得意兴阑珊，但又舍不得告辞，正欲开口再起个话头，却见竹影脚步匆匆去而复返，神色还带着几分沉重："夫人、小侯爷，二爷他……过去了。"

过去了！这话的意思是……出岫与沈予不约而同起身问道："怎么回事？"

竹影面色凝重："自受刑之后，二爷甚是颓废，养了两个月便开始往外跑，天天喝酒听曲儿，二姨太也管不住。这几日二爷彻夜未归，二姨太派人出去找，才发现他已被人……打死了。"

"打死了？"出岫难以置信，"他是云府的二公子，谁敢打死他？"

竹影摇了摇头："听说是二爷在外头听曲儿时，被人发现受过阉刑。二爷受不得羞辱，发了脾气动起手来……至于是被谁打死的，如今还在查。"

"啪嗒"一声，出岫手中的锦盒掉落，夜光花粉散落一地，又飞扬起来溅在她裙裾上。可出岫浑然不觉，似哭似笑地激动起来："苍天有眼，他终于死了！侯爷在天之灵，可以安息了……"

沈予见出岫情绪不好，连忙握住她一只手臂，亟亟安抚："你别太激动，稳住心神……"

出岫忍不住垂下泪，渐渐痛哭失声。这一哭，她心情反而平复许多，长久以来横在心中的那口气，终于顺了下去。沈予感到她脚步踉跄，便紧了紧握住她玉臂的那只手。

出岫哭了片刻，强制自己冷静下来，抹了泪对沈予道："我没事，你不必担心。"言罢又深深吸了口气，再问竹影："太夫人眼下知道吗？"

竹影点头："已派浅韵去禀报了。"

出岫沉吟片刻，道："云起即便死了，也是云府的二爷，凶手是谁，必须查个水落石出。还有，你吩咐下去，他的丧葬按制操办。"

竹影领命而去。

不知为何，出岫蓦地生出一种不安的情绪，总觉得云起之死没那么简单，或许还会牵扯出别的事情。她决定去找太夫人商量一番，便对沈予道："我得去一趟荣锦堂，这些日子你先别过来，我怕多生事端。"

沈予能理解出岫的心绪不宁，他想要留下帮忙，却也明白这是云府内务，自己不便插手，于是道："你先去忙，我这几天不出门，有事可差人找我。"左右他的园子离云府很近，若当真出了什么事，抬腿的工夫便过来了。

出岫点头，目送沈予离开。又看见地上都是夜光花粉，才想起方才听闻云起之死时，自己太过激动，以致失手打翻了花粉盒。

自云辞死后，出岫一直穿白衣，简洁朴素。而这夜光花粉亦是白色粉末，方才出岫失手打翻时，有不少花粉溅到了她裙摆之上，由于二者颜色接近，便不大明显，出岫也没心思再换衣裳。

她招呼淡心进屋，将地上的花粉收拾干净，道："你随我去一趟荣锦堂。"语毕，两人已前后脚出屋。

竹影侍立在外，原本想跟上，却被出岫阻止："今日竹扬告假出府，你留下保护好世子，旁人我信不过。"她始终觉得云起之死太过蹊跷，唯恐暗中有人兴风作浪，便命令竹影留在知言轩照看云承。

竹影想着光天化日之下，出岫是去荣锦堂，路上应无大碍，便领命称是，留在知言轩保护云承。

出岫与淡心主仆两人便往荣锦堂而去，这本是条大路，走过无数次无有疏漏。但许是这次走得太快，心里又揣着事，出岫竟然走岔了；淡心在后头跟着，不知失魂落魄跑什么神，也没发觉走岔了路。

待发现不对劲时，两人已走偏很远。出岫倏尔停下脚步，淡心猛地撞到她后背上，这才回过神来道歉："夫人……我……"

出岫瞧她似有心事，也不方便多问，只笑道："云府实在太大了，走着走着就走偏了。无妨，咱们拐回去吧。"

"夫人……"淡心欲言又止，眼见四下无人，终还是说道，"夫人，我有件事想与你说。"

"什么事？让你今日这么魂不守舍？"出岫关切地问。

淡心有些吞吞吐吐，踌躇着道："我觉得，三爷和四姨太有些奇怪……前几日我当值，您派我去给三房送月例，我瞧见四姨太和三爷在偷偷说话……"

"偷偷？"出岫娥眉微蹙。

淡心点点头："三爷说那日刑堂审讯二爷时，瞧见四姨太从二爷园子里出来，怀疑她与下情毒之事有关。"淡心越说声音越低，"三爷还警告四姨太，要她安守本分，不要起异心。"

鸾卿从云起的园子里出来？这倒是令出岫大为诧异，连忙再问："他两人还说什么了？"

"其他没什么了。不过……今日二爷的死讯一传来，三爷立刻去了四姨太所住的冷波苑……要知道，三爷是庶子，四姨太是庶母，这两人是不方便走动的。"淡心又道。

出岫闻言不禁斟酌起来。云羡到底发现了什么？是鸾卿与云起有私情？还是有宿怨？他今日去冷波苑又做什么？难道云起之死与鸾卿有关？

出岫越想越觉得蹊跷，开始暗自揣度起来。正想着，眼风忽然扫见一个鬼鬼祟祟的女子身影，披着个宽宽松松的斗篷，乍一看也不知是谁。

许是方才被淡心那番话误导，出岫第一反应，这女子是四姨太鸾卿。于是她连忙拉过淡心躲在抄手游廊的柱子后，暗中观察那女子的行踪。

“这是去静园的路。”出岫道。

“四姨太的冷波苑也在这个方向。”淡心补充。

主仆二人立刻对望一眼，有了些想法。出岫当机立断道：“我跟去瞧瞧，你别声张，现下就跑回知言轩，让竹影带人过来，就说是找我。届时我若撞破什么，让他听我指令抓人。”

淡心有些紧张和担心：“夫人……”

“你放心，若被人发现了，我便推说自己迷路，佯作什么都不知道，想必他们也不敢贸然动手。”出岫安抚淡心，又看了一眼那渐行渐远的女子身影，匆匆迈步跟上。

淡心见状也不敢耽搁，连忙返回知言轩搬救兵。

出岫跟在那女子身后，见她越走越偏，心中也不禁提了提精神。待走到静园内，那女子忽然停下步子，也不转身，只背对出岫幽幽问道：“你来了？”

这声音……不是鸾卿！

出岫没有接话，那女子又道：“今日我约你们来，就是要当面对质！我已同二姨太说了，若是我酉时还没回去，就让她去荣锦堂找太夫人告状，拿你们二人试问！”

“你们二人”指的是谁？难道是云羡和鸾卿？出岫终于忍不住了，想着面前这人早晚会发现她，便开口唤道：“灼颜。”

灼颜穿着宽松的斗篷，刻意掩藏孕相，回头见是出岫一袭白衣胜雪，不禁吓了一跳：“小姐……”

原来灼颜把她当成了夏嫣然，出岫扯出一丝冷笑：“你看仔细些。”

灼颜狠狠眨了下眼，再定睛细看，才长舒一口气：“原来是你。”

“你在等谁？”出岫谨慎问道。

灼颜诡异一笑：“你想知道？你不怕我对你下手？”

出岫也不瞒她：“我已差人回去唤竹影，你若对我下手，自己也跑不了。”言罢还威胁似的看了看她的肚子，“你确定打得过我？”

这句话捏住了灼颜的软肋，她咬了咬牙：“算你狠！今日你既然找来了，也算天意，我就让你看一出戏。”

又是看戏？出岫还未及反应过来，便听灼颜再道：“她们快来了，你躲起来！”

躲？躲到哪儿？这四面荷塘，左右绿荫，自己又是一袭白衣，躲起来也太惹眼了！

出岫正思忖着，却感到背后传来一阵阻力，她向前踉跄了两步，还未站稳，又被人使力推了一把。跌入荷塘的那一瞬，出岫听见灼颜在她身后说："抓住浆绳，别露头。"

荷塘岸边系着几根浆绳，是用来拴绑打捞污物的小船。出岫被灼颜推入荷塘中，扑腾几下喝了几口水，才勉强抓住其中一根。她被呛得咳嗽两声，死死拉住浆绳斥道："灼颜，你做什么？！"

"别作声！人来了！"灼颜站在出岫头顶上的岸边，披风下摆顺着岸沿垂下来，差一点就能沾湿塘面，几乎盖住了出岫的整张脸。

出岫不知所以，一只手捋掉盖在脸上的披风，正欲张口再斥，却听灼颜颤抖着声音道："三姨太、四姨太，你们来了。"

四姨太？是鸾卿？出岫不禁打起精神，将身子往岸壁上靠了靠。两条打捞污物的小船拴在此处，恰好为她提供了躲避的地方。出岫顾不得浑身湿透，双手紧紧抓住浆绳，仔细倾听岸上的动静。

"你在发抖？灼颜，你抖什么？"鸾卿尚未说话，但听三姨太闻娴已关切问道，"你哪里不舒服？"

灼颜站在原地不动，故意挡住身后荷塘里的出岫，愤而道："是你们合谋害死了侯爷，对不对？"

"你在说什么？灼颜，这可不能胡言乱语。"闻娴语中带着几分委屈与诧异，"这都说的什么胡话！"

"胡话？"灼颜想笑，又不敢笑出来，也不知是害怕还是生气，声音依然颤抖着，"三姨太，你别装了，你买通地痞杀害二爷，又伪装成是二爷酒后闹事，对不对？"

"二爷的死是你做的？"这一次，换作鸾卿高呼出声，"你分明答应过我，就此收手的！"

话音落下，久久无人接话。半晌，才听闻娴的声音幽幽响起，很是诡异与狠戾："不错，是我做的，云起是个蠢人，死不足惜。"

"他为你背了黑锅！甚至成了废人！你还不肯放过他！"灼颜拔高声调，应是特意为了让出岫听见，又哽咽着道，"三姨太！你太恶毒了！"

"怪只怪二房母子太蠢，被我利用。"闻娴在岸上冷笑一声，全没了往日的温婉娴静，"你猜那天从金露堂搜出来的蛊虫，是谁的功劳？"

未等有人反应过来，闻娴已自问自答："是鸾卿悄悄放进去的。呵！想不到吧？"

"你们太狠了！"灼颜只能恨声道。

"若要说狠，你也不差。"闻娴语调平平地再笑。

听到此处，出岫只觉得通体生寒，心里比那刺骨的塘水还要冰冷。原来……

“你要做什么？你要做什么！”出岫正兀自想着，忽听岸上传来灼颜的惊呼。她感到头顶上的身影移动了两步，好似在躲避什么攻击。

紧接着，鸾卿的喝止声迅速响起：“三姨太！不要！”

然而为时已晚。一种锋刃刺中肉体的声音赫然传来，灼颜的惨叫尚未出口，已被人用手捂住口鼻。出岫只能听到她惨然而痛苦的低闷呻吟。

“扑通”，一个重物落入水中，溅起荷塘上阵阵水花，撩了出岫一脸。可出岫动也不敢动，只能竭力咬住双唇，唯恐自己会惊呼出声。荷塘里的灼颜正在水面上挣扎，咽喉处的匕首正泛着刺眼的银光……

出岫看到灼颜投来求救的眼神，可后者终究什么都没来得及说，身子在水面上狠狠抽搐了几下，最终止于平静。唯有她脖颈上汩汩流下的鲜血，染红了周遭的水，又渐渐氤氲消弭，与水色融为一体。

在灼颜的尸身沉入水底之前，出岫看到她狰狞的表情永久定格，万般骇人。眼睁睁瞧着一个鲜活的生命消失，这滋味，出岫永生难忘。更何况，还是一尸两命。

“你太狠心了！”鸾卿的声音再次传来，对着三姨太闻娴喝道，“先是老侯爷与太夫人，再是侯爷。如今连替你顶包的二爷都不放过，还杀了灼颜！”

“若不杀了她，死的就是你和我！”闻娴的声音冷冷传来，人就站在方才灼颜站过的地方，正正是在出岫头顶上。

此时此刻，闻娴只消低一低头，便能瞧见躲在小船后头的出岫。然而她没有，她只是转身看向鸾卿，冰冷说道：“你帮过我一次，便没了退路。”

鸾卿倒吸了一口气：“若不是为了三爷……我……”刑堂审讯那日，玥菀供出灼颜与云起有私情。鸾卿为了帮闻娴脱罪，便匆匆潜入金露堂，在云起的丹药中加了诛心蛊的蛊虫，盼着能将云起的罪行坐实。

本以为金露堂的药房偏僻，她偷偷潜入不会被发现，谁知刚想出来，便瞧见云羡带人过来搜园子。鸾卿不想被他怀疑，又想到云起是色中饿鬼，灵机一动便将自己的衣襟解开、鬓发拨乱，装作一副被调戏的模样，光明正大跑了出来。

云羡果然想歪了，不仅没问她为何会出现在金露堂，反而煞费心机地遮掩此事，前几日还特意约见她，警告她不要生出异心。

当时鸾卿心中是甜丝丝的，至少云羡肯护着她，即便她被闻娴利用，也甘之如饴了。当初无意中发现闻娴的诡计，她选择一而再，再而三地沉默，甚至推波助澜嫁祸给二房，说到底都是为了云羡……可不承想，如今助纣为虐，再也脱不了身。

“三姨太，二房都替你将罪行挡下了，你为何还要赶尽杀绝？”鸾卿素来冷淡的语调也带着起伏愤慨，质问道。

"出岫心慈手软，留了二房母子的性命，谁知以后还有没有变故？自始至终，云起都没承认是他下的诛心蛊，一直坚称他没来得及下手。万一哪天谢描丹和出岫生了疑心，再彻查此事，我三房焉有活路？"闻娴语中毫无愧疚之意。

"三爷怎会有你这般狠心的母亲！"鸾卿怒喝。

"哦？就是我这狠心的母亲生养了他，你不是也喜欢上他了？"闻娴面不改色地调侃，"若非如此，你找到你师兄时，为何没有揭穿我？反而不声不响地跑去金露堂做伪证？若不是后来羡儿向我提起，我倒不晓得，原来你都知情了。"

事到如今，鸾卿唯有悔恨地长叹。二姨太当年找的所谓"江湖术士"，正是姜族人，也是她的师兄。去年五月她受云辞嘱托，返回姜地寻找情毒解药时，无意中与这位分别多年的师兄重逢。

两人各自说起近况，鸾卿提到自己身在云府，那位师兄意外之余才肯透露，他曾先后两次受重金委托，向两任离信侯下了情毒！而且，他已将诛心蛊的种蛊方法教给了第二个雇主——

一位看似温婉、眉心有一颗朱砂红痣的妇人，说一口甜糯软语。这不是三姨太是谁？

鸾卿正回忆着事情的原委，但听闻娴又"咯咯"笑了起来："这还要感谢花舞英那个蠢货！是她先找到你师兄，还说是什么江湖术士！我只好将计就计，请你师兄二次下毒，再将罪名推到二房身上……"

"二十年后，你又故技重施！"鸾卿不等闻娴说完，已接下话茬，"你明知云起去找了我师兄，想要给侯爷下毒，你便任由云起出手。而你自己则学会了诛心蛊的手段，趁我回姜地寻找情毒解药的机会，置侯爷和出岫于死地！"

"你都猜到了，还问我做什么？"闻娴显得很平静，"若不是羡儿去姜地之前对我说，你思乡情切要一路同行，我还不知道你又要插手了！不过还好，你算是个有眼色的，又喜欢上羡儿，否则，我必会铲除你这后患！"

"最毒妇人心！"鸾卿终于忍不住激动起来，"你前后毒杀两任离信侯，实在是……"

"实在什么？"闻娴打断鸾卿的话，亦是心存怨气，"我若不狠，羡儿怎么办？谢描丹没嫁过来之前，老侯爷对我有多宠爱！可后来一切都变了，男人的誓言最不可靠！还有云辞，他一介废人，凭什么当上离信侯？还不是凭着嫡出血统！只要他死了，云起死了，这位置就是我羡儿的！"

"可你打错算盘了，顺位派的主张没被采纳，太夫人为侯爷过继了子嗣。"鸾卿道出她心中所想，"往后，你是否还要加害世子云承？"

"加害？呵！"闻娴又是一声冷笑，并未正面回答，只道，"你且看着，云氏早晚是我羡儿的！当年云黎负我，我绝不能让他死后如意！”

“三爷和慕歌小姐倘若知道你的所作所为，必定寒心。”鸾卿低低叹道。

“只要你不说，羡儿怎会知道？即便知道了，他还能供出我这个亲娘吗？我前后筹谋二十年，不都是为了他？羡儿哪点比不上云辞？”这番话，闻娴说得愤愤不平。

鸾卿半晌没有接话，良久才叹：“当初我一念之差，以为嫁祸给云起便能了事，想着他心肠歹毒，背了这黑锅也是罪有应得……未承想，如今我手上也沾了鲜血，还让灼颜一尸两命。”她语中难掩愧疚之意。

听闻此言，闻娴假意抚慰道：“你放心，羡儿并非对你无意。只要你保守秘密，待他当上了离信侯，你便能与他名正言顺在一起了。届时我绝不拦着。”

“你会如此好心？”鸾卿已是看透了她，“三爷若做了离信侯，你维护他的威名都来不及，又怎能容许他与庶母有私情？你是顾忌我擅毒，怕我下毒对付你，才不敢轻易整治我，否则哪能留我活到今天？”

“不，羡儿喜欢你，我会考虑留你一命。”闻娴否认道，“鸾卿，我的儿子我最清楚，他是个一心一意的人。既然你二人有这缘分，咱们又同在一条船上，你还不如……”

闻娴的诡计尚未说完，但听一阵脚步声忽然从远处“唰唰”而来，看样子，来者不止一个人。闻娴与鸾卿对视一眼，俱是默契地住嘴不言。

而此时，听完两位姨太太的对话，出岫已惊怒非常，几乎要晕厥过去。她只能死死咬住牙根，生怕自己会忍不住破口痛斥。

她听到脚步声越发近了……停下来的同时，竹影的声音也适时响起，带着几分焦急：“见过两位姨太太。不知您二位可曾见过夫人？”

“夫人？”闻娴立刻回道，“不曾见过。”言罢又怕竹影不相信，便笑着补充：“我与四姨太信步闲聊，稍不留神便走到了静园，一路上没瞧见夫人啊。”

若非方才闻娴露出了真面目，出岫几乎要被那温婉的语气所骗！彻骨的寒意向她阵阵袭来，她连四肢百骸都是痛的，似是被塘水浸得失去了知觉。

淡心终于把竹影找来了！她多么想开口招呼竹影一句，却又怕打草惊蛇。更何况灼颜的尸身还在荷塘里，她若此刻出声，只怕闻娴和鸾卿会合谋反咬一口，让她成为杀死灼颜的代罪羔羊！

想着想着，出岫的意识又模糊起来，抓着浆绳的双手也渐渐无力。她狠狠咬了下舌头，强迫自己保持清醒。

岸上再次传来竹影的声音：“既然如此，就不打扰了。您二位若是瞧见夫人，还请告知一声。”

“夫人不见了吗？”闻娴的语气略带担忧，“二爷刚死，夫人就不见了……这中间会不会是什么阴谋？”

这句话正好戳到了竹影和淡心的心口上，后者急得一跺脚，声音已是带了哭腔：“我就知道不该将夫人单独留下……”

竹影心中也很着急，面上倒还沉稳，不忘安慰淡心两句。

又是一阵“唰唰”的脚步声，竹影一行走远了，出岫还能隐隐约约听到他在说话：“这事儿先瞒着，倘若禀报了太夫人，你这渎职之罪是免不了的……”

出岫在水中都能听见这句话，岸上的两位姨太太自然也都听见了。

“原来是淡心失职，将出岫跟丢了。”闻娴似在自言自语。

鸾卿默不作声没有接话，闻娴便幸灾乐祸起来：“夏嫣然死的那日，是灼颜将人跟丢了；这次淡心跟丢了人，你猜会不会生出事端？”

“你不配做三爷的母亲！”鸾卿闻言愤恨斥道，“我要去帮忙找出岫夫人，恕不奉陪。”

“怎么，你以为是我下的手？”闻娴疑惑地问，“你怀疑我动了出岫？”

短暂的沉默表明了鸾卿的态度，但听她幽幽接话：“是我对不起老侯爷的收留之恩，也对不起侯爷生前一番信任……若出岫夫人因你而出了事，咱们就去太夫人面前对质吧！三姨太可别怪我撕破脸皮！”

“你在威胁我？”

“的确是威胁。你若也对我动了杀机，且先来尝尝我一手毒术！”鸾卿很是直白地讽刺，“三姨太，夜路走多了，当心遇上鬼。”

鸾卿言罢，良久没有声音再响起，出岫猜测她已悄步离开。片刻后，闻娴亦是一声冷笑，轻踩碎步远离了荷塘。

至此，出岫才感到双手一阵火辣辣的疼痛，因着浸泡在水里久了，掌心已开始脱皮。可她仍旧不敢松手，只怕这一松手，自己会如夏嫣然和灼颜一样，沉入水底再也出不来了！

出岫张望这一片涟漪微起的荷塘，想起太夫人所言，这底下藏着云氏积攒的百年财富！也正因如此，这里才会被彻底荒废用来掩人耳目，才会接二连三被凶手选为作案地点。

出岫心中的惊怒与恨意达到了前所未有的程度，甚至，比处置云起母子时更甚！她告诫自己不能松手！不能晕！更不能死！否则，云辞的灵魂将永远不能安息！

还有云承，还有太夫人……倘若这个真相就此掩埋下去，他们必会惨遭毒手！云府的基业会被一个庶子夺去！被一个阴狠的姨太太掌控！

出岫强撑着精神，她相信很快会有人再度找来。至多明日一早，待灼颜的尸身从荷塘里浮起，她总会被人发现！

天色在煎熬与等待之中渐渐黯淡，暮霭沉沉里，出岫尝到了来自口中的血腥之味，是她咬破了自己的舌尖。其实彻骨的寒意与舌尖的疼痛都不算什么，手心火辣辣的疼痛也可以忽略不计，她只是越发无力……越发地，撑不下去了……

直到繁星满天之时，出岫终于完全脱力。她眼前仿佛又出现了云辞的面容，风清霁月天人之姿，正微笑着，朝她缓缓伸出一只手。

云辞，是你吗？你是要来带我走吗？我终于等到你了！侠士勿轻结，美人勿轻盟，这一次，我们生死相依！

出岫笑了，对久别重逢的云辞绽开最美的笑容。她缓缓松开浆绳，用尽力气抬起双臂，想要握住云辞伸过来的那只手。恍恍惚惚中，她真的握住了！温热、宽厚、满怀真情！与她记忆中的一般无二！

身子渐渐地往下沉，似要沉到黄泉路上。可沉到一半，她又开始往上飘，好像被云辞捧上了云端。出岫再也没有意识了，她只能跟着云辞走，全然地相信他，没有身份地位的差距，没有情毒诛心蛊的荼害，他们将永远不再分开！

“晗初……”耳边隐隐传来云辞焦急的声音，出岫却很满足地合上双眸……

再醒来时，她只觉得浑身发烫，头脑昏沉，比死了还要难受。

“你醒了？”一句关切的话语传来，出岫抬起沉沉的眼帘望去，眸中霎时闪过失望之意：“是你，小侯爷。”

沈予蹙眉：“你烧了两日，梦中净说胡话！叫着挽之的名字，一个劲儿垂泪。”

是吗？出岫定神回想，自己的确做了个梦，梦中她与云辞相会了！很快活，很欢喜，她以为是真的！

原来只是个梦，原来又是个梦……

“晗初，你怎会掉进荷塘？”沈予关切再问，“还有灼颜，她的尸身也从荷塘里打捞上来。你们是不是……”他怀疑出岫和灼颜起了争执，双双失足跌入荷塘，前者失手杀了后者。

听了沈予这话，出岫猛然反应过来，想起自己经历了什么。她双目骤然收紧，清澈眸光里是说不清道不明的愤怒：“小侯爷……你怎么找到我的？”

沈予见她倏尔变色，也跟着紧张起来：“你哪里不舒服？在荷塘里泡了许久，双手都脱皮了。”

出岫却似没有听见，只一意问道：“你怎么找到我的？”

“是夜光花粉。”沈予如实答话，“那日你听到云起的死讯，失手将花粉打落在地，裙摆也沾上了。白日里找不见你，可到了晚上，一路都是星星点点的夜光粉。我命人吹了府里所有的灯笼，循着地上的粉末，才在静园里摸黑找到你。”

原来如此！可见一切都是天意！否则，为何不早不晚，偏偏让她在那一日得到夜光花粉，又失手打落在裙裾上？若不是天意，这花粉怎会随着她的行走散落一路，给了沈予找到她的机会？是天意不让她死！

出岫眼角滑出一滴泪珠，明媚而动人："太夫人知道了么？"

"你失踪这么大的事儿，能瞒得住吗？太夫人已下令封锁消息，只说你发烧昏倒在静园荷塘边上；灼颜的事也对外瞒着，说她因为云起的死伤心过度动了胎气，挪到别院静养了。"

太夫人既然这样瞒着，足见她也怀疑是自己杀死了灼颜。出岫不怪他们这么想，当时自己跟踪灼颜去静园，又出了这个结果，任谁都会如此猜想。

出岫直直盯着床榻的榻顶，勉强撑起身子，吃力地抓住沈予的衣袖："小侯爷，你要帮我……"

出岫在榻上一直躺了半个多月，才勉强能够下床行走。这期间，她落水之事被瞒得密不透风，除却当时在静园找到她的沈予、竹影、淡心之外，仅有个别护院知情，且还都是知言轩的人。

这件事再也没人问起，唯有二姨太花舞英去荣锦堂闹过几次，怀疑出岫与三房、四房联手害死了灼颜。可，这猜疑实在太过无稽，无论出于何种考虑，总之太夫人没有理会。

出岫整个新年都缠绵病榻，待她痊愈时，已到了正月底。可令人闹心的是，她才刚刚痊愈，世子云承又不知患上什么病症，高热不止。

这一次，就连神医屈方的关门弟子沈予都束手无策。太夫人又急又怒，将房州有名的大夫请了个遍，也诊断不出症状起因。

二月初，云承已持续烧了四五日，整个云府没有一点新年过后的喜庆气氛，反而显得死气沉沉。下人们都不明白，缘何短短两年之内，府中会接连发生这么多衰事，先是夏嫣然和云辞先后离世，再是家业缩减，放弃了北熙的巨额财资，如今死、伤、病、痛也是一桩接一桩。

于是，一个说法在云府之内隐隐流传开——离信侯云辞与正室夏嫣然之死别有内情，两人死不瞑目冤魂不散，不再保佑云氏一族。

当年，这夫妻俩一夜之内接连去世，太夫人一直对外宣称，是夏嫣然失足溺水而亡，云辞痛失爱妻引发旧疾去世……可如今，这一说法显然不被信服了。一种莫名的惶恐开始笼罩整个云府，又渐渐笼罩了整个云氏一族……

便在云承高热不退、病情时好时坏的第七日清早，一个衣衫朴素的老者忽然登门拜访，说是掐指算出离信侯府冤魂不散，戾气太重，特来化解。

值守的门人见此事可大可小，不敢隐瞒，连忙禀报给了管家云忠。云忠报给出岫，由出岫做主将老者请进了待客厅，又向太夫人禀报此事，请老者在府内施法化解戾气，安抚冤魂。

说来也奇怪得紧，云承的高热就连沈予都束手无策，可老者登门作法的第二日，他便毫无预兆地痊愈了。

事后，太夫人特意召见老者以表谢意。老者这才私下说道，其实云承并非患病，而是有人在府内下了诅咒……下一个遭殃之人，会直指云氏的当家主母谢太夫人。

这话由不得大家不信。先是出岫意外落水，新年期间缠绵病榻；再有身强体健的世子无故患病，药石无效……

太夫人听了这番言论，自然大惊不已。本着"宁肯信其有不可信其无"的态度，她下令彻查合府，但明面上还是给出一个体面的说法：新年伊始，府中病灾太多，特请高人来祛一祛瘟神，顺带合府洒扫。

这位"高人"在云府作法"祛瘟神"的第三日，当着一众洒扫仆婢的面，从三姨太闻娴居住的"清音阁"里，搜出了六个扎着银针的小草人，上头分别写着太夫人、云辞、云起、夏嫣然、出岫、云承的生辰八字……

而巧合的是，此时三爷云羡恰好不在府中，被太夫人派去京州打理几桩生意。

事发当天，三姨太闻娴即被打入刑堂大牢。太夫人对此只字不问，全权交给出岫处理。

"三姨娘如今可还有话要说？"出岫沉着声音，毫不掩饰面上杀气。

"真没想到，斗了一辈子，我没败在谢描丹手里，竟是败在你的手里。"闻娴长叹一声。

"一切都是天意。"出岫从案上捻起一张纸，轻飘飘扔到她面前，"三姨娘若不想受苦，就认了吧！我会给你一个体面。"

体面？闻娴抖着手拾起那张纸，大致一扫，只见上头写着"情毒""诛心蛊""陷害二房""买凶杀人"等字眼，便冷笑道："你倒摸得清清楚楚，但我不明白，你究竟如何知道是我？"

"是你自己夜路走多了。"出岫隐晦地暗示。

这一句话……听着当真耳熟。闻娴回想一刻，才想起来那日在荷塘，鸾卿也曾如此出语讽刺。原来真是鸾卿说的！闻娴心中生怒，可转念一想，若当真是鸾卿告发，又怎会连这句无关紧要的讽刺都告诉出岫？霎时，她明白过来："那日你也在场！"

出岫并未回答，只缓缓重复："三姨娘画押吧。"

闻娴却不肯应承，坚持说："我服侍老侯爷二十年，为他生儿育女，是这府里正正经经的三姨太。若想让我画押，你的资历还浅了些……我要见太夫人。"

出岫闻言笑了："敢问三姨娘，作为主持中馈的离信侯夫人，我若想要一位姨娘的性命，难不难？还需要坐在这儿与你闲聊吗？"她眸中再无水色潋滟，如无尽冰雪，犀利地射向闻娴。

这一刻，闻娴看到了出岫眸中的凛凛杀气和通红血丝。这是要多恨一个人，才会露出这种目光？闻娴终于看清了事实，出岫这哪里是审讯，是铁了心要她这条命！

闻娴不禁开始思忖对策，又见出岫遗憾地摇了摇头："你何必如此固执？我原还想着，你若认了罪，按了手印画了押，我立刻召三爷回来，让你们母子再说些体己话。既然姨娘你不肯认罪，那我只好……"

说到此刻，出岫故意停下来，似在等着闻娴发问。

"只好什么？"对方果然面有惧色，急急脱口。

"只好让三爷回不来了。"出岫抿唇而笑，别有深意地一叹，"届时不只三姨娘伤心，大约四姨娘也要伤心好一阵子。"

这是想要云羡的命了！闻娴难以克制地激动起来："你要对羡儿做什么？"

"做什么？"出岫冷笑，"不过是以彼之道还施彼身罢了。你对两任侯爷做过什么，我自然能对三爷做什么。"

话说至此，已是赤裸裸的威胁！闻娴"唰"地从地上起身，直指出岫："你敢！"

"你看我敢不敢！"出岫依然坐在主位之上，声音比方才又冷了几分，"这罪名三房是逃不掉的，你若不认，那我只好想法子让三爷认罪。母死子活，母活子死，三姨娘自己选吧！"

母死子活，母活子死……闻娴攥紧手中的那张罪状，长叹道："好！我认罪。出岫，你真狠。"

"是你们逼出来的。"出岫面色不改。

"不，不一样。"闻娴道，"那日审讯云起时，我已看出来了，你是真的狠，否则你不会想出阉割之刑，你最清楚为人父母的心思。"

"是啊！我最清楚不过，因为我也怀过孩子。"出岫双手按住自己的小腹，很是黯然。

闻娴见她这般语气，心中更为担心，忍不住开口确认："你当真不会动羡儿？"

"你说呢？"出岫仿佛觉得不过瘾，狠狠刺激她，"不会要了他的命，至多让他跟二爷一样。"

与二爷一样！做个阉人！闻娴失控地迈步上前，却被刑堂的执事一把拉住，她只能挣扎着骂嚷："你这个疯子！"

"能有你疯？"出岫起身走下丹墀来到闻娴面前，"我恨不能将你剥皮抽筋，以泄我心头之愤！侯爷待你三房不薄，你竟下得了如此毒手！"她眯着一双美目看向闻娴，再次警告："你最好别再打什么鬼主意，否则，三爷在路上若遇到意外，你可别怪我。"

闻娴身子一凛，果然未再多言，只微微合上双目，道："我想再见羡儿一面。"

"事到如今，你还敢提条件？"出岫冷道，"先画押吧，太夫人还等着我去复命。"

云羡的生死戳中了闻娴的软肋，她再无任何迟疑，只得抬手咬破食指，在纸张最后颤巍巍写上自己的名字，又按下一个鲜红的手印。鲜红得，刺目。

出岫从闻娴手中再次接回那张纸，一瞬间竟有些恍惚。仿佛又回到了很久以前，在清心斋内，云辞指着户籍册最后的一页空白，似笑非笑对她道："在此写上你的名字，按下手印，你便是我云府之人了。"

那时，她也曾按下过一个鲜红的手印，成就了一纸后知后觉的婚书，也从此改变了她的一生……今日，她终于真真正正地为云辞报仇了！出岫死死攥紧手中的罪状，强忍着不让眼泪流下。

闻娴也怔怔盯着自己流血的食指，半晌，心如死灰地道："事已至此，我都认了，只求你放过羡儿和慕歌。他们……毫不知情。"

"若他们知情，还能活到如今吗？"出岫未再多言，白衣胜雪绕过闻娴，头也不回地往外走。她裙裾轻摆犹如踩着云朵，令跪地的闻娴一阵唏嘘。

直至走出刑堂门外，出岫才又顿足转身，垂眸看着堂内跪地不起的闻娴，道："你在人前演了一辈子娴静，死前还是让三爷瞧瞧你的真面目吧！"

言毕，决然离开。

二十日后，云羡匆匆从京州赶回来，一到云府便直奔荣锦堂见太夫人。彼时恰逢二月底，出岫正向太夫人禀报本月的开销与进账，见云羡突然闯进来，婆媳两人便止住谈话。

"出了这么大的事，你要感谢出岫。若不是她劝着我，别说闻娴，你的命我也不想留了。"太夫人冷言冷语，很是无情。

早在回来的路上，云羡已听闻发生了何事，可事到如今，他还是不能相信，素来温婉娴静的母亲，竟会做出这等事来！而且，前后足足筹谋了二十余年！

说不失望是假的，说不痛心是假的，可到底是他的生身母亲，他要去见她一面，亲口听她承认一句！想到此处，云羡唯有剖白请求道："望您容许我去见我娘一面，若真有此事……我愿以命偿命。"

"以命偿命？"太夫人将案上的茶杯拂落在地，破碎的声响一如她此刻的心情，"你母子的性命，能抵得过两任离信侯吗？"

几乎带着前所未有的恨意，太夫人愤愤不平地道："辞儿死了，老二也死了，承儿虽是世子，却是过继的。若非出岫顾念你是老侯爷仅剩的血脉，你当我还能容得下你？”

是啊！自己已是父侯唯一的子嗣了……云羡想起父兄之死，内心惊痛不已。他明白，如今他能留下这条命，已是谢太夫人的仁慈了。

云羡唯有再看出岫，惭愧地道：“多谢嫂嫂说情。”

“你去刑堂看过三姨娘，再谢我不迟。”出岫看着倒很冷静，面无表情地对云羡道。

作为云辞的妻子，她是恨云羡的，恨不能让三房母子受尽千刀万剐，为云辞和自己腹中的胎儿报仇；可作为离信侯夫人，她不得不放下私人恩怨，为整个云氏考虑——

云辞和云起都死了，云羡，已是老侯爷在这世上唯一的子嗣。单凭这一点，他就不能死。更何况，他对他娘的所作所为并不知情。

“去瞧瞧三姨娘吧。”出岫再次道，“这是你母子二人的最后一面。”

最后一面！云羡心中大惊，来不及体会出岫话中之意，连忙往刑堂而去……

玄铁大牢内，闻娴已被折磨得不成人形。她身上明明没有一处伤口，可整个人却斜靠在墙上，消瘦、苍老、憔悴，哪里还能看出是云府娴静的三姨太？简直是人不人、鬼不鬼。

云羡知道，刑堂里有许多刑罚是不见血的，可那滋味儿却比见血还要难受。显然，他娘闻娴所承受的，是瞧不见的痛楚。

“娘……”云羡连忙下跪，痛声唤道。

只这一个字，方才还紧闭双眼的闻娴忽然睁开了眼，她乌青深陷的眼窝里，猛然焕发出一丝光彩：“羡儿！”

云羡定睛去看，才发现闻娴的双目已是……瞎了。

“娘……”云羡痛苦地低下头，不敢直视闻娴。他们分明是母子，可眼前这女人，却杀害了他的父亲，还有他最为崇敬的大哥……她是云府二十年来所有苦难与惨痛的罪魁祸首！

但此刻，闻娴根本看不到云羡的挣扎与痛苦。她很欢喜，伸出双手想要触摸爱子。云羡没有躲避，任由她的十指在自己脸上摸索，片刻后才发现了异样——母亲的十指全部折了。

更令人震惊的是，闻娴似乎不觉得疼，还用这已然变形的十根指头摩挲着他，很是惊喜地道：“是你，是羡儿！你是来接我出去的吗？你杀了谢描丹和出岫吗？”

云羡直直盯着她，黯然不语。这是受了何等酷刑，才能让一个美丽的妇人变成这个模样！双目失明，双手尽毁，苍老憔悴犹如鬼魅，甚至连神志都不大清醒了！

然而，这能怪谁？怪太夫人和出岫吗？云羡越想越是心痛，唯有握住闻娴的双手，明知她感觉不到疼痛，可他还是不敢太过用力："娘，我从未觊觎过离信侯的位置，只想一心辅佐大哥，光耀门楣……如今这罪孽，就算你我母子二人偿命，恐怕也赎不清了！"

父亲云黎、大哥云辞、二哥云起、灼颜和她肚子里的孩子，还有毕生伤心的太夫人、出岫、二姨娘花舞英……他的母亲，一手主导了这些人的一生。死的已然死去，活着的也将永受煎熬。

此时此刻，闻娴没有听进去云羡的这番话，仍旧自顾自地说着。她的双目看不见，便衬得她的话语更为诡异："羡儿，他们都死了，你终于是离信侯了！等了这么久，咱们母子终于熬出头了！"

闻娴兀自沉浸在神志不清的想象之中，"咯咯"地笑着，笑了半晌又想起了什么，沉下脸色道："我知道你和鸾卿情投意合，但她是你的庶母，我绝不能容许你们在一起！你是离信侯，她不能坏了你的威名！"

闻娴说着说着，竟要站起身来："我要赶她走！现在就赶她走！"

"娘！"云羡使劲按下闻娴，既心痛又自责，终于眼眶一热，"我和鸾卿……"他抬起俊目，似铁下了心，"我这就去见太夫人，哪怕赔上性命也要换你一命！"

可他话才刚说完，闻娴已激动得岔了气，身子忽然扑腾两下，脸上泛起一阵乌青。

"娘……来人！"云羡边喊边掐闻娴的人中穴，一手去固定她的腰身时，才发觉她已瘦得硌手。

只这一闪念的工夫，再回过神来时，闻娴已经睁大了双眼，脸上凝着诡异的笑意，就此断了气。她早已油尽灯枯，之所以能撑到现在，无非是等着见爱子最后一面。

云羡缓缓为闻娴合上双目。至少在临终前的那一刻，母亲是欢喜的，她以为她胜利了，终于将他送上了离信侯的位置。虽然这只是疯癫的幻想，但也算是变相的得偿所愿吧！

以情开始，因情痴狂，为情生死。至此，这段持续了二十年的残忍疑案，终于水落石出。

拨云见日，真相大白。可云府这爱恨情仇，才刚刚开始……